世界の迷路 II

北の古文書

マルグリット・ユルスナール

小倉孝誠 訳

白水社

Le Labyrinthe du monde　Marguerite Yourcenar

II　Archives du Nord

北の古文書

目次

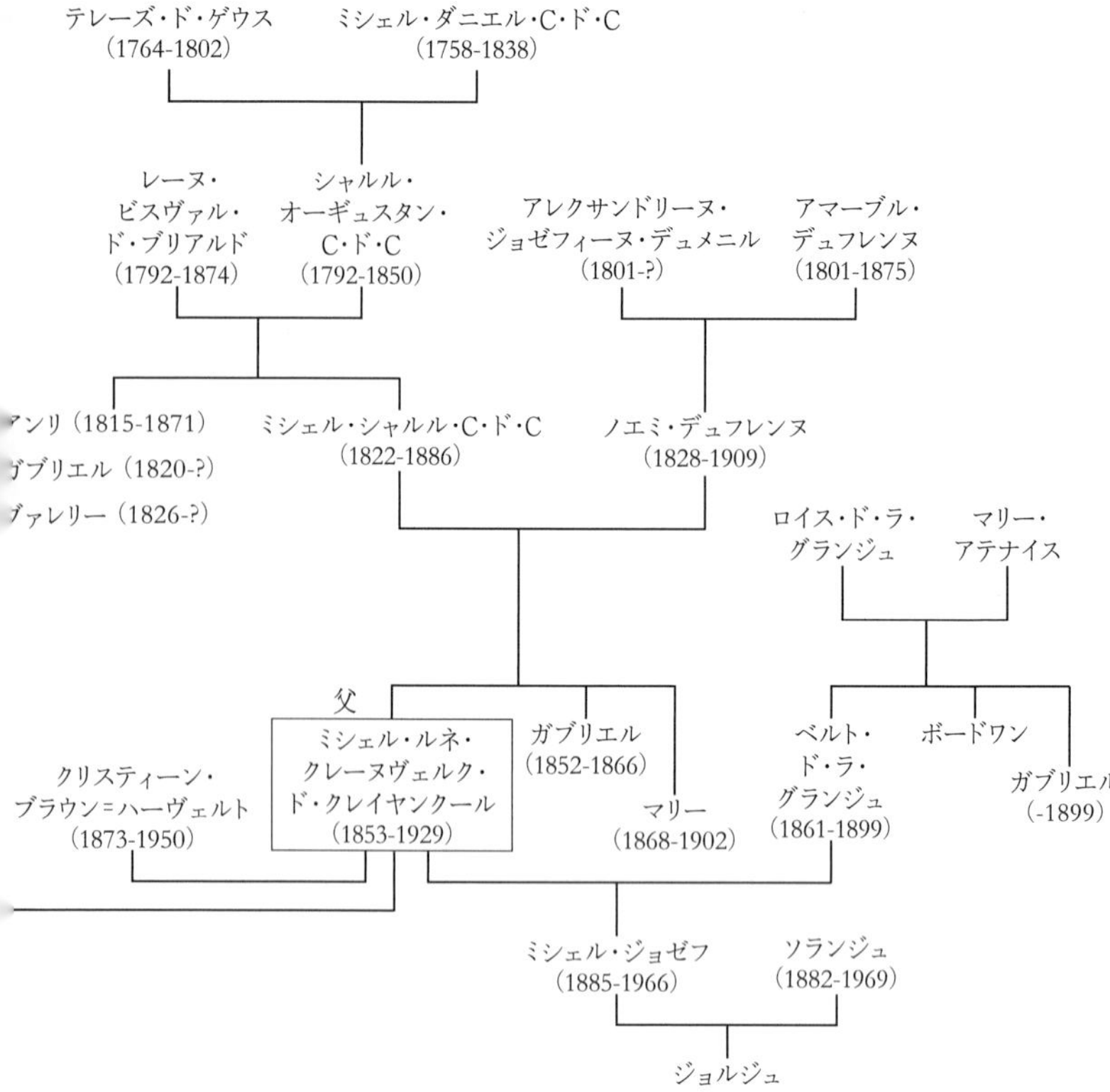
テレーズ・ド・ゲウス（1764-1802）
ミシェル・ダニエル・C・ド・C（1758-1838）
レーヌ・ビスヴァル・ド・ブリアルド（1792-1874）
シャルル・オーギュスタン・C・ド・C（1792-1850）
アレクサンドリーヌ・ジョゼフィーヌ・デュメニル（1801-?）
アマーブル・デュフレンヌ（1801-1875）
ンリ（1815-1871）
ブリエル（1820-?）
ァレリー（1826-?）
ミシェル・シャルル・C・ド・C（1822-1886）
ノエミ・デュフレンヌ（1828-1909）
ロイス・ド・ラ・グランジュ
マリー・アテナイス
父
ミシェル・ルネ・クレーヌヴェルク・ド・クレイヤンクール（1853-1929）
クリスティーン・ブラウン＝ハーヴェルト（1873-1950）
ガブリエル（1852-1866）
マリー（1868-1902）
ベルト・ド・ラ・グランジュ（1861-1899）
ボードワン
ガブリエル（-1899）
ミシェル・ジョゼフ（1885-1966）
ソランジュ（1882-1969）
ジョルジュ

家系図

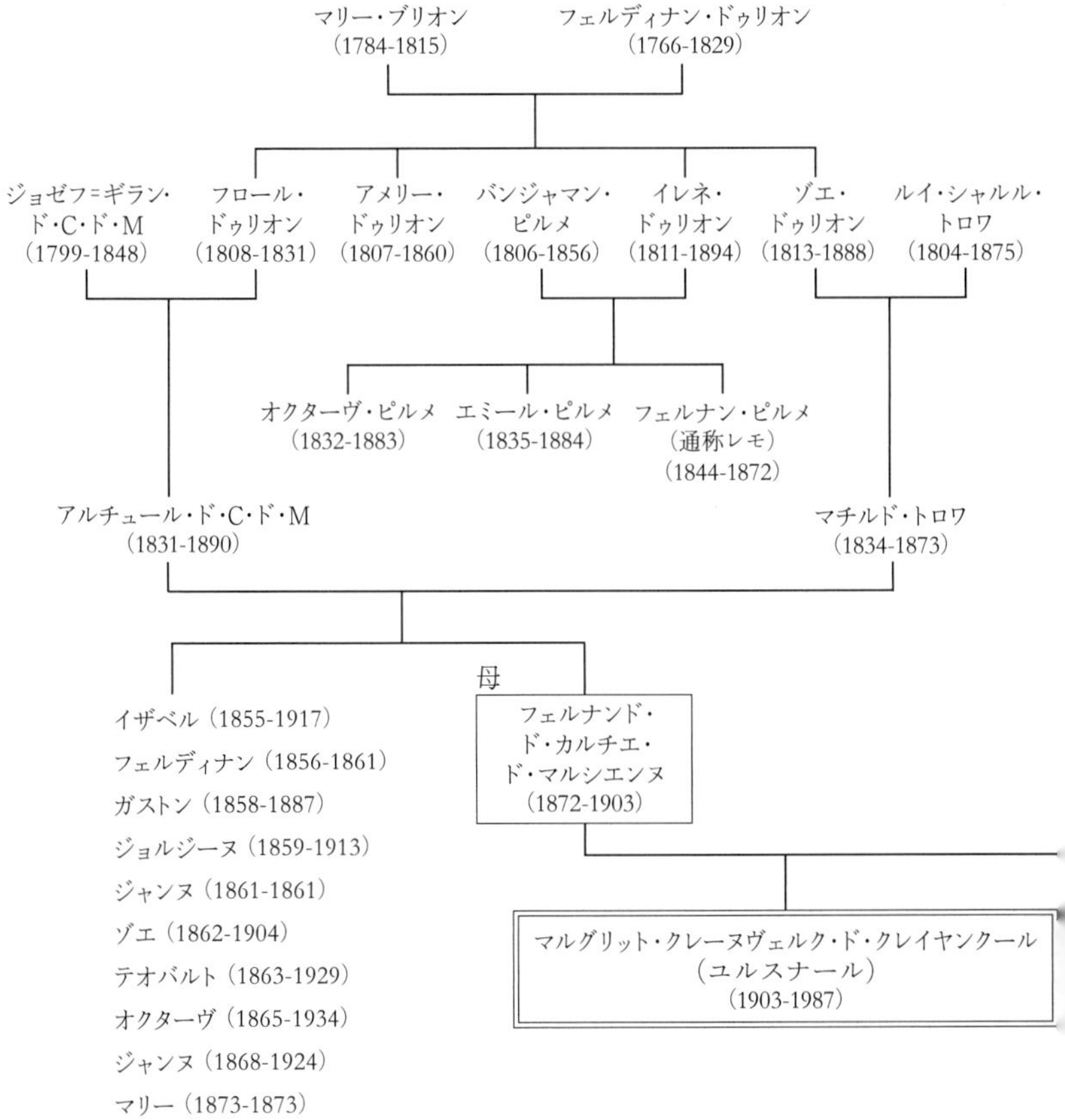
マリー・ブリオン
(1784-1815)
フェルディナン・ドゥリオン
(1766-1829)
ジョゼフ=ギラン・
ド・C・ド・M
(1799-1848)
フロール・
ドゥリオン
(1808-1831)
アメリー・
ドゥリオン
(1807-1860)
バンジャマン・
ピルメ
(1806-1856)
イレネ・
ドゥリオン
(1811-1894)
ゾエ・
ドゥリオン
(1813-1888)
ルイ・シャルル・
トロワ
(1804-1875)
オクターヴ・ピルメ
(1832-1883)
エミール・ピルメ
(1835-1884)
フェルナン・ピルメ
(通称レモ)
(1844-1872)
アルチュール・ド・C・ド・M
(1831-1890)
マチルド・トロワ
(1834-1873)
イザベル (1855-1917)
フェルディナン (1856-1861)
ガストン (1858-1887)
ジョルジーヌ (1859-1913)
ジャンヌ (1861-1861)
ゾエ (1862-1904)
テオバルト (1863-1929)
オクターヴ (1865-1934)
ジャンヌ (1868-1924)
マリー (1873-1873)
母
フェルナンド・
ド・カルチエ・
ド・マルシエンヌ
(1872-1903)
マルグリット・クレーヌヴェルク・ド・クレイヤンクール
(ユルスナール)
(1903-1987)

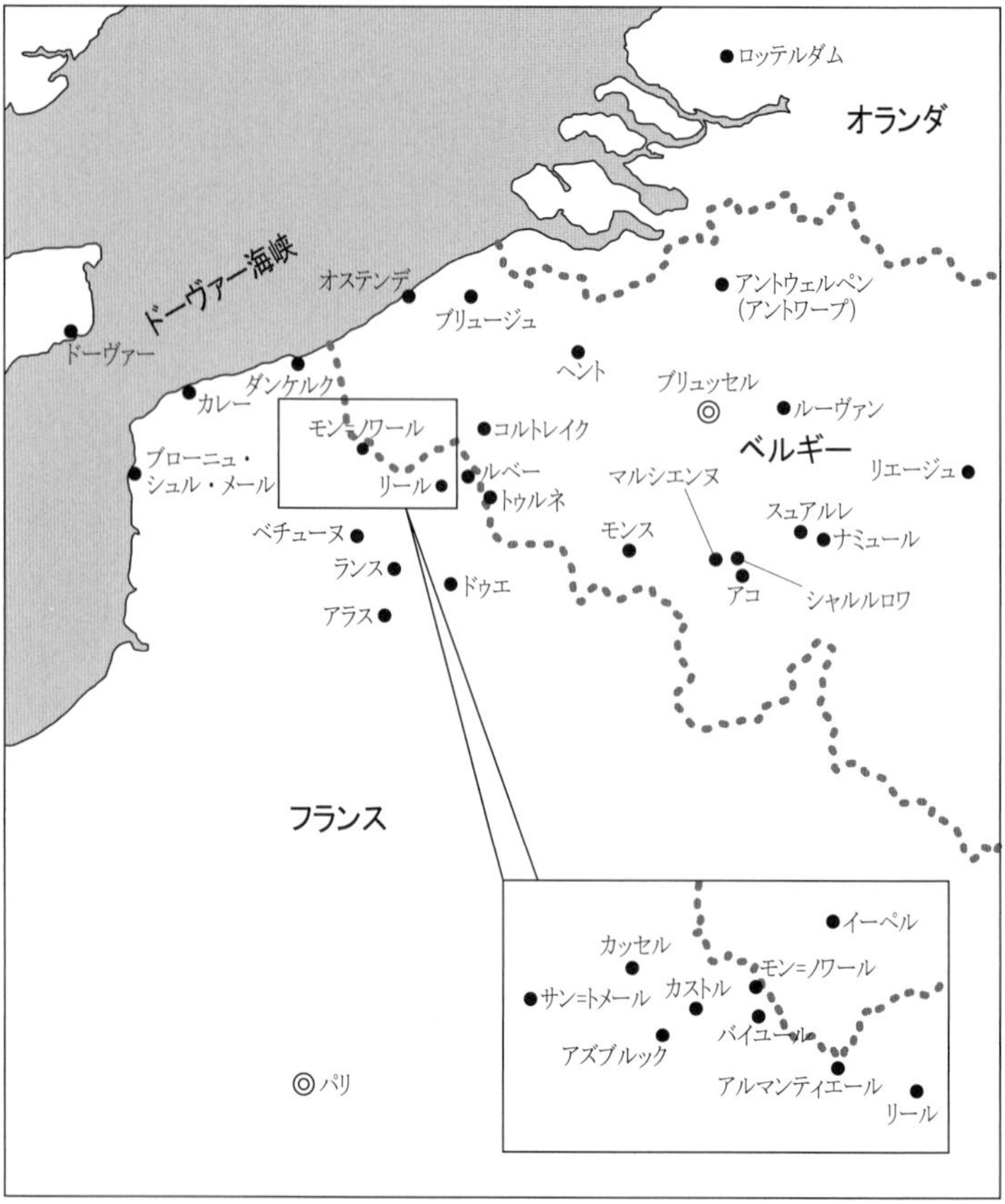
ロッテルダム
オランダ
ドーヴァー海峡
オステンデ
ブリュージュ
アントウェルペン
(アントワープ)
ドーヴァー
ヘント
ブリュッセル
ダンケルク
カレー
ルーヴァン
モン=ノワール
コルトレイク
ベルギー
ブローニュ・
シュル・メール
リール
ルベー
トゥルネ
マルシエンヌ
リエージュ
スュアルレ
ベチューヌ
モンス
ナミュール
ランス
ドゥエ
アコ
シャルルロワ
アラス
フランス
イーペル
カッセル
モン=ノワール
サン=トメール
カストル
バイユール
アズブルック
アルマンティエール
パリ
リール

北フランス・ベルギー

第一部

——寛大なるテューデウスの息子よ、君はどうして私の家系のことをたずねるのか。
人間の血統のさまは、木の葉の血統のさまと同じようなものだというのに。
『イリアス』、第六巻、一四五―一四六行

歴史の闇

本巻と対をなしている前書〔〈世界の迷路I〉『追悼のしおり』を指す〕では、ベルエポック時代の夫婦である私の父母の姿を再現しようとした。それから父母の時代を越えて十九世紀のベルギーに住み着いた母方の祖先へと遡り、さらには、欠落部分が増え人々の姿が陰影に乏しくなるとはいえ、ロココ時代のリエージュ、そして中世にまで遡ってみた。一家族の歴史という張りつめた綱に頼って過去の中で身を支えるようなことはせず、想像力を駆使してローマ時代や前ローマ時代にまで筆を進めたことさえ、一再ならずあった。本巻では、逆のやり方をしよう。未踏の彼方からまっすぐ出発して十九世紀のリールを、第二帝政期を生きた大ブルジョワの男と堅実なブルジョワ女というまっとうだが不仲な夫婦の話を、そして最後に、絶えず世間的な慣習に背いた私の父と、一九〇三年から一九一二年までフランスのフランドル地方の丘で生きる術を学んだ幼い娘である私自身のことを語ろう。そのぶん視野が狭まるかもしれないが、人々の個性はよりはっきりと際立たせることができるだろう。そしてもし時間と余力に恵まれれば一九一四年まで、いや一九三九年まで、さらにはペンがこの手から落ちる時まで回想を続けるつもりだ。いずれ明らかになるだろう。

父方の家系を構成している家族、というより諸家族はかなり錯綜しているが、私としてはそれらの家族にたいして距離を置き、しかるべき場所に収めようと思う。広大な時間の流れに較べれば、その場所などささやかなものにすぎないのだから。もはやこの世にいない者たち、その亡骸を越えて、まだその者たちが存在していなかった時代に歩みを進めよう。背景についても同じようにしよう。ガール広場や、リールの要塞や、バイユールの鐘楼や、「貴族的な雰囲気の」の通りや、城や、公園など、あの地方の景勝地や名所旧跡を描いた古い絵葉書に見られるようなものはすべて無視しよう。かつてはスペイン領オランダの一部だったあのノール県の一角、さらに時代を遡ればブルゴーニュ公国やフランドル伯領やネウストリア公国〔メロヴィング朝フランク王国の分国〕やベルギー・ガリアの一部だった、あのノール県の一角からいわば離陸しよう。まだ誰も住まず、地名さえなかった頃のあの一角を上空から眺めてみよう。

　ラシーヌのランティメ〔『訴訟狂』の登場人物〕は滑稽な弁論の中で、「世界が誕生する以前は」などと仰々しく演説する。すると判事は「ああ弁護士殿、洪水の話に移りましょう！」と、あくびを噛み殺しながら大声で言う。実際、いま問題になっているのは洪水のことだ。とはいっても、地球を呑み込んだあの神話上の洪水ではなく、動顛した人々の伝承に痕跡が残された局地的な何らかの氾濫でもなく、数世紀にわたってグリ＝ネ岬〔カレーの南西〕からゼーラント諸島に至る北海沿岸を覆いつくし、その後剝きだしにした、あの太古の昔の高潮のことである。こうした浸食作用のもっとも古いものは、人類誕生よりはるか以前に遡る。東に向かって斜行する砂丘の長い連なりはその後、先史時代とローマ時代末期に再び崩壊した。アラスからイーペルにかけて広がり、さらには国境を越えてヘントやブリュージュ方面に延びる平原に足を踏み入れると、つい前日に海が引き、明日にはまた戻ってくるかもしれないような海底を進んでいるような気になる。リール、アンザン、ランスあたりでは、鉱山採掘によって削られた腐植土の下に化石の森や、さらにいっそう古い異なる輪廻の風土と季節を示す地質学的な残留物が、堆積しているはずだ。マロ＝レ＝バンからレクリューズにかけては、海と風によって生み出された砂丘が波打っている。今日その砂丘を汚しているのは気取った別荘や、金儲けのためのカジノや、贅沢品や粗悪品をあつかう商店や、軍事施設などである。要するに一万年も経てば、海の作用でゆっくりと砂粒に変えられた有機物や無機物の残骸ともはや区別がつかなくなるような、がらくたの山にすぎない。

他の所なら丘と呼ばれるようないくつかの山《モン》が、この低地に起伏をもたらしている。まずモン・カッセルがあり、それが北側でフランドル地方の四つの山並みに連なる。モン＝デ＝カ、モン・ケンメル、モン＝ルージュ、そしてモン＝ノワールで、モン＝ノワールは私が少女時代を過ごした場所なので他の山よりはよく知っている。山の砂岩や砂山や粘土もかつては堆積物であり、それがしだいに大地となった。稜線の低さに窺われるように、その後新たな水の圧力が、山々の周囲の土地を現在の高さにまで浸食してしまったのである。山が形成されたのはテムズ盆地がオランダの方まで延びていた頃、大陸とその後イギリスになる部分を結ぶ臍の緒がまだ切れていなかった頃のことである。これらの山は他にもいろいろ教えてくれている。周りの平野は中世の修道僧と自由平民たちが徹底的に開墾したが、高地は耕作地に変えるのがむずかしかったので、樹木をよりよく保存できるかに見えた。もっともモン・カッセルでは要塞化した陣地を設けるために、早くから樹木が伐採されてしまった。その陣地には隣国の部族や、カエサルの兵士たちに攻めこまれた部族が逃げ込んだのだ。かつて高潮が打ちつけたように、戦がほとんど定期的に山の麓に襲いかかった。その他の丘の樹林はよく保存され、時には追放者たちが難を逃れてやって来た。とりわけモン＝ノワール〔黒い山という意味〕は、一九一四年の無益な殺戮以前にそこを覆っていた鬱蒼とした樅の木に由来する名前である。戦争の砲弾は私の高祖父が一八二四年に建てた城館を破壊した以上に、モン＝ノワールの景観そのものを見る影もなく変えてしまった。樹木はまたしだいに増えたが、こうした場合はいつもそうであるように、他の種類の木が取って代わった。ルネサンス期のドイツの画家たちが描いた風景画の背景に見られるような黒々とした樅の木は、もはや主流ではない。伐採を想像しても詮無いことであり、またいつか行なわれるにしても、新たな植林を想像することもまた空しい。

しかし、先を急ぎすぎたようだ。思わず現在に至る坂道を駆け下りてしまった。むしろ人間がまだ住んでいなかった世界に、ポルトガルからノルウェーまで、砂丘から後にロシアとなる地のステップまでほとんど途切れなく広がっていた荒れ地を含んだ森の数里に、目を凝らしてみよう。心の中で緑の海を思い描いてみよう。われわれが過去を想起する時たいがいそうであるような不動の緑の海ではなく、われわれの暦や時計で測られることなしに過ぎゆく時につれて、流れる日々と季節におうじて動き、移り変わる緑の海である。秋には落葉樹が色づき、春には樅の木がまだ小さな褐色の蒴果《さくか》に覆われた真新しい針葉を揺らすさまを見よう。ほとんど人声も、人間の使う道具の音も聞こえないような静けさの中に浸ってみよう。そこで聞こえてくるのは鳥のさえずり、コエゾイタチやリスといった敵が接近した時に発せられる警告の叫び、捕食動物であり他の動物の餌ともなる無数の蚊がぶんぶん鳴く音、木の幹の割れ目でミツバチが唸りながら守ろうとする巣房を探す熊の吼《ほ》え声、あるいはオオヤマネコに食いちぎられる鹿の喘ぎだけである。

水浸しの沼地では、鴨が飛び込み、空高く舞い上がろうと勢いをつける一羽の白鳥が翼を拡げて大きな音を響かせる。蛇が苔の上を静かに這ったり、枯葉の上でかすかな音を立てたりする。いまだいかなるボイラーの煙にも、いかなる燃料の油にも汚されることなく、いかなる舟が漕ぎ出たこともない海からの風で、砂丘の上に密生した草が揺れる。時には沖でクジラが力強く潮を吹き、ネズミイルカが陽気に跳ねる。

一九一四年九月、私は家族とともにイギリス経由でまだ敵に侵略されていないフランスに渡るため船に乗り、その船には女と子供、そして手当たりしだいに持ち運ばれてきた家財道具や羽根布団があふれかえっていたのだが、ちょうどその船の前部から見えたようなネズミイルカである。その時わずか十一歳だった少女は、この動物の陽気さが、人間どうしが苦しめあうような世界よりずっと無垢で神々しい世界に属していることを、すでに漠然と感じていたのである。

また人類の逸話に迷い込んだようだ。気を取り直すことにしよう。いつものように自らを意識することなく回り、宙にただよう美しい惑星である地球とともに回ってみよう。太陽が生命ある薄い地殻を暖め、植物を芽吹かせ、動物の死骸を発酵させ、大地から湯気を発散させてはやがて消し去る。それから大きな霧峰がものの色合いをぼかし、音をかき消し、一面の厚い灰色の幕で平野と海の大波を覆いつくす。その後に雨が来て、無数の木々の葉にあたって響き、大地に浸透し、植物の根に吸収されていく。風のせいで若木は撓《たわ》み、老木は倒れ、すさまじい音を立ててすべてが吹き飛ばされる。そして最後に再び静けさが戻り、雪がしんしんと降り積もる。雪原に見えるものと言えば、木靴や動物の足跡や爪の跡、あるいは鳥が降り立った時に刻まれた星形の足跡ばかり。月夜には光がまたたいているものの、光を見つめる詩人や画家は必要ないし、粗雑な甲羅をまとった昆虫のようなものがいつか上空にある月という生命のない球体の土埃の中に歩みを進めるかどうか、占う預言者もいない。月の光に隠れなければ、星は今とほとんど同じような場所に位置して煌めいている。星はまだ人間の空想によって四角や多角形や三角の形に結びあわされていなかったし、星と無関係な神々や怪物の名前を冠せられてもいなかった。

しかしすでに、あちこちに人間の姿があった。まだまばらに、ひっそり棲息するだけで、時にはすぐ近くの氷河の圧力に活動を阻まれ、洞窟も岩山もないこの地にはほとんど痕跡を残さなかった。それは王のように振る舞う狩猟採集者であり、獣と暮らす樵《きこり》であり、樹木を乱伐する者であり、鳥を絞め殺す網をはり、毛皮動物を串刺しにする杭を据える罠猟師であった。冬用の干し肉を手に入れるために、季節ごとの動物の大移動をつけねらう勢子《せこ》であった。木の枝と皮を剝いだ丸太を使う建築家、動物が持つあらゆる巧妙さを兼ね備えた狼＝人間、狐＝人間、ビーバー＝人間であった。ユダヤ教のラビの伝承によれば、人間は自らの姿を象《かたど》るための一握りの泥さえ大地から神に恵んでもらえなかったし、アラビアの物語には、動物たちがこの裸の虫を見て震えたとはっきり記されている。人間には、どのように評価しようとも世界全体では異常なものとしか言えないさまざまな力があり、われわれが知っている他の生物よりも善悪の面で極端まで進む恐るべき才能があり、おぞましく、同時に崇高な選択能力が具わっている。

漫画や一般大衆向けの科学参考書では、この平凡なアダムが棍棒を振りまわす毛むくじゃらの獣のような姿で描かれる。ユダヤ＝キリスト教の伝説によれば、原初の人間は美しい庭の木陰を静かにさまよったことになっているが、今のわれわれはその伝説からは程遠い。また、たとえばミケランジェロのアダムは神の指に触れて完璧な姿で目覚めるが、そのアダムからはさらにいっそう遠く隔たっている。獣の性《さが》は現代人のうちにも潜んでいるのだから、礫石器や磨製石器を操っていた人間はたしかに獣といえば獣であった。しかしこの獰猛なプロメテウスたちは、火と、食べ物の調理法と、闇夜を照らす松明を発明した。彼らは現代人よりも巧みに、食用植物と毒のある植物、人間を養うのではなく奇妙な幻想へといざなう植物を区別できた。夏の太陽はより北に沈むこと、天頂の周囲をぐるぐる回る星や、黄道宮に沿って規則正しく進行する星があること、あるいはその逆に、一定の太陰月や季節を経て繰り返される気紛れな動きにしたがって、行ったり来たりする星があることに彼らは気づいていた。そしてこのような知識を昼夜の旅に利用した。今に至るまで仕事と悦びと苦しみの伴侶である歌を発明したのも、おそらくこの獣のような人間たちであるが、今や人はほとんど歌を忘れてしまった。彼らが壁画に刻みつけた時間の大きなリズムに注視すると、祈りや呪いの単調な旋律が聞こえてくるようだ。彼らが死者を埋葬した場所を調査してみると、死者は複雑な意匠の花の絨毯の上に横たえられていたことが分かるし、その花の絨毯は私の子供時代に老女たちが宗教行列の通り道に広げたものと、おそらくそれほど違っていなかっただろう。芸術家というのは現実世界のうごめく様相と、自分の精神と、目と、手から生まれた多くの形象を重ねあわせたいという奇妙な強迫に駆られるものだが、先史時代のピサネッロやドガたちもまたそうした強迫にとらわれたことだろう。

民族学者が研究するようになったこの一世紀足らずの間にわれわれに分かり始めたのは、未開社会にも神秘思想や叡智が存在し、シャーマンたちはホメロスのオデュッセウスやダンテが闇の中で辿ったような道に、足を踏み入れていたということである。過去の人々はわれわれと同じようには物事を見ていなかった、とわれわれは絶えず考えているが、そうした傲慢さのせいで、われわれは洞窟の壁画の中に単なる功利的な魔術の産物しか見ようとしない。しかし人間と動物の関係、さらには人間と芸術の関係はもっと複雑で、もっと意味深いものだ。同じように侮蔑的な図式は大聖堂についても用いられようし、実際用いられた。大聖堂は神との途方もない取引、あるいは専横で強欲な聖職者たちが課した賦役の産物と見なされていたのだから。こうした粗雑な議論はオメー〔フロベール作『ボヴァリー夫人』の作中人物で、俗物の典型〕に任せておけばよい。矢に射抜かれた野牛の絵を前にした先史時代の呪術師が時には、贖罪の子羊を前にしたキリスト教徒と同じような不安と敬虔さを感じていたという推測を、何ものも妨げることはできない。

こうして現代のわれわれから隔たることせいぜい三百世代、新石器時代の巧みな人々、器用な人々、環境にうまく適用した人々が登場してきて、そのすぐ後には、銅と鉄を操る技術者たちが続く。彼らは、現代人のすぐ前の世代まで人間が幾度となく繰り返してきた動作を上手におこなった職人たちであり、高床式の小屋や石の壁を築いた者たちであり、丸木舟や柩の材料となる木の幹を刳《く》りぬいた者たちである。壺や籠の大量生産者であり、裏庭に犬を飼い、ミツバチの巣箱や石臼を備えていた村人であり、家畜にした動物と契約を結びながら、それを殺すことによって常に契約を反故にした家畜の群の番人である。そして彼らにとって、馬や馬車は比較的最近になって創られたものにすぎない。飢えと、敗北と、冒険心と、蛮族の侵入の時代から五千年経っても相変わらず東から西に吹く風が、おそらく彼らをこの地まで追い詰めたのだろう。彼らに先んじた者がかつてそうであり、彼らに続く者もいつかそうなるように。嵐の後の砂丘に、潮に流された海藻や貝殻や木片が打ち上げられて筋をなすように、民族の残骸からなる細い帯が周期的に海岸に沿ってできあがる。こうした人々もまたわれわれに似ているのだ。面と向かい合えば、愚鈍から天才まで、醜から美までのあらゆる段階が彼らの表情に認められるだろう。デンマークの鉄器時代に生きたトーロン人〔一九五〇年に、デンマークのトーロンで発見されたミイラ化した死骸〕がかつて、首に綱を巻かれ、ミイラ化した状態で沼から見つかったことがある。当時の保守的な市民は、真偽のほどが定かでない裏切り者や、脱走者や、同性愛者たちを何やら女神に生け贄として捧げていたらしいのだ。このトーロン人はこのうえもなく聡明な顔立ちをしていた。拷問されたこの人間は、彼を裁いた者たちをきっと見下していたに違いない。

それから突然、言葉を話す声が響く。その言葉の断片的な単語や、音声や、語根はいまでもところどころに残っている。人々の口からはほとんど今のわれわれと同じように、砂丘、粗いふすま、若枝、石臼といった語が洩れた。喚きちらす人々、法螺吹き、喧嘩っぱやい人々、一攫千金をねらう人々、人殺し、威張りちらす戦士などだ。ケルト人は毛の頭巾を被り、かつてフランスの農民がまとっていたような作業着を身につけ、スポーツ選手がはくショーツのようなものをはき、フランス革命期にサン＝キュロットのあいだで流行することになるゆったりしたズボンを身につけていた。ケルト人はすなわちガリア人であるが（古代の作家は二つの語を区別なく使っている）、学者の愛国心のせいで矛盾した扱いをされ、ゲルマン人とは反目する仲間どうしであり、両者の内輪揉めは二千五百年前から止むことがない。贅を好む卑しい大男である彼らは見事な腕輪や馬を好み、美しい女と小姓を愛し、イタリア産やギリシア産のワインの甕と捕虜を交換した。古代の伝説が語るところによれば、北海の低地海岸にはじめてやって来た頃、この凶暴な者たちはしっかり武装して、宿営地を脅かす高潮に立ち向かっていったという。高波に挑んだこのわずかばかりの男たちは、私に兵士たちの異常な陶酔を思い起こさせる。あの同じ海岸で、同じ灰色の空の下、しだいに海水が侵入してくる砂の砦で最後まで敵軍に抵抗し、さまざまな国籍のトーテムである安物の旗を振り回し、数週間後には大戦争〔第一次世界大戦のこと〕の血にまみれた栄光をまとうことになるあの兵士たちを。ガリア人はとても勇敢で、空が落ちてくること以外には何も恐れていなかったと、学校の教科書にはくどいほど書かれている。彼らよりも勇敢な、あるいは絶望している現代人は一九四五年以降、空が落ちてくるのを覚悟するという習慣に染まってしまった。

歴史は常に現在の立場から書かれる。二十世紀初頭に書かれたさまざまなフランス史に出てくる最初の挿画には、例外なく白衣のドルイド僧とともに口髭を生やした戦士の姿があったものだが、そのフランス史が読者にもたらすのは、巨大な文明化の力の少しばかり手荒な配慮によって、否応なく進歩の道へと誘われる、崇高とはいえ戦う前からすでに敗北していた原住民の群の残像だった。絞殺されたウェルキンゲトリクス〔紀元前五二年のガリア人叛乱の指導者〕や、地下室を出た後で処刑されたエポニーヌ〔ガリアの英雄で、西暦七九年ローマで処刑された〕は自らの運命を諦めるしかなかった。カエサルの『回想録』を苦労して読む生徒は、このわずかばかりの善良な未開人に勝利したぐらいで、カエサルの禿頭にあれほど多くの月桂樹の枝が飾られたことに、いくらかの驚きを禁じえない。テルアンヌの町のモラン一族のもとに集まった五万人の兵士や、カッセルの町のメナピアン一族が招集した二万人の兵士が示しているのは、ガリア地方のこの目立たない片隅でも、現代のそれと似たようなローマ帝国の軍事組織と、ガリアの広大な世界が、激しく対峙したということだ。その世界はローマ帝国に較べれば脆弱だが、より柔軟で、軍事的な伝統も備えていたが、ヘラクレスやエヴァンドロスの時代のギリシアやローマの段階に留まっていた。ローマの歩兵軍団が侵入してきたあの道なき土地は、虱のたかった未開人の巣窟ではなく、それ以前の数世紀の間に、一再ならずローマや地中海東部に押し寄せた多産な民族の生息地だった。ローマ帝国が支配した四世紀もの間に、美しい石造アーチの下を流れる水のように流れ過ぎるのはいわば先史時代の中世であり、それがいつしか西洋の中世と合流するのが感じられる。ガリアの森には杭と梁からなる城の塔や、荒壁土を塗った藁葺きの家が並ぶ村々が見えるようではないか。遠い国境地帯の陣地に宿営したガロ＝ロマン人の外援軍は、プトレマイオス朝エジプトで一獲千金をねらったガリア人傭兵や、小アジアに押し寄せたガラテヤ人の子孫である。彼らはまた、後の十字軍兵士たちの父祖でもある。樫の木の下の隠者たちがやがて、永遠の移住へと旅立つ支度をするドルイド僧に取って代わることだろう。森の中で追われ、雌鹿に養われた美女やその赤子たちの伝説は、原史時代のおばあちゃんたちの口から伝わった。人喰い鬼に食べられたり、海の娘たちに攫われたりした子供や、死神に仕える機織り女や、来世での騎行のことは人々が声をひそめて語った。

だが、大事なのはまさにそのことなのだ。カエサルが焼き払った村々の明かりのもとに浮かび上がってくるのは、ビスヴァル家、デュフレンヌ家、ベール・ド・ヌーヴィル家、クレーヌヴェルク家、あるいは私の家系であるクレイヤンクール家の遠い先祖たちの顔である。もっとも、巧妙な戦略家であるカエサルはやがて藁に火をつけて村を焼き払うことはやめる。炎と煙が立ち上るせいで、自軍の位置が敵方に知れてしまうからである。ローマ軍の侵攻を受け入れた人たちの姿が目に見えるようだ。まず、征服によってローマへの輸出が倍増すると分かっている抜け目ない人々。彼らが好むのは彼の地の燻製にしたハムや、脂漬けされて送られてくるガチョウや、暇な少年牧童に見張られて歩き回っていた生きたガチョウだ。彼らが珍重するのはアトレバテス族の作業場で織られた見事な毛織物だ。彼らが高く評価するのは、剣帯や馬の鞍に用いるよくなめした革だ。ドルイド僧の学校よりも雄弁術を教えるローマの学校を好み、ラテン語の文字を必死に覚えようとする開明的な人々もまた、ローマ軍の侵攻を受け入れた。大土地所有者たちもまた同意した。自分たちのケルト系の名前をローマ帝国風の市民の名前と取り替えたいと切望したし、自分自身のためではなく子供たちのために元老院や、元老院議員が身にまとうチュニカを夢見ていたからである。さらにまた、ローマの平和がもたらす利益をすでに忖度していた思慮深い政治家連中も、反対しなかった。実際、ほとんど絶えず戦争のおぞましい災禍が人々の記憶に刻まれていたこのガリアの地に、ローマの平和はその後の三世紀だけは安寧をもたらすことになるのだ。

ローマの侵攻を拒んだ者はそれより少なかった。彼らは、中世にフランス軍兵士たちによって虐殺された自由都市の住民や、宗教改革時代に追放された者や、マルタン・クレーヌヴェルクのように拷問にかけられた。このマルタンはもしかしたら私の縁者かもしれないが、バイユール近郊のコルボー山で斬首された男である。彼らはまたブルボン家に忠実だった一七九三年の亡命貴族や、それより百年前にハプスブルク家に忠実だった彼らの先祖を予告している。さらには、私の大叔父のように共和主義への同調をまるで悪徳であるかのように隠していた、十九世紀の臆病な自由主義派のブルジョワを想わせるし、臣下からいくらかの金貨を掠め取るためにフランス王が使う計略のようだと言って、自分の紋章がドジエ〔系図学者、一五九二―一六六〇。ルイ十三世、ルイ十四世の信任厚く、膨大な系図学の著作を残す〕に記録されるのを拒んだ十七世紀の私の祖先ビスヴァルのような、気難しい男を想わせる。いずれも信奉者や、罠をもちいる猟師や、貧者や、反抗的な高等法院のメンバーや、追放者といった相も変らぬ顔ぶれである。こうした連中はカエサルの時代であれば、アトレバテス族の首領だったコムとともにブリタンニアに逃げ落ちただろうし、ベルギーの海岸と、後にイギリスとなる国を絶えず往復するという亡命の道を始めたことだろう、あるいはおそらくその道を継続したことだろう。後世には、その繋がりがこの地まで広がったバタヴィ人〔ライン川河口付近に居住していた古代ゲルマン部族〕の抵抗者クラウディウス・キウィリスの運動に賛同することだろう。レンブラントが目にしたような姿のままの彼らが、目に見えるようではないか。蛮族の宝石をたくさん身につけ、アレクサンドリア製でラインラント地方から輸入された美しいガラスのグラスを高く持ちあげながら、そして自らの粗野な贅沢と危険をともに味わいながら、彼らは覚束ない角灯に照らされた地下室に集まり、おそらくほろ酔いかげんでローマを殲滅《せんめつ》させると誓う、あるいはそのほうが実現しやすいので、自らの死を誓う。

思慮深く、同時に一徹な民族のいくつかの特徴がここにはすでに表れている。ケルトの魔女からの贈り物である一時的な熱狂の場合を除いて、団結できないこと。いかなる権力にも屈服しないこと。この点はフランドル地方の全歴史をある程度まで説明してくれるものだが、他方それと対をなすかたちで、金銭や安楽に強く執着する側面もあり、そのため現状をすべて受け入れてしまうことにもなる。甘言やみだらな冗談を好むこと。抑えがたい感覚的な欲望。世代から世代へと受け継がれてきた人生にたいする強い愛（この点は譲れない唯一の財産である）。大将のカエサルがイタリアに戻って政治に没頭している間、冬の耐えがたい雨に打たれつつこの地に陣を敷いて歩兵軍団の指揮を執った副将マルクス・アントニウスは、豊満な美女たちを享受したにちがいない。一九一四年、イギリス軍将校はこの地の女性たちがバッカス神の巫女たちのように淫らであることに驚愕し、いくらか不安の念にも駆られた。将校の一人が言うには、肉体の祝祭が繰り広げられるこの国では女を手込にする必要さえなかった。

神を考慮しなければ、その土地の民をよく理解することはできない。歴史の彼方にいるケルト人の神々は、はっきりした姿を見せてくれない。漠然と知られているのはテウタテス、ベレノス、一種の運命の三女神パルカエに相当するようなガリア人あるいはゲルマン人の地母神、魂を導き、メルクリウスと同一視される月神、もう一人の慈母たるナハラニア（船出の時は祈りの対象となり、ゼーラントの港に上陸してしまえば用済みになったし、海岸地帯のもっと南部でも同じようなものだったろう）、そして最後に輓馬《ばんば》と仔馬《ポネ》の女神であり、そこに名を留めているエポナ。エポナは女性用の鞍に横座りにおとなしく座り、細い小板に足を載せている。しかしこうした神々の偶像が一定のかたちをなしている時は、ギリシア・ローマ期に作られたものだからである。バヴェーで発見された悪趣味な祭具、私の祖先がその前できっと祈りを捧げたに違いない祭具は、ローマ帝国の領土のあちこちで見つかるものとまったく同じで、ガリアの職人の個性はところどころに、しかも稚拙な面に表れているだけだ。ギリシアから導入された技術に関係なく、ケルトの初期の貨幣にすでに示されているあの特異な才能を思うならば、そして動物の姿形を躍動させ、植物の図柄を引き延ばしたり絡み合わせたりするあの能力や、後のキリスト教時代の彩色師や版画絵師にまで継承されるあの能力を考えるならば、この男たちが望めば神々の姿を象ることができたことに疑いの余地はない。おそらく彼らが好んだ神々はなかば不可視で、石から誕生したばかりで再び石の中に埋もれ、形のない大地と、雲と、風の漠然とした混沌と一体化していたのだろう。父祖伝来のこうした拒否行動のいくらかが、数世紀後の偶像破壊者たちの熱狂を説明してくれるのかもしれない。ある日フランドルのとある教会に私と一緒に入った農夫が、何やら知れぬ「永遠の父」の像を不愉快そうに見ながら、「神さまの姿を象ってはいけない」と打ち明けたものだ。

　カエサルや、後の聖ヒエロニムスにも辺境扱いされたこの地方には、ドルイド僧の痕跡はほとんど残っていない。先史時代のル・コルビュジエのような人間が作ったカルナック〔ブルターニュ地方の町〕の高貴な巨石群やストーンヘンジの一本石の列柱のおかげで、これらヒイラギの採集者たちが生きた時代がもっと以前のことだとされるようになったのを知っている現在、ドルイド僧の痕跡が少ないのは他の地域でも同様である。自分たちよりも古くからあった聖なる土地に住み着いたこの僧たちは、カトリック大聖堂の装飾を剝ぎ取った後でそれを利用した新教徒や、ローマの神殿をキリスト教化したキリスト教徒たちを想起させる。いずれにしても彼らの集合地であったカルヌテース族の町、つまり今のシャルトルはベルギー・ガリアから近かったから、この低地や砂丘のあちこちにまで彼らの影響が広まった。私の父方の家系に連なる司祭様や神父様がある日、ルーヴァンやパリや、ときにはローマまで行って学問を修めたのとまったく同様に、メナピアン一家の若者たちは一族の男どもの波乱に満ちた生活にはほとんど関心をそそられず、大陸のケルト人の慣例に倣って、ブリタンニア島のドルイド教神学校に足を運んだこともあったに違いない。そこで彼らは、民族の知識の貯蔵庫たる宇宙開闢と系譜を語る長大な詩を暗記した。まさしく一見馬鹿げているだけに精神を誘惑する与件である輪廻転生の様式を、彼らは教え込まれたのである。馬鹿げているとはいっても、嚥下、消化、交接、出産といった生体機能の他の現実以上にそうだというわけではない。出産はわれわれ人間と万物の関係を表すもっとも美しい隠喩であり、習慣化されたせいで、その奇妙さが隠されているにすぎない。彼らはまた、さまざまな植物の効能や、いんちきかどうかはともかく神明裁判を執りおこなう方法も学んだ。神の審判は当初、神々の審判だったのである。祝祭日には、動物や人間が柳で編んだ小屋に入れられ、華々しく焼き殺されるのを目にしたことだろう。キリスト教時代、少なくとも十七世紀末まで、同じくらい獰猛なのにそれを隠蔽する口実にまぎれて、罪を犯したと思われた男女や、不吉だと思われた動物が何千人、何千匹と生きたまま焼き殺されたのと同様である。彼らはまた、ギリシア語を少し学んだかもしれない。ギリシア語で手紙を遣り取りしていたこのドルイド僧たちは、恭しい先史時代に埋没しているように思われる。カエサルがローマに連れてきたガリアのドルイド僧ディウィキアクスはキケロと哲学の議論したほどで、町で夕食をとる高位聖職者の祖型であろう。

正確にはいつ、この民族が自らの原初の神々を棄ててパレスチナからもたらされた救済者の宗教を信じるようになったのか。ヴァランティーヌや、レーヌや、ジョゼフィーヌや、アドリエンヌのような女性たち（私はその子孫である）よりはるか以前に生きた主婦は、自分よりも開明的な夫や息子が青銅の小さなラレス像〔古代ローマの家の神〕を鋳造職人のもとに持ち込むのを許し、像はその後、鍋やフライパンとして回収されたようなのだが、それはいつ頃なのか知りたいものだ。またそうした例にも事欠かないが、衣をまとってひげを生やした神々を聖なる使徒の姿に偽装したこともあるだろう。その他の背教者は（改宗した人間というのは常に何かの背教者だから）、失われた大義により忠実だったので、地下室や庭の片隅に神々の像を手厚く埋めた。そうした神々の像が、緑青に覆われて発見されるのである。じつを言えば、異国趣味の魅力に飾られた神がこの地方に入り込んだのは初めてのことではない。イタリアの市場商人は安物の品にまじってイシスやハルポクラテス〔どちらも古代エジプトの神〕を持ち込んだし、古老の兵士は陣営から小さなミトラ

〔古代インド・ペルシアの神〕を持ち帰っていた。しかしこうした神々は寛容で、排他的な信仰を求めなかった。無気力で、自らの古き良き宗教を棄てることさえできない異教徒たちが、西暦六世紀や七世紀に至るまであのような活動を続けたかどうか、大いに疑問である。新たな宗教の掟に帰依することがまだ英雄的な冒険だった時代に早くも改宗した人々と、国家がすでにそれを上から承認していた時代に世の流れに従っただけの群衆は区別して考えるべきだろう。

　歴史上もっとも革命的な時期が二つある。まず、すべての幻想を捨てた人間は自分の運命の支配者となり、世間を超脱するか、あるいは他の人々に尽くすためにのみ世間に留まるのであり、神々さえもはるかに凌駕するということを一人のヒンドゥー教苦行者が理解した時。次に、多かれ少なかれギリシア化したいくらかのユダヤ人が、彼らの指導者《ラビ》を人間の生活と苦難にすすんで関わりを持った神と認めた時。その指導者は世俗権力と宗教権力の双方から迫害され、秩序維持に当たろうとする軍隊の眼前で地方警察の手によって処刑された。二十歳頃に私の心をとらえた仏教の叡智について論じるのは、後回しにしよう。当時の人々が築いたあらゆる制度に鉄槌を加えたキリストの受難という、この第二の未曾有の出来事について言えば、現代ではそれに深く感じいるキリスト教徒さえほとんどいないくらいだから、改宗したガロ＝ロマン人がそれに強く心を動かされたとは思えない。山上の垂訓の崇高さにおそらく目覚めた、純真無垢な魂の持ち主はいくらかいただろう。私もこれまでの人生で、同じような体験をした二、三人のひとに出会ったことがある。不安に駆られた多くの人々が来世で救済されるという希望に陶然となったし、当時はそのおかげで異教徒の信仰まで活気づいたのだった。大多数の人たちは、何を失うものがあろうかというので、自分なりにパスカルの粗雑な賭をおこなった。家禽類や若い雄牛をたくさん犠牲に捧げたにもかかわらず、ガリエナ・タキタの胃痙攣は相変わらずだったし、アウレリアヌス・カウラクス・ガルボは最後の昇進リストに名前がなかった。曖昧な国境地帯だけでなく、後にアラスとなるネメタクムや、後のバヴェーであるバガクムに隣接する地域でも、ローマの敵たる蛮族や、さらに悪いことにローマの同盟者たちまでもが増殖していった。やがてローマ帝国の西の前線が突破されると、オリエントの修道院の奥から聖ヒエロニムスの恐怖の叫びが響き渡る。「クァディ族、ヴァンダル族、サルマテス族、アラン族、ゲピデス族、ヘルレス族、サクソン族、ブルグンド族、そしてアレマン族（ああ、哀れな祖国よ！）の波が、ライン河と北海からアクイタニアのほうへと押し寄せる。ガリア全土が戦火と流血にまみれる」。新たな神は誰も救ってくれなかった。古い神々にしても、象牙椅子にぐったり腰掛けた女神ローマですら誰も救えないだろう。

金持ち連中は、高価なものを手放さなかったせいでかえって身動きが取れなくなり、忠義を尽くしたわずかばかりの召使とともに路上で喉を掻っ切られて息絶えた。奴隷たちは逃亡し、たちまち自由人の地位を手に入れたり、蛮族と融合したりした。廃墟に煙がたなびき、瓦礫の下には例によって身元の知れない多くの人々の遺体が埋まっていた。自ら身を任せた、あるいは強姦された女たちは虐待と、寒さと、遺棄ゆえに死んだり、あるいは征服者の子胤《こだね》を産み落としたりした。畑と家畜を守ろうとして殺された村人の骨は雨に打たれて白くなり、死んだ動物の骨と区別がつかなくなった。それから人々はすべてを修復し、再建し始めた。そうしたことは、これが最後というわけではない。

家系の繋《つな》がり

十六世紀の初め頃、クレーヌヴェルクという名の取るに足りない人間が登場する。ボスやブリューゲルやパティニール〔フランドルの画家、一四八〇―一五二四〕が風景の尺度にしようと、絵の後景の路上に点景として描き込んだ人物たちのように、時を隔てて見ればごく小さな人間にすぎない。私はこの人間の十三代目の子孫に当たるのだが、彼についてはほとんど何も知らない。この男はおそらく狭い土地ながら快適に暮らしていたのだろう、と私は推測する（貧しい者たちが羊皮紙に痕跡を残すことは稀である）。そして死後は、夜遅いミサの声に合わせて小教区に埋葬されたのだろう。彼が二人の息子の結婚をうまく取りまとめたことは分かっている。うまくというのは、貴族の血を引くブルジョワや、彼自身もおそらくその出身だった小貴族からなる集団において、上下を問わず身分違いの結婚をさせなかったということである。彼がカッセルとバイユールの間にあるカストルという町の出身であることも分かっている。カストルは現在ではありふれた町にすぎないが、ルネサンスの黎明期にはスペイン支配下のフランドル地方で、小都市の活気に溢れた生活を見せていた。当時のカストルはマルタ騎士団の領地と、いくつかの小教区教会と、町はずれに絞首台を設置する「法廷」を持っており、この一帯の地名の謂《いわ》れになったローマ軍の陣営の痕跡をおそらくまだ保っていただろう。この大きな町には文学サークルもあり、会員たちが集まっては下手の横好きでバラードやロンドーのような詩を作ったり、重要人物の「陽気な入会」を準備するかたわらお祝いの詩句を考えたり、聖史や笑話にもとづいた戯曲を贅沢に上演したりした。後年バイユールで、私の祖先の一人が地方の文学サークルの「寛大で若き王子」になる。一五一〇年代のクレーヌヴェルクもまた、自ら楽しむ術を知っていたブルジョワジーのこうした娯楽に加わっていたに違いない。その子孫たるわれわれは、スクリーンやテレビ画面であらかじめ制作された映像が動くのを見ているわけだが。

堅実で控えめなこれらの家庭では、息子の嫁の名がしばしば集団の状況や性格を明らかにしてくれる。クレーヌヴェルク家の長男は父親と同じくニコラという名で、マルグリット・ド・ベルナストという女性と結婚した。私はこの夫婦の子孫である。次男はカトリーヌ・ヴァン・カストルを娶《めと》った。この女性の家族からトゥルネに根を下ろした家系が出たようで、その家系が後にジャクリーヌ・ヴァン・カストル・ド・ルーベンスを生んだ。死後に描かれた肖像画では金の装身具を身につけ、むっつりした表情を見せている女性である。このジャクリーヌの夫であり、好一対をなしていたのがミシェル・ド・コルドで、大公時代に要職を歴任している。彼の二度目の結婚から生まれたのが、私の父の最初の妻の祖先に当たる女性ということになる。長男ニコラの息子はマルグリット・ヴァン・カストルという女性と結婚した。私がこうした事柄を書き記すのは、名前と血縁と不動産が複雑に繋がっていることを早々に示しておきたいからで、この繋がりは過去三世紀の間に、絶えず相互に婚姻関係を繰り返してきたおよそ四十家族によって織りなされてきたものである。

初代ニコラの子孫は皆、伴侶を得た。ある者は侍臣のピエール・ド・ヴィックに嫁し、ある者は行政官の古い家系に連なるカトリーヌ・ダマンを娶り、ある者はダンケルクの町の財務官ジャック・ヴァン・デル・ヴァールという男に嫁いだ。この男は、フランス語ではド・ゴールという名になる大きな一族の出身だった。さらには侍臣フィリップ・ド・ブルゴーニュ、「貴族」ジャック・ド・バヴラール・ド・ビレノフ、あるいはまたジャネット・フォーコニエ、ジャン・ヴァン・ベル、プラデル・ヴァン・パルマールといった人たちと結婚した。私はかつて『黒の過程』の端役に、彼らの名前を自由に割り当てておいた。私の始祖ミシェルは、一族でこの名を付けられた最初の人間で、その後一家では長男をミシェルと名付けるのが慣例になるのだが、一六〇一年にマルグリット・ド・ヴァルネーという女性を娶った。彼らの息子でカストルの代官《バィィ》マチューは、ジョジーヌ・ヴァン・ディケルの娘であるポーリーヌ・ローランス・ド・ゴドスヴェルドと結婚した。その後に登場するミシェルもまたカストルの代官となり、フォレステルの貴婦人にして、国王付き顧問官とバヤンゲムという女性の娘であるマリアンヌ・ル・ゲー・ド・ロベックと結婚した。バヤンゲムはヴィルカンの貴婦人で、父はサン＝トメール代官管区の代理官を務めた。だが、この辺でやめよう。これら未知の人々に詩的趣きがあるとすれば、ところどころフランス系の名前が混じったフランドル人の名前だけである。彼らの名前を列挙すると、一地方の平野や窪みや隆起に触れるような感じがしてくる。その地方ではしばしば支配者が変ったが、少なくとも二十世紀の二度にわたる世界大戦という大混乱までは、人間集団の安定性は一九七七〔本書が刊行された年〕年の観察者を驚愕させるに十分である。

　このクレーヌヴェルク一族とはいったい何者だったのか。この姓に貴族の地位を示す語deが付けられたのは、十八世紀初頭のことにすぎないのだが、「稼ぎの少ない人」という意味での「ちょっとした仕事」、あるいはより風雅な言い方をすれば「暢気な人」を意味する姓である。バーナード・ショーが『ピグマリオン』の中で、都市の清掃人から哲学者に出世する男にドゥーリトルDoolittleという姓をつけたが、この英語の姓がクレーヌヴェルクという姓にほとんどぴったり対応している。フランス語にはこれに対応する語がない。姓というものが確立した十二、十三世紀頃、自分の祖先が何をしていたか私には想像できる。

小さな農地を懸命に耕し、何かの工芸やつつましい商売のようなものに精を出し、シャルル・ドルレアン〔十五世紀フランスの詩人〕が詠った愛想のいいつましい小間物商（つましい小間物商！　小さな籠！／私は少しずつお金を稼ぐ／ヴェネツィアの富からは程遠い！）のように、おそらく村から村へと渡り歩く行商人で、背負い籠を肩で押し上げたり、戸口で番犬に脅かされたりしていたのだろう。あるいはもっと都合のいい想像が許されるならば、緑の東屋でビールのジョッキを飲み干しながら、のんびり暮らそうと決断した美男たちを想い描くこともできよう。

クレーヌヴェルク一族と接触できるこの時期、彼らは当時フランドル地方に数多くいたヘーレン階級として根を下ろしていたようである。ヘーレンとは小規模な領地を所有する小貴族で、古くからの封建領土を徐々に侵食し、農民の土地にまでじわじわ入り込んでいた。近代の歴史家はこのヘーレンを成り上がり商人と見なしているが、後にベルギーを構成することになるいくつかの都市、たとえばアントウェルペン、ヘント、ブリュージュなどには当てはまる指摘である。それはまた、ワイン輸入商や革なめし工が昔から一種のエリート層を形成していたアラスについても言えることだ。しかしカッセル周辺では、大商業も銀行も栄えなかった。私の祖先には裕福な商人は一人しか見当たらない。ダニエル・フルマンという男で、いくらか貴族的な商人で、商業都市アントウェルペンの人間だった。やがて土地を購入し、おそらく代理人を介して金融業を営むことによって、クレーヌヴェルク一族の富がしだいに築かれていくのだが、それはフランスの高貴な町モンリュックで、金融業がユダヤ人を仲介して行なわれていたのと同じことである。教会や大貴族の財産管理もまたこの時代には豊かになる手段、時にはまっとうに豊かになる手段の一つだった。そのうえ都市にたいする債権や、田舎の作業場や大きな市への投資から上がる利益や、家の賃貸契約や、ルネサンス期の大ブルジョワが示した既に過激な資本主義についても思いを致すべきだろう。

私の祖先が十七世紀に居を構えることになるバイユールは、フランドル゠ハンザ同盟の他の十八都市と共同で、中世にはロンドンに出店を擁していた。バイユール産の布地は遠くノヴゴロドまで輸出されたほどだ。かつてのクレーヌヴェルク一族はその地方の亜麻栽培や、田舎の労働者が働く作業場での機織りで利益を上げ、金持ちがまとうシャツの上等な布や貧しい人々が着るシャツの粗い布、就寝や愛の営みのためのベッドのシーツ、さらには屍衣などを売っていたのかもしれない。合成繊維の下着を身につける現代では、亜麻を栽培することはめずらしくなった。時間が経った今では実際に体験したというより夢のような出来事だが、私は数年前アンダルシアの名も知らぬ村の近くで、空と海のように真っ青な亜麻畑の中を歩いたことを至福のように覚えている。あまり風流を解さぬクレーヌヴェルク一族が満開の亜麻で、さらにはフランドルの運河で浸漬した亜麻で最初の財産を築いたというのであれば、私としては悪い気はしない。フランドルは、雪のように白い亜麻布をもたらす褐色でねばねばした繭のような土地なのだ。

これらの人々は、時にはフランドル伯やブルゴーニュ公によって授けられた紋章を持っていた。後になるとスペイン王が、正義つまり自分たちの利益を守ってくれる配下の者たちに、惜しげもなく貴族の称号と紋章を授けた。オレンジ公ウィリアム〔オランダ連合州統領、イギリス国王、一六五〇―一七〇二〕の暗殺者も死後、紋章を手にした。しかし全体として見れば、当時の紋章をめぐる取り決めによって合法的とされていたように、こうした紋章の大部分は人が自ら手に入れたものである。あまり知られていないことだが、紋章を持つ権限はずっと後になってから初めて規定され、値段が付くようになったのであり、中世末期にはいくらか重きをなす一族であれば皆、自分の好みの模様をあしらった盾形紋地を作り、現代の大企業の社長が頭文字を組み合わせて悦に入るように満足しており、そうした状況はおそらくフランドル地方で特に顕著だった。

とりわけ十五世紀には、終焉しつつあった中世世界への郷愁がいくらか強い想像力を有する人々の心を捉え、馬上槍試合や、騎士道小説や、『恋焦がれた心』の細密画など歴史的ロマン主義の傑作を生み出し、その一世紀後にはドン・キホーテの英雄的な狂気において頂点に達する。また中世への郷愁の念は紋章熱をもたらした。今問題になっている数家族の中には、紋章の色と模様を頻繁に混ぜ合わせる人がいたので、家族の間にはわれわれが知っている以上に古くから縁戚関係があったのではないか、と推測したくなる。渡り鳥を想起させる「メルレット merlette」〔merle はツグミの意〕は嘴《くちばし》と脚のない水鳥紋のことで、巡礼と十字軍を意味しているのだ、と私の子供時代に親類の老婦人が教えてくれた。「星」は空に見える星ではなく、戦好きのおそらく私の祖先だった人たちが勝ち得た拍車のことだと知らされて、がっかりしたこともある。

　巡礼は頻繁に行なわれていたから、いくらかは信仰心から、またいくらかは見知らぬ土地を見物し、帰国してから誇張を交えて自分たちの冒険を語るために、ローマやコンポステラ方面へと向かった先祖を、われわれの誰もがきっと持っているはずだ。十字軍に関して言うならば、じつに数多くの歩兵や、馬丁や、略奪者や、敬虔な寡婦や、娼婦らが王侯に付き従って遠征の道すがら楽しんだので、われわれは皆祖先の誰かをつうじてあの壮麗な企てに参加したことを自慢できるだろう。ハンガリーに到る道沿いに見られる小麦畑のうねり、バルカン諸国の石ころだらけの隘路に潜む風と狼、プロヴァンスの港町の雑踏と金儲け主義、王侯の旗を火焔のようにはためかせる海上の突風、宝石と抉られた目に満ち溢れる黄金色に輝くコンスタンチノープル、たとえ遠くからでも一度見ればいくらか救われた気分になり、そこから帰還すれば死の床で再び思い起こすだろう聖地への旅——彼らはそうしたものを体験したのである。また彼らは、自ら身を任せたのであれ、あるいは無理やりであれ褐色の髪の娘たちと交わり、不実なトルコ人あるいは離教したギリシア人から戦利品を奪い、楽園の果実のように未知だったほろ苦いオレンジやレモンを味わい、肌を紫に変色させるリンパ節腫や、体内物をすべて排出させる赤痢に罹患し、うち棄てられて死の苦悶にさらされた。死の苦悶の間、遠くの道には歌い、祈り、呪詛しながら歩みを続ける軍勢の姿が見え、その声が聞え、世界の穏やかさと純粋さのすべてが、手の届かない一口の水に集約されているように思われた。夏の小アジアの砂埃、白熱化する石、塩と香料が匂う島々、無慈悲なまでに青い空と海を目にしたのは、現代のわれわれが初めてではない。すべてが千回も繰り返し感じとられ、体験されたことなのだが、しばしば誰もそれを語らなかっただけ、あるいはまたそれを語った言葉が残されていないだけなのであり、仮に残っていてもそれがわれわれには理解不能で、感動させないだけなのである。空虚な空に浮かぶ雲のように、われわれもまた忘却を背景にして形づくられ、消滅していく。

姓が父から息子へと継承されるという家系の慣習ゆえに、妻の姓が世代ごとに接木《つぎき》されても、われわれは細い茎だけで過去と繋がっていると感じるが、それは誤りだ。妻の姓は自慢できるほどの名家でもないかぎり、常に二義的な価値しかないとされてきた。とりわけサリカ法〔ゲルマン部族の法典〕の中心地だったフランスでは、「女性をつうじて誰かの子孫を名乗る」というのはほとんど冗談にしか聞こえない。例外を除いて、いったい誰が父方の曽祖父の母方の祖父の姓など知っていようか。しかしながらわれわれを形づくる複合体では、その姓を名乗った男は、われわれがその姓を受け継いだ同親等の祖先と同じくらいたいせつなのだ。今私が関心を持っているのは父方の系譜だけだが、それでも一八五〇年には曽祖父が四人、共和暦二年〔西暦一七九四年〕には曽祖父の祖父が十六人、ルイ十四世の青年時代には五一二人、フランソワ一世の時代には四、〇九六人、そして聖ルイが崩御した際はほとんど百万人の祖先がいたことになる。何本もの糸が交わるところに一つの結び目ができるように、いくつもの家系が交差するところにはしばしば同一の祖先がいたわけだし、血統の交配を考慮すればこの数字は割り引く必要がある。いずれにしても、われわれはまさに一地方、一世界を受け継いでいる。われわれが先端を占める角は、背後で無限に広がっているのだ。そのように考えれば、しばしば人間の虚栄心をくすぐってきた系図学という学問は、われわれが大集団の中でちっぽけな存在にすぎないと自覚させる点で、人間をまず謙虚にするものであり、やがて眩暈に似た感覚へと至る。

しかも私がここで語っているのは、生身の人間としての祖先のことだけだ。もっと分析の難しい継承物が問題となれば、われわれは地球全体の包括受遺者ということになる。ギリシアの詩人や彫刻家、スペインで生まれたローマの道徳家、フィレンツェの公証人とアペニン山脈の村の宿屋で働く下女から生まれた画家、ユダヤ人の母親から生まれたペリゴール地方の随筆作家、ロシアの小説家やスカンジナヴィアの劇作家、インドや中国の賢者、そういった人々がおそらく、われわれの祖先だったかもしれない男や女以上にわれわれを形づくったのである。われわれは、体の窪みや夫婦のシーツの中に実を結ぶことなく失われていく無数の芽の一つにすぎない。

したがって私は、クレーヌヴェルク家がしだいにクレイヤンクール家になっていくさまを世代ごとに詳しく辿るつもりはない。私はいわゆる家族よりも部族に、部族よりも集団に、同じ時期に同じ場所で暮らした人々全体に、より強い関心を抱いているからだ。私がいくばくかのことを知っている十あまりのそうした家族について、私は本書でさまざまな類似や、交流の頻度や、並行する歩みや、あるいは逆に異なる歩みを叙述したい。そうした人々の大部分が無名で凡庸なことを利用して、歴史の表舞台を占めているあまりに壮麗な主役たちのせいで隠されている何らかの法則を発見したい。どうぞ焦らずに待ってほしい！　われわれにごく近しい人々、正しいかどうかは別にして彼らに関してはすべて分かっていると思われる人々の話に、いずれ辿り着くことになろう。われわれ自身の話にもいずれ辿り着くことになろう。

まず、北フランスの多くの家族にとって伝説的になっているスペインとの姻戚関係は、おおかた無視すべきである。私が詳細に吟味した中では、真正の姻戚関係は二つしかなく、それも私には直接関係しない。

こうした繋がりが特に見られたのは、マリーヌ（メヘレン）、ヴァラドリド、マドリード、ウィーンの王侯と親しく付き合った大貴族であった。アラゴン地方やカスティリア地方の指揮官たちが奥方を誘惑したことや、アルバ公あるいはアレッサンドロ・ファルネーゼ〔フランドルの執政、一五四五―九二〕の兵士どものもっと激しい戯れなども考慮すべきではないだろう。これらの軍隊には「青い血」〔貴族の家系を指す〕の持ち主と同じくらい、あるいはそれ以上にゲルマン人、アルバニア人、ハンガリー人、イタリア人が含まれていたからである。無邪気な虚栄心からすべてのフランス人にあるとされるラテン系の血についても、同じような事が言える。少なくとも、政治の風見鶏が南を向いていた時代についてはそうだ。カストルやバヴェーで蛮族と戦うために見張りについたローマ兵自身、たいていは蛮族だったからである。他の異国の血脈も確かめる必要があろう。この点に関して、ビスヴァル家には異なる二つの伝承があった。その一つによれば、彼らはフランドルに居を構えたボヘミア出身のガラス職人の子孫である。私の祖父が母親のレーヌ・ビスヴァル・ド・ブリアルドから直接聞いたもう一つの伝承では、祖先はフランスに仕えたスイス人士官だったそうで、となればマリニャーノ〔一五一五年、フランソワ一世がスイスに勝利したイタリアの町〕あるいはセレソーレ〔一五四四年、フランスが神聖ローマ帝国に勝利したイタリアの町〕で戦ったと想像しなければならない。ビスヴァル家は十六世紀末頃には、すでにバイユールに悠然と根を下ろしていたからである。ヴァン・エルスランド家は自分たちの祖先が、神聖ローマ帝国軍の行進や背面行進よりも、フランドルの安楽さを好んだハンガリー騎兵だと信じていた。しかし、その証拠はない。先祖にマルグリット・フラネタという女性がいるが、この名前がイタリア的、スペイン的あるいはポルトガル的な響きを持つので、私は取り留めのない夢想に誘われる。しかし、彼女の家族については何も知らない。

　これとは逆に、はっきり突き止められた姻戚関係がいくつかある。一六四三年、私の祖先フランソワ・アドリアンセンは、神話的あるいはブルジョワ的な背景の中で豪奢な裸体を彷彿させるような名前を持った女性を娶った。アントウェルペン生まれのクレール・フルマンである。遠い縁者はギョーム・ヴェルドゥガンという男と結婚した。この男は、マーロウ〔十六世紀イギリスの作家〕の劇作品に登場する王殺し、あの陰鬱なロジャー・モーティマーの遠い子孫と思われていた。確かに伝承にすぎないが、イギリスの薔薇戦争〔一四五五―一八五〕によって追放された者たちは時にフランドル地方、とりわけブルージュに逃れたようであり、十七世紀に入って他のイギリス人亡命者も同じように振舞った。彼らがそこに根を下ろしたかどうかは定かではない。ある祖先は、一五九六年にブルージュ市長を務めた者の娘である。『黒の過程』の主人公ゼノンを救出するにしろ、彼の迫害に加担するにしろ、四半世紀遅すぎたことになる。静まり返った道を通過する行列の松明の炎が寝静まった家の窓ガラスに反射し、太鼓とファイフの音で窓ガラスが震えるように、歴史はかくして時々ほとんど無名の家系にも光を当てることがある。

残念ながら遺漏が多いとはいえ、書記の記録簿からは結婚契約以外のことも分かる。一六〇三年、カッセルの法務官を務めていた祖先のニコラ・クレーヌヴェルクは、弟のジョスを裁く事態に立ち至った。ジョスは殺人罪を犯したと認められ、一時的にレコレ派修道院に幽閉されていた。普通の牢獄ではなく修道院というだけで、当時はすでに破格の待遇である。しかしそれ以上の詳しい情報はない。この書物を綴っている私は小説家ではないが、もし小説家ならば、兄弟愛に引かれることなく法を厳格に適用する、いわばコルネイユ的な法務官を想像したり、あるいは逆に被告を逃がすやさしい心の裁判官を想像したりすることは自由だろう。さらには、弟を亡き者にし、遺産を一人占めしようとしてこの事件を仕組んだ、まるでバルザックの小説を先取りしたような人物を空想することも許されよう。いずれにしても殺人の動機や状況については何も分からないから、こうした根拠の薄いさまざまな仮定にはあまり意味がない。せいぜい推測できるのは、ジョスという男がおそらく血の気の多い人間だったということだけである。

この家系に武人がほとんどいないということは、先に述べた。マリー・ド・バヤンゲムの母はザヌカン一族の人間、フュルヌの高潔な魚商人の子孫である。この魚商人は町民の先頭に立ち、カッセルの城壁下でフランス騎兵隊によって打ち負かされた。教会の壁面に盾を飾ったこれらの家系は、しばしば叛乱乞食の子孫であった。もう一人の祖先の父にあたるジャン・マエスは、モラでシャルル勇胆公〔ブルゴーニュ公、一四三三―七七〕の軍旗を守りつつロレーヌ公の手で殺された。彼の息子はその二年前、ヴァッテンダームの戦いで命を落とした。すでに触れたフランソワ・アドリアンセンは、自ら二頭の馬を引き連れてスペインのフェリペ四世の軍隊に志願し、ルーヴァンの防御や、エールの略奪や、エスダン〔どちらも北フランスの町〕の包囲に加わった。その息子もまた武人である。五人の軍人がいて、そのうち三人が戦死した。このような国で五世紀の間にそれだけというのは、一族の歴史としてはごく少ないほうである。

予想に反して、聖職者はそれほど多くはない。フランソワ＝マチュー・ビスヴァル神父は聡明で暗鬱な眼差しを私に向けてくる。彼の顔立ちは繊細で、いくらか軟弱だ。当時の聖職者の多くがそうであったように、手は美しい。容貌からは内面生活がほとんど読み取れない。まだ若いこの男の表情から受ける印象は、自己制御、抑制された感覚と夢想、沈黙を守る、あるいはすべてを語らないという慎重さである。しかし、この神父は精気を欠いていたわけではない。フランソワ＝マチューは修道会の管財人を務め、ハル、イーペル、ダンケルクそしてバイユールで修道会の学校長を歴任した。ルイ十四世の軍勢によって焼かれた学校をバイユールで再建し、その費用は地元の当局側に負担させた。「当地の絶望的な状況を打開するため」二度にわたってパリに派遣された彼は、きわめて巧妙だったと伝えられている。フランス国王の地方長官がフランドル地方のさまざまな修道会の学校と神学校の校長を招集し、修道会総長とあらゆる接触を絶つように、そして今後はフランスの管区長とだけ連絡を取るようにと命じたことがあった。フランソワ＝マチューはその夜のうちに密使を神聖ローマ帝国に送り込んで、修道会の上長者たちにこの知らせを伝達した。そして上長者たちは、より寛大な決定をまんまとフランス国王から引き出したのである。世俗の事に長けていたこの司祭は、二十年後にアントウェルペンにある修道立願した家で息を引き取る。旧体制と呼ばれるものにあくまで忠誠を尽くし、スペイン領だった地方で生涯を終えることに決めていたのである。

私の祖先には修道女もあまりいないし、肖像が残されている者は皆無である。聖なる女性たちはおそらく、画家の前でポーズを取ることなど不謹慎だと思ったのであろう。モデルが修道服をまとった肖像画が一枚だけあるが、それも十六歳で死去し、誓願を立てなかった娘のものだ。私の曾祖母の姉の、さらに曾祖母の姉にあたるイザベル・アドリアンセンという人で、幼い彼女が在俗修道女の伝統的な衣装に身を包んだ姿の全身像が描かれている。孤児になった彼女は、在俗修道女たちに預けられたのだった。くっきりした襞と真紅のリボンがついた、緑がかったビロードのゆったりしたドレスに包まれ、彼女は自らの過去よりいっそう古びた過去の中に閉じ込められている。まるで「最愛の人」と呼ばれたルイ十五世の時代ではなく、ルイ十三世の時代のようだ。繊細な丸顔は子供の雰囲気をあまり留めていないし、その唇は微笑む術を学ばなかったらしい。病的な蒼白さと、手に持っているバラの花はヴェラスケスが描いた王女たちを想起させるが、イザベルの儚い姿を残してくれた田舎の卓越した画家は、それを見たことなどなかったに違いない。

私の家系には殉教者もいない。私は「騒擾時代」〔十六世紀半ば〕の受刑者や追放者のリストを見たことがある。どうやらそこには、この内乱に引き裂かれた国のほとんどあらゆる家系に属する人々の名前が見出されるらしい。私に関係する者の名前もあるが、注意深く抹消されてしまったようで、系譜の花壇の中に正確に配置できるような名前は一つとして残されていない。ジェローム・ド・バヤンゲムの数人の兄弟は、十六世紀末にサン＝トメールを離れてイギリスに渡った。それには彼らの信仰がいくらか関与しているかもしれないが、その後足取りは途絶える。全体的に言って、クレーヌヴェルク家とその縁者、同盟者たちは町でも教会でも秩序の支持者であった。司祭の謀殺と、新教徒のイギリス人が海岸の砂丘に上陸したことが彼らの不安を募らせ、怒りを誘った。イギリス人は、モン＝デ＝カの森や、そのすぐ近くモン＝ノワールの森に難を逃れたであろう追放者と不審者たちを援助しようとしたのである。逆に叛乱者たちは、アトレバテス族のコムに従って祖国を離れたケルト人や、ふくろう党〔フランス革命時代に、革命政府に反対した王党派〕や、二十世紀のレジスタンス活動家のように、地元の敵や異国の暴君に立ち向かうことを誇りとし、必要とあらば祖国を離れ、海外の同盟者たちの助けを借りて戻って来る。アルバ公の健康を祝した都市住民から見れば、こうしたパルチザンはごろつき連中の滓、道を踏み外した男女、還俗した淫乱な修道士、たちまち誘惑される愚かな農民にすぎず、誤謬に陥った貴族やエリザベス・チューダーの金に目が眩んだ貴族がいくらか混じっているにすぎなかった。ブリュッセルに置かれた「騒擾評議会」〔アルバ公が設けた特別な裁判機関〕と歩調を合わせたバイユールの助役たちは、時には敵を処罰する熱意が足りないと非難されて赤面することもあった。教会の奢侈は貧しい人々の貧窮を侮辱するものではないのか、修道士が何かしら口実を捉えては、壁を越え出て周囲の野原を駆け回るような修道院には、宗教改革ではないにしても何らかの改革が必要ではないのか――ミサを欠かさないこれらのカトリック信者が、そのような自問を発することはなかった。

　一八七〇年頃、私の曾祖母のいとこであるエドモン・ド・クスマケールはある学術書の中で、この一握りの異端者を軽蔑すべき賤民として描き、拷問を受けた者たちの勇気や、説教の後で夜空に大胆に響き渡る詩篇の美しさを否定していた。叛徒の巣窟である農家が焼き払われた時のにおいにも、彼は眉ひとつ動かさなかった。このように離れた所で鼻をつまむのは、彼に限ったことではない。自分の支持する党派がかつて犯した暴力行為が明るみに出た時、きわめて単純な対処法とは、一方で常に犠牲者を非難することであり、他方で拷問は正しい秩序のために必要だった、それに拷問は一般に言われているほど頻繁に行なわれたわけではないし、時代精神に合致したものであると主張することである。ただし今の場合、この主張はセバスチャン・カスタリオン〔あるいはカステリオン、フランスのプロテスタント神学者、一五一五―六三〕やモンテーニュの存在を蔑《ないがし》ろにしている。この種の弁明は、教皇派やカルヴァン派が犯した罪を擁護する者たちに特有の現象ではない。現代の狂信派や、イデオロギーの利用者たちにしたところで、同じやり方で嘘をついているのだから。

　バイユール近郊メリスの平民助役だったマルタン・クレーヌヴェルクは、我が家の古い文書には登場しない。たとえ記載される権利があったにしても、きっとその名前は削除されていただろう。それにこの姓＝渾名はフランドル地方に珍しい姓ではなかった。カストル、バイユール、あるいはメトランのクレーヌヴェルク一族はメリスのクレーヌヴェルク家を知らなかったかもしれないし、鼻で嘲笑っていたかもしれない。私としては、半径十里四方の地域に暮らすこれらさまざまな家系の「暢気な人」たちに共通の祖先がいた、と想定したい。しかし、今それは重要なことではない。マリア信仰や、神に選ばれし者が少数であること（世界を少し見渡せば、この点でマルタンは正しかったことになる）に関しては彼の見解に同意しないが、この勇敢な反抗者を遠い縁者と思いたい。六月の暑い日、埃っぽいとはいえ、両側に緑のホップが植わり、その枝が時には日陰を恵んでくれた道の上を、マルタンは歩いてバイユールの牢獄から斬首の場であるコルボー山に向った。彼はそこで、自分より前に首を刎《は》ねられた多数の同じカルヴァン主義者たちの遺骸を目にすることだろう。それに彼は幸運だった。平民だった彼は、おそらく助役という地位のおかげで最悪の事態は免れたからである。バイユール市民だった叛徒ジャック・ヴィゼージュの場合、事情が違っていた。彼はブリュッセルのグラン・プラスの四隅で笞刑に処せられ、傷だらけになって広場の中央で焚かれる火の中に放り込まれた。マルタンのほうは立派に、そしてできれば一息に死にたいと願った。彼はいかなる謀殺にも加担しなかったし、聖像を毀《こわ》したこともないのだ。彼の罪といえば、三百万リーヴルという金額のうち自分の割当て分に到達するため、家から家へ、農家から農家へと訪ね歩いて喜捨を募ったことだけである。お人好しのマルタンはそんな駄弁を信じたのである。カルヴァン派の人々はその金を使って、国王フェリペから信仰の自由を勝ち取ろうとしていた。

彼は巡歴の際に、同胞たちの連帯の印であったフェルトの帽子と青い脚絆を身につけていたが、死地に赴く時もおそらくそれをまとっていた。彼は喉の渇きを覚えたに違いない。コルボー山へと向かう道すがら、受刑者にたいしては農民たちが一杯の水やビールを恵んでやることがあったにしても、おそらく異端者にたいしてはそのようにしなかっただろう。汗がフェルト帽の下に流れ落ちる。小便の雫が股引に溝のような跡をつける。これは豪胆な人間でも完全には抑えきれない、身体的苦悩を示す兆候にほかならない。最悪なのは、五二〇リーヴルと見積もられる彼の慎ましい財産を国家が没収したことだ。公式の記録に入念に書き入れられた数字によれば、彼の刑死は当局側にとって十リーヴル十ドゥニエの出費となった。ご覧のように、国家というのは変わらないものである。火刑であればもっと高くついた。当時処刑された山賊まがいの異端者の場合は、十九リーヴル十三スーかかった。しかも会計係は、一皿の炭火を使っても火刑台の火は点けられると言って、死刑執行人が提供する松明の費用十九スーを節約したのだった。詳しく述べればもっと長い話になるが、以上が要点である。マルタンは死に臨んでカルヴァンの神への信仰によって慰藉されたのだろうか、審問官たちの愚鈍さにたいする正当な怒りの念に支えられたのだろうか、それとも逆に最後は気力が挫け、心配したのは家畜も、畑も、納屋も失った妻と子供たちの行く末だけだったのだろうか。それは永遠に分からない。彼が見張りの者たちに取り囲まれて道を進むさまを見守るしかない。

これら十二家族ほどがバイユールの町を分かち合っていた。彼らは、ジャン・ド・ヴィットがオランダの連邦総督だったという意味で総督であり、代訴人であり（それは多かれ少なかれ町長、書記官ということであり、すなわち町議会長の地位にあった弁護士という意味でもある）、調停者、つまり時にはかなり強硬な手段を用いて秩序維持にあたる行政官であり、助役つまり同時に町議会議員であり、民事・刑事の裁判官であった。当然のことながら彼らはカエサルと同様、ローマで十番目あるいは百番目の地位に甘んじるよりは、小さな町で一番の地位に君臨することを好んだ。彼らは皆裕福、とりわけ財務官はそうで、財政赤字の際に町は彼が私財を投じてくれることを期待した。ブローニュ、ダンケルク、そしてアドリアンセン家が貴族の助役だったイーペルでも、事情はほとんど変わらない。ブルゴーニュ公に仕える顧問官の父子、したがって町レベルではなく国家レベルで仕える父子を見出すには、中世末期まで遡らなければならない。後にバイユールがフランスの支配下に入った時、この男たちは高等法院顧問官となるが、地元の片隅で暮らしていたことが確認できる。そこから生じるのはいくらか鈍重な自信であり、別のものになれない、あるいは別の場所で暮らせないというほとんど無骨な無能さであり、そしておそらく同時に独立不羈の精神であり、あるいは少なくとも、常に異邦人と見なされたしばしば代わる時の権力者にたいする懐疑心であり、見事なまでに完璧な空威張りの欠如である。社会の歯車がどのように剝き出しで機能するのか、公的生活や私生活の悲喜劇がどれほど露骨に現れてしまうかを理解するには、小さな町で暮らした経験が必要である。厳格な高潔さと、シニックな態度の奇妙な混淆がそこから生まれる。自分たちの鐘楼の影が延び広がり、自分たちの緑なす土地が波打つ範囲内では王侯気分でいられたこの男たちは、サン＝シモン〔十八世紀フランスの回想録作者〕がもし万一彼らについて語ることがあったとしても、まったく無価値な人間、路傍の埃のようなものにすぎなかっただろう。逆に彼らからすれば、国王が起床するのを待っている廷臣たちは隷従した卑屈な者にしか見えないだろう。

政治と呼ばれる狡智に長けた人間たちの謀略や、戦争と呼ばれる権力者たちの狂気の余波を蒙《こうむ》らないかぎり、ある土地にしっかり根付いたとは言えない。曾祖母の曾祖父にあたるギョーム・ヴァン・デル・ヴァールは一五八二年、パルマ公にバイユールを攻撃しないよう嘆願するため、トゥルネの包囲陣に赴いた。この外交任務の間に、彼はおそらく何かの熱病で亡くなり、その要求は聞き入れられなかった。同じ年に、バイユールはアレッサンドロ・ファルネーゼ〔イタリアの将軍で、フェリペ二世の甥、一五四五―九二。スペイン領ネーデルランドの総督を務めた〕の傭兵によって大部分破壊されている。住民によって部分的に町は再建されたが、一五八九年に再び略奪に遭い、焼かれてしまった。戦争のすぐ後には、飢饉が襲いかかった。町は死去や転出によって人口の三分の二を失う。その間一五八五年には、シャルル・ビスヴァルがバイユールと国王フェリペ二世の和平条約に調印する。その一年前には、八千リーヴルの賄賂をファルネーゼに送った際の書類にも彼が署名している。あらゆる資金を失った町が新教国オランダとの通商を再開できるよう、許可を求めるためであった。十七世紀になっても事態は好転しなかった。フランドル地方は三十年戦争の影響に苦しんだからである。バイユールは一六五七年、コンデの兵士たちに放火されて再び燃えてしまう。壊疽《えそ》性麦角中毒の後にはペストが発生した。先に言及したシャルル・ビスヴァルの息子で同名の人物は、バイユールの財務官、助役そして代訴人を務めたが、ジャックミーヌ・ド・クスマケールとの間にもうけた子供のうち二人と共に、一六四七年の疫病で命を落とした。ジャックミーヌ自身は、フランス軍が通過した際に発生した一六八一年の火災の光の中で死ぬことになる。

一六七一年、主席助役のニコラ・ビスヴァルと、バイユールの代訴人ジャン・クレーヌヴェルクは町の全役人の先頭に立って、新たに征服した領土を手中に収めようとやって来るフランス国王の到着を待っていた。褐色の衣服にきっちり身を包み、控え目な鬘《かつら》を被ったニコラ・ビスヴァルは立派な様子をしている。堅く結んだ口元と鷲鼻は、自分の地位をけっして譲らない男のそれである。ジャン・クレーヌヴェルクの肖像は残されていない。二人の行政官の顔が微笑みに照らし出されることはなかった。このフランドル人たちはスペインの支配にはうんざりしたようだったが、ブルゴーニュ公家にたいする古くからの忠誠心から生じる昔からの忠義の念が、彼らとハプスブルク家を繋いでいた。テルアンヌを防御した者たちを皆殺しにし、現代のハイテク戦争の名手さながら町を徹底的に破壊したカール五世だが、近在の市民は怒りを覚えた様子もない。サン゠トメールの教会にしかるべく置かれ、ことのほか篤い信仰の対象になっていたキリスト像が例外的に破壊を免れたことを、誰ひとり苦い皮肉と感じなかった。心やさしき者たちがいずれこの世界を支配するであろう、と弟子たちに予言した男の像は、これしきのことで驚きはしないのだろう。アルバ公の残虐非道な行為はこの保守的な人々をまったく困惑させなかったし、アレッサンドロ・ファルネーゼの騎兵たちの悪しき思い出は、多かれ少なかれ消え去っていた。逆に、コンデ〔フランスの軍人、一六二一—八六〕の兵士たちの思い出はまだ生々しかった。教会の鐘が国王ルイの到着を朗らかに告げていたにもかかわらず、災厄と失望がまだ終わっていないことをこの巧妙な政治家たちは明瞭に感じ取っていた。とりわけ彼らは、ほとんど自由都市である自分たちの古い特権が、フランス国王の代官によって侵されていくだろうと感じていた。

二つの点で彼らは正しかった。目まぐるしいばかりの戦争が続いていた。ネイメーヘン条約〔一六七八年〕によりこの狭い地域は最終的にフランスに割譲されたが、リュリーの曲の潑溂とした音に合わせて行進する連隊や、略奪や、放火はユトレヒト条約〔一七一三年〕まで、つまり三十五年間も続くのである。十九世紀のある詩人によれば、美しく偉大な王の夕日が「人生を金色に染め上げた」時代に、彼らはほかならぬフランドル地方の農民を、ラ・ブリュイエールが描いたような哀れな動物に変えてしまった。それはあの穏健なフェヌロンですら逡巡する士官に向かって、軍勢による強奪をできるかぎり控え目にするよう忠告するに留めたような時代であった。強奪は兵士を養うのに不可欠な褒美と考えられていたのである。そうなれば当然、領主の現物収入は減ったはずだし、農民が口にする粗末な粥はいっそう薄いものになったに違いない。町の貴族階級は、新たな行政当局が売却に出した世襲の役職を買い取ることによって、フランスの代官たちの侵害行為に抵抗した。高くついたが、仲間内のことだった。ドジエに家の紋章を登録すべしという命令については、先に触れた。それは新しい法令で、フランス全土に適用され、国王の金庫の中身をいくらかでも増やすためだった。しかしビスヴァル家はその命令に従うことを拒否した。おそらく、フランスの支配が長く続くとは思っていなかったのだろう。代官は、貧乏で借金も返済できないこの下賤の輩を愚弄したが、効果はなかった。クレーヌヴェルク家のように従順な家は、しかたなく命令に服した。それはまた、金に窮した国王が一枚六百リーヴルで五百枚の授爵状を売りに出した時期でもある。あえて言えば、それに騙されたフランドル人はたった一人しかいない。

人類がまだ大規模な破壊や汚染をなしえない時代には、大地はたちまち癒える。人々は団結を新たにして、昆虫のような熱意で再び仕事を始める。その熱意が褒めるべきものなのか、愚かしいものなのかはよく分からない。いや、人間は経験から引き出された教訓を学び取ったためしがないのだから、今は「愚かしい」という形容語のほうが「褒めるべき」という形容語よりもふさわしいようだ。ヴィルロワ〔フランスの元帥、一六四四―一七三〇〕や、マールバラ〔イギリスの将軍、政治家、一六五〇―一七二二〕や、フリードリヒ二世に付き従った数千人もの軍服をまとった無頼漢たちは戦場で命を落とし、パングロス〔ヴォルテール作『カンディード』の作中人物〕の流儀に倣って言えば、混み合っていた地表から厄介払いされたわけだが、それでも十八世紀は生の歓びが感じられたもっとも良い時代の一つだった。昔ながらのフランドルはそうした風潮に同調し、古くからの光沢ある赤褐色の色調が、フランス流の灰色に取って代わられた。代々続いてきた貴族は法服貴族に変貌し、かつて公共の場で行なわれた賑やかな祭りは、しだいに庶民とは無縁の祝祭に取って代わられた。こうしてバイユールは、フランス小説ではとうにお馴染みの尊敬すべきあの地方都市の地位を獲得したのである。そこでは多少とも肩書きの付いた行政官と小貴族たちが、田舎の地所の不便さよりは町の便利さを好み、成り上がった二人のブルジョワに囲まれて双六遊びに興じるのだった。民衆の生活はとりわけランバクトの場末に残り、そこの居酒屋では町よりも安く酒が飲め、ビール醸造業者はビールを醸造し、織物職人は家で機を織り、レース編みの女は小さなクッションの上に身をかがめ、十本の指で複雑な作業を根気よく続けた。ランバクトはまた、評判の悪い、あるいは単にいくらか下品な娯楽の要素、まともな町には不可欠なあの乞食稼業の要素も提供してくれる。一七〇〇年、れっきとした家系の父子が宿屋で殺され、犯人は絞首刑になった。犠牲者のためには、サン＝ヴァーストでミサが唱えられた。ニコラ・ビスヴァルは上等の埋葬に用いた旗と、柩に掛けた布の費用として三リーヴルせしめ、それを律儀に手帳に書き記している。この微々たる税金の徴収は彼のような財務官にとって、公庫への拠出金を少なくとも部分的に回収するやり方であった。

ちょうどこの頃、これらの男たちのうち、まだ爵位を持っていなかった者が貴族名を名乗るようになった。しかもまるで偶然のように、その名はほとんど常にフランス風の名である。カッセルの宮廷に帰属する小さな子爵領に因んで、クレーヌヴェルクはクレーヌヴェルク・ド・クレイヤンクールになった。私の祖先の家系であるビスヴァルは、今やビスヴァル・ド・ブリアルドであった。バールはバール・ド・ヌーヴィルと名乗った。この地方がルイ十四世に征服されるよりはるか以前から、文化の言葉であり、ある程度の社会的地位を占めていることの証拠であるフランス語は使用されていた。たとえば十六世紀に、バイユールとオランダの執政マルグリートの文書の遣り取りは、ほとんど常にフランス語で行なわれたのである。しかし十八世紀になっても公正証書や、家事日誌や、墓碑銘ではまだフラマン語が主流だった。文学サークルは至るところ、ベルギーの諸地方でも衰微しつつあったが、それでもフランス当局からは白眼視された。当然のことながら、文学サークルはかつての主スペイン王家に忠誠心を抱いていると判断されたからである。いずれにせよ人々はフランス語とフラマン語で、おそらくかつてと同じように下手な詩句をひねっていたに違いない。結婚契約書や死後財産目録には銀の皿や聖水盤、金の十字架、女性の装身具などは記載されているが、書物についてはまったく記録がない。しかしフランス語やラテン語の本、そしてごく稀にオランダ語の本が、小さな止め金のついた金の羊革の背表紙をあちこちに見せていた。ニコラ・ビスヴァルは、非合法になったとはいえ平然と使用していた自分の紋章で蔵書印を飾った。ミシェル・ドナシアン・ド・クレイヤンクールは自分の紋章をパリで彫らせ、その周りには、一種のロココ的栄光の中で羊のように白く波打つキューピッドをあしらった。

家族のもっとも古い肖像画が描かれたのも、フランドルがフランスに併合された頃のことである。二、三の例外を除いて、それ以前に描かれた肖像画はおそらく度重なる戦火で消失した。男たちについては既に述べたし、これからもそれぞれしかるべき場所で語るつもりだが、何人かの女性についてはここでまとめておくほうが便利だろう。曾祖母の祖母にあたるコンスタンス・ド・バーヌは、豊満な胸をわずかに覆う雲のようなモスリンのドレスを美しい手で支えている。どちらかと言えば醜く、もうあまり若くない顔立ち、生き生きした目、そして微笑を浮かべた大きな口には特異な雰囲気と誇りが漂っている。想像するに、彼女は愛想のいい女主人で、飲食の席ではお客たちを上手にあしらい、彼らのきわどい冗談を陽気に受け流すような女性であり、夫のダニエル・アルベール・アドリアンセンのほうは、この貞淑な女性が気紛れを起こすことなど心配する必要はなかっただろう。遠い縁者にあたるイザベル・デュ・シャンジュは青春の女神へべに扮している。いくらか日焼けした魅力的な胸には、ナティエ〔十八世紀フランスの画家〕風の青いビロードのリボンが飾られている。この絵のようにオリンポス山の宴であろうが、カナの婚礼であろうが、あるいは家族の祝い事であろうが、イザベルが手に持っているような銀の水差しは、ルーベンス以来フランドル絵画には馴染み深い小道具である。イザベル・ド・ラ・バッス＝ブローニュは、モリエールなら田舎の侯爵夫人につけたかもしれないような名前だが、この五世代隔たった祖先はほとんど人を不安にするほどの美人である。この肖像画は仮面舞踏会か、松明を焚いての田園での祝祭を記念するもののようだ。彼女は膝の上に弓と矢筒を載せており、それがキューピッドを思わせるのだが、彼女の無頓着さと蒼白さはまるで月のようである。ほっそりしているが背筋をぴんと伸ばし、ルイ十五世の宮廷風衣裳に身を包んだ彼女は、「シテール島への旅立ち」〔十八世紀の画家ワトーの作品〕に描かれたなよやかで小柄な女性たちよりも、むしろプリマティッチョ〔十六世紀イタリアの芸術家〕が描いた妖精たちに似ている。地方画家のいくらか時代遅れの技巧のせいで、彼女は実際以上に古い時代の女に見えてしまうのだ。その顔の背後に何が秘められていたのか、いくらか斜視の、澄んだ大きな目の中をどのような情景が通り過ぎていったのか、それは考えないようにしよう。分かっているのは彼女がビスヴァル・ド・ブリアルド家の男と結婚し、四十六歳で死んだということだけである。

伝承によれば、私の先祖イヤサント・ド・ゲウスとその妻カロリーヌ・ダイイは、死後イーペルの大聖堂の内陣に、それもある年号が記されただけの舗石のできるかぎり近くに埋葬されるよう望んだという。その舗石は床の中央部にあって、ヤンセン別名ヤンセニウス司教の墓地であることを示していた〔ヤンセニウスはオランダの神学者（一五八五―一六三八）でイーペル司教を務め、そこで死去した。カトリックの宗教運動ジャンセニスムの祖であり、この運動はイエズス会と激しく対立した〕。教会財産管理委員会はこのように目立たない埋葬をすることにより、ローマ教皇庁の検閲に配慮すると同時に、尊い高位聖職者に敬意を表したのだった。実際、人間の虚栄心によって、内陣の周囲は常に理想の墓場と見なされていた。イヤサント・ド・ゲウスにはおそらくそれ以上深い考えはなかっただろう。この地方で男の子たちに知識を授けたのはイエズス会士だけだ、と指摘されている。彼らの教え子はいくらかの劣等生を除いて、師と離れる時にジャンセニスムに傾くことはほとんどなかった。追放の悲劇からコンヴァルション派信徒〔十八世紀初頭の狂信的ジャンセニスト〕の陰鬱な喜劇まで、懲罰の決定はローマから届いたが、イーペルの司教が没した後の出来事はとりわけパリで展開したものだ。それでもフランドルとその他の地方の数多い敬虔なキリスト教徒にとって、ジャンセニストの厳格さ、俗世にたいする軽蔑、徹底的かつ辛辣に妥協を拒む態度は、英雄時代のキリスト教の迫害された姿を生々しく伝えてくれるように思われた。アントワーヌ・アルノー〔フランスの神学者、一六一二―九四〕がブリユッセルからジャン・ラシーヌに送った私信が残されているが、そこでアルノーはこの詩人、というよりむしろ国王の年代記作者に私の母方の祖先の一人を推挙している。ルイ・ド・カルティエという名の「真のキリスト教徒」で、この男はリエージュにあった瀟洒な自宅とアーヘン近在での楽しみが、フランス兵の略奪行為によって損なわれるのではないかと心配していた。そこでラシーヌがリュクサンブール元帥に一言話をつけておけば、カルティエには役立つだろうというわけだった。他方で、このアルノーの友人は模範的なカトリックで、教会の忠実な息子であり、教区司祭から称賛されていた。それでも他の多くの人たちと同じように、心の中ではやはりジャンセニスムを支持したのである。

一九二九年、私は父から受け継いだ細い腕のキリスト像をパリのある古物商に売った。父はその銀製の大きな像を戸棚の奥にしまっておいたので、黒ずんでいた。そのせいでこの犠牲者は、釘で固定されていた黒檀の板とほとんど区別がつかないくらいだった。私がいくらでキリスト像を売ったか知ると、異母兄は「お前はまんまと騙されたね」と言った。しかし間違いを犯したとはいえ、十七世紀フランドルのキリスト像とジャンセニスムを関係づける伝統のせいで、この平凡ながら不吉な置物は私にとって一刻も早く厄介払いしたい物の一つだったのである。私は他の場所で、キリスト教の予定説〔人間の運命と世界の将来は神が永遠の昔から予定しているとする説〕が、人間の狭い世界で観察される事柄にどれほど適合しているか述べたことがある。われわれの正義の概念にとってすでに妨げとなるこの予定説は、善良さを属性とするような神＝摂理という概念と結び付けられる時、とても同調できないものとなる。人間のためだけに死ぬ神という観念を私は否定するのに、ましてや特定の人間のためだけに死ぬ神という観念を、どうして受け入れることができようか。彫られたキリスト像の傷口からは、憐憫も愛も生じなかった。あの磔刑像は、静謐よりも混乱が支配した死の場面だけを見守ったのである。

とはいえこの地域では、ジャンセニスムの厳格な支持者は尊敬されるごく一部の人々にすぎなかった。住民の大多数は、自分にたいしてもっと寛大な種に属しており、この種はさらにいくつかの変種を含んでいた。たとえば、鈍い懐疑主義者。説教のさなかに眠り込み、聖女クニグンデ〔神聖ローマ帝国皇帝ハインリヒ二世の妃で、性的禁欲を貫いたとされる〕や聖キュキュファン〔ヴォルテールが十六世紀のある聖人につけた渾名〕を穏やかに嘲笑し、それでいて死に臨んでは聖油を塗られ、告解をし、祝別を受ける。それはいくらか慣習に従うためであり、またいくらかは、本当のところ来世のことはよく分からないからでもある。また対抗宗教改革に与した穏健なキリスト教徒もいた。音楽による救済で心地よい忘我に浸り、金曜日には肉断ちしたうまい夕食を口にし、自分のために永代ミサをあげてもらうほどの財産を教区に遺贈するような人たちである。この豊かな小社会にとって、アントウェルペンの人プランタン〔印刷業者、一五二〇―八九〕がある有名なソネットの中で忠告したように、「自分のスモモを栽培しながらお祈りを唱える」ことが、信仰と叡智の完璧な調和を示すものにほかならなかった。

　祈禱台の赤いビロードに覆われた床板に、あちこちで聖女や聖人のような人たちが跪いたであろうことは私も承知している。しかし彼らはほとんど見分けがつかないほど遠くに霞んでいる。私の一族の古文書でしばしば言及されている「信仰篤い娘たち」には、おそらくそこまでの能力も昂揚も具わっていなかった。イエズス会修道院の別館に住んでいた四十歳のマリー＝テレーズ・ビスヴァルは一七三九年、教会の修復用にと神父たちに四百フロリン、貧しい人々のためにと二百フロリン遺贈した。聴罪司祭は、他に誰もいないところで彼女の机の引き出しを開け、中に入っている書類をすべて燃やすようにと頼まれた。それが祈禱に関する論文の草稿だったとは思えない。古い恋文か、あるいは狭い仲間内の噂話がたっぷり書かれた女友だち同士の手紙だったと思われる。

もう少し下のほうに、つまり地獄のほうに下りてみよう。中世以上に悪魔学の黄金時代と見なされて当然の十七世紀、その半ばの一六五九年、ピエール・ビスヴァルとジャン・クレーヌヴェルクは二十五人の同僚たちとともに、一人の魔術師を拷問にかけ、果ては死刑に処するという調書に署名した。モン＝ノワールから程遠からぬメトランの町出身のトマ・ローテンという男で、隣人の家畜に呪いをかけ、毒入りプラムで子供を一人殺したとされていた。珍しくもない犯罪である。アスモデウス、ベルゼブル、アスタロス〔いずれも聖書に登場する悪魔〕、そして彼らの王ルシフェル自身がしばしば話題になっていた時代でも、彼らにできたのはごくわずかのいつも同じ悪行だけのようであり、いずれにせよ最もひどい悪行や奇妙な悪行は男の仕業とされていた。村中の人々が証言したものの、トマは罪を認めなかった。こうした妖術裁判は審問官たちが迷信やシニックな態度を繰り広げるだけで、死刑の判決はやみくもに下されていたと思われがちである。実際は、正義は守られていなかったかもしれないが、合法性は尊重されていた。予審は二か月続いた。今日でも、交霊術者が呼び出す死者の霊がふつうは霊媒をつうじて交信するだけであるように、当時の悪霊たちも一般の人からはほとんど見えず、悪魔憑きや魔術師をつうじて悪行をなすのが常であった。そのため、悪魔祓い師や拷問者の働きが必要になった。七時間に及ぶ一般拷問にもかかわらず、この野人の体力は見事に耐え、相変わらず黙秘を続けた。裁判は長引きそうな様相を呈したが、その時、幸福な偶然からダンケルクの死刑執行人が私用でバイユールにやって来た。この法の執行人は自らの手で六百人に上る魔術師と魔女を処刑したと自慢げに語り、囚われのトマに会わせてほしいと言った。人々は経験者に頼めるとあって小躍りし、すぐに二人を会わせた。

死刑執行人が調べたところ、トマの体に悪魔との契約を示すしるしがついていることがたちまち判明した。それは現代では病理的なものと考えられているあの有名な無痛斑点で、いくら針を刺しても受刑者は悲鳴をあげないし、ぴくりともしない。特殊拷問にかけなければならなかった。いくらか骨が砕け、血管が破れると、トマは審問官たちが期待していたことをすべて自白した。彼はサバトに足を運び、それが慣例だったのでおそらく恭しく尻に接吻した後で悪魔と話し合った。そして悪魔から妖術と毒入りプラムの秘密を授かった。その夜サバトに居合わせた悪魔はアルルカンという名であった。

ハーレクイン、ヘルレクイン、ヒエレキン、ヘーレコニグ。ヒエレキンが多くの小さな鐘を鳴らすのが聞こえる。バイユールの審問官がトマを尋問していた頃、縁日の舞台に立つアルルカンは、飛び跳ねたり、機知に富んだ台詞を言ったり、長い棒を振り回したりして野次馬連中を楽しませる、イタリア喜劇の伝統的な一人物にすぎなかった。しかしかつて、黄色とオレンジ色の菱形模様のついたタイツは炎の衣裳であり、黒い仮面は闇の王の仮面だったのである。芝居の不道徳さを糾弾する説教師たちから嫌われたこのアルルカンは、異教時代のヨーロッパでは魔王と、遠いトラキアの騎士の好敵手だった。犬の吠え声と馬のいななきを聞き、あちこちの山と谷を越え、荒地と沼地を通り過ぎながら、彼は恐ろしい騎行を導き、その一夜は百年の長きに及ぶ。民俗学はまだ誕生していなかったから、芝居小屋の平土間席でも大学の教壇でも、彼の大道芸人風の装いの下に神が潜んでいるなどと誰も気づかなかった。サバトの夜に、トマ・ローテンと古来からのアルルカンが運命的に出会ったことは、つつましい村人の想像力の中に神話が生き残っていたことをよく示している。この悪魔たちの共犯者の言い分を聞いたうえで、ピエール・ビスヴァルとジャン・クレーヌヴェルクは焚刑の宣告文に署名した。すでに群衆で溢れかえっていたグラン・プラスに、火刑台が据えられた。ところが下役たちが首謀者の身柄を受け取りに行ってみると、男は牢獄の片隅で首をへし折られ、縮こまるようにして横たわっていたのである。群衆はがっかりして広場から立ち去った。自分の名が暴露されるのを聞いて激怒したアルルカンが手先を殺したのだ。あるいは憐みの念に駆られ（悪魔の魂に憐みの念が宿るとしての話だが）、より凄絶な死から救うためにそうしたのかもしれない。憐れみ深い獄吏、あるいは悪党の家族に買収された獄吏が悪魔の役を演じたのかもしれない。殺せという命令はピエール・ビスヴァルかジャン・クレーヌヴェルクが下したのだと思いたくなるが、法務官はめったに裁判の流れを断ち切らないものだ。

ひどく興奮した悪魔学者たちが書き、審問官たちが熟読した『魔術師の槌』や他の本の犠牲となった人たちの多くは、きっと無害で取るに足りない連中だった。たんに様子や振舞いが奇妙だったり、突然不機嫌になったり、孤独を好んだり、あるいはまた何か人々があまり気に入らない特徴があったりしたせいで、隣人たちの反感を買ったのだろう。他方で、本当に邪悪な性格、それまで忍んできた貧困や嫌がらせにたいする漠然とした恨み、批難された習性、満たされなかった欲求などのせいで、現実でも空想の中でもサバトに向かった人々がいたことを考慮しなければならない。蕪畑を除草したり、泥炭地でつるはしを振ったりして何日も過ごした後、この貧者たちは、叢林の中で焚き火のまわりにうずくまる襤褸をまとった小集団と合流し、現代の原始的な踊りや、軋みと叫びからなる音楽や、おそらくは幻覚を引き起こす煙や液体に似たようなものを見出していた。そして幼虫のように蝟集する本能を満足させ、体の温かさと接触、他の場所では許されない裸の状態、卑しいものや禁じられたものの魅惑、あるいはそれにたいする侮蔑の念などを味わった。この悲惨な人々を照らす炎は、常に彼らを待ち受けている絞首台の死を予告するだけではない。その光は別世界から発するものではないにしても、少なくとも彼ら自身の内面から発するものなのだ。

神を信じる者は悪魔も信じられるし、ほとんど信じざるをえない。聖人と天使に祈りを捧げる者は、きっと地獄の音楽の響きをも聴きとるだろう。それだけではない。われわれ人間という孤立した群れと、われわれの内部に生じたり形成されたりして、われわれを破滅させたり導いたりするほとんど人格化された意志の形成（それは半ば可視的である）の間に、あちこちで干渉や交流が起こるということ——人間の理性や論理では、そのことを否定できないのである。われわれに確認できる唯一の力が人間に無関心であるような宇宙では、この仮説はまだ証明できていない。しかし、いわゆるオカルト現象にたいする神学者や審問官たちの欲望が問題を歪曲してしまった。いかなる類の超自然的な威信も伴わず、ごく平凡に人間的な姿をまとう時こそ、そしてまったく気づかれず、しばしば尊敬されるような時こそ、悪はもっとも有害になる。具現した悪魔のおぞましい姿のせいで、神学者や審問官たちはそのことに思いが至らなかったのである。おそらく罪のなかった一人の無知な者を拷問と責め苦に追いやった書類の下部に、ピエールとジャンが署名したことは、トマの毒入りプラムに劣らず醜悪だ。大コンデ公の連隊は、アルルカンの悪魔すべてがなしえたであろうよりも効率的にフランドルの農地を荒廃させ、家畜を殺し、住民を疫病と飢餓に晒したのだった。

当時はどんな法務官でもピエール・ビスヴァルとジャン・クレーヌヴェルクのように考え、行動したであろうから、彼らに責任はないように見える。しかし皆と同じように考え、行動するのは褒められたことではないし、必ずしも弁明にはならない。どんな時代にも、皆とは同じように考えない人々、つまり考えない人と同じようには考えない人々が存在する。モンテーニュであれば魔女たちに、タールピッチのついた肌着や燃えさかる藁の束ではなく、ヘルボレスの水薬〔かつては精神病の薬〕を与えただろう。アグリッパ・ド・ネッテスハイム自身、いたるところに法則を探し求める人文主義者のまなざしで、魔術の世界を探究したという疑惑を持たれているが、その彼がある田舎司祭と連帯して老女を擁護した。近隣の人たちから妖術使いだと告発され、異端審問官から身柄引き渡しを要求されていた老女である。私の祖先が判決文に署名するより十年ほど前、テオフラスト・ルノドー〔フランスの医者、ジャーナリスト。一五八六―一六五三〕は、ルーダンの修道女たちのいわゆる悪魔憑きがヒステリー性の茶番劇にすぎないと言明したし、この事件に関わった司教の一人も同じように考えていた。

　ラシーヌ作『訴訟狂』の裁判官が将来の嫁に向かって、気晴らしに拷問の場面を見てみないかと提案すると、美しいイザベルは、今日不幸にも同じような娯楽が提供された時と同じような反応を示す。「不幸な人が苦しむのをじっと見ていられるものでしょうか?」「とにかくそれで一、二時間は暇潰しになるさ。」じつに典型的な会話で、ラシーヌがイザベルの側についていることが感じられる。逆にピエール・ビスヴァルとジャン・クレーヌヴェルクは皆と同じように考えた、つまりモンテーニュよりダンダン裁判官に似ていた。それはすでに分かっていたことである。

『黒の過程』に登場する架空の人物シモン・アドリアンセンが、私の先祖であればよかったものを。再洗礼派に同調した船主にして銀行家、妻に裏切られるが恨むでもなく、蜂起するもののやがて鎮圧されたミュンスターの暗い町を背景に、憐憫と許しのいわば法悦状態の中で死んでいった人物である。じつのところ、私が痕跡を見つけたアドリアンセンと名乗る最初の祖先は、あの高潔な義人シモンより七十年ほど後の人間で、彼のようにフリシンゲン〔オランダの町〕ではなくニウポール〔ベルギーの港町〕で暮らし、そこにあるサン＝マルタン教会で一六〇六年にカトリーヌ・ヴァン・トゥーヌという女性と結婚している。彼について分かっていることはそれだけで、彼が砂丘に囲まれたこの小さな港町で生まれたのか、それとも余所からやって来た流れ者だったのかは不明である。その後、一家はイーペルに居を構えた。

アドリアンの息子という意味であるこのアドリアンセンという名は、オランダでは珍しくない。この名を持った人たちの中に、コルドリエ会修道士コルネリウス・アドリアンセンと何らかの血縁関係のある者がいた、と主張するだけの文書は残されていない。十六世紀半ば頃に生きた修道士で、愛すべき女性告解者たちに笞刑の罰を与えるやり方が手ぬるいとして、ブリュージュから追放された男だ。『黒の過程』で、同じように危険で同時に穏やかな雰囲気の中に、天使の集団というゼノンの破滅を引き起こす小さな秘密結社を登場させた時、私はこの従順な笞打ち行者の小集団のことを考えたものだ。また一五九七年ダンケルクで、娘ギユミーヌとともに八十歳で火刑台に上った魔術師のアンリ・アドリアンセンという男がいるが、証拠がないので彼をわが祖先の一人に数えることもできない。やはりダンケルクに、「黒犬号」に乗ってフェリペ四世に雇われた海賊で、晩年は陸で過ごしたフランソワ・アドリアンセンがいるが、彼についても同様である。私が同じ家系の繋がりと呼ぶものにこれらの人々が属していたにしても、彼らを結ぶ糸はもはや見えなくなった。いずれにせよ彼らは皆、私の本当の祖先アドリアンセンと同じ空気を吸い、同じパンを口にし、同じ雨と海風を顔に受けたのである。彼らは実際に存在したのだから、私の縁者と言ってもよい。

　こちらは間違いなく私の祖先であるもう一人のフランソワ・アドリアンセンは、ニウポールの両親が結婚式を挙げたのと同じ教会で洗礼を受けた。スペインに仕えた将校としての経歴については、先に述べた。その経歴以上に重要なのはクレール・フルマンとの結婚で、それによってルーベンスをめぐる伝説的世界の入り口に立つことになる。

　フルマン一族は長きにわたってアントウェルペンで、オリエントから輸入した高価な壁布と絨毯を商っていた。どちらも珍重された異国の絶品であり、ファン・アイクの聖母像の足元には絨毯のほとんど秘教的な模様が広がっているし、二本の柱の間に張られた壁布は、教会の寒々とした装飾の中で聖母の背景幕をなしている。流行は長く続いた。というのも、フェルメールの描く女性たちが屈みこんでいるテーブルを蔽う皺になった布地から分かるように、同じシルヴァン〔グルジアの一地方〕やサナンダジュ〔イランの町で絨毯の産地〕製の布地や絨毯が十八世紀オランダの室内画にまで見られるからである。フルマン家の父は、ヴィエイユ＝ブルス広場に面した「黄金の鹿」と名付けられた家に住んでいた。おそらく、屋根の頂に鹿の像が据えられていたことから生まれた名前だろう。当時フランドル地方では、屋根に実際の動物や空想の動物の彫像、皇帝の像、あるいは純金製の輝く聖母像などを飾るのが慣わしだったからである。法学博士だった息子ダニエルは、スペイン王からウィティリエトの領地を高値で買い取り、それが下級、中級、上級裁判権すべてを彼にもたらした。彼が布地や絨毯の商いを続けたわけではないだろうが、少なくとも、たとえばこの時代パリに住んでいたジュルダン氏〔モリエールの作中人物〕の父親のような友人には売っていたと思いたいものだ。

　ダニエル・フルマンはクレール・ブラントを娶った。名声の誉れ高い法律家にして人文主義者ブラント博士の、二人の娘のうちの一人である。もう一人の娘イサベラと結婚したのがルーベンスで、博士の自宅の屋根裏部屋が画家の最初のアトリエとなった。イサベラ・ブラントは夭折し、ルーベンスはダニエルの妹にあたる金髪のエレーヌと再婚する。ダニエルはこうして二重の意味であの偉大な形式の創造者の義兄にあたる。ダニエルとクレール・ブラントの娘で私の遠い祖先にあたるクレール・フルマンはしたがって、十七世紀にもっとも肖像に描かれ、もっとも恵まれた二人の女性の姪だったことになる。

　ルーベンスは幸福になる運命だった。しかしながら、子供時代からそうだったわけではない。生まれはケルン、父親はプロテスタントと交流があったせいでアントウェルペンを追放され、さらにある皇女と不倫したかどで死刑宣告を受けたし、母親は情熱的で、この不実者の命を救った女である。こうした過去が彼の作品の下絵に影を落としているのだが、やがて作品は鮮やかな色彩の下塗りとぼかしで覆われることになる。たちまち名声と富を獲得した画家、若い頃から軟弱なイタリアの小宮廷や厳格なスペイン宮廷の常連、早くから困難な使命をおびた外交官だったルーベンスは、二人の国王によって貴族に叙せられ、五つの言語を操り、したがってカール五世が言ったごとく五人の人間に匹敵するような男だった。彼は終世、揺るぎない幸福に恵まれ、その幸福は死後になっても彼の栄光として残っている。このあまりに完璧な成功を彩る最初の女性がイサベラである。というのも、イタリア半島に滞在した八年間に若き画家が出会った美しいイタリア女たちについては、何も分かっていないのだから。婚礼の翌日、すでに秋色が漂いはじめたブラント博士の庭で、ルーベンスは妻と自分の肖像を描いた。その時三十二歳の彼はたくましく、贅沢な黒ビロードとレースをまとい、物静かで思慮深げなようすをしている。他方、十七歳の幼い新妻は豪奢な絹の衣裳に身を包み、「当時流行だった」トップの広がった珍妙な帽子をかぶり、乙女のように優雅で、博士が彼女に選んであげた夫の手に自分の手を重ねている。

その後に描かれた肖像画では、妻であり母となったイサベラがクローズアップされる。短いブラウスが、籠に盛られた桃のように寄せられた乳房を持ち上げている。雌牛のように大きな目が善良そのものといった容貌を照らし出しているが、知性の閃きはあまり感じられない。柔らかく、いくらか後退した顎は従順で受け身的な官能性を示している。例の麦藁帽子で和らげられた光の下で、彼女の繊細な肌は結核のためすでにピンク色に染まったり、青白くなったりしている。後年レンブラントが妻サスキアにたいして行なったのと異なり、ルーベンスは熱に蝕まれる若い病人を素描したりはしなかった。ゆっくり迫ってくる死を描くことは彼の領域ではなかった。

しかしある友人に宛てた手紙を読むと、妻を失った画家が、自分の作品から意図的に排除したと思われる憂鬱に浸っていたことが分かる。「われわれのあらゆる不幸を癒す唯一の薬は時がもたらす忘却なのだから、私に必要な唯一の助けをその忘却に期待せざるをえない……。旅に出れば気が紛れるだろう……。平静を取り戻せるとは言わない……。対象とこれほどよく合致した感情が、紳士に似つかわしくないとは思えないし、人が人生のさまざまな有為転変にまったく無関心になりうるとも思えない。ある種の感情は美徳とはいえないにしても、少なくとも悪徳からは遠い〔原文はラテン語〕。そしてそのような感情はわれわれの魂の中で埋め合わせられる。」自分の時代に先んじてルーベンスは、あまりに完全に苦しみを抑圧する勇気はかえって苦しみを増し、それとともにわれわれ自身にとっても害になるということを知っていた。このような文章を書く人間は、絵筆を持った単なる動物というだけではなかったはずである。

四年後、外国での公務と大きな仕事を終えて帰国したこの礼儀正しい男は、亡き妻の家族と付き合いを再開した。この頃、彼は老いたブラント博士の肖像を描いている。博士の真っ赤な頰を見ると、彼がギリシア語とラテン語の文法だけでなく、フランスのワインにもよく通じていたと思われる。フルマン家では二人のクレール、亡き妻の姉とまだ幼い姪に会った。小さかったエレーヌは、しばらく会わないうちに子供から娘へと成長していた。一六三〇年十二月、ルーベンスは十六歳だった彼女と結婚する。三十七歳という年齢差に当時は誰も驚かなかった。いや、現代だけが例外で、他のどんな時代でも驚かなかっただろう。ただ今回、画家は新妻と並んでの肖像画を描かなかった。「厳しい独身生活を送る気持ちにはまだなれないので、私は結婚することにした。禁欲は称賛すべきかもしれないが、神に感謝しつつ正当な快楽を求めることも許されるだろう。」そして彼は次のように付言している。貴族で、言うまでもなく初老の女性を娶れと皆は私に勧めたが、「老女の愛撫と引き換えに、自由という貴重な財産を手放す」ことになれば辛いだろう、と。神話のアンタイオスが大地に触れて活力を取り戻したように、ルーベンスはエレーヌを抱いて若さを取り戻した。

それから亡くなるまでの十年間、画家の人生はロジ＝デ＝アルシェ＝ド＝サン＝セバスチャン近郊にあった豪華な邸宅と、エレーヌと、神々が宿るアトリエをつうじて神話の世界と直接つながる単調な家庭生活だけに、ますます限られるようになっていく。一日の始まりはミサで、彼の作品における教会絵画と同じだけの位置を彼の人生において占めていた。そして、それ以上でも以下でもなかった。続いて仕事中は、弟子の一人にタキトゥスやセネカの一節を朗読させる。夕方になると、エスコー川沿いを馬で散策して気を紛らわす。空が大好きなこの男はおそらく、夕暮れ時の赤く霧にかすんだ色調を楽しんだことだろう。それから豊かだが過度ではない食事と、アントウェルペンの町が誇りとするまじめで、いくらかしかつめらしい才人たちとの会話が続く。一日を締め括るのは、夫婦の褥《しとね》のほとんど伝説的な激しさである。

　すべてが秩序と、贅沢と、静寂と、悦楽〔ボードレールの詩「旅への誘い」からの引用〕であるこの単調な日常性の中に、一人の男の賢明な選択を見ないわけにはいかない。彼は家庭生活にたいして快楽の便宜を図り、それを正当化することだけを求め、目と精神が自由に、大事な創作活動に打ち込めるようにしたのである。より波瀾に富んだ、あるいはより秘密の多い人生に劣らず、そこには火が燃えている。炉《フォワイエ》＝家庭と言えば、時には燃えさかる炎を意味するものだ。しかし、死期が近づく。ルーベンスの最晩年は、やはり幸福を描いた画家であるルノワールのそれを思わせる。リューマチを患う手はもはや絵を描けない。一六四〇年、エレーヌは二十六歳で夫を亡くす。その後ある貴族と再婚するが、それは最初の夫と同じくスペイン宮廷から信頼されている男だった。彼女がわれわれの関心を引くのは、ルーベンスの傍らにいる時だけである。

　巨匠最後の作品の一つである「パリスの審判」で、彼女は競い合う二つの裸婦ヴィーナスとユノのモデルとなった。他の絵では、聖母マリアや聖女たちに若くて肉感的な顔を提供している。画家が最近購入したステーンの小さな城の庭園では、彼女は盛装して客たちを案内している。自宅の庭にあるイタリア風東屋の前では、召使が孔雀に餌を投げ与えるのを見ている。またある時は、祝宴用のドレスに身を包んだ美しい姿で柱廊の下に座り、そのゆったりしたスカートが家の見事な絨毯に触れている。これらの絵の中でわれわれの脳裏に焼き付く唯一の作品は、ウィーン美術史美術館が所蔵している裸の「エレーヌ・フルマン」であり、しかも官能的な理由というより絵画的な理由からである。数多くの画家が妻や愛人の裸体を描いているが、（ルーベンス自身しばしばそうであったように）これらの女神は神話の主題や背景にもとづいて、慣例的なオリュンポス山に身を置いていた。とりわけデッサンと輪郭線に秀でた大家の場合、裸体を包む理想の線がいわば衣服の代わりだった。ところがこの作品では、身体の輪郭ではなく裸体そのものが問題になっている。熱く湿った感じの女は、風呂か寝室から出てきたばかりのように見える。その身振りは、扉がノックされるのを聞いて適当に何か肩に羽織った普通の女のような身振りだ。ただし画家の見事な技によって、淫らなはにかみや無意味なはにかみは避けられている。この女性を何度も見つめ、あらゆる芸術作品のうちに永遠のモチーフを見出すという古いゲームに興じてみよう。彼女の腕のポーズがほとんど変更を加えられずに、メディチ家のヴィーナスのポーズそのものであることが分かる。もっとも、その豊満な肉体は大理石のように冷ややかではないし、古典的でもない。彼女がまとい、脇腹がはみ出ている毛皮のせいで、彼女はむしろ神話の中の子熊のような様子をしている。瓢箪《ひょうたん》のようでいくらか柔らかい乳房、上半身の肉の襞、おそらく妊娠初期で丸くなった腹、くぼみのついた膝は発酵して膨れる小麦粉の生地を連想させる。ボードレールがルーベンスの描く女性たちについて、「若い肉体の長枕」と「生命が湧き出る」女性の生物組織を語った時、おそらく彼はこの女性像を考えていたのだろう。実際、この肌に指を触れるだけで、ピンク色の斑点が浮き上がってきそうだ。ルーベンスはこの絵を終世手放さず、ハプスブルク家の所蔵物になったのは彼の死後である。画家はカンダウレス王〔古代ギリシアの王〕を真似たことで、良心の呵責を感じていたのかもしれない。カンダウレス王は妃の裸体を一人の親しい友人にだけ見せたのだが、ウィーンにあるエレーヌの肖像は今やどんな観光客でも目にすることができる。

ヘンドリッキェ・ストッフェルスが曾祖父の姉妹ならばよかったのに、と思う。ヘンドリッキェは老いたレンブラントの召使、モデルそして情婦だった女性で、不幸な大画家の晩年をできるかぎり慰めてあげたのだが、不運にも画家より先に世を去った。早朝に起きる召使の例としてまぶたが少し腫れ、体はくたびれているが穏やかで、灰色の影に染まったヘンドリッキェ、ルーヴル美術館に所蔵されている「ベトゥサベ」のモデルになった女性だ。われわれが経験するような不幸や光明に、どれ一つとして無縁でなかったあのレンブラントという男と、いくらかなりとも結びつきたいものだ。一九六二年にエルミタージュ美術館を短い時間だったが訪れた際のことを、私はよく覚えている。ソ連の奥地からやって来た何かの使節団の一員だった農民が、ガイドが上の空で機械的に名前を告げたレンブラントのキリスト像の前で、一瞬立ち止まったかと思うと、すばやく十字を切ったのである。ルーベンスの描くキリスト像が同じような反応を引き起こしたとは思えない。聖なるものは彼の領域ではない。バロック芸術はすべて、権力への意志を褒め称える。ルーベンスの芸術はとりわけ、三十年戦争時代のヨーロッパで頂点に君臨していた裕福な集団の持つ、支配し、所有し、享受したいという欲求に応えていた。神話やローマ史の挿話が、王侯貴族の館の壁や天井を両側に鏡を張りめぐらせた続きの間に変えるのに役立つ。そこでは、着飾り、真珠を身につけ、重々しい衣服と肉体で動作の鈍くなった男女が、英雄や神の姿で際限なく描かれ続けた。オペラの豪壮な装置のように、寓意が専制君主たちを天上へと運んでいく。血なまぐさい殉教や暴力的な狩猟の場面が、彼らの見世物欲と死への関心をまっとうに満たす。相変わらず群衆の野次馬根性に媚びるというわけだが、これは王侯貴族の群衆である。

素材にたいする強烈な欲求のおかげで、ルーベンスは宮廷画家の空疎なレトリックと無縁でいられた。まるで色彩の厚塗りとほとばしりが、この巨匠を当時の神話的、キリスト教的華美からしだいに遠ざけ、純粋な実体だけが意義を持つ世界へと導き入れたようなのだ。あの豊満な身体は、まだ断罪されていたガリレオの理論によれば地球が回るように、くるくる回る立体にすぎない。「三美神」の尻はどれも半球である。ふっくらした天使は夏空の積雲のように空に浮かんでいる。ファエトンやイカロスは石のように落下する。「テルモドン川の戦い」に描かれたもんどり打つ馬やアマゾンたちは、軌道の途中で止まった隕石だ。すべては動く容量、沸騰する物質にすぎない。女性たちの身体をばら色に染め、東方の三博士が乗る栗毛の馬の目に走るのは同じ血である。エレーヌがまとう外套の毛皮、顎ひげの毛、女神ディアナが殺した鳥の羽根は、すべて同じ実体の変形にすぎない。果物を持つ子供たちのぽっちゃりした肉体は果物そのものであり、十字架から降ろされた蠟のように青白くぶよぶよしたキリストの肉体は、もはや肉体の生命の最終段階でしかない。こうした生命の力強いマグマを前にすると、大仰な装飾画家としての誇張、卑俗さ、技巧などはもはや重要性がない。太ったマリー・ド・メディシスは女王蜂のように膨れている。この愚かしい女王を乗せた船の下であふれんばかりの三人のセイレーンは、もはやヴェールルボワ通りのカパイオ家の婦人ではなく、それを描く際のモデルとなった幼いルイーズでもない。彼女たちの鈍重な色香は女性というより、船首に当たって砕ける波の重さと鈍い音を想起させるだけである。ベッドの中の恋人のように、水の中の海神トリトンのように、ルーベンスは形式の大海原で戯れるのだ。

クレール・フルマンは何も痕跡を残さなかった。彼女が二人の叔母イサベラとエレーヌのどちらに似ていたか分からない。ただ、彼女の息子ダニエル・アルベール・アドリアンセンの肖像画は残っている（ダニエルはフルマン一族にたいする尊敬のしるしとして、アルベールは愛された大公に敬意を表して付けられた名である）。父親と同じく武人で、西フランドル軍に仕える将校だった彼は、真っ赤なマントをまとった騎兵の姿で快活さと激しさを見せている。濃い眉毛の下の目は微笑み、人に話しかけてくるようだ。次の代になると、血はそれほど熱くない。ジョゼフ・ダニエル・アドリアンセンは気品ある助役の赤い服に身を包んで威厳を示し、腰まで垂れる摂政時代様式の鬘の金色の巻き毛に覆われている。このにやけた行政官は夭折し、クレイヤンクールの領地の買い主の娘である従妹マリアンヌ・クレーヌヴェルクとの間に三人の幼い娘を残した。その長女で、バラを手に持ち、修道女の服をまとった影のような少女についてはすでに述べた。残り二人のうち、一人はビスヴァル家の男と結婚して家系の繋がりを取り戻したが、子供がないまま亡くなった。もう一人のコンスタンス・アドリアンセンは私の四代前の祖母で、二親等と四親等の結婚にたいする特別許可を得た後、従兄のミシェル・ドナシアン・ド・クレイヤンクールの妻となった。彼女は夫にアドリアンセン家の財産のかなりの部分と、女系でも継承できるスペイン貴族のささやかな称号と、一族の紋章にある獅子紋様をもたらした。ミシェル・ドナシアンの子孫たちは、自分たちのブルジョワの紋章を獅子紋様で四分割することになるだろう。晩年のコンスタンスには後で再登場してもらう。

国王の顧問官だったミシェル・ドナシアンは一七五三年に結婚した際、均整のとれた美男子で、結婚式を祝うヴァイオリンの音に合わせて、陽気に踊るような男だったかもしれない。一七八九年、五十七歳になるこの一家の父は醜くしたルイ十六世に似ている。色が薄く、飛び出た大きな目は眠っているようだ。前に出た厚い下唇にはうんざりしたような皺が寄っている。ボタンを外した襟元には、ギロチンを誘うような太い首が見える。この四代前の祖父はギロチンを免れたが、革命には付き物の不愉快な体験をしている。一七七八年頃カッセルから彼に宛てられた手紙が一通残されていて、その上書きには彼の領地の名が記されている。もう一通は一七九三年の手紙で、クレイヤンクール、ドラヌートル、ロンバルディおよびその他の領地を所有する貴族である彼は、市民クレーヌヴェルク、自称クレイヤンクールという呼称で名指されている。この手紙を受け取って、彼の下唇の皺はいっそう深くなったに違いない。

一七九三年五月、イーペル近郊にあったゲウス家の所有地の一つに人々が集まり、クマシデの並木道の下でひそひそ話をしている。ミシェル・ダニエル・ド・クレイヤンクールと妻テレーズは旅支度である。六歳の長男を頭に五人の子供は、女中に見守られながら運河べりで遊んでいる。彼らを迎えた主人レオナール・ド・ゲウスはテレーズの兄弟であり、当時はいかにもありそうで、しかも世襲財産を安定させることになる小説的な交錯状況から、ミシェル・ダニエルの妹セシルを娶っていた。誰がモデルか突き止められなかった何枚かの家族肖像画から、私は最良のものを選ぶ。それは同時に、年齢と衣服の様式からいって私の高祖父にもっともふさわしい肖像画である。実際ミシェル・ダニエルはいくらか傲慢で、白粉をつけて白くなり、今では擦り切れた長い外套の下に、絵のモデルになった時まとっていた青ビロードの立派な服を隠すような小君主だったのかもしれない。弟シャルルは車引きが着るような外套をまとっていて、半ば変装したような感じだ。老父ミシェル・ドナシアンはカトガン風〔十八世紀に流行したうなじのところで束ねる髪型〕の鬘を外したので、自分の農夫たちに似ている。彼が息子たちと共に亡命したのか、その場合すでに六十歳代になっていたコンスタンスも一緒だったのか、私は知らない。亡命したにしろ、フランスに留まったにしろ、コンスタンスはきっと冷静だった。彼女がポケットから平然とエナメルと銀の小函を取り出し、最後の瞬間までテレーズのスカートにすそ飾りを縫いつけている姿を私は想像してしまう。

家族に同行している感じのよい神父は平服を着ている。私の父の時代になってもまだそのアメジストの指輪が残っていたこの司祭は、ミシェル・ダニエルの礼拝堂付き司祭で、子供たちの家庭教師だったと言われている。しかし、まだ幼い子供たちに家庭教師は必要なかったし、一家がもったいぶって礼拝堂付き司祭を抱えていたかどうかは疑問だ。フランス革命時に宣誓しなかったこの司祭は、肖像画を見るかぎりベルニス〔フランスの政治家、枢機卿、一七一五–九四〕のように優雅で、その後ドイツに向かう途上で苦難を共にすることになる人たちの、おそらく遠い親戚か友人だったのだろう。

いとこのビスヴァル・ド・ブリアルドは溌溂とした小柄な男で、バイユールとイーペルを隔てる数里を遠回りして馬でやって来ると、オランダに向かうにはどの経路を取ればいいのかと尋ねる。彼はオランダで革命の嵐が鎮まるのを待つことにしたのである。ヘントまで行き、そこでロッテルダム行きの乗合馬車を使うことになった。レオナール・ド・ゲウスとセシルはオーストリア国家の臣民として、亡命はしない。サン=キュロットの到来には皆と同じように慄いているが、本来何も恐れることはないはずだった。城館では貴重品はすべて安全なところに隠した。下僕が冷たい物を持ってきたので会話が途切れる。もはや召使たちも信用できないのだ。

この紳士淑女たちは、この時点ではまだ不安を感じていなかった。一七八九年には、革命コミューンの陳情書はきわめて穏当だった。その後の民衆蜂起と聖職者迫害のせいで、農民たちの共和国にたいする支持はかなり冷却した。確かにパリから届く知らせはぞっとするもので、サンテール地方で響く太鼓の音は正しい心の持ち主たちを震撼させた。しかしパリはあまりに遠く、人々は自分が危険に晒されているとは感じなかった。ドゥエでギロチンが首を刎ねるようになってから、ようやく人々は悟った。バイユール市長は真っ先に逃げた一人である。ジョゼフ・ビスヴァルは、騒乱の時代には女は男ほど危なくないと推測し、機転が利いて活発な妻ヴァランティーヌ・ド・クスマケールを現地に残していくことに決めた。妻は公証人の助けで何か売ったり、架空の抵当権を設定したりしてなんとか切り抜けられるだろう。あるいは後で償いはするということで、農民たちにすでに価値が目減りしていたアシニア紙幣で土地を買わせ、いつかそれを領主たちに返してもらうよう説得できるかもしれない。

シャルルは御者がベルリン馬車に荷物を積み込むのを手伝い、座席に上がる。いわゆる愛国者連中を相手にする時にそなえて、偽造書類を持参している。一家は湯治のためスパに行くことになっていた。テレーズはまだ乳房を吸う幼いシャルル・オーギュスタンを膝に抱いている。女中と荷箱は馬車の後部である。よくあるように、鞄がなくなったり、子供が毬を拾ったり、急いで用を足したりするといって馬車から下りるので、出発が遅れる。笑い声と苛立ちの声が別れの溜め息や涙と混じり合う。嘆き悲しむセシルはチュール織の肩掛けを打ち振り、旅立つ人たちに接吻を送る。

ミシェル・ダニエルと家族はまずプロシアのカルカールの城館で、続いてウェストファリアのオルフテンの城館で七年近い亡命生活を送った。フランスの秩序を回復したいと熱望する亡命者や、外国に仕えて立身出世しようとする亡命者がいる一方で、貧窮ゆえに剣術の先生や、家庭教師や、菓子職人にならざるをえなかった者もいる。またもっと冴えないのは、かなりの現金を持っていたので地所を借り、田舎者よろしくその土地から上がる産物で暮らす亡命者たちだった。私の高祖父とその妻はどうやらそうしたらしい。節約が第一。ミシェル・ダニエルは立派な青の燕尾服が擦り切れるまで使ったし、パンに塗るバターの量もけちった。キャベツの葉にくるまれたバターの塊が、町の市場では高価だったからである。時々通りすがりの亡命者が立ち寄ると、流謫生活の重苦しい単調さがいくらか和らいだ。言葉が壁になって、近在の上流社会との付き合いはほとんどなかった。フラマン語を知っていると、たどたどしいドイツ語を話す役には立ったが。司祭と医者がやって来ると（医者の来訪はじつに頻繁だった）、人々とはラテン語で話していた。

こうした場合いつでもそうであるように、会話の種になったのは、自分の祖国と今住んでいる国の身だしなみや、食べ物や、愛や、礼儀作法面での違いである。そして今住んでいる国に厳しい判断が下される。食事の席で、ドイツの料理女が作った甘酸っぱいソースの料理を呑み込んだ後、人々は客間に腰掛けるのだが、そこでは節約のため夜もずっと更けてからでないとろうそくを灯さない。しかもそのろうそくは獣脂ろうそくなのだ。オランダがじゅうぶん安全でないと考えた抜け目のないいとこビスヴァルが、カルカールにやって来て数日過ごした。偽名でフランスに渡り、それからオッセナブルックとブレーメンに立ち寄った彼は、嘘か本当かは分からないがさまざまな政治ニュースを仕入れていた。彼の勇ましい妻ヴァランティーヌの方は、彼女をぞっとさせるような新たな法律を利用して、亡命している夫の財産をより安全に守るため離婚に踏みきり、財産の少なくとも一部を自分名義にすることができた。元ビスヴァル・ド・ブリアルド、現在クスマケールの妻は当時の考え方に従ったということで、共和国の役人たちの賛辞を甘受したに違いない。ひそかに会っていた非宣誓司祭からはそれでいいと認められたものの、やむを得ないとはいえキリスト教徒と妻の義務に背いたことで彼女は悩んだ。幸いなのは、子供たちをオーストリア国家に逃がしてやれたことだ。とりわけ幼いレーヌは、亡命していた修道女を第二の母親とした。客人は独楽《こま》遊びをする幼いシャルル・オーギュスタンに目を向ける。恐怖政治の時代にあっても、良家の実りある結びつきを考えるのに早すぎるということはない。

開いた窓から聞こえてくる弱々しい咳の音に、テレーズは頭を上げる。妊娠八か月で体の重くなった彼女は、ゆっくりと二階に上る。長男の幼いミシェル・コンスタンタンが汗だくでベッドに横たわっており、ドイツ人の召使が看病している。この結核にたいして、医者にはもうどんな治療法も残されていない。テレーズを除けば、子供が秋までもたないだろうと皆諦めている。下される命令が理解できない召使にたいして、母親の悲しみは怒りとなって爆発した。

テレーズは結核の男の子と、生まれて間もなく死んだ女の乳飲み子という二人の子供をカルカールの墓地に埋葬した。オルフテンの空気も、カルカール以上に子供たちの体に良かったわけではない。さらに三人の子がそこで死んだ。亡命先からフランスに帰国した夫婦が連れ帰ったのは、幼いシャルル・オーギュスタン唯一人だった。

共和暦八年〔一八〇〇年〕雪月《ニヴォーズ》十七日、警察大臣フーシェの一通の手紙がノール県知事に、ド・ゲウス家の女にしてクレーヌヴェルクの妻は保護観察のうえ自宅に戻ってよいこと、そして財産を自由に使ってもよいことを告げた。ただし、以前に国家が売却した財産は別で、それに関してはいかなる異議申し立ても認められない。翌日、ボナパルトの署名がついた書類が届き、工場主であるクレーヌヴェルク兄弟の名前は亡命者リストから削除されていた。失われた財産について請求が認められない点は同じである。ミシェル・ドナシアンとコンスタンスについては、同種の書類は見つからなかった。

二人の兄弟に工場主という肩書が与えられたのは、おそらく彼らのフランス帰還を容易にするため、最近彼らの名義にされた小さな陶器工場のおかげである。この零細な工場は七人の職工しか雇っておらず、地元の市場に田舎風の皿やゴブレットを提供していた。失望から立ち直るために一家がこの工場を当てこんでいたのか、それとも貴族としての過去に背を向けたミシェル・ダニエルとシャルルが、結局のところ社会の混乱でいちばん利益を得た産業ブルジョワジーの列に連なろうとしたのか、それはよく分からない。いずれにしても、この暢気者たちには工業や商売の才覚はまったくなかったから、工場はまもなく閉鎖に追い込まれた。

同情に値する離婚者であるヴァランティーヌ・ド・クスマケールは、悲劇の時代に抗えず、夫の二度目の亡命時代である共和暦五年に三十七歳で亡くなった。テレーズ・ド・ゲウスはドイツから悲しい帰国をした後ほどなくして、四十二歳で世を去った。クレーヌヴェルク自称クレイヤンクールの妻であるコンスタンス・アドリアンセンは、もう少し長生きして、一七九九年、七十代で亡くなった。ドイツに旅立った時は、義理の娘と亡命の悲哀や喪の辛さを分かち合った。逆に、おそらくは虚弱で長旅に耐えられないせいで、あるいはヴァランティーヌと同じく、一家の財産をできるかぎり守る務めを負って故国に留まった時は、最後の数年を違法性と、警告と、尋問と、家宅捜索と、共和国による競売と、小さな町にあふれていた王党派の気弱な嘆きの雰囲気の中で過ごした。彼女が亡命の道を選んだ子供たちに再会したかどうか、定かではない。鈍重なミシェル・ドナシアンの傍らで四十六年も暮らすことは、あまり気の進むことではない。そして彼女は他の多くの女性たちと同じように、幼い子供を何人か失った。子供があまりに多く生まれるという弊害を、自然がただちに矯正していた時代である。とはいえ、どんな人生も外部からは判断できないものだし、ましてや女の人生はそうであろう。老年になってからの彼女の肖像画は精彩を欠いていない。

ピンク色のペチコートと金色の靴よさらば……。若い頃身につけていた装飾品をやめて、コンスタンスは革命時代の暗い色のドレスと大きな肩掛けをまとう。唯一の装身具はジャネットの十字架。ボンネットだけは贅沢品である。それはカペの寡婦〔マリー＝アントワネットのこと〕からシャルロット・コルデーやトリコトゥーズ〔革命時代に編み物をしながら議会の討論などに聴き入った女性たち〕まで、この時代の女が皆被っていたようなものだ。コンスタンスのボンネットは途方もなく大きくて軽く、襞つきで膨らんでいて、自分の意志に反して平民となったこの女にいわばチュール織の巨大な後光をもたらしている。ひどく老いた女性の顔がそうであるように、細かい皺だらけの顔は下のほうに衰えが目立つ。赤くなった瞼の間で若さを失わない澄んだ目は、陽気さと善良さが混じったいくらか素っ気ない優しさでこちらを見ている。へこんだ唇が微笑むまなざしにかすかに応えている。この元貴族は愚鈍な様子をしていない。

故郷に戻ったこの亡命者たちは、一七九三年以降フランス社会の一部を襲った激動から逃れられなかった。先に述べたように、制裁の原因になるかもしれない貴族の証しである領地の名前を、彼らは一時的に放棄した。帝政と復古王政になって安堵した彼らは、招待状やさまざまな通知状など、日常的な使用物でしだいに領地の名前を用いるようになる。公式文書の中でその名前をあらためて使用するようになったのは、しかるべく合法化させた後のことであり、その時、革命後に作成されたあらゆる証書に事後になってその名前を書き入れる許可を得た。

ミシェル・ドナシアンが死んだのは一八〇六年である。ミシェル・ダニエルとシャルルは二人とも八十歳を超え、それぞれ簒奪者ルイ＝フィリップ治世下の一八三八年と一八四五年に亡くなった。二人の老人はルイ十六世の戴冠式を覚えていたほどで、おそらく最後まであの神父とホイストゲームに興じたのだろう。神父のほうも、王権と教会が勢いを取り戻すのを目にするまで生き永らえたものと思いたい。一八二四年頃、彼らが時々二輪馬車を駆ってモン＝ノワールに赴くさまを想像してみる。その砂丘はかつて不運な陶器工場に原料を提供したのだし、「立派な騎手」シャルル・オーギュスタンがおそらくは失われた田舎の別荘の代わりに、きわめて特徴的なルイ十八世＝シャルル十世様式の別荘をそこに建てさせたのだ。

実際、一家が所有していた領地の一部は、亡命貴族の財産として売却されてしまったらしい。困難な時代に対処するため、ミシェル・ドナシアンはそれ以外の領地を譲渡したかもしれない。いずれにしても、革命時代に被った損失の話はかなりの部分疑わしいものだ。公正証書や、この搾取された者たちの生活様式について分かっていることから判断すれば、彼らはかなり裕福だった。混乱の時代に他の人々と同じように苦労したというのは、競争や自慢の種でしかない。誰もが不平をかこっていたのだ。敬虔な言い伝えによれば、農民たちは競売で買った地所を自発的に返還し、いかなる利益も要求しなかったというが、それはたぶんあまりに感傷的な物語にすぎるだろう。フランドル地方のこの一隅では、地主と農民がまだほとんど並んで暮していた。不在地主制はとりわけ宮廷貴族の慣習であり、その宮廷貴族すらフランドルではかなり稀だった。羨望、憎しみ、恨みがしばしば前面に出てくることはあったが、同時に愛情と忠誠もまた時に前面に表れた。フランス式の長々とした貴族名が付こうが付くまいが、クレーヌヴェルク一族は領民から愛されていたようである。

第二部

若きミシェル・シャルル

セーヌ左岸の学生下宿で、一人の青年がオペラ座の仮装舞踏会に出かけようと身づくろいしている。天井が低く、競売で買った半端ものの家具が置かれ、家主が高齢の女性で熱意のない召使に助けられている時に、月極めの部屋がそうである程度には小ぎれいだ。こうした部屋はそれ自体で一つの月並みな話題であり、できるかぎり平凡な言葉で描く必要がある。暖炉にはわずかに燃えさしが残り、その上には余白の赤茶けた『シャルル十世』が一巻載っているので、家主が正統王朝主義者であることが分かる。テーブルには若きミシェル・シャルルの法律書が積み上げられており、その上方に据えられた書棚には彼の心を躍らせる大事な本が数冊置かれている。ラテン詩人たち、ラマルティーヌの『瞑想詩集』、ユゴーの『東方詩集』や『黄昏の歌』、さらにはオーギュスト・バルビエ、カジミール・ドラヴィーニュの作品が、擦り切れたベランジェの『歌謡集』一巻の横に並んでいる。しかしこれらの細部、とりわけ書物の背表紙に見える表題は、二本のろうそくに細々と照らされた二月の夕刻の闇の中に消えかかっている。片隅に置かれたタオル地のラシャ布をかぶせられた擦り切れたカーペットの上には、水差しが二つとブリキの浴槽がかすかに見える。当時二十歳になる私の未来の祖父が、自らぬるま湯を満たした水差しを部屋まで持って上がり、下の階の天井に水が漏れないようにして下さいよと家主から念を押された後で、その浴槽に身を沈めたのだった。
掛け布団の上には最良の仕立屋に誂《あつら》えさせたぴっちりしたズボン、モーニング、すでに謎めいた効果を引き出すようなラシャで仕立てた頭巾付き長ガウンが広げられ、枕の上には黒サテンの仮面が置かれている。ベットマットではよく磨いた靴が踊っている。父親が仕送りしてくれるわずかな下宿料を使いきらないよう心がけているこの学生は、身だしなみのためには金を惜しまないのだ。それはいくらか、女性に好かれたいという美青年の虚栄心からであり、そしておそらくそれ以上に自尊心からであった。ミシェル・シャルルは自分では謙虚にも素朴な人間だと思っているが、実際にはかなり複雑なのだ。

股引をはき、胸飾りのついたシャツを着た青年は、簞笥《たんす》の扉についた小さな鏡をしかつめらしく見つめる。その顔はまだ能力を発揮していない個人のものというより、特定の種族の顔という感じだ。彼の顔の背後で、バイユールの屋敷の壁にぼんやり見えていた他の人々の表情が浮かび上がり、そして消えていくかのように。顔の造りががっしりして、突き出た頬骨と太い眉の線の間に、冷たく鮮やかな青い目が光っている。その目を見ると、芝居や散歩道で出くわした美女たちが時として彼のほうを振り返るほどだ。中隔が少し厚い鼻にはあまり満足していない。貴族の肩書をもつ情婦であれば、「獅子のような」と形容してくれるような鼻孔だが、彼としてはもっと小さいほうがよかった。口は大きく鷹揚そうだが、顔の下部には子供っぽい軟弱さが刻まれている。もっとも、首に長さ二オーヌ〔一オーヌは一・二メートル〕の上質のバティスト布を巻きつけている学生は、そんなことには気づきもしない。いずれにしても彼は自分がパリ人の容貌ではないこと、おそらくは完全にフランス人的な容貌ですらないことに感づいている。要するに人からはハンガリー人、ロシア人、あるいは美男のスカンジナヴィア人と思われているのではないだろうか。たとえばラディラス、イワン、オスカルというような……。それで女たちの気を引けるかもしれない、と青年は思ったりもする。

しかし結局のところ、青年は誰のために仮装するのだろうか。パリでの一年目から、彼は仲間と連れ立ってオペラ座の仮装舞踏会に出向いたが、十五分後にはがっかりし、困憊してそこから出る羽目になった。同時代人であるフレデリック・モロー〔フロベール作『感情教育』の主人公で、一八四〇年代にパリで学生生活を送る〕と同様、こうした陽気な騒ぎに彼はぞっとするのだ。ミシェル・シャルルの目的は一日も早く学位を手に入れ、それからバイユールに戻り、病身の父親を助けて家の財産を管理することだ。舞踏会など馬鹿げたことで、出かける義務はない。確かにバルザックの小説に目を通したりしたが、傑作を読んでいるとは知らなかったし、そもそもバルザックの小説はまだ傑作と認められていたわけでもない。パリで通《かよ》ったどの屋敷でも、アリュインの優雅な従兄弟たちの家でも、淡い灰色の衣裳に身を包んで危険な香りを漂わせる、ディアーヌ・ド・カディニャンのような女には出会わなかった。高級娼婦の褥で稼いだ大金を貢いでくれるエステルのような女はいなかった。社交界でのしていく助けとなるような、半ば父親らしい忠告をしてくれるヴォートランのような男もいなかった〔ディアーヌ、エステル、ヴォートランはいずれもバルザック『人間喜劇』の作中人物〕。小説なんて戯れ言にすぎない、とミシェル・シャルルはいささか性急に結論づけた。オペラ座で、頭巾をかぶり黒い仮面をつけた群衆が、列をなす蟻や巣箱のミツバチのように訳もなく流れ、固まる動きの中で、どんな出来事が彼を待ちうけているというのか。高級娼婦《ロレット》に扮した貴婦人を気どり、遠くから女衒に見張られている不浄の女か？　浮かれ女に扮し、嫉妬深い夫にひそかに跡をつけられている上流階級の女性か？　その晩だけ奥様の宝石を借りて身につけ、上流階級の女性を気どる小間使か？　それよりは、飾り紐作りをしていて（これは私が想像した職業）、気立ても愛想もいいブランシェット（これは私がつけた名前）と一晩過ごしたほうがいいだろう。日曜日にベッドで甘い一時間を共にした後、ブランシェットを楽しませることはたやすい。雨が降っていればルーヴルに連れて行けばいいし、晴れていればリュクサンブール公園をぶらぶら散歩すればいいのだ。しかしオペラ座の舞踏会に来るような女たちが相手では、そんなふうにはいかない。

ミシェル・シャルルは暗然として思い出す、つまらない言葉の遣り取りが愚かにも引き起こした騒々しい笑いや、ありきたりな皮肉の甲高い口調や、女たちがつけた香水やポマードのにおいを。見知らぬ美女を連れて「カドラン・ブルー」や「フレール・プロヴァンソー」といった高級レストランで夜食を取るにしても、個室の扉を開けるボーイの下品なへつらいや、先客に出された食事のにおいがまだ残っているさまや、女が赤い布地のソファで身を任せる時にそこから立ち上るかすかな埃などは、すでに経験ずみだ。女は健康だろうか。父シャルル・オーギュスタンは、医者の診察を受けるため定期的にパリにやって来たが、そうした折のある日、父に連れられて行ったデュピュイトラン解剖博物館の思い出が一瞬、青年の心を曇らせる。今日が謝肉の火曜日だからといって、頭巾つき長ガウンをまとった見知らぬ女とどうしても褥を共にしなければならないのだろうか。

隣のカフェで借りてきた氷入りの桶には、シャンペンが一瓶冷えている。身支度を終えながら、彼は飛び出すコルクの音が出ないようゆっくり栓を抜く。コルクの音が出るのは下品なことだと教えられていたからだ。それから刻みのあるグラスに泡の立つ液体を満たし、冷静かつ断固たる様子でそれを飲み干し、再びシャンペンを注ぎ、瓶が空になるまでそれを繰り返す。ミシェル・シャルルが酒好きだからではない。高級ワインに親しんでいた彼はワイン通ではあったが、けっして酔っ払いではなかった。ただ彼には父親譲りのやり方があって、後にそれを息子にも伝授することになる。本当のところそれほど足を運びたくもないお祭りの水準にまで気持ちを昂ぶらせるためには、良い銘柄のシャンペンを一瓶まるごと少しずつ飲むのにしくはない、さもないと人も物もありのままの姿にしか見えないから、というのだ。

酒の効果はすぐに表れた。血液の流れが速まり、血管が突然黄金の炎で満たされたようになる。青年は自分の国と時代の楽しみを味わい、情事をうながし、その危険をあえて冒し、自分が可憐なお針子《グリゼット》以外の女も征服できるし、黒レースの半仮面や平凡な頭巾の下に隠されている優雅さや魅力を見抜ける、ということを自らに証明しなければならない。選び、楽しませ、大胆に振る舞い、享楽を味わい、相手の女を満足させる……。すばらしい計画だ。シャルル・オーギュスタンが最近パリに来て、今やさじを投げたレカミエ医師宅の待合室を松葉杖で歩いたものだが、この聡明な父も、若い時は快楽を適度に堪能するものだと息子に説教していた。その日二人のシャルルは、母や妻や娘や姉妹の耳が届かぬところで、父と息子の間に男の固い絆を打ち立てるような会話をしたのだろう。バイユールでなら、シャルル・オーギュスタンがそれほど率直に話すことはなかっただろう。後になってミシェル・シャルルは、進行性麻痺のせいでしだいに動けなくなった「立派な騎手」のことを追想しながら、父が自らの過去で惜しんでいたのはフランドルの田舎での長い騎行とは別のもの、あるいはそれ以上のものではなかったかと自問した。やがて門の前に馬車の止まる音がして、彼は現実に立ち戻る。雨や、ぬかるみや、雪の夜に「外出する」ため青年が借りた四輪馬車で、これがあると家主の覚えがいっそうめでたくなるのだ。下に降りる前に、ある考えがミシェル・シャルルの脳裏にひらめく。ついさっき鍵をかけた引出しを開け、オニックスの爪がついた指輪をそこに入れ、ポケットから金貨を数枚取り出してそれをシャツの下に隠した。ポケットには六ルイ残っているから、たとえ相手の女が公爵夫人だろうがバッカスの巫女だろうが、美人に夜食をご馳走するには足りるはずだ。運悪く相手となる見知らぬ女が金をせびる娼婦なら、その分失うものは少なくてすむだろう。

ヴェルサイユ鉄道
プレシ通り
明日、五月八日、日曜日、ヴェルサイユの大噴水の日。
朝から夜十一時まで、三十分ごとに列車が出発。早朝の列車を除いて、すべて直通です……
乗車券はプレシ通りの駅で前売りします。

三か月後、五月八日の温かさがあの部屋に入り込み、すべてを美しく見せている。朝早いので、陽の光はまだこの狭い街路に差し込んでいないが、今日は晴天になりそうだし、夏と見紛うような春の一日になる気配が感じられる。一八四二年の日曜日、しかも（シャルル・オーギュスタンなら肩をそびやかすだけだろうが）平民王〔ルイ＝フィリップのこと〕の霊名の祝日にあたっていた。白い布に覆われたテーブルには、もはや学生の法学の本が積まれていない。こん炉にはコーヒー沸かしが鎮座し、テーブルにはカップと受け皿がうず高く積まれている。すべて家主が用意してくれたものだ。大きな籠にはブリオッシュが入っている。

幸運なことに、ちょうどこの時カッセルの友人シャルル・ド・ケイスポテールがパリ見物に来ていた。やはり子供時代からの友人である彼の兄もすでにパリに住んでいて、彼もまた法学士号を目指していた。この小集団にミシェル・シャルルのスタニスラス高等中学時代の同級生二人が加わり、日曜日にヴェルサイユの大噴水を見物することに決めた。庭園をひと回りしたら、弟のケイスポテールには宮殿とトリアノン宮を見せてやろう。どこかの安料理屋で昼ご飯を食べてから、午後は森で楽しもう。数日前パリにやって来たばかりの田舎者にはこの機会に、ブランシェットが選んだ愛想のいい女があてがわれた。兄のほうには公認のお針子《グリゼット》がいる。パリっ子の一人はルマリエという名の建築家の息子、もう一人は若いドリオンヴィル氏である。恋人を同伴するかどうかは彼らの自由ということになっている。この二、三人の美しい娘たちの名を記録しようとした者は誰もいないが、とりあえずイダ、コラリー、パルミールということにしておこう。ミシェル・シャルルはどうしても自分の下宿で皆を朝食に招き、楽しい一日を始めようとした。

若者たちは連れ立って、あるいは別々に到着する。ブランシェットは目立たぬよう最後にやって来ると、時々ミシェル・シャルルと優しい視線を交わしながら、皆に部屋を案内する。彼女は真新しいきれいなカシミアショールをまとっているが、これは新たな人生を祝っての贈り物だった。というのも彼女はまもなく、ムーランに住む会計係の真面目な男と所帯を持つことになっているからだ。若い女性たちは軽い平織綿布か綿モスリンの服を身につけ、青やピンクの紐がついた花柄の帽子をかぶっている。男たちのほうは明るい色のズボンをはいている。部屋は衣服の擦れる音とかすかな笑い声に満たされる。

やがて外に出ると、まだほとんど人気のない通りや雨戸の閉まった店舗の間に散らばった。その日の楽しみにさらに新たな歓びを加えようと、彼らは鉄道でヴェルサイユまで往復することに決めた。北部鉄道はまだ計画段階にすぎなかったから、駅伝馬車でパリにやって来たシャルル・ド・ケイスポテールにとっては、初めて蒸気機関車を目にする機会となるはずだ。ムードン－ヴェルサイユ線は一年半前に開通したばかりだった。仲間のパリっ子にとっても、線路の上を走るというのはまだ目新しい体験である。列車はすでに満員で、座席を見つけるのに苦労した。イダやコラリーは怖がっている、あるいは気どって怖がるふりをしている。男たちが鉄道は安全なのだと請け合って、安心させる。旅の途中、ケイスポテール兄弟はへまなことに、ミシェル・シャルルとカッセルのさまざまな出来事について話し始めるし、二人のパリっ子は政治を話題にする。女たちは少し退屈し、ドレスや去年の恋人の話をし、大笑いし、列車というのは聞いていたほど速くないわねと言う。やさしいミシェル・シャルルは、ブランシェットが瞼に入った煤を取り出すのを手助けしてやる。煤は目に見えないほど細かいものだが、痛いのよと彼女は言う。

　大噴水の催しとトリアノン宮は素晴らしかったが、宮殿そのものはそれほどでもなかった。歴史の記憶をふんだんに刻まれ、見物客であふれかえっている大きな部屋は、誰も認めたがらないが皆を疲れさせる。鏡の回廊でブランシェットは身震いしながら、夜になるとここはきっと亡霊でいっぱいになると呟く。庭園に出てみると、小道の新鮮な緑とあまり人気のないことに一同はとても喜ぶ。かなり時間が経ち、ひどく空腹だったので、オムレツと揚げ物からなる昼食は陽気で、美味に思える。ブランシェットの間近に迫った結婚を祝って皆は乾杯する。彼女は確かに身を固めるのだ。彼女は少し窮屈な靴を音もたてずに脱ぎ捨て、テーブルの下で可愛い足をやさしい恋人の踝に押し付ける。ミシェル・シャルルとルイ・ド・ケイスポテールが法学の試験に合格するようにと、そしてルマリエが美術学校を無事卒業できるようにと皆が乾杯する。

　帰り道はゆっくりだった。男性たちは疲れたという女性たちを腕で支え、一緒にロマンスを歌う。少し酔ったルマリエがきわどい冗談を口にすると、やんわり黙らせられる。喉が渇いたコラリーは、ちょっとカフェに立ち寄ってアーモンド水が飲みたいのだが、ミシェル・シャルルは急いで駅に向かったほうがいいと言い返す。パリに戻ってから、テーブルをすでに予約してあるショミエール〔シャン＝ゼリゼにあった大衆レストラン〕で夜食を取り、それからセーヌ川べりで花火を見物することになっていたからだ。

ヴェルサイユ駅には、縁日や無邪気な騒動のような雰囲気が漂っていた。ミシェル・シャルルは、どのみちたいした遅れにならないから次の列車を待とうと提案する。大勢の旅行客をさばくため、列車は十分ごとに出ている。二両の機関車に引かれた列車が駅に入ってくる。晴れ着を着ているものの埃と季節外れの暑さで服装が乱れたブルジョワの夫婦や、高等中学生や、縁なし帽をかぶった労働者や、子供の手を引っぱり、すでに萎れかけた黄水仙を腕いっぱいに抱えた女たちが、われがちに列車の昇降台に押し寄せる。ルマリエはすばやく、隣のコンパートメントに乗り込む海軍将校の姿を仲間たちに示す。南極探検で数多の危難をくぐり抜けて、つい先頃帰国したデュモン・デュルヴィル提督だった。着飾った婦人と、息子とおぼしき少年が一緒である。男性たちに助けられて、お針子たちは裾飾りと帽子をできるかぎり手で押さえながらコンパートメントに上る。少し息を切らしながら腰かけたり、あるいは席がなくて立っていたりすると、たちまち鉄道員が扉をがたんと閉め、切符をもたない悪賢い乗客が列車が駅に到着する前に飛び降りるのを防ぐため、扉に鍵をかけてしまう。ミシェル・シャルルと向かい合わせに座ったポール・ド・ドリオンヴィルは少し不安だ。先頭車両にはけっして乗らないと母親に約束させられていたのである。ここは二両目だよ、とミシェル・シャルルは友を安心させ、ほんとうに鉄道は速いものだねと言い添える。海が荒れた時の小舟のように、列車が揺れる。突然、強い揺れが続いて、半ば陽気で半ば怖がっていた乗客たちが折り重なる。大波に似た激しい衝撃のせいで、床に投げ出された客がいれば、羽目板に打ちつけられた客もいる。軋む金属、砕ける板張り、噴き出す蒸気、沸騰する湯などが一体となった喧噪が呻き声と叫びをかき消す。ミシェル・シャルルは気を失う。

半ば意識を取り戻した時、煙った竈《かまど》のような熱気の中で息が詰まり、咳きこんでいた。どこからか涼しい風が流れてくるようだが、それが壊れた仕切り板からなのか割れた窓ガラスからなのかは分からない。窒息するような闇の中を這って進み、死体の山をかき分け、押し返し、あちこちで布地にしがみつくとそれが裂け落ち、ミシェル・シャルルはようやく出口に達する。狭い穴に頭と肩を突っ込み、暴れ、ようやく穴から抜け出ると築堤の上に転がり落ちる。

地面に触れ、そのにおいを嗅いで彼は意識を回復した。手で触ってみて、自分がぶどう畑に落ちたことを知る。五月で宵が長いとはいえ、外は彼が出てきた穴とほとんど同じくらい真っ暗だ。血の流れる両手で踏ん張りながら、彼は築堤に立ち上がり、自分がその時体験したことが何だったのかようやく理解する。二両目の機関車が先頭機関車に衝突したのだ。木製の車両は浮き上がり、転覆し、壊れ、積み重なっていまや恐ろしい火刑台と化し、そこから煙と叫び声が噴き出している。彼と同じく奇蹟的に牢獄のようなコンパートメントから逃れた数人の人影が、線路沿いに動きまわり、走っている。新たに立ち上った炎の明かりで、ミシェル・シャルルは昔の同窓生であるドゥエのラルーという男の姿を認める。彼に呼びかけ、腕に取りすがり、さっき脱け出してきた場所を指し示しながら叫ぶ。

「あの中に戻るんだ！　乗客がいるんだよ！　死にかかっているんだ！」

彼の弱々しい呼びかけに答えたのは、至るところから噴き出る炎だけだった。砕けたガラス窓の向こうから、若い女性が喚きながら両腕を差し出すと、男が一人自らの命を危険にさらして近寄り、女の手をつかみ引っぱる。腕は抜け、赤々とした燃えさしのように地面に落ちる。道路に投げ出された見知らぬ男が燃えている靴を脱ぎ捨てるが、もはや肉の断片だけで体とつながっている砕けた足が靴といっしょに抜ける。ミシェル・シャルルほど幸運でなかった一人の若者は、彼と同じように築堤下のぶどう畑に転がり落ちたが、添え木が銃剣のように胸を貫通していた。数歩だけ進むと、大きな叫び声をあげて息絶える。炎は雷と同じように気まぐれだった。焼け焦げた遺体を拾い集めようと、救助者たちが鉤や竿をもって線路ぎわでせわしなく立ち働いていたが、その脇では、丸裸になり喉から下腹部まで内臓がむき出しの若い乗客が、死に際の悦楽の中で勃起した男根を見せるプリアポスのような姿をしている。まだ火が回っていない後方で、保線工夫たちが窓ガラスや錠を壊して中の乗客を救い出すと、乗客たちはこの悪夢の光景を後にして喚きながら逃げ去る。また逆に、仲間を捜しもとめて煙の中に戻っていく者もいる。しかし先頭の数車両は完全に燃え尽きていた。

今やちょっとした物の輪郭でも浮かび上がらせるほどの炎の明かりで、ミシェル・シャルルはズボンの裾が黒いぼろ布のように垂れているのに気づいた。額に汗が流れていると思い袖で拭おうとしたら、顔も血だらけなことを知る。その後はっきり意識を取り戻すと、ムードンの城の一室に寝かされていた。負傷者にはそこで初期手当が施されていた。夜明けの光が大きな窓に差し込んでいる。あの惨事が起こったのはすでに昨日のことなのだ。周囲の人たちは気を配りつつ、ミシェル・シャルルが乗っていた車両の四つのコンパートメントにいた四十八人の乗客のうち、生き残ったのは彼一人だと告げる。

たぶんラルーだろうが、誰かが彼を辻馬車で下宿まで連れ帰った。そしておそらくは、ずっと以前から一家の相談役だったレカミエ医師の忠告にもとづいて、七月に予定されていた試験を十月に受けさせることが決まった。壊れた懐中時計のケースとパスポートの断片が、ケイスポテール兄弟の死亡証明書作成に役立ち、ミシェル・シャルルがそれに署名した。ルマリエとドリオンヴィルにも同じことをしてあげたかもしれない。惨事の現場から見つかったリボンの切れ端と傘の柄が、お針子のいたことを思わせる。おそらくは不完全な死者名簿の中から、私は彼女たちのありうべき素性を突きとめようとしたが徒労に終わった。たぶんミシェル・シャルルにしても、彼女たちの優雅な源氏名しか知らなかっただろう。青年が負った火傷の跡は少しずつ消えたが、褐色の豊かな髪の中で、額にかかる一房の髪だけはその後も長いあいだ真白に目立っていた。

それから四十年近く経ち、死ぬ間際に綴った短い回想録の中で彼は子供たちのためにこの惨事の物語を書き残した。ミシェル・シャルルに作家の才能はなかった。しかし勲章をつけ、上質ラシャ布をまとったその胸の中には、ほとんど窺いしれないその目の奥には、あの仕切り板と、灼熱の金属と、人肉の塊の様子が、おそらく彼自身知らないうちに燃え続け、燻っていたのかもしれない。彼の物語の正確さと激しさにはそう思わせるものがあるのだ。十九世紀の人間で、あらゆる品位を重んじるミシェル・シャルルは、陽気な集団にあだっぽい娼婦たちも数人混じっていたなどとは書けなかった。ただ息子には、彼女たちが同伴していたことを伝えた。私が公式記録を読んで知ったいまわしい細部についても、彼は子供たちには話さなかった。

事故の犠牲者と深い縁続きの人たちは、心の奥底に惨事の記憶をしばらくの間留めた。亡くなった学生の父で建築家のルマリエは事故現場に礼拝堂を建立し、それをノートル゠ダム゠デ゠フラム〔炎の聖母マリアという意味〕に捧げた。しかし聖別式がすんでまもなく発狂した。礼拝堂はかなり醜悪なものだったらしいが、その美しい名前は人を夢想に誘う。ノートル゠ダム゠デ゠フラム。同じように敬虔な父親ならノートル゠ダム゠デ゠ザフリジェ〔悲嘆に暮れる者の聖母マリア〕、ノートル゠ダム゠ド゠ラ゠コンソラシオン〔慰めの聖母マリア〕というような名前の礼拝堂を建立したかもしれない。あの見知らぬ男はもっと勇敢に大量死の場面を正面から見据え、自ら燃え尽きた。彼のノートル゠ダム゠デ゠フラムは私に、ドゥルガーやカーリー〔いずれもヒンドゥー教の女神〕やヒンドゥー教の力強い母神を思わせる。すべてがそこから生まれ、そこですべてが滅び、もろもろの形を壊しながら世界の上で踊るあの母神を。だがキリスト教思想の本質はそれと異なる。「おおやさしき聖母マリアよ、地上の炎から我らを守り給え！　とりわけ永遠の炎から我らを保護し給え！」と、礼拝堂のペディメントに刻まれた銘文が語っていた。地上の火から煉獄の火を経た魂たちのために、年に四回のミサが唱えられることになっており、それが二十年ほど続いたが、やがて死者の思い出は忘却の中に消え去った。トルバドゥール様式の礼拝堂は三十年ほど前まではまだ残っていたが、今ではビルに取って代わられた。

われわれが誰しも捕えられる蜘蛛の巣の糸はきわめて細い。あの五月の日曜日、ミシェル・シャルルはその後生きることになる四十四年を失いかけた、あるいはむしろ、それをあやうく免除されるところだった。同時に彼の三人の子供、そして私自身もその一人である彼らの子孫もまた、あやうくこの世に生を享けない定めになるところだった。一本の欠陥連結棒（イギリスに交換部品を注文していたのだが、それが引き取り未了のまま税関に残されていたという）がこうした可能性を消滅させかかったことを思う時、他方で、現実化し生きられた人生の大部分が後世にほとんど残らないことを確認する時、私はこうした偶然の玉突き衝突をあまり重視しようとは思わない。それでもやはり、ルイ＝フィリップ時代に起こったあの事故のうちで私にとって意味のある人物像といえば、まず頭を出口に突っ込み、生誕の日と同じように盲目で血だらけで、睾丸の中に子孫の系譜を宿していた二十歳の青年の人物像なのである。

家庭のしがらみを嫌っていた私の父にとってさえ、そして家庭の絆を大切にした祖父にとってはなおさら、バイユールの古い屋敷は常に美と秩序と静寂を意味していた。屋敷は一九一四年の戦火で灰燼に帰し、私は幼い子供の頃目にしただけなので、黄金時代の神話に呼応するかの時代に永遠に留まっている。『絶対の探究』の中でバルザックは、幻視者の才能とすべてを誇張する誇大妄想癖によって、これと似たような家を描いた。フランス語圏フランドルには、ティツィアーノが描いた本物の先祖の肖像画を客間に飾っているような家庭はほとんどなかった。球根一つが五十エキュもするチューリップを庭で栽培する人もほとんどいなかった。そして幸いにも、愛国的ビール醸造業者ヴァン・アルテヴェルデの生涯を事細かに語る、時代ものの一連の羽目板を持っている家庭はまったく存在しなかった。そうしたものはせいぜい、ルイ＝フィリップ時代の家具職人なら作ったかもしれない無邪気な代物にすぎない。いずれにしても、フランス北部地方にほとんど足を踏み入れたことのなかった男バルザックが描いたクラースの家は、本質だけを見ればじつに生き生きと存在しているので、私としてはバイユールの屋敷を描写せずにすむ。

　呼び鈴のかすかな音と雌の愛犬ミスカの吠え声がミシェル・シャルルの心に、もはや味わうこともないだろうと思っていた穏やかさをもたらす。続いて三人の乙女たちが白やピンクの夏衣装に身を包んで、我先にと兄のためドアを開ける。次はいみじくもレーヌ〔フランス語で「女王」〕という名の母親。見事な自信家で、興奮する気持ちを抑え、口元には励ますような微笑を浮かべて、鎧のように輝くタフタ織のゆったりした胴着をまとって息子を抱きしめる。料理女のメラニーは、首に手を回してミシェル・シャルルを抱擁する。この若い主人の誕生に立ち会い、やがて五十年もの間一家に仕えた後、一族の墓地に埋葬されることになる女だ。もう二人の下女は深々とお辞儀しながらおずおずと握手する。そして最後に、乾いた規則的な音がこの騒ぎを破る。シャルル・オーギュスタン・クレーヌヴェルク・ド・クレイヤンクールが息子を自ら出迎えようと、肘掛椅子から立ち上がったのである。すでに十五年前から最初の痛みが感じられていた脊髄の病のせいで両脚が麻痺してから、彼は肘掛椅子を離れることがほとんどなくなっていた。長い松葉杖が廊下のタイル床でこつこつという音を立てる。

さっぱりとひげを剃ったシャルル・オーギュスタンの顔が、息子の顔にかすかに触れる。皺が刻まれた顔立ちと無愛想なまなざしには、彼の体がもはや持つことのない活気が示されている。両脚が萎えてぶらぶらしているというのに、すらりとしたフロックコートを完璧に着こなし、過度なほどに自己抑制したこの障害者はアングルが描いたブルジョワのように見える。ミシェル・シャルルの兄にあたる善良なアンリも部屋から下りてきた。彼は精神薄弱者ではないし、ましてや知恵遅れというほどでもない。近隣の人々は彼を変わり者と呼んで折り合いをつけている。教区の小学校時代から、アンリがスタニスラス高等中学やソルボンヌ大学に進学することは論外だ、ということに家族は気づいていた。彼が家族に囲まれて老いていくだろうことも分かっている。この男は人生に多くを求めないし、誰の邪魔にもならないし、リールの仕立屋が送ってくれる綺麗な服を身につけてグラン・プラスを散歩するだけで満足だし、腕白小僧たちにボンボンやお金を恵んでやる。腕白小僧たちのほうは彼が背中を向けて立ち去るやいなや、フラマン語で冗談を言い合うのだった。彼はとても行儀が良く、食事の席では頼まれると半ば会釈しながら塩やマスタードを喜んで取ってあげる。妹たちがピアノの伴奏で歌うロマンスに耳を傾けるのが好きだが、自分の時間の大部分は部屋で、妹たちの目に触れてはいけないポール・ド・コック〔十九世紀フランスの大衆作家〕を読んで過ごす。アンリは少し驚いた様子で、弟をにっこりと出迎える。

長い廊下の端で、庭に通じる扉が緑と鳥の囀《さえず》りに向かって開く。娘たちが金属のテーブルの上に輪投げ遊びと刺繍道具を残していた。ひと月足らず前の夕刻、ムードンで地獄のような光景が燃え盛っていた時からそんな状態だったのである。誤解しないようにしよう。ミシェル・シャルルが傷ついたのは心ではなく、精神である。四人の親友の死が引き起こした苦痛を誇張して考えてはならない。そこまで親しい間柄ではなかった。ブランシェットの死は確かに辛い思い出だが、そのブランシェットですら彼がまもなく別れようとしていた愛想のいい娘にすぎない。しばらくの間彼が呆然とし、脱力感に見舞われたのは、あらゆるものの根底に恐怖が隠されていることを突如感じたからである。大噴水が繰り広げられていたあのヴェルサイユで、あれほど陽気に見えた世界の外観を蔽う幕が一瞬開いた。受けた印象をあまりよく分析できないが、人生の真の姿が燃え上がる炎であることを知った。レーヌは息子が疲れていることを見てとり、部屋に連れて行って寝かせ、カーテンを閉めて一人にしておいた。お伴をしたのは、足元にうずくまる犬のミスカだけである。

回想録の冒頭でミシェル・シャルルは次のように記している。「私の母レーヌ・ビスヴァル・ド・ブリアルドはジョゼフ・ビスヴァル・ド・ブリアルドとヴァランティーヌ・ド・クスマケールの娘であり、高等法院顧問官であるブノワ・ビスヴァル・ド・ブリアルドとルフェーヴル・ド・ラ・バス＝ブローニュ嬢の孫娘にあたり、このルフェーヴル・ド・ラ・バス＝ブローニュ嬢が狩猟の女神ディアナの衣裳をまとった肖像画が私の手元に残されている。母は中背、フランドル的な血色のよい女性で、とても聡明でやさしかった……。彼女は高貴な生まれの在俗修道女に育てられた。この修道女はフランス革命の荒波の中、異国の地で母の家族に引き取られ、その後けっして家族から離れなかった。母のすべてが、昔日入念な教育がなされたことを示していた。」ミシェル・シャルルが言いづらい真実を省くのはこれが最初でも最後でもないのだが、ここで彼が沈黙に付したのは、この愛想のいい女性が同時に恐るべき女性でもあったということである。当時フランス北部で評判の高かった、優れた肖像画家バフコップが描いた彼女の肖像が残っている。サテンと毛皮という外出用の衣裳に身を包み、手を大きなマフに入れた彼女は、まるで帆を張って進むフリゲート艦のような感じだ。高貴な在俗修道女の被後見人だったこの女性は、旧体制《アンシャンレジーム》時代の修道院長のような相貌をしている。いくらか陽気な率直さの陰に、しなやかであると同時に刃のごとく鋭い意志が秘められていることが見てとれるし、その微笑はいつでも最後は勝利を収めるのだ。女性が君臨するために投票する必要がなく、街路でデモをする必要もなかった社会が生み出した傑作、それがレーヌである。彼女は病んだ王の傍らで、摂政としての役割を見事に演じていた。彼女が表向きすべてをシャルル・オーギュスタンに委ねることになっていたが、実際は彼女が支配していた。

　良い教育を受けたせいでほとんどけっして表明されない微妙な意見の相違が、この仲睦まじい夫婦を隔てていた。シャルル・オーギュスタンにとって、フランス国王は一人だけで、フロースドルフ〔オーストリアの町で、シャルル十世の息子シャンボール伯が住んでいた〕にいる。皇帝ナポレオンの英雄物語《エポペ》あるいは無謀な冒険《エキペ》は、彼から見れば遠くで起こった出来事にすぎない。ワーテルローの戦いの年に結婚したこの男は、ウェリントン勝利の知らせを聞いても喜びの色を見せなかった。彼がただ一度苦痛を感じたのは、フランスでの戦役中に皇帝の儀杖兵だったレーヌの兄が戦死した時である。シャルル・オーギュスタンはそんなことはおくびにも出さず、結果的に妻の遺産の取り分を増やすことになったこの英雄的な死が、むしろ白旗〔ブルボン王朝の象徴〕の下で生じなかったことを嘆く。後年彼は、正統王朝主義者とはいえ母親的な現実主義に染まったレーヌが、娘のマリー・カロリーヌをP家の息子に嫁がせようと提案した際、反対しなかった。その息子というのは立派なブルジョワ一族の出身で、この一族ではフランス北部選出の代議士の肩書きが、政治体制は変わっても十九世紀をつうじてほとんど世襲的に継承されることになる。彼はミシェル・シャルルがパリで、役所筋に覚えのいいこの義弟と付き合うのを止めないが、息子が平民王ルイ＝フィリップの「金で生活する」ことは許さない。レーヌのほうは逆に、才能あるこの青年が立派な役人あるいは政治家になることを夢見るが、口には出さない。ミシェル・シャルルがまず法学の試験を受けるのを待つべきなのだ。先のことは分からない。どちらも五十歳になるこの男女はすでに、フランスで八つの政治体制が次々に交替するのを見てきた。ミシェル・シャルルが博士論文の審査を受ける前に、ブルボン朝が再び王座に戻るかもしれないではないか。あるいはそれ以上にありえないことだが、シャルル・オーギュスタンが意見を変えるかもしれない。またどんなに献身的な家族でも病人の枕元では必ずそうした計算をめぐらすものだが、シャルル・オーギュスタンが死んで、自分の意見を押しつけることがなくなるかもしれない。

　ミシェル・シャルルが大学入学資格を得て帰ってきたのはずいぶん前のことだが、その時とちがって、大学生の帰宅に際して自発的な祝い事が催されることはなかった。大学入学資格というのは、その当時バイユールではきわめて稀な資格で、公式の祝賀会を行なおうかという話が出たほどである。ヴェルサイユの鉄道事故のせいで彼が衝撃を受けたことは皆知っていた。しかし家庭生活の鈍く、いわば柔らかな惰性は続く。毎週日曜日、すべての親類縁者つまり町の主だった人たちがほとんど全員食事に招かれ、レーヌが主人役を務める。歌ミサに劣らないくらい神聖なこの儀式のために敷かれたテーブルクロスの上では、銀食器が輝き、古い磁器の皿が穏やかな光沢を見せている。昼には家禽のクネル〔すり身の料理〕、五時頃にはデザートと甘いものが出される。シャーベットと子羊の鞍下肉を食する間には、招待客たちは庭を散歩できることになっていたし、時には口実を設けて、球戯といういかにも田舎じみた娯楽に加わらないこともできる。なかにはその機を利用して、緑の木陰に隠れている東屋の方にこっそり向かう者もいる。シャルル・オーギュスタンは医師団の命令に従って松葉杖を使って立ち上がり、隣の部屋で横になる。娘たちはリボンを直し、喜々として女友だちを自分の寝室や中二階の瀟洒な小部屋に連れていく。小部屋の片隅にはよく磨かれた木のベンチが置かれていて、一度に三人まで腰掛けられるのだ。秘密のお喋りをするためそこに逃げ込むのが、女性たちの習慣である。泉盤のように流れる水のかすかな音は、この愛すべき女性たちの邪魔にはならなかったという。箒の入った小さな角の壺は、客間の大型陶磁器と同じく古いデルフト焼きだ。

若いルイーズと、四百年来申し分のない評判を保ってきた家系の出である、従兄マクシミリアン・ナポレオン・ド・クスマケールの婚約が祝われた。レーヌの親類が皇帝ナポレオンの罠に陥っていたことが、この洗礼名の一つに露呈していたとはいえ、シャルル・オーギュスタンは将来の婿を承認する。社会環境と時代をよく示すこの名前については一言注釈が必要だろう。シャルル・オーギュスタンの名前はおそらく、祖父ド・ゲウスのジャンセニスムに由来する〔オーギュスタンは聖アウグスティヌスのフランス語読み〕。レーヌという名前は、一七九二年に生まれた女の子にとっては一つの意味しかない。つまり、命を脅かされていたマリア＝テレジアの娘マリー＝アントワネットへの忠誠を表わすということである。ジョゼフ、シャルル、マクシミリアン、イザベル、テレーズ、ウージェニーといった名前は一族の伝統的な名前だし、そのうちのいくつかはフランスでは一般的なものだ。しかしながら、これらの名前はすべて、オランダを統治したスペイン人やオーストリア人の皇帝や皇妃、あるいは摂政の名前であったり、あるいはジャンセニスト的なアウグスティヌス学説の痕跡を留めていたりする。一七八九年アラスの町から二人の兄弟がパリに出て来て、一人はフランスの歴史に深い溝を刻み、他方はかすかな跡を残すことになるのだが、彼らがマクシミリアン・ド・ロベスピエールとオーギュスタン・ド・ロベスピエールという名であったのは、けっして偶然ではない。

若きミシェル・シャルルは悪夢と不眠から完全に回復していなかったが、とにかくパリに戻って十月の試験に合格した。その後のふた冬が、勉学以外の何かもっと刺激的なものを彼にもたらしたかどうかは分からない。確かなのは彼がヴォジラール通りの下宿に戻り、サン＝ドミニック通りのレストランで三十六スーの夕食を取るということで、これは学生にとってはささやかながら一種の贅沢である。彼はディアーヌ・ド・カディニャンやエステルのような女性に出会ったのだろうか。それとも第二のブランシェットで満足したのだろうか。十九世紀の人間というのは、その人生に謎の一面がある。

四つの試験で好成績を収めたからといって、若き法学博士が弁護士事務所を開くなど論外だった。ある種のブルジョワジーから高く評価される自由業も、彼の一族では劣った職業と見なされる。人生の目的は財産の管理か、国家への奉仕しかないと考える一族なのである。七月王政の標語だったギゾー〔政治家、歴史家、一七八七―一八七四〕の言葉「金持ちになりたまえ」にもかかわらず、商売や製造業は数段下のものと見なされる。シャルル・オーギュスタンは息子が紡績工場を経営する姿など想像できない。パリから持ち帰ったさまざまな知識と資格によって、ミシェル・シャルルは農夫たちと用心深く契約を交わし、農地の境界壁をめぐる問題もあまり苦労せず切り抜けられるだろう。もう何年も前から自分の農地を視察できなくなったこの父親は、急いで後継者を育てようとする。

他方、レーヌは青年が神経質だと思っている。ちょっとした物音でもびくりと飛び上がり、一人でミスカと長い散歩に出かけ、ポール・ド・コックを読むためではないとはいえ、アンリのように部屋に閉じこもるような青年なのだ。通例そうであるように、この両親も息子のことはよく分かっていない。ミシェル・シャルルの話し相手は妹たちで、レーヌは彼女たちの口を通じて、急に暇になった青年が青空や、ローマの廃墟や、スイスの山荘の話をよくすること、イエナで勉強している従弟のエドモン・ド・クスマケールを羨んでいることを知る。青年はお気に入りの妹ガブリエルに、ラマルティーヌをそっくり真似て書いた詩句を見せるが、そこにはいつかソレントの海を目にする時に感じるだろう喜びが表現されている。

　レーヌが知っている世界といえば、かつて若き夫の腕にもたれて散歩したルイ十八世時代〔一八一五―一八二四〕のパリだけ。その店、上品なレストラン、犯罪大通りのパントマイムや大衆劇、馬車が行き交う刻限のブローニュの森、そしてほとんど宿命的に息子に見物するよう勧めたあのヴェルサイユの大噴水だけである。娘たちは、首都のオプセルヴァトワール大通りにある修道院で三年過ごした。日曜日になると兄のミシェル・シャルルが彼女たちを迎えに行って、サン＝シュルピス教会の歌ミサに列席したり、コメディ・フランセーズ座で古典劇を見たり、時にはP代議士の家で催される内輪のダンスパーティで踊ったりもした。生涯、故郷の小さな町だけで十分なこの女性たちも、家庭に戻ってきた学生が旅をしたいと渇望するのは当然のことだと漠然と感じている。育ちの良い男なら、偶然あるいは神の摂理で生を享けた土地で身を固める前に、世界をあれこれ見ておくべきだろう。十八世紀の若い貴族たちが行なったようなグランドツアーをさせれば、息子は旅の欲求が満たされてレーヌの元に帰って来るだろう。その間レーヌは愛しい息子の良縁をまとめ、ひょっとして官吏の地位を見つけるために、母親としていろいろ策を練る時間もできよう。

　シャルル・オーギュスタンは一つだけ条件を課した。息子の出立は来年にすること、それまでに訪問する国々の地理、歴史、文学に通暁すること、そしてその国々の言葉をいくらか学ぶことである。バイユールの町では住民は寝るのが早いし、雨と寒気のせいで夜遅く散策する気は起こらないから夜に出歩く者は少ないのだが、そうした人はその年の冬に限って、ミシェル・シャルルの部屋の窓に明け方近くまで、ランプの明かりが灯っていたのを目にしたことだろう。ただし青年は、おそらく偽りの熱情をおびた詩的な描写や旅行記を読んだり、再読したりすることは自らに禁じた。そんなものを読むと、自分自身の目で見て判断する妨げになると考えたからである。たぶん彼は間違っている。やがて通る国々について語る抒情的な叙述を読んで精神を刺激するのは、舞踏会の前にシャンペンを飲むのと同じく馬鹿げたことではない。

出発の前日、ミシェル・シャルルは旅程の初期の宿駅に必要な資金はすでに持っていたが、シャルル・オーギュスタンはあらためて息子に、ローマのアルバーニ銀行で換金できる一万フランの手形を渡した。そして、「女性に」趣味の良い贈り物をするためこの金をいくらか使ってよいと付け加えた。残りのうち三千フランを自分の必要のために使い、それ以外は手を付けずに持ち帰るのが賢明というものだから、そうしてほしい。父親の願いは叶えられたということをすぐに付言しておこう。

やがて二人の旅人、ミシェル・シャルルと本いとこのアンリ・ビスヴァルは四輪馬車で出立した。アンリは好青年で、この旅から帰ると田舎の裕福な土地所有者としての人生に安住し、農学協会長として世を去る。この当時、家族と離れる時は名残惜しいと感じるのが当然だったが、ミシェル・シャルルは有頂天で、そんな感じは少しも抱かずに旅立ったと告白している。両親は玄関口で冷静さを保っている。五十二歳のシャルル・オーギュスタンは、病人たる自分の命が長くないことを自覚している。息子に再会できるだろうか？　丈夫なレーヌはヴェルサイユの事故を思い出す。危険なのは最新の移動手段だけではない。乗合馬車は横転するし、馬は暴れ出すし、小船は転覆するかもしれない。ローマ近郊の田園地帯やシチリアでは、山賊が跋扈しているというではないか。至るところでキルケーやカリュプソのような妖婦が青年をつけ狙い、騙し、金貨を巻き上げ、生命を破壊する毒を血の中に注ぎ込む。かつて兄弟姉妹が死んで、シャルル・オーギュスタンだけがドイツから生還したのは奇蹟だし、不可解な病に冒される以前に家族を築きあげたのも奇蹟だとレーヌは思っている。彼女はあまり心配したり苦しんだりする性質ではないが、それでもやさしいアンリに視線を投げかけて、シャルル・オーギュスタンにも息子は一人しか残らないかもしれないと考える。そのやさしいアンリは玄関口で母親の後に立ち、二人の旅人に接吻を送る。そしてガブリエルは、主人を追いかけようと綱を引っぱるミスカを押さえている。

逆説的なことに、この幸福な旅は暗い調子で始まる。ペロンヌ〔フランス北部の町〕では、馬車の修理に何時間もかかった。外は寒い。御者は二人のいとこに、車引きたちがたむろする薄汚い居酒屋に入って体を温めたらいいと勧める。目の前にビールの壺が置かれているがそれには手も触れず、青年はたばこの煙が充満する酒場で隣人たちが笑い、酒を飲み、喧嘩し、地面に唾を吐き、嗄れた声で淫らな罵り言葉を口にするのを聞き、眺めている。「人間ではなく獣だった」と、嫌悪を覚えた若い法学士は記している。これより少し後で私の母方の大おじの一人がそうであったように、ミシェル・シャルルが清廉な労働者という穏やかなイメージに騙されなかったことには、ほとんど感謝したいくらいだ。そうした俗悪な表現もまた、民衆にたいする侮辱であろう。ミシェル・シャルルが見たものをありのままに記述しているのは、誠実さの表れだ。手入れの行き届いた家に慣れていたこの青年は、その後も不潔さにはうんざりすることになる。アルルとニームは古代遺跡こそ美しいが「汚い町だ。」トゥーロンの港には「吐き気を催す」が、その点に関して彼はおそらく誤っていない。彼が記述した徒刑場の様子は、あばら屋のそれに似ている。最近ダンテを読んだばかりの彼は、まさに地獄を訪れているのだということを理解する。しかしそこでもまた支配的な感情は恐怖と嫌悪感であって、けっして同情ではない。自分は無実だと主張するある徒刑囚の嘆きを聞いて彼の心は痛むが、看守の冷笑がすぐに彼を現実感覚に引き戻す。「おめでたい奴だ」と、この権力の番人は言っているように思われた。「ここでは唯一の憐みは無慈悲になることさ。」青年は反駁せず、驚いたというより気まずい思いで徒刑場を立ち去る。秩序と正義のもっともらしい闘いにおいて、ミシェル・シャルルはすでに秩序の側に与していた。生まれも育ちも良く、清潔で、過度にならない程度にうまい物を食べたり飲んだりする人間、上品で、その時代にしかるべく教養を積んだような人間は、みじめな人間より優れているだけでなく、別の人種に属しており、ほとんど別の血が流れている——彼は終世そう考えるだろう。公言するにせよ黙っているにせよ、この見解は現在に至るまであらゆる文明が抱いてきた見解であり、そこには間違いが多々あるものの、いくばくかの真理も含まれている。ただこうした見解の誤りが、それに依拠するすべての社会に最後はかならず亀裂をもたらすのだ。恵まれた人間であったが、かならずしも幸福な人間でなかったミシェル・シャルルは、その生涯において大きな危機を経験しなかったし、だからこそ、自分も結局はあのような人間の屑の同類であり、おそらくはその同胞であることに気づかなかった。そしてまた、どんな人間であれいつかは終身の強制労働を運命づけられるということも、認めようとしないだろう。

イタリアから戻ってから四十年後、生涯の最後の数か月、モン＝ノワールの秋の比較的穏やかな時に、ミシェル・シャルルは自分がこの旅の間に家族に書き送った百通あまりの手紙を、装丁した美しい一冊のノートにていねいに書き写した。いわばかつての若かりし自分に寄りかかっている病人の、いくらか寂しい楽しみである。自分の息子や、まだ嫁いでいない娘がおそらくいつの日かこの慎ましいページを読めば、昔の人がどのようにイタリア旅行したか分かってくれるだろうというのが、ミシェル・シャルルがそれをした謙虚な理由である。マリーは手紙を読む機会がなかったと思う。私の父ミシェルはちょっと目を通しただけで、薄く細かい字に埋め尽くされたページの中身を退屈だと思った。前書きの中でミシェル・シャルルは、もしこのノートがいつか家族の手元を離れることになったら焼き捨ててほしいと嘆願している。ご覧のように、私は彼の意志に逆らった。この無邪気な文章はそれほど用心深く扱う必要はないし、また一三〇年経った今、そしてミシェル・シャルルが想像した以上に変貌した世界では、それらのページは多くの点で一つの資料になったからである。しかもそれはたんに、当時馬車屋との契約がどのように結ばれたかという点に関してだけのことではない。

母には毎日手紙を書くようにと、レーヌは息子に約束させた。ただし長い手紙は週一回、あるいはフランス宛ての郵便物がある場合だけでよい。その結果、予想できたことが生じた。手紙を書くのは良心的な青年が進んで、しかしさしたる情熱もなく果たす面倒な仕事だったということである。二十二歳の頃、われわれは誰しも家族やその代理の者たちに、いろいろなことを伝える手紙を書いたものだ。今朝美術館に行ってある有名な彫像を見た、それから近くのレストランに入ってあまり高くない美味しい食事をした、席が見つかれば今夜はオペラ座に出掛けるつもりだ、いろいろな人によろしく伝えてほしい、などといった事柄である。われわれを興奮させ、動揺させ、時には混乱させるようなことはまったくこうした手紙には現れないものだ。あの平凡でいくらか幼稚な報告文が、イタリアを大急ぎで巡り歩いた素晴らしい目の美青年が書いたものだとは、ちょっと信じがたい。彼がその後けっして忘れることのなかった、あのイタリアである。

もちろん、もっとも表現を弱めて語られたのはフランスの伊達男《カヴアリエーレ》の官能的な逸脱に関する部分である。善良な親というのはいつでも、子供が「彼らに何でも話してくれる」と信じたがるものだ。もしミシェル・シャルルが、両親にあらゆることのほんの一部を打ち明けることがあったにしても、それはけっしてシナノキの煎じ茶を飲みながら、ランプの下で読まれることになる手紙を介してでないことは確かである。アヴィニョンの女性たちの美しさについて触れた二言三言、あるいはフランス大使館の舞踏会で、若いモスクワ女性たちが彼に与えた明らかに強烈な印象のうちに、時として情熱の表現がかすかに読み取られる程度である。そのモスクワ女性たちとは皇女や女官で、旅行中のロシア皇后つまりニコライ一世の后にして、あのきわめてドイツ的なシャルロッテ・フォン・プロイセンに随行していた。ミシェル・シャルルはその後シチリアに渡ってから、再び麗しいオルガ皇女、後にヴュルテンベルク王妃となる女性について語る。しかし、もっと近づきやすい美しいイタリア娘たちのことは相変わらず触れられていない。二人のいとこはたちまち、三、四人の若いフランス人グループに合流した。節約のため、とミシェル・シャルルは述べている。皆と一緒にいる楽しみのためでもあるだろう。彼と同様、楽しみながら教養を積もうと決心しているこの青年たちは、さっそく彼に父親が予想する以上に持ち金を長続きさせる方法を教える。イギリスのお嬢様やその高飛車な、あるいはしゃちこばった親が宿泊するようなホテルは避けて、質素な宿屋に泊ればいいのだ。大都市ではアパルトマンを借り、現地の召使を雇う。楽しくしようと、行程の一部は歩く。やがて若い旅行者たちは困憊し、村の乗合馬車に拾い上げられて上機嫌になる。

しかし『サチュリコン』やボッカッチョの『物語集』の国で、道を放浪するこうした青年たちの小さな冒険について、われわれは何も知ることはないだろう。その国では、安直だが必ずしも人が思うほどロマンティックではない愛が、常に外国人にとっての魅力であり、幻想であった。古代喜劇から抜け出てきたような、そしてそれ以来街路を走り続け、この栄えある若殿たちを楽しい場所に連れて行ってやろうと提案するような仲介者は、まったく出てこない。洗濯場に屈みこんでお尻や胸を見せびらかすような綺麗な洗濯女の話も、まったく書かれていない。そしてまた夕方の散策時に、大通り沿いで演じられるあのまなざしによる情熱的な会話や、鎧戸の背後で微笑む美女についても何も触れられていない。土地のワインの話はまったく、あるいはほとんどまったくない。時に仲間同士のあいだに起こる政治と芸術をめぐる白熱した議論や口論はないし、この当時好まれたようなあけすけな冗談もない。馬車引きには一言も理解できないだけに、彼らが二輪馬車の中でいっそう陽気に喚いた作業場の歌や、兵士が口ずさむような下品な節まわしについても何も言われていない。たった一度、学生たちが合唱の練習をする場面が語られている。しかしそこで歌われるのはベランジェやデゾージエ〔どちらも十九世紀の大衆歌謡詩人〕でなく、陳腐な流行歌でもなく、ヴァニラで味付けしたような理想主義を想起させる『天使』と題されたアレクサンドル・デュマの恋歌である。青年たちはその恋歌を、トスカーナ地方の丘に木霊《こだま》させた。それが醸し出す崇高な感情はきわめてわざとらしいが、プレヴェールの歌や、エディット・ピアフの聞き慣れた悲しげな歌が表現する感情以上にわざとらしいというわけではない。

聡明な学生が書いたこれらの平凡な手紙は、教わる分野が十八世紀以来、いやおそらく十七世紀以来ほとんど変っていない時代の教養がどのようなものか、詳らかにしてくれる。われわれ現代人は古典研究の敗北をしきりに嘆いたから、その古典研究がいかにしてみずからを死に至らしめたか見ておくのは、無駄なことではない。ミシェル・シャルルは奇蹟に近いような記憶力に恵まれ、そのおかげで意味はほとんど忘れたもののホメロスの印象的な詩句を生涯暗唱できたが、その彼にしても、同時代の教養あるフランス人の圧倒的大多数がそうであるように、ギリシア語はほとんど知らない。他方、ラテン語には堪能だった。それが何を意味するかと言えば、ティトゥス＝リウィウスからタキトゥスまで四、五人の大歴史家と、ウェルギリウス全体から始めてユウェナリスの選文集に至る四、五人の詩人と、キケロとセネカの二、三の著作を繙いたということだ。古典作家の学習に依拠するほとんどあらゆる文明は、きわめて限られた数の著者だけを学ぶ。そしてそれらの著者の内在的価値よりも、彼らに親しむという事実の方が重要視されているようだ。彼らの著作を読むことで、平均的人間はある集団、ほとんどあるクラブの一員として認められ、一定期間は引用、題材、模範を手に入れ、それが同じような知識を持つ同時代人と交流する助けとなる。それはそれとして瑣末なことではない。到達することは稀だがもう一つ別の次元では、古典とは確かにそれ以上のもの、支えや基準であり、魂を矯正する下げ振りや定規であり、思考する技術であり、時には生きるための技術である。最良の場合、古典は人々を解放し、たとえそれが古典そのものに対してであれ反抗へと誘う。古典がミシェル・シャルルに、そのような影響を及ぼしたなどと期待しないようにしよう。

彼は人文主義者《ユマニスト》ではないし、そんなものは一八四五年頃すでに稀な種族だった。彼は古典を学んだきわめて優秀な生徒にすぎない。

ミシェル・シャルルが訪れたイタリアは、現代のわれわれがもはや目にすることのないイタリアである。廃墟は蔓草が生い茂る巨大な遺跡であり、人々はその前で帝国の終焉に想いを巡らす。それは修復され、ラベルを貼られ、夜になると投光器で照らされ、やがて起こる爆撃によって崩れ落ちるビルの近くに位置するせいで小さく見えるような、過去の建築の見本ではない。ローマ帝国のあらゆる道路の出発点であったメタ・スダンス〔かつてコロセウムの近くにあった大きな噴水で、標識になっていた〕と、剣闘士が血まみれの腕を洗った泉は、ムッソリーニによる土木事業の大混乱の中にまだ消え失せていなかった。さらにサン゠ピエトロ大聖堂には迷路と化した小路を通って辿り着くが、その小路はベルニーニの柱廊を巨大で調和のとれた驚きに変えていた。大きな獣脂の切り身のようなヴィットーレ゠エマヌエーレ記念碑はまだ存在せず、カピトリウム丘と競合していない。スクーターの騒音で泉の水音が聞こえなくなるのは、ずっと後のことである。ミシェル・シャルルが馬に乗ってさまよった町は、確かに不潔でしばしば危なかったが、現在のように汚染されていないし、人間と幻影の尺度に合っていた。十九世紀末の不動産投機で破壊されることになる広大な庭園は、まだ緑豊かに息づいていた。下町には、ベリ〔イタリアの詩人、一七九一―一八六三〕の方言詩がほとんどやさしい調子で描いた、あの騒々しく下劣な人間性が溢れていた。貧しい人々の困窮と、教皇一族や銀行家一族の奢侈の格差は確かに甚だしい。しかし今日、甘い生活《ドルチエ・ヴィータ》を送る豊かなマフィアと、洞穴や貧民窟の住民の間でも格差はそれに劣らず大きいのだ。

ミシェル・シャルルの目は現代人の目より新鮮だが、同時に現代人ほど敏感ではない。一方で、彼はテクニカラーの魅力をおびた観光地をあらかじめ百回も見たわけではないし、「芸術写真」を持っていたわけでもない。芸術写真では、照明と遠近法の技巧によって大きさが変わり、石像の表情が誇張されたり、逆に弱められたりするので、見物客はしばしば実物大の胸像を美術館の片隅に見出すのに苦労することがある。他方で、ミシェル・シャルルの知識と趣味が突然役立たなくなることもしばしばあった。北フランスの緑の林に慣れたこの男とイタリアの風景との最初の遭遇は、失敗に終わる。乾いた丘は彼が想像していたほど花が咲いていないし、オリーヴは貪欲で貧相な木に見える。もし彼が今生きていて、樹木を植える代わりにあまりにしばしば鉄塔が作られ、ウェルギリウスが謳った大きな白い雄牛と馴染み深いクリトゥンノ川の水が、騒々しい道路の下を流れているような景勝地に立ったら、いったいどう思うことだろう。フィレンツェの黒ずんだ通りと、荒々しい浮彫装飾が施された宮殿が、ロマン主義にかぶれたこの旅人を悲しませる。ミケランジェロの彫刻が示す筋肉は誇張されていると、彼があえて言うこともできただろう。いずれにしても彼がフィレンツェから出した手紙の中では、「夜明け」や「夜」のことよりも、大公たちの墓とその美しいグレーの大理石化粧のことを詳しく書いている。パエストゥム〔イタリア南部にある古代ギリシア・ローマの遺跡〕では、まるで大地の深淵から直接切り出されたような太くずんぐりした柱に、ほとんど恐怖を覚えた。フランスでは、ギリシア人の刷新された建築が、好んでルイ十六世風の優美さや帝政風の冷たい優雅さをまとったのだが、ミシェル・シャルルはまさにそうした国民の一人である。十九世紀前半に、神々や、怪物や、夢想を造形した古典期以前のたくましいギリシアを予感したのは、一人の老人と数人の若い幻視者だけだった。『ファウスト』第二部のゲーテ、ヘルダーリンとジェラール・ド・ネルヴァルという二人の狂人、そして自らの内面でケンタウロスの走る音を聞く、熱に浮かされたようなモーリス・ド・ゲラン。若い法学士に同じようにしろと求めるのは無理というものだろう。

読者の想像どおり、母親宛ての手紙にあるハドリアヌスの別荘に関する一節を私は興味深く読み解いた〔ユルスナールには『ハドリアヌス帝の回想』という作品がある〕。この別荘は美しい場所だが、現在では目障りな修復作業と、あちこちに据えられ、手直しされた柱廊の下に恣意的に集められた無価値な庭の彫像と、さらにはピラネージが図面を描いた大壁のすぐ近くに作られた軽食堂や駐車場のせいで、神聖さを失ってしまった。私がまだ若い頃に見たフェーデ伯爵の古い別荘が無くなったのも残念だ。そこでは糸杉が親衛隊のように両側に並んでいた長い小道が、しだいに亡霊の住む静かな土地に向かっていた。土地には四月になると郭公の声が響き渡り、八月には蝉しぐれが満ちたものだが、最後に私がそこを訪れた時は、とりわけトランジスタラジオの騒音が聞こえていた。この人里離れた魅惑的な場所に、斧で道を切り拓きながらやって来たピラネージのように、わずかばかりの勇猛な愛好家だけが訪れていた打ち棄てられた廃墟の状態と、パック旅行にたいする観光客の関心を隔てる時間的距離はなんと短かったことか！　彼から見れば雑然として、切り石が散らばっている広大な空き地でしかないものの中で、一八四五年の若い見物客は困惑する。ハドリアヌスは、ミシェル・シャルルが読んだ古代の偉大な歴史家たちよりも時間的には後に位置している。散らばった破片を持ち寄ってモザイクを繋ぎ合わせるように、世界に君臨するという使命を持った人間の中でもっとも現代的で、もっとも複雑な人間についてイメージを抱くために、私の祖父が、たとえば『皇帝史』の著者たちのような年代記作者たちの埃に埋もれたことはよもやなかっただろう。教科書で学んだのはせいぜい、ハドリアヌスが旅をし、芸術を庇護し、パレスチナで戦をしたということくらいである。そしてボシュエの『世界史』は、「ハドリアヌスがおぞましい愛〔同性愛のこと〕によって治世を汚した」と教えてくれる。しかしそれだけでは、善良な青年がさして好きでもない壊れたアーチやオリーヴの木々の間に留まるのに十分ではない。彼は急いでこうしたつまらない場所を離れ、エステの別荘にある白百合の紋がついた泉やその庭園へと向かう。そこで騎士が竪琴で一曲弾いてあげると、美しい女性たちが耳を傾けた。

芸術に親しみ始めたこの青年は、おそらくはっきり自覚しないままに画家より彫刻家を好むと告白している。彫刻のほうがより強く感覚に訴えるからである。実際のところ、彼はほとんどもっぱら当時古代美術と呼ばれていたもの、つまり消失したオリジナル作品をギリシア・ローマ時代や、せいぜいアレクサンドリア時代に複製したものの間を歩き回った。素っ気なくて冗長、いずれにせよオリジナルでないこうした作品にたいして、現代人は興味を示さなくなった。今や誰も、ヴァチカンに足を運んで「ベルヴェデーレのアポロン」から崇高美の啓示を得ようとか、石のオペラとも言うべき「ラオコーン」を見て、芸術における情動の役割について学ぼうなどと思わない。厳密な意味でのギリシア芸術についても、流行は後ずさりした。ミシェル・シャルルがあやうく死の仲間になりかけたあのデュモン・デュルヴィル提督が、ミロ島から持ち帰ったヴィーナス像はもはや過去のもの。流行はパルテノン神殿の女人像柱や青年像から、古典期以前のアルカイック時代〔紀元前七世紀から五世紀まで〕の直立裸身青年像《クーロス》と女性着衣像《コレー》へと移り、さらにそこから、現代アフリカの仮面の前古典的な表現であるキクラデス諸島の幾何学的な仮面へと移った。ミシェル・シャルルを俗物扱いしないために、ゲーテやスタンダールにしてもこれと異なるしかたで「古代美術」を見ていたわけではない、ということを想起する必要がある。現代人よりも真っ直ぐな鼻を持ち、裸でありながら完璧な形式美をいわば衣服のようにまとっているこの神々やニンフは、人間の黄金時代の人質にほかならない。これらの像が修復され、磨き直され、欠けていた足や腕をつけ直されたのは、大理石の傷が、像から期待される幸福や調和のイメージと矛盾するものだったからである。

この異教の神々はまったく安全だったので、ミシェル・シャルルのような善良なカトリックは、いくらか教養を具えている場合には、ローマ教皇に拝謁した後でヴァチカン美術館を見物できる、いやそうすべきである。これらの傑作を蒐集した教会のお偉方は、偶像ではなく（偶像と名付けるのは無知な者だけだろう）、崇高で無邪気な贅沢品を集めたのだった。所有者たちにとって教養と富の証拠であるこれらの作品は、保存され、目録化され、あるいは模倣されるとはいえ、今後再び自発的に作られることなどけっしてないものにたいする哀惜の魅力に彩られていた。大コレクションの名声は、そうした優れた作品の価値にも波及する。「ヘラクレス像」はそれがファルネーゼ館になければ、印象は弱いだろう。当時の人々は、現代人のように芸術作品を真面目に考慮し、それにたいして何か要求する時でも、自らの世界観を覆してほしいとか、芸術家の個人的な叫びを伝えてほしいとか、「人生を変えて」ほしいなどと求めはしなかった。芸術作品への敬意のせいでそのことには気づかないのだが、芸術作品は十分に革命的であり、しかし同時に十九世紀のブルジョワ化した世界で、他ではもはや通用しないような行動を残存させていた。「敗れたガリア人」は、あえて自殺を考えない青年の前で自らの喉を掻き切る。霊魂の不滅性を否定した哲学者たち、キリスト教徒たちを猛獣に差し出したとされる「賢明な」皇帝たち、そしてまた「残忍な」皇帝たちも大理石の威厳の中に君臨している。十九世紀には裸の女性を見られるのが娼家だけの楽しみであり、新婦でさえ襟元までボタンをかけた長袖の下着を身につけてベッドに入ったし、少しでも「身持ちの悪さ」が話題になると母親は青ざめたものだ。そんな時代にミシェル・シャルルは母親への手紙の中で、「ヘルマフロディトス」や「ヴィーナス」はウフィツィ美術館でもっとも美しい作品だ、と遠慮なく書いている。乱れたシーツからはみ出ているなめらかな裸足を前にして、彼は思うさま夢想に耽る。そして心付けを当てにしている監視員は若い旅行者のために、魅惑的なヴィーナス像を台座の上でくるりと回してやるほど親切である。

ナポリの秘密博物館からは、気分を害して出てきた。カトゥッルスとスエトニウスを読んだことのある青年にとって、当時のポルノ絵画コレクションを並べていた二つの小さな展示室から学ぶことは何もなかったが、絵画のほうが言葉よりも強烈である。彼がこの点について母親に書いたもったいぶった手紙の文章は正確ではないが、真実らしい印象を与える。品行方正な、あるいはほとんどそうだと言っていい二十二歳の青年には、淫乱な光景は挑発のように見えるし、彼が誘惑に駆られる時はなおさらそうである。「一時的に分別を失って」彼が批難するような行動をとることがあったにしても、そうした行動が大理石に彫られて目の前に置かれているのは不愉快である。多かれ少なかれ写実的なプリアポス像の間で、ミシェル・シャルルはヴェルサイユの事故の際に見たあの男根が勃起した死体、死の中でさえ表われる生命力の象徴を想起しただろうか。いや、きっとそんなことはないだろう。しかし、こうした人々はキリスト教徒ではなかったから、あのような性的放縦も驚くに当たらない、と彼が指摘するのは行き過ぎだ。というのも、パリやバイユールをちらりと眺めただけで、うわべの偽善がどのようなものであれ、人々の習俗はほとんど変わっていないことを彼は悟ったはずだからである。それにまた、古典古代が官能の楽園だったと考えるのは間違いである。謹厳実直な市民、あるいはそうだと自任する市民はいつの時代にもいたのだから。

ミシェル・シャルルは、いかなるものであれ露骨な下品さは好まない。彼が揶揄を込めて「アリュインの高貴で立派ないとこ」と呼んだ男に、イタリアの旅路で出会ったことがある。上官の妻と駆け落ちして外国で暮らすため、軍隊を脱走した快活な士官だった。アリュイン出身のこのロマン主義者はミシェル・シャルルから見下されている。アンナ・カレーニナとイタリアで暮らすウロンスキー〔トルストイ作『アンナ・カレーニナ』の登場人物〕も三十年後には、イタリア半島を旅するサンクト゠ペテルブルグのいとこからそんなふうに扱われただろう。愛人を持つことと、そのために自らの経歴を投げだし、軍務を放棄するのはまったく別のことだ。ミシェル・シャルルには洞察力が欠けていた。そうでなければ、軍服を脱ぎ捨てて甘い恋に身をゆだねる男をもっと寛大に扱っただろう。

自ら「フランドルの貴族」と名乗るこの男は、どんなに煌《きら》びやかなものであれ社会の儀礼に惑わされることはめったにない。フランス大使館で催された舞踏会の見事な秩序には感心したが、アルバーニ銀行の現所有者であるトルロニア家の舞踏会には失望する。彼の目についたのは踊りに向かない寄木細工の床だけで、それがワルツの上手い彼を苛立たせるし、イギリス人招待客が多いことも彼から見れば舞踏会の欠点である。スタンダールの言を信じるならば、貪欲で豪奢を好む銀行家がサン＝ゴバン〔フランス北部の町で、化学工業の中心地の一つ〕の経理長になりすまして安く買い上げたという巨大な鏡や、果てしなく反射する水晶のシャンデリアや、檻に入れられた若い獣のように、あまりに小さく金ぴかすぎる部屋に閉じ込められた陰気な『アルバーニのアンティノウス』や、自分が蒐集し、心から愛でていたいくらか不吉な傑作群の間を歩き回っている時に暗殺された、ヴィンケルマンの影などがそこにあったはずだが、ミシェル・シャルルはまったく気づかなかったようだ。イギリス人のせいで、私の祖父には亡霊たちが見えなかった。パレルモでは、オルガ皇女の美しい目に魅了されたものの、セーラ・ディ・ファルコ公爵がモスクワ人たちの不潔さと下劣さについてひどいことを語るのを耳にする。公爵は話しながら、ロシア皇后が出発前にくれたという金の煙草入れから、嗅ぎ煙草をつまむ。なかば観光客で、なかば巡礼者であるミシェル・シャルルはロレート〔イタリア中部の町で、聖母信仰の巡礼地〕に足を運び、かつてモンテーニュがしたように奉納物を収めても納得しない。当時のイタリアはいわばチベットのようなものであり、司祭たちのほとんどあからさまな欠陥が彼にはよく分かる。肉断ちする日に「プロテスタントのような食事」をする高位聖職者に、彼は眉を顰める。おそらくもっと重大な不行跡も目にしただろう。いずれも立派なカトリックである青年紳士たちはローマを去るに際して、信仰と魂をしっかり結びつけなければ、ここでは信仰が急速に失われるだろうと意見が一致する。それはイタリアのカトリシズムに独特の無頓着さが混じった虚飾を前にした時、北ヨーロッパの人間がいつでも示す反応である。憤慨したミシェル・シャルルと友人たちを通して私に見えてくるのは、十六世紀のローマに到着し、数多くの殉教者たちによって聖化されたあの大地に、今にも跪いて接吻しかけたものの、その地を離れ、やがてルターとなるべきアウグスティヌス派の修道僧のたくましい姿である。しかし育ちの良いこの若いフランス人たちは、教会を改革しようとするのは僭越だと考えたことだろう。彼らは葉巻に火を点けて、ほかの話をしただけである。

「この旅は、ほとんど目に見えるほどはっきりと私の精神を鍛えてくれた」と祖父は謙虚に語っている。この進歩がもっともよく表れているのは、シャルル・オーギュスタンに宛てられた手紙のページで、そこでは政治のことが話題になっている。すでに母親に宛てたある手紙の中に、ミシェル・シャルルは(イタリア語から翻訳したものと言いつつ)自分が作った一篇の散文詩を差し挟んでいた。そこでは衰退したフィレンツェへの憐憫が、ミュッセが『ロレンザッチョ』でフィレンツェの亡命者に言わせたのとほとんど同じような言葉で表明されていた。このロマン主義的な雄弁調は、小学生が行うような盗作にすぎなかった。しかし今回は大人として、一人の男に向かって手紙を書いている。イタリア語を流暢に話すこの外国人は旅先で出会った若者たちから、彼らの苦々しい思いや、憎悪や、尊いがいくらか空しい希望についていろいろ打ち明けられた。不公平や不正な利益が、街中で軍事的な効果をともないながら目の前で横行したり、態度の煮え切らない善良なブルジョワ連中の姿とともにカフェに居座ったりする――それまで政治に無関心だった青年が突然そのことを悟る瞬間というのは、いつでも重大な瞬間である。私にとって、一九二二年がそうした瞬間の一つであり、啓示を受けた場所はヴェネツィアとヴェローナだった。税関吏や、ナポリのいまわしいブルボン家の警吏の傲慢さに憤慨したミシェル・シャルルには、自分と似たこの若者たちの心に何が蠢《うごめ》いているのか分かる。この熱狂的な若き友人たちにとって、フランスはもはや先導的な国ではなくなったということに青年は気づき、そうした場合の常として、いくらか胸が締め付けられる。フランスが一八三〇年〔七月革命が勃発してブルボン王朝が倒れた〕にもたらした大いなる希望は裏切られた、と彼は記している。一八三〇年を正統性の没落と見なしたシャルル・オーギュスタンは、それを読んで身震いしたに違いない。溝の傍らに善意の花が咲くことはあるにしても、世代の溝というのはいつの時代にも存在する。

イタリアのリソルジメントに先立つ自由主義の昂ぶりは、十九世紀の美しい出来事の一つである。甦った人文主義とプラトン主義がイタリア人の魂を燃え上がらせた時代以降、この国がこれほど純粋な情熱にとらわれたことはほとんどなかった。こうした大いなる昂揚と個人の悲劇的な犠牲に加えて、十九世紀の戦場で多くの血が流されたことを思う時、習慣にすぎないとしても、歴史を染めるあの赤い流れをまだ受け入れることはできる。しかし、次のようなことはなかなか承服できない。つまり、その後にサヴォワ家のブルジョワ王政が登場して、利権に群がる者と便乗者を巻き込み、エリトリア〔北アフリカの一地方〕戦争がエチオピア戦争の前触れとなり、三国同盟〔イタリア、プロシア、オーストリアの同盟、一八八二－一九一五〕がラテンの姉妹の抱擁とカポレット〔第一次世界大戦の激戦地〕の無益な死によって修正され、さらには、そこから諸改革が生まれるはずだった無秩序の後にファシズムの空威張りが続き、最後は装飾用厚紙で作られた二列の鷲に囲まれてヒトラーがナポリで喚き（その声が今でも聞こえるようだ）、アルデアティーノの地下牢の死体を鼠が貪り喰らい〔一九四四年三月、ローマ郊外アルデアティーノで、ドイツ兵がイタリアの民間人を多数虐殺した〕、チャーノ〔イタリアの政治家、一九〇三－四四〕が肘掛椅子に座ったまま銃殺され、ロマーニャ地方出身の独裁者〔ムッソリーニ〕とその愛人の死体が納屋で逆さ吊りにされた、ということである。それでも、この取り返しのつかない混乱だけで済んでいればまだ許容できただろう。ところがその後で、ヴェネツィアは化学物質による汚染に蝕まれ、フィレンツェは誰も本気で抵抗しようとしない浸食作用の被害をこうむり、一年に八千万羽の渡り鳥がイタリアのまともな狩猟者たちによって殺され（狩猟者一人あたり十羽なのだからたいしたことはない、というわけだ）、ミラノの田園風景は一抹の思い出と化し、アッピア街道には女優たちの別荘が立ち並び、「芸術都市」は工業の強制労働と、シロアリの巣のような住宅と、埃が同居する不毛な地域の中心を彩る背景となってしまった。他の国でもまったく似たような結果になっていることは私も知っている。しかし、だからといって嘆かずにすむというわけでもない。

ミシェル・シャルルの話に戻ろう。しかるべく節約したおかげで、自分はあの魅惑のイタリアで三年近く暮らせた、と三十年後に彼は息子に語っていた。実際は、イタリアにいたのはおよそ十か月で、スイスの山中とドイツの大学で過ごしたグランドツアーの残りの期間は、それよりずっと短かった。私の父自身が誇張したのでないとすれば、こうした誤りは、もはや二度と訪れることの叶わない国で過ごした自由な時間が暦の日付と関係なく、伝説的な時間の中にすばやく組み入れられたということをよく示している。われわれは皆、この点で間違いを犯す。われわれは常に、濃密に生きた場所では長い間暮らしたと考える。「軍隊での十五年間はアテネの一朝ほどの長さもなかった」と、私は自分の生涯を語るハドリアヌスに言わせた。ミシェル・シャルルは自らと向き合いつつ、イタリアで経験した朝をあらためて享受するために、自分にとっては追想の光で輝いていた何の変哲もない手紙を、今ではほとんど消えかかっている小さく繊細な字で書き写したのだった。その時彼は満たされない夫であり、不幸な、あるいは落胆した父親であり、共和国によって罷免された第二帝政の役人であり、自分の余命がいくばくもないことを知っており、おそらくさほど長引かせようとも思っていない病人であった。

シチリア旅行のある挿話は特別に触れておく必要がある。自分の心の奥底まで揺すぶった出来事を語るに際して、ミシェル・シャルルは堅実でいくらか凡庸な写実性を重んじるが、時には例外的に、忘れがたい印象を読者に伝えるというあらゆる作家の目的に到達する。エトナ山登攀の挿話である。彼がヴェルサイユで炎の力と非業の死の危険に晒されるさまは、すでに見た。今回は火山の雪に覆われた斜面と憔悴による死という、よりひそかな危険と対峙する。

冷たい風の吹くある夜の九時頃、山に慣れた山羊飼いと騾馬引きを案内人として、彼らは騾馬に乗って出発した。旅のはじめの数時間は、多少とも風を防いでくれるものの闇夜の暗さをいっそう増す栗林を通ったので、ひたすら過酷だった。私自身、生涯でたった二、三度だが、ギリシアで樹木の植わった径路に沿いながら一列になって夜の山道を登ったことがあり、今ではあまり森らしくないこの地方では大きな植物もしばしばか細く歪んでいるのだが、闇の中では錯綜した恐るべき力を取り戻すものだ。普段はあまり詩人らしくない、少なくとも詩情を表現する才能に恵まれていないミシェル・シャルルもこの時ばかりは、こうした場合に誰でもそうであるように、いつもの単調な生活から抜け出して闇夜と孤独に晒されるやいなや人間はたいしたものではない、いやほとんど何ものでもないと感じた。彼は少なくともエンペドクレス〔古代ギリシアの哲学者で、エトナ山の噴火口に身を投げたという伝説がある〕のことを想っただろうか。いや、それはなかっただろう。というのも彼は、古代の二、三十の著作のあちこちに散らばっているエンペドクレスの素晴らしい断片も、ギリシアとインドが衝撃的な知見の中で遭遇する稀有な著作の断章もきっと読んだことがないからだ。彼はまた、地上の沼に埋没していく魂の忘れがたい嘆きや、伝説によれば哲学者を来世の方に呼び寄せたという闇の声を聞いたこともない。彼がエンペドクレスについて知っていたのは、この哲学者が火によって死んだという伝承だけであり、その死は当然のことながらもっとも卑俗な解釈に還元され、奇蹟的な死の様相をまとおうとした男の虚栄心に帰される。いずれにしてもミシェル・シャルルはエンペドクレスの跡を追い、そうと知らずにハドリアヌスの足跡も辿っていたことになる。ハドリアヌスは権力を掌握し、愛され、さまざまな企図と夢想をあふれるほど持ち、ほとんど老いを見せず、まだ運命の上り坂にあった頃にエトナ山に登ったのだった。

　森を抜けると、氷河と雪で覆われた地帯が始まる。森小屋でいくらか休息を取ったが、その小屋も今はもう遠い。忍耐強い騾馬は苦労しながら地面を進むが、滑って転び、また立ち上がっては腹のところまでめり込んでしまう。騾馬引きは若い外国人たちに容赦なく騾馬を叩くようにと叫び、自らも大声を出して騾馬を奮いたたせる。闇夜は鞭の鳴る音と、動物が鼻を鳴らす音と、人の叫び声に満たされる。騾馬はますます深みにはまるだけで、雪の中に横たわってしまったので、騾馬引きもついに諦める。青年たちは地上に下り、過酷な騾馬引きは荷物のなくなった騾馬をつい先ほど通り過ぎた森小屋に連れ戻す。ミシェル・シャルルは哀れな動物のためにそれを喜び、騾馬引きからも感謝される。

　しかしそうなれば、青年たちはもはや自らの筋肉しか頼るものはない。しかも彼らは、現代ならどんなハイキング客でも身につけているような装備をまったく持たずに、この冒険に乗り出したのだった。彼らは一列になって歩き、膝まで、さらには腹まで埋まり、一歩ごとに柔らかく崩れやすい雪の層から抜け出す。ミシェル・シャルルは自分の手足がほんとうに凍ってしまうと思い、今にも死にそうな気がする。彼はけっして大袈裟なことを言わない男だ。私自身、雪と疲労の中に埋もれていく感覚を味わったことがある。それは身体的生命の中枢が停止し、呼吸が乱れ、この恐怖は末期の恐怖であり、もし死が到来するのであれば後は終止符をうつだけだという感覚である。だからミシェル・シャルルを襲った死の冷たさはよく理解できる。山羊飼いたちが彼の腕をとって起き上がらせ、運んでくれる。後年ある吹雪の日、私が白い雪の塊を乗り越えられなくなった際に、二人の親切な隣人が彼らの家から私の家まで運んでくれたように。森小屋は遠すぎて戻れないが、彼らと山の頂上を隔てている溶岩と滓からなる火山錐のすぐ近くに、小さなイギリス人の家と呼ばれる、先見の明あるイギリス人の旅人が避難所として造らせた石のあばら屋がひっそり建っていて、番人が火を絶やさずにいた。疲労困憊のあまり呆然としていたミシェル・シャルルは、なぜ自分を燃えさかる薪の前に横たえてくれないのかと訝る。彼を助けた人たちには別の考えがあったのだ。風が当たらない壁際に、男たちはちょうど人間の体ぐらいの大きさの長方形の穴をこしらえ、その穴の大部分を熱い灰で満たし、その上に薄い毛布を敷く。ミシェル・シャルルはこの墓のようなものの中に横たわり、山羊飼いの色の褪せた使い古しのケープを被せられ、その上にさらに生温かい灰をかけられる。まだ夜だったので、これはすべて松明の光の下で行なわれる。彼の顔には外套の裾がかけられた。

しだいに彼の体にかすかな温かみが戻ってきて、それとともに思考と生命も回復する。夜が明けたかどうか見ようと、彼は外套の端を持ち上げさえする。彼の目に入ったのは、小集団の後についてあまりに急いで山を登ったせいで高山病にかかり、敷居のところで嘔吐している二人のイギリス人の屈みこんだ姿である。古代の芸術や生活で瀕死の人がするような身ぶりで彼は顔を再び覆って、しばらく温かい灰の中に潜りこむ。アルル美術館を初めて訪れた時から、古代ローマの生活を伝える些細なものや、装飾品に貪欲な好奇心を抱いたこの学生は、自分が横たわっている穴がウストリヌムの形を正確に再現したものであることを知っていただろうか。ウストリヌムとは人の尺度に合わせて作られた長方形の穴で、ローマ市民は死者の遺骸をそこに入れて、少なくとも豪華な火葬をしてあげられない遺骸をそこに入れて荼毘に付したものだった。ミシェル・シャルルはまた熱い燠や灰による通過儀礼のことを、大地の女神デメテールによって燃えさかる炭火の上に横たえられ、母親の叫び声と動作ゆえに魔術が完成しなかったせいで命を落とした、あの若いデモフォーンのことを考えただろうか〔ギリシア神話でデモフォーンはエレウシス王の息子。デメテールが彼を不死にしようとしたが、その秘密の儀式を彼の母親が阻んだため焼け死んだという〕。しかしここでは、山羊飼いの儀式を邪魔する女はいない。

一時間あまり後、青年はかなり元気を取り戻したので、噴火口のそばにいる仲間たちに合流しようとする。軽石と火山灰で滑りながら、這って火山錐を登る。その一キロを進むのにさらに一時間要した。頂上に辿り着くとすでに日が昇っていて、夜明けは見損なったと皆に言われる。

ヴェルサイユの出来事は出産の儀式に似ていた。青年は頭から先に生の中に放り出された。エトナ山の出来事は死と再生の儀式である。ほとんど神聖なこの二つの事件は、偉人の人生の初期に起こったのであれば見栄えがするだろうが、ミシェル・シャルルは偉人ではない。むしろ彼を平凡な人間と規定したいくらいだが、じつは平凡な人間などいないということをわれわれは経験的に知っている。誰もが人生において一連の通過儀礼的な試練を経るということも、われわれは経験的に知っている。そうと知りつつ試練を耐え忍ぶ者は稀だし、ふつうはすぐに忘れる。万一それを覚えている者でも、しばしばそこから教訓を引き出しそこなうのである。

ミシェル・シャルルがイタリアで獲得した、あるいは育んだ芸術趣味は旅から持ち帰った品物で判断できる。幸いなことに観光客用の大量生産はまだ存在せず、手工業の段階だった。たとえば小箱があって、その幾重にも嵌めこまれたマホガニー製の仕切り板は、古代のモチーフをあしらった沈み彫りの跡を留め、大きな砂糖菓子屋の箱に入ったボンボンのように並んでいるのだが、この小箱は一種の集団ゲームの道具であり（「おや、ジュピターだ！」「違うよ、ネプチューンだよ。三つ又の矛を見てごらんよ！」）、一八四〇年頃の美術館で何が好まれていたかを示す目録でもある。それはグランドツアーを行なうロシアや、ドイツや、スカンジナヴィアの愛好家たちに多数売られたものであるとはいえ、ちょっとした芸術的置物だ。私はかつて欠けていた二、三の部品を、おそらく十九世紀のヤンキーたちが買った見本で補充したことがある。どこかの古美術商で手に入れたと思われる三世紀の皇帝胸像のルネサンス時代の複製は、それよりは貴重な品だ。首が縞瑪瑙で覆われており、ルーベンスがアントウェルペンの邸宅用にとイタリアから持ち帰ったような「縁起もの」の寸法に合わせて、少し小さくなっている。ブロンズの複製である棄てられたアリアドネーの像は逆に、帝政様式の冷たさをおびている。だが、それはたいしたことではない。モン＝ノワールのビリヤード室にしまわれていたこの像は、横たわった体のうえで柔らかく波打つ衣文の美しさを私に教えてくれた。そして最後に、客間の明るい羽目板の暗い染みのような一枚の絵、絵画のことは分からないと思っていたこの青年がしかるべく選んだ唯一の絵。それは「恥じらい」と「虚栄心」、あるいは「聖愛」と「俗愛」を描いたルイーニの弟子の作品で、レオナルドの女性と両性具有者の唇に浮かんでいるような、あのいくらか引きつった神秘的な微笑が口元に見える。私はこの二人の人物が誰なのか尋ねたことは一度もなかったと思うが、壁に掛った絵に描かれた人々などには具わっていない、何かしら厳かな官能性がそこには感じられた。

古代の胸像を象った金めっきした青銅製のドアの取っ手が二つ、帝政と人生に疲弊し、衰えたティベリウス像、口を大きく開けて罪のない絶望の叫びをあげる若いニオベの娘などがまだ私の手元に残っている。ヴェネツィアのドゥカーレ宮殿には、これと似た像がそのまま保存されている。四世紀近く前にイタリアで鋳造されたこの小さな二体のブロンズ像、このティベリウス象とニオベの娘像は、これもまた終焉したバロック的贅沢の装飾品となり、昔の金箔師によってほとんど色の褪せない金めっきを施された。見知らぬ何百人もの人たちの手がそれに触れ、その手はまたあのドアの取っ手を回し、その背後で何かが待っている扉を開けたのだった。ある古美術商が淡灰色のズボンをはいた青年にそれらを売った。病み衰えた私の祖父は、それらの品をおそらくいとおしげに撫でたことだろう。自分のものとなったアメリカの家から持って来た二本の梁に、私はそれらの品を据えた。台座となった木材は、ミシェル・シャルルが生まれる以前に、当時はまさしくマウント＝デザート島だった場所の静けさの中で成長した。その家を建てた者が切った幹は入り江のきらきら光る水に浮かび、その水は冬になるとより冷たい大気と接触して泡立ったり、煙ったりする。私より前にこの家に住んでいた「土地の者たち」は、堅苦しい小さな応接間から台所や、揺り籠が一つ置いてある寝室へと重い靴を引きずりながら分厚い床板の上を歩き、木目を擦りへらした。

どんなものでもこうした瞑想へと誘うと人は言うだろう。それも間違いではない。

ミシェル・シャルルが「女たちのために」買った宝石について、一言だけ触れておこう。詩情あふれる満月の下に浮かび上がるコロセウムを描いたモザイク様のブローチ、カノーヴァ〔イタリアの彫刻家、一七五七―一八二二〕かソルヴァルドセン〔デンマークの彫刻家、一七七〇―一八四四〕のモデルの横顔を刻んだカメオ、ニンフたちが戯れ、全体が大きな金の爪で縁どられたカマユーなどである。レーヌはこれらのものをゆったりしたショールに、ガブリエルとヴァレリーは薄手の肩掛けにピンで留めた。ミシェル・シャルルはもっとも純粋な様式の古代カメオを自分のためにとっておき、それを指輪に仕立てさせた。老いたアウグストゥス帝の頭部を象ったものだ。彼はそれを息子に残し、息子は私の十五歳の誕生日にそれをくれた。私はその指輪を十七年間嵌めていたし、この宝石彫刻術の厳かな粋を凝らした見本を日々身につけることで、多くのことを学んだ。ローマ時代のカメオで古典主義と写実主義が完璧に融合しているのを目にすると、両者について議論することを止めてしまう。一九三五年頃、けっして後悔してはいけないあの熱狂の中で、私はこの指輪を愛していた男、あるいは愛していると思った男にあげた。あの美品を公的あるいは私的所蔵という安全な避難所に託さず、個人の手に委ねたことを私は少し悔いている。指輪はおそらく、やがて彼の手から別の人に渡っただろう。もしかしたら最後には、どこかの所蔵物になったかもしれない。しかし、これは言うべきだろうか。あの指輪をあげる数日前に、何かの衝撃が原因でかすかな傷が縞瑪瑙の端に生じたことに気づいていなかったら、たぶん私はあの傑作をけっして手放さなかっただろう。傷のせいで指輪が以前ほど貴重でないもの、わずかに損なわれたもの、滅びゆくものに思われたのだった。当時の私にとって、それは指輪にたいする愛着が弱まる原因だった。今なら逆に、それが指輪にたいする愛着が強まる原因になるだろう。

ミシェル・シャルルが旅の間に作った押し花のアルバムは、もちろん植物学者の作品ではない。見本がラテン名で並べられているわけではないし、植物構造の奇蹟が彼にとって何らかの意味があったとも思われない。スタニスラス校の先生たちは彼に自然科学よりもむしろ修辞学と、彼らが理解していたような歴史を教えた。現代の教師たちがしばしば植物学を犠牲にして、核物理学を教えるようなものである。アルバムの流行は、豪華装飾本の流行と同じように過ぎ去った。ただミシェル・シャルルは、誰もが草の中の矢車菊をきれいだと思うように、本能的に花が好きだったようである。彼の言によれば、こうした種類の花の組み合わせによって、訪れた景勝地の思い出を心に留めるのが彼の願いだった。もう消え去ったと思われる感動や印象の世界が、一枚の葉や一輪の押し花の中に永遠に生き続けるのだということを、彼はよく知っていた。彼が手紙で言えなかったこと、言おうとしなかったことがすべてそこに含まれている。陽気な、あるいは陰気な時代の雰囲気、深遠だが、表現すると紋切り型に堕してしまうような思索、魅力的な田舎娘と交わした言葉といったものである。アルバムに入念に貼りつけられた花びらはそのまま残り、ピンクあるいは青の小さな染み、歴史と文学の栄光のため犠牲となったか弱い植物の幻影となった。シラクサの石牢やフォロ・ロマーノの花、ローマ近郊の田園やリド島の草（ミュッセの言う「醜いリド島」、「青白いアドリア海」がそこで終わり、ヴェネツィアの漁師と、そこに死者を埋葬するユダヤ人しか足を踏み入れないあのリド島)、トスカナの柘植や糸杉の小枝、アペニン山脈のブナの葉、ジュリー・デタンジュとフランス文学で最も美しい恋愛小説を記念して、クラランで摘んだ花〔ルソー作『新エロイーズ』への言及〕。それはまたもっとも奇妙な小説でもあり、今日では放蕩志願者が誤読するか、まったく読まれないかのどちらかだ。

押し花と並んでいるのが詩句で、それはラテン期の抒情詩人や悲劇詩人から取られたり、ロマン主義の大詩人ないしは三流詩人から取られたりした詩句である。イタリアの押し花ではホラチウスとティブッルスが、ドイツではシラーとクロプシュトックが、スイスではバイロンとルソーがよく引用されるが、他方でエジェジップ・モロー〔フランス・ロマン主義の詩人、一八一〇—三八〕はラマルティーヌと同じくらいよく引かれる。飾り文字で書かれた詩句は、同心円的な花冠から真の花冠まで思い出の花々を花綱とバラ模様で囲んでいる。あるいはまたそれぞれの押し花の小島のまわりに波のように押し寄せ、ミシェル・シャルルがきっと一度も見たことがないアイルランドの手稿に見える「ケルト的」と呼ばれる曲線を想起させる。青年が芸術にたいして具えていた能力がそこに示されたのだった。

花に続いては動物である。フィレンツェに着いた彼は、書留便でガブリエルの悲しげな手紙を受け取った。最愛の雌犬ミスカが謎の病に冒され、どうしたら鎮められるか分からないほどの苦痛に喘ぎながら死にかけている、という知らせだった。「哀れな子よ、こんなに苦しむなんて、いったいどのような罪を犯したというのか?」とミシェル・シャルルは慟哭する。後年彼は、十四歳の幼い長女の枕元で、答えのないこの同じ問いを繰り返すことになるだろう。ミスカが自分にもたらしてくれたささやかな幸福、撫でると絹のように心地よかった毛、道端の泥を避けながら敷石の一方から他方へと飛び跳ねていた清潔で大きな足、ヴェルサイユの事故の後で長い不眠症の夜に悩まされた時、ミスカが足元に横たわって勇気づけてくれたこと——ミシェル・シャルルはそうしたことを書き記している。私は間違っていない。彼が抒情の昂ぶりにとらえられているのは、いくらかは中等学校でレスビアの雀の死をめぐるカトゥッルスの詩と、オデュッセウスの愛犬の物語を読んだからなのだ。いずれにしても、彼の率直さは疑いの余地がない。故郷に戻ってもミスカが待っていないという事実は、彼の帰国に陰気な影を落とす。雌の小犬は、犬にそなわる完璧さの模範と化した。その後に飼うことになる犬はすべて容赦なくミスカと比較されること、そしてどんなに愛されようと、飛び跳ね、吠えていたミスカの面影が常に優勢になるということが、ミシェル・シャルルにはすでに分かっている。彼はまさしく私の祖父である。

マレー通り

ミシェル・シャルルがフランスに帰国してみると、当時の冗談に倣えば、国家の馬車は火山の上を航行していた〔大衆作家アンリ・モニエの作中に見える表現で、「国家が危機に瀕していた」という意味〕。国王ルイ＝フィリップは青息吐息である。静かな自信を持っている者がそうであるように常に謙虚なこの青年は、地元北フランスの権力者たちが自分を歓迎してくれることに驚く。この巧妙な政治家たちが、あるかないか分からない彼の能力を当てにできないこと、そして無に等しい彼の経験も当てにできないことをミシェル・シャルルは百も承知だ。いくらか窮地に陥ったこのお歴々はたんに、家柄が良く、裕福で、地元で名前が知れ渡っている青年を、傍系たるオルレアン朝に仕えさせようと望んだだけである。彼は県参事官の職を当てがわれ、受け入れる。そして彼の任命の件が『官報』に掲載されると、自由主義派はえこひいきだと非難する。彼は気にしない。彼に言わせれば、彼が居を構えたリールは、そこの上流社会で自分の理想に適う娘とつい最近出会ったので、いっそう気にいる。それがどういうことなのか、やがて明らかとなる。

バイユールでは、シャルル・オーギュスタンの枕元にやって来て一時間ほど過ごす正統王朝主義者たちも、かつてであればそうしたように、息子ミシェル・シャルルに「政府の禄を食《は》ませて」いると彼を非難することはない。労働者の暴動のざわめき、政治クラブや秘密結社の増加、生まれたばかりの共産主義という言葉などに誰もが恐れをなしている。持っている才能を秩序のために役だてるのは好ましいということは、皆が認める。しかも（いつもながらこうした矛盾は政治の精髄だ）、社会の混乱が昂じて、フランスに救済者アンリ五世〔ブルボン家最後の王位継承者シャンボール伯は、アンリ五世として王位を要求した〕が戻って来るのを彼らは期待している。その場合、行政の場にいるミシェル・シャルルはいっそう正統な国王に奉仕できるだろう。シャルル・オーギュスタンにとって、将来の変節によって許容されるこの否認は苦い丸薬だったようだ。

レーヌが息子のためにしたさまざまな結婚相手探しは、それと同じくらい彼の気分を害した。ミシェル・シャルルが帰国するよりずっと以前から、用意周到なレーヌは、結婚相手として可能な娘たちのリストを喜んで作成した。大方の予想に反して、彼女は相手の家族の名声や家柄の古さはまったく考慮しない。シャルル・オーギュスタンの家柄の古さと自分の家柄の古さがあれば十分で、借りものの威信をそれに加えようとは思わない。アンシャン・レジーム期に生まれた育ちの良い女性として使う力強い言葉を用いるなら、雌豚が雄豚の品位を高めるわけではないと彼女は言うだろう。ただし、ミシェル・シャルルが大金持ちでいることは重要だ。じつのところ、彼はすでに裕福だ。彼は二、三の遺産を相続したばかり、あるいはまもなくするはずで、それが彼の確固たる世襲財産に加わる。しかしこの現実的な母親は、当時の状況で立派な財産と大きな財産がどう違うか知っている。彼女の天秤では、リール裁判所の判事の娘たるデュフレンヌ嬢がまさに必要な重さを具えていた。

この若い女性は身だしなみが良く、快い体つきをしている。手首足首は細いが、いずれがっしりした女になることは確かだ。豊かな髪、ぽっちゃりした腕と肩は彼女が元気旺盛なことを示している。これはとても大切なことである。有望な法務官である彼女の父がいつか、その影響力でミシェル・シャルルを援助してくれるかもしれない。リールにきわめて立派な建物を二、三棟所有しており、そのうちの一つを娘の持参金にするという噂だ。この地方でいくつかの農場を手に入れたし、財産の一部は炭坑開発に由来するらしい。

そこまで話がきたところで、シャルル・オーギュスタンは妻を遮り、単なる一裁判官にどうしてそんな財産があるのかと尋ねる。レーヌが娘たちのリストでノエミ嬢の名前に印をつけてから、彼のほうでも照合調査をしたのである。故デュフレンヌと妻フィリピーヌ・ヴィイエは双方とも農家の息子、娘で、生まれはベチューヌ近郊のシャンブラン＝シャトランだった。この件《くだん》のデュフレンヌの母親は、よく分からないがポワリエあるいはペナンという名であったらしい。教区帳簿の字がよく読めないところをみると、司祭は信者と同じくらい無学だったようで、信者はたいてい署名の代わりに十字印をつけていた。こうして十字から十字へ、デュフレンヌからデュフレンヌへとどうにか遡っていくと、十七世紀末に至る。その途次でどちらも農婦だったフランソワーズ・ルノワールやフランソワーズ・ルルー、さらにはユルシュール・テリュといった女性の名前に出会う。テリュは美しい農民名で、それが地元の方言で星という意味だということをシャルル・オーギュスタンは知らない。ユルシュールの母親はダンヴァンという名だった。

誤解のないようにしよう。もしそうするのが得策なら、シャルル・オーギュスタンは息子を、亡命先から戻った主人たちに土地を返還し、その立派な振舞いの見返りをびた一文期待しなかった善良な農民の娘と喜んで結婚させようと思っている。ところがデュフレンヌ爺さんは公証人になった百姓で、抜け目ない男だったから、たいてい第三者を介して闇商品の取引をした。息子が判事になれたのも、それで得た金があったからだ。爺さんはもしかしたら、軍隊への納入品で不正な利益を手に入れたのではないか？　実際そのように噂する人がいるし、当時は多くの人間がそうしたものだった。シャルル・オーギュスタンに決定権があるかぎり、ミシェル・シャルルとデュフレンヌ家の跡取り娘を結婚させることはない。

レーヌは返事をせず、判事の妻アレクサンドリーヌ・ジョゼフィーヌ・デュメニルのことに話を向ける。両親は立派な人たちで、リールのマルシェ＝オ＝ヴェルジュ通りで暮らし、亡くなった。レーヌはフランソワ・デュメニルの小肖像画を見せてもらったが、総裁政府時代の粋な法務官で、白粉をつけて髪をうなじのところで結わえ、温厚でかなり自惚れが強そうな様子だ。妻アドリエンヌ・プラッテルは当時の上品な女の服装で、小肖像画ではいたずらっぽい目と食い道楽らしい口元を見せている（レーヌはまだ幼い娘の頃、今の淑女ならもう身につけようとはしない薄手の透けるようなチュニックと、他愛ない帽子に夢中になったことを思い出して、寛大な微笑を浮かべる）。今頃になって人々は回顧的に、善良な判事の夫婦間の和合を少し心配する。しかしながら、娘を立派に育てあげ、夫がマレー通りに所有している中庭と庭園を備えた豪華な邸宅を、きちんと維持しているアレクサンドリーヌ・ジョゼフィーヌにたいしては、何も文句のつけようがない。じつを言うと、マレー通りの邸宅にはほとんど客が来ないし、それはおそらく夫婦が人を招かないからだろう。客間には、女主人の大おじに当たるデュアメル神父という人の肖像画が掛かっている。革命時代に宣誓拒否した参事会員で、恐怖政治時代の牢獄で憔悴の末に亡くなったという。これはこのうえなく良い印象を与える。

革命前にはルーヴロワ伯爵の持ち物だったあの立派な邸宅に、デュフレンヌ爺さんとその妻はおそらく足を踏み入れたことがないのだろう、とシャルル・オーギュスタンは指摘する。リールで二人の姿を見かけることはなかったし、息子はきっと両親に来てもらおうとしなかった。右隣りの金物屋の金槌が立てる音と、左隣りの居酒屋と常連客たちが喚きたてる酒の歌を聞きながら、爺さんはベチューヌの事務所で息を引きとった。未亡人のほうはそこで、なお数年細々と暮らした。爺さんと妻の死亡を役所の戸籍係に届け出たのは、金物屋と居酒屋である。その機会にこの二人は腕を組んで役所から帰り、欲張りな爺さんとその老妻を偲んで、陰気な考えを追い払おうと別れ際に一杯やったことだろう。亡くなった二人の肖像画がマレー通りの瀟洒な邸宅の客間を飾っていたかどうかは、疑わしい。

レーヌは階下に下りて、病人のために夜の水薬を用意する。まだ何も決まっていなかった。しかしやがて、政治情勢が結婚相手の娘たちのリストを背景に押しやってしまう。ノエミの結婚支度はまだ先のことになる。

もちろんいずれ行なわれるこの結婚を考えるために、少し時代を遡ってみよう。この結婚によって私には、名前が本人にふさわしくないがアマーブル・デュフレンヌ〔アマーブル Amable は「愛想のいい aimable」、「愛想よさ amabilité」に通じる〕が曾祖父となり、時代の混乱につけ込むのに長けていたベチューヌの公証人が高祖父となった。この結婚をめぐる伝説は今日私だけが知っていることで、それが本当かどうかは重要ではない。私の父と祖父にとって、それは一種の信仰箇条であり、しかも祖父は夫婦関係が冷却した日しかそのことを考えなかった。デュフレンヌの妻アレクサンドリーヌ・ジョゼフィーヌのほうは、視界はきわめて悪い。総裁政府の華やかな時代の判事と、いくらか無愛想で、真紅の肘掛椅子に座り、教父たちの著作を含んでいるに違いない分厚い本を手元に置いている、参事会員の姿以上のものは見えない。これらの人々以外に私が想定できるのは、リールのブルジョワジー、もっと縁遠いところでリール旧市街の商人や職人たち、デュフレンヌ一族が十八世紀末期にようやく抜け出た、フランス北部の農民層などに帰属する小さな世界である。

ベチューヌの公証人の側には、すでに見たようにもう少し多くの人名が残されているが、それも剥き出しの大地に散らばる藁屑のようなもので、やがて名も知れぬ多数の農民世界に紛れてしまう。古代の末から、いやおそらくはそれ以前からシャンブラン＝シャトランで暮らしてきた数世代もの人々、何世紀にもわたって大地を耕し、四季とともに生きてきた人たちは、彼らが草を食ませた家畜や腐植土の材料になった枯葉と同じように、完全にこの世から消え去った。そして確かに三、四世紀遡れば、「良家」の祖先も結局は皆と同じように名もない腐植土に埋もれてしまうということに気づく。しかも、こうして完全に消えてしまったこの田舎者たちには、ある種の偉大さが具わっている。残されたのは教区の戸籍簿に記された一行と木の十字架だが、戸籍簿は火災か鼠のせいで消滅することになるし、緑の塚の十字架はやがて別の十字架に取り換えられる。いずれにしても、こうした人々より十世代ほど前から読み書きができ、計算ができたこと（とりわけこの計算ができたということ）はたいしたものだ、とシャルル・オーギュスタンは確固たる良識を示しながら語るだろう。しかし同時に、ブルジョワ的ながらくたや、貴族的な装具の破片を死後に残さないのも重要なことである。

「私の家族」の系譜を作成しようとした際にこの田舎者たちに触れなかったのは、まずミシェル・シャルルの結婚をつうじて、十九世紀半ばに初めてこの系譜と繋がったからであるし、次に、一方のベチューヌ、リールと他方のバイユール、カッセルの間には、ガリア主義のフランドル地方と、まさしくフランドル的なフランドル地方を隔てる距離が横たわっているように思われるからである。彼らは確かに同じ歴史的推移、同じ戦争、同じ主権と政治体制の変化を経験したが、異なる社会階層、異なる人種に属しているような印象を与える。まず、クレーヌヴェルク家やクスマケール家やビスヴァル家の人々にとって、少なくとも十九世紀までフランス語は文化の言葉であり、フラマン語は幼年時代の言葉だったのに対し、リールとベチューヌの人たちはずっと昔から、方言とはいえフランス語しか話さなかった。子供たちはミシェル・シャルルのように「初聖体拝領をフラマン語でうけた」わけではない。私の知らないこの人たちに彼らの子孫であるノエミをつうじて見出すのは、何かしらより冷淡なもの、仕事にも金儲けにも貪欲で、活発で、同時に偏狭なところである。これはフランスの地方では至るところに見られる特徴で、フランドル地方の鷹揚さや緩やかな熱情とはあらゆる点で異なる。

しかし彼らのことに触れなかった最大の理由は、私が人間としての彼らについて何も知らないことだ。もちろんさまざまな文学的技巧を用いて、いくらかの一揆と多くの密猟を楽しんだ貧しい農民たちの肖像を想像で描くことはできるだろうし、村の騒ぎや酒盛りで陽気になった私の祖先を示したり、あるいはまた、毛糸の靴下に金を貯めこむ欲張りな田舎者たちを描写したりすることもできるだろう。しかし、そうしたイメージにはデュフレンヌ家や、テリュ家や、ダンヴァン家から直接伝わったものは何も含まれていない。とりあえず想像による共感を働かせて、行き当たりばったりに彼らのうちの一人、たとえばフランソワーズ・ルノワールかその母親フランソワーズ・ルルーを取り上げ、少し彼女に接近してみよう。この名前にしても彼女たち固有のものではない。数百万人のフランス女性が二人と同じようにこの名前をかつて持っていたし、現在も持ち、そしてこれからも持つことになるだろう。フランソワーズ・ルノワールについては、四十歳で初めて結婚したということしか分からない。むしろフランソワーズ・ルルーにしよう。おい、フランソワーズ・ルルー！　おーい！　彼女には私の声が聞こえない。努力すればどうにか、固めた土が床になっている家に住む彼女の姿を想像できる（私は子供の頃、モン＝ノワール近郊でそうした床をよく見たものだ）。彼女はたらふくビールを飲み、麩入りのブラウンブレッドとフロマージュブランを食べ、毛糸のスカートのうえに前掛けをまとっている。人生を簡素にしたいという欲求と偶然の成り行きが、ごてごて飾り立てた祖先よりもこの女性に私をいっそう近づけてくれる。

別の時代の便利さと贅沢に囲まれながら、私もまたフランソワーズが私以前にした行為をしている。私はパンを捏ねるし、戸口を掃くし、強風が吹いた夜の翌朝は枯れ木を拾い集める。血抜きする豚が暴れないようにとその上に座ったりはしないが、豚のハムを時々食べる。おそらくそのハムは彼女が燻製にしたハムほどおいしくはないだろうが、私の目の前というわけではないにしてもやはり乱暴に殺された家畜から作られたものだ。冬になれば、彼女も私も霜焼けで手が腫れる。彼女にとって必然だったものが私にとっては選択だったこと、少なくともあらゆる選択が撤回できなくなるまではそうだったということはよく知っている。おーい、ルルーのおかみさん！　若い頃彼女は宿屋の女中だったのか、城館の召使だったのか、夫を愛していたのか裏切ったのか、教会でろうそくを灯したのか、司祭に毒づいたのか、あるいは同時にその両方なのか、病気の隣人たちを介抱したのか、乞食どもの鼻先で扉をばたんと閉めたのか。私はそうしたことを知りたい。一人の人間を鉛筆で素描するように、もっとも卑近な出来事や行動をつうじてまず人間を規定する必要がある。ただし、錬金術者が黄金を精錬すると推定されるような意味での魂の精錬から生じたような、あのより繊細で、ほとんどより純粋な情動はこの見知らぬ女に無縁だとするのは、失礼なことであろう。フランソワーズは私と同じように村のバイオリン弾きやヴィエール〔中世の楽器〕弾きの音楽を、現在では趣味人たちの楽しみとなった大衆音楽を愛したかもしれないし、雪原の赤い夕日を美しいと思い、可哀そうにと呟きながら巣から落ちた小鳥を悲しげに拾いあげたかもしれない。自分の悦びや哀しみ、肉体的な苦しみ、老い、やがて来る死、自分が愛し、死んだ人たちを彼女がどう考え、どう感じていたかということは、私自身が考え、感じたこととまったく同じように重要なのだ。彼女の人生は私の人生よりおそらく過酷だったが、しかし似たようなものという気もする。われわれ皆と同じく、彼女もまた錯綜と不可避のなかで生きている。

一八四八年二月〔革命が勃発して、七月王政が崩壊した〕、リールでは革命が県庁の舞踏会から始まった。パリで暴動が起こっているという知らせが電報で入っていたが、宴を中止するには遅すぎた。祖父の言によれば、踊り手たちは陰鬱な表情をしていたという。正面前庭を守るために知事は戦列大隊を招集したが、大隊が到着するやいなや、馬車から下りてくる着飾った男女は野次と罵声を浴びた。翌日ルイ＝フィリップの退位と逃亡が知れ渡ると、陰鬱な様子はいっそう深まった。身なりは悪いが金の詰まった小鞄を抱えたこの老いたブルジョワは、身分を秘して駅伝馬車でオンフルール〔ノルマンディー地方の港町〕方面に向かっていた。

翌々日、パリからの知らせに興奮した集団が県庁の中庭に乱入する。この暴徒たちはおそらく、あの有名な「リールの地下倉」〔ユゴー作『懲罰詩集』（一八五三）の中で描かれている〕、数世代前から労働者の家族が埋もれて暮らし、家主には莫大な利益をもたらしていたあのじめじめした不健康な地下室から出てきたのだろう。ミシェル・シャルルは、古い服と古い帽子を身につけた男が群衆とは反対方向の、鉄柵の方に紛れ込んでいくのを見て驚く。それはＤ・ド・Ｇ氏、知事その人で、そうとは知らずにフランス国王と同じ行動を取っていた。若い参事官に見つけられたＤ・ド・Ｇ氏は、ネグリエ通りにある参謀部までこっそり連れて行ってほしいと懇願する。そこなら軍に保護されて安全だ。象牙椅子の上で蛮族を待つローマの元老院議員のことが脳裏にまだ残っていた青年は、内心驚くが、いそいそと知事の言うとおりにする。参謀部までの短い道のりの間、県庁に残された妻と娘たちを保護してほしいと知事は青年に頼む。

元の場所に戻ってみると、群衆が干潮のように石段を越えたことにミシェル・シャルルは気づく。喚きちらす群衆が一階と美しい二階を占拠している。知事夫人の部屋の扉の前に老いた従僕が立っていた。「ここにはご婦人方がいらっしゃいます。入ることはできません。」手紙を書く時はしばしば堅苦しいミシェル・シャルルだが、話す際の言葉遣いはかなり露骨だ。その彼が後に、この従僕は急所に毛がしっかり生えている威勢のいい男だったと述べている。

中庭では、一人の演説家がパリの歩道に横たわる死者について語りながら、「われらが同胞の血が流れる音を聞いて踊った」しかるべき地位の人々を罵っている。比喩を彫琢することに慣れている青年ミシェル・シャルルは、彼の演説に苦笑する。赤旗を振り回している群衆は、祝宴室に飾られている三色旗を燃やしてかがり火にしようと、大声で要求する。しかし不都合な舞踏会を忘れさせようと、旗はすでに大急ぎで取り外されていた。それがどこにあるのか誰も知らない、あるいは知りたくもない。やむを得ず暴徒たちは一階の見事なカーテンを持ち去り、それをグラン・プラスで燃やしたが、この浪費に保守層の人たちの怒りは頂点に達した。それに較べれば、ルイ＝フィリップの胸像が持ち去られて壁掛けといっしょに火中に投じられたことは、それほど注意を引かなかった。

数日後、ドゥエ出身のアントニー・トゥーレが臨時政府の特使としてリールに到着し、共和制を広めようとした。この男は「不潔で、垢じみていて、下品」であり、自分の職務遂行に熱心なあまり四日間も同じ服を着たまま、長靴も履いたまま眠ったと自慢した。臭かったのでそれはすぐに分かった。特使は県参事官たちを集め、新たな体制に協力するかどうかと尋ねた。その場に気づまりな沈黙がただよう。特使に見られ、聞いてもらおうと、ミシェル・シャルルは最前列に出てきた。

「今後も自分の務めを果たすことには同意いたしますが、自分の政治的見解は保留します。」

この孤立した声が新たな秩序の代表者を激怒させる。すでに裏切り者がいる！　すでに叛逆者がいる！　彼は共和制を熱烈に称賛し始める。哀れな男の枯れたような修辞の花と過剰な弁論術に若き参事官は苛立ち、言い返そうとする。すると隣にいた中年のジャンリス氏という男が彼の肩に静かに手を置いた。

「お若いの、慎重に。大革命時代にあのような男たちがわれわれの同胞に何をしたか、思い出してみなさい。」

貴族叙任状を裏付けるに等しいこの言葉を聞いて、ミシェル・シャルルは気を静め、演説者の話を遮ることなく最後まで喋らせておく。一同は会議場の外に流れ出る。誰も若いクレイヤンクールに言葉をかけず、皆ができるかぎり彼から離れて通りすぎる。一人だけ勇気を奮うことは受け入れられないものなのだ。

翌日、ミシェル・シャルルは罷免状を受け取る。署名したのは特使と、県参事会副会長で保守派の評価が高いT男爵という男であった。男爵は初めて、公式文書に自らの爵位を記さなかった。卑怯な態度を目にすることも、一つの通過儀礼である。人生で三度罷免を経験することになるミシェル・シャルルは、この時世間を学んだ。あとはバイユールに帰るだけである。

父の家に戻ると、シャルル・オーギュスタンの接し方は思いがけず温かかった。正統王朝主義者である彼から見れば、参事官を首になったミシェル・シャルルは汚名を雪《そそ》いだのだ。

「これでようやく本来のお前だ」と、彼は息子を抱きしめながら言った。

ブルジョワジーの大いなる恐怖は続くし、それも理由のないことではない。カヴェニャック（政治家、一八〇二―

五七。陸軍大臣として一八四八年にパリ民衆の蜂起を弾圧した〕は救済者としては役不足だし、シャンガルニエ〔フランスの将軍、一七九三―一八七七〕は刃の欠けた古い剣にすぎない。見かけ倒しのボナパルト一族の男に真面目な人たちはあまり熱狂しないが、ルイ＝ナポレオンが共和国大統領になったことで皆が安心する。どのみちパリでは弾圧が始まっていた。リールでは、飢えのせいで発生した一八四九年の暴動の後、アマーブル・デュフレンヌが裁判長を務める軽罪裁判所が四十三人に有罪判決を下し、刑は合わせて四十五年間の禁錮と七十四年間の監視だった。有罪を宣告された者の大部分は子供である。パンを盗んだある青年は二年間の禁錮という厳しい罰を受けた。一日一フラン二十サンチームの稼ぎで、四人家族をなんとか養っていたある寡夫は、同様の刑が宣告されると泣き崩れた。別の貧しい男は法廷で自殺を図った。この下層民たちを弁護したのはリールの弁護士でラデューローという人だが、残念ながらこれ以上の重い罰を回避するに留まった。やがてリール民事裁判長となるアマーブル・デュフレンヌが秩序側の人間であることは、衆目の一致するところである。

ミシェル・シャルル自身は、この混乱の年が自分にとっては休暇の時期だったと述べている。覚え書を整理し、イタリア旅行の回想記を作成することに余念がなかった。彼の肖像を好意的に描こうとするならば、当時は右翼が犯していた不正にたいして彼がもっと怒った、と書きたいところだ。しかしながら、この時代には誰もが嘘をつき、無分別なことを口にしていたし、態度を決めるとなれば、憐憫もやさしさもない見せかけの道徳に凝り固まった秩序派か、失策を繰り返した末に独裁制の時代をもたらそうとする理論家か、あるいはたらふく食べた狼か、怒り狂った羊かのどちらかしかなかった。そうした中で、古代の大理石の破片で文珍を造って楽しむ青年は、おそらく現実主義者ということになろう。

いずれにしても一八四九年十二月、参事官の職務に復したことを彼はとても喜んだ。父親は今度は何も言わなかった。同じ頃、ミシェル・シャルルはアズブルック郡庁の副知事職を提供されたが、断る。

リールのほうがより活躍できると思われたし、ノエミ嬢にはっきり言い寄っていたからである。二人は一八五一年九月に結婚する。シャルル・オーギュスタンは一年ちょっと前に亡くなっていた。

それは大々的な結婚ではなく、立派な結婚でさえなく、たんに良縁というものだった。もちろん、私はここで一般庶民の立場から述べている。かつてシャルル・オーギュスタンがしたように、不幸をもたらす財産があると語った老人たちもいたが、それは戯言にすぎない。久しい以前から将来の嫁の両親や公証人といつもの交渉をしてきたレーヌは、息子のために良いことをしたと喜び、二人の娘とともにバイユールに戻った。ミシェル・シャルルが社会階層を一段上ったのか下りたのか、その点には触れないことにする。ヨーロッパの身分制度はインドのそれと同じくらい複雑なのだ。とにかく選択はなされた。この二十九歳の男は今や、最初は無数にあるように見える個人の可能性がいくつかに絞られてしまう瞬間に至っている。その後のことはすべて、この日に由来する。

若い妻と、社会の敬意と、豊かさを手に入れたミシェル・シャルルは、さしあたって十分満足している。母親と違ってあまり野心を持たない彼は、県の訴訟を担当するという自分の職務を熱心に遂行するだけだ。眠ったようなバイユールに較べればリールは大都市だし、そこで重きをなすのは気分が良い。先に見たように、彼は自らいくらか無邪気に「貴族の名」と呼ぶものを再び使うようになっていた。フランス語的な響きを持つ土地の名というほうがむしろ適切で、役所の条例によって彼の家族が取り戻していた。彼は騎士《シュヴァリエ》という時代遅れの称号は引き継がなかった（「慣習に反するからこの称号はつけない」）。それは今や軽薄でいくらか放埓に響くし、ノエミの真面目な夫にはきっとふさわしくなかっただろう。グランドツアーの旅人なら、場合によってはこの称号を名乗ってもよかったかもしれない。ロレーヌ騎士、エオン騎士、ラ・バール騎士〔以上はいずれも十八世紀の歴史的人物〕、サンガル騎士〔カサノヴァの別名〕、ヴァロワ騎士〔バルザック作『老嬢』の作中人物〕、デ・トゥーシュ騎士〔バルベー・ドールヴィイの同名の作品の主人公〕……。クレーヌヴェルク騎士というのもそんなに悪くなかったはずだ。

アマーブル・デュフレンヌは、マレー通り二十六番地の美しい邸宅をノエミの名義にした。建物はその後、婿の名義に移る。アマーブルはまた二十四番地と、二十四番地の二の所有者でもあり、自らその一部に居住し、残りの部分は同僚の一人に貸していたらしい。私は生後のふた冬をこのマレー通り二十六番地で暮らした。私の体の奥には、その建物にあった暖房装置の熱のいくぶんかが残っているに違いない。幼少の頃、祖母に会うため二、三度そこに帰ったことがある。祖母がまだモン＝ノワールに居住していない春か、すでにリールに戻っていた初冬の時期である。もうほとんど訪問客が来ることもない老婦人の家が持つ、さびれた雰囲気がかすかに感じられた。記憶の奥底に見出されるのは階段の大理石のステップや、螺旋状の欄干や、広大な庭園の巨木や、ミシェル・シャルルに十八世紀ローマの柱廊を思い起こさせたであろうアーチ型回廊である。フランス州代官の時代に造られた灰色でいくらか冷たく、きわめて規則的なこれらの住居は、リールではブルゴーニュ公時代の建築家たちによって彫刻と金箔を施された、古い切り妻式の住居に取って代わったのだが、その住居にもまた謎めいたところがある。伝説によれば、ルーヴロワ氏のものになる以前この家はある徴税請負人の贅沢な屋敷であり、彼はそこにオペラ座の踊り子たちを住まわせていたという。ノエミが死んだ後の一九一三年頃、マレー通り二十六番地を相続したおじは、中二階にいくつか部屋が隠されているのを発見した。部屋はほとんど目に見えない日光で照らされているだけで、過去のいささか怪しげな悪臭が染みついていた。絹やタフタ織、花柄のインド更紗、光沢のある北京産の絹織物など、デュ・バリー夫人〔ルイ十五世の愛妾、一七四三—九三〕の時代の衣服が衣裳戸棚に下がっていた。そうした衣裳をまとった女性たちは、庭園の樹木の下で快く道に迷ったに違いない。抽斗から猥褻な本と版画が出てきた。厳格な人間であるおじはそれらをすべて焼却させた。

一九五六年に私がリールに再び立ち寄った時、庭園はなくなり何の変哲もない建物が立っていたが、老いた管理人は美しい樹木をまだ覚えていた。屋敷が聳《そび》えていたところには保険会社があったが、アーチ型回廊は残っていた。それからほぼ二十年経った。リールの友人が最近くれた手紙によれば、マレー通りの街区はすっかり変わり、一種の北アフリカ人居留地になったという。「まるでメッカに旅したような感じだ」と、リールの古い街並みを懐かしむこの愛想いい男性は付け加える。保険会社はよそに移転し、建物は売りに出された。帝政に同調するまではオルレアン朝支持者だったアマーブル・デュフレンヌにとって、アルジェリア征服〔一八三〇年〕はおそらく世紀の偉業だったと思う。この軍事的出来事の遠い結果が、今では彼の美しい邸宅に波及している。

この中庭で、結婚から数日後、ミシェル・シャルルは快適な暮らしに亀裂が走るのを目にした。大の馬好きである彼は一頭のサラブレッドを買ったばかりで、要塞の脇に広がる手入れの行き届いた小道を毎朝その馬で走ろうと考えた。デュフレンヌ家の御者だけではすべてに対処しきれないので、つい最近雇い入れた馬丁が彼の指示を待っていると、ノエミの部屋から出てきた裁判長が近づいて、鈍い皮肉まじりに言った。

「手回しよく娘の金を馬糞に変えているな。」

こうした機知の言葉には、いくつか返答のしかたがある。ミシェル・シャルルは平手打ちを食わせて、判事を玄関の石段に殴りたおすこともできただろうし、鉄柵を開けさせ、サラブレッドに乗ってそこを立ち去って永久に戻らないこともできただろう。彼の息子ならそうしただろう。あるいはまた、ノエミの持参金に手を付けずとも乗用馬を一頭くらい飼う金はある、と当然のように抗議することもできたろうし、何事もなかったように馬丁に命令を下し続けることもできただろう。しかしミシェル・シャルルは、悪意や意地悪さを前にすると引いてしまうような人間だ。臆病からではなく（彼が臆病な男でないことはすでに見た）、あつかましい人間や粗野な人間と言い合うのが嫌いだし、また自尊心ゆえである。そしておそらく、心の奥底に他人にたいする無関心があるせいだ。自分が持っているもの、あるいは欲するものでも、結局それを長い間持っているわけではない、そんなに欲しているわけではないと考えて彼が放棄するのは、この無関心のせいである。私の父や自分自身も同じような反応を示すことに、私はしばしば気づいた。ミシェル・シャルルはサラブレッドをモン＝ノワールに送ることに決め、リールでは二度と馬に乗らなかった。

さて今度は、狭量な謎の人物ノエミについて考えてみよう。夫を従僕扱いしないまでも、共同利害関係者と見なすような女はいつでもいるし、おそらくとりわけ十九世紀には多かった。こうした態度は愛情を排除するものではない。英国のヴィクトリア女王は、夫君アルバートをやさしく低い地位に留めておいた。いつもできるかぎり安全な視点から物事を説明しようとするミシェル・シャルルが、子供たちのために書き残した回想録で強調しているところによれば、ノエミは聡明で（彼女なりに聡明ではあった）、美人で（後ほど分かる）、完璧な女主人で（誇張ではない）、洗練されていた。「洗練」というこの不幸な言葉がとりわけ身分や、財産や、社交界の評判にもとづいて正確に按配される気どった礼儀作法を想起させるのではないか、と私は恐れている。上流社会の貴婦人たちはお互いに、あるいはお互いの反目の中でそうした礼儀作法を競うように示したものだ。ミシェル・シャルルは妻の本性が下品で偏狭なことを知っているし、それを息子にはっきり伝えた。一方で弱めた表現が用いられ、他方で怒りと恨みが露呈しているが、それをとおしてノエミの相貌を窺い知るためには、まず彼女をめぐる伝説を取り除く必要がある。それから伝説があらためて形作られるのはやむを得ないにしても。

私がノエミを知ったのは彼女がすでに八十代の頃で、年のせいで腰が曲がり、動作も鈍くなっており、モン＝ノワールの廊下を行ったり来たりしていた。まるでウォルター・デ・ラ・メア〔イギリスの作家、一八七三―一九五六〕のある物語で、シートンの忘れがたいおばが空き家の中を歩き回り、彼女を見つめる子供たちの目には死の鈍重な具現、あるいはもっとひどいことに悪の具現と映じたように。しかし、ノエミの凡庸さは恐怖心を煽るものではなかった。彼女は息子と仲違いし、娘婿には恐れの気持ちを抱いて冷淡になり、孫息子にたいしては不公平で冷笑的だった。そして私を叱りつけたが、しばしば幼年期を取り巻き、大人たちの挑発から守ってくれるあの無関心の繭を破ることはできなかった。三度の食事を終えると、この老女は客間の片隅に行って座り、そこから人に見られることなくひと続きの部屋を監視し、通話管の機能を果たす暖房装置の噴き出し口のおかげで、地下で言われている自分の悪口を聞くことができた。ご想像のように召使たちのほうも心得ていて、件《くだん》の場所から遠いところで、しかもそうと知ったうえで彼女の話をしていた。悪い冗談が噴き出し口から洩れてくると、奥方は喧嘩する恰好の機会を見出すのだった。家政婦のフォルチュネは仕事ぶりは良くなかったが、ノエミが彼女に慣れ親しんでいたので、自分の思いどおりに違反者に暇を出したり、その名誉回復を企んだりした。晩年の祖母の面倒をみるために雇われた看護修道女たちにも、同じような監視体制が課されていた。生涯死を恐れたこの老女は、モン＝ノワールで一人寂しく心停止で息を引き取った。「心停止で？」と冗談好きな田舎の隣人は言った。「あの人はそんなに心を使ったことがないのにね。」

ノエミの最初の肖像は十四歳頃のもので、短いスカートと前掛けを身につけている。一八四二年頃、アマーブル・デュフレンヌはなかば肖像画、なかば風俗画というジャンルの対になる二枚の絵を地元の画家に注文した。一枚は、マレー通りの立派な図書室で椅子に腰かけている法務官を描いたものだ。大柄で痩せており、冷たそうで、きれいに髭を剃りあげた彼は、ギゾーの時代にしかるべき地位にあった者が装うあの偽りの英国的雰囲気を漂わせている。周りの壁は、上から下まで美しい装丁本で埋め尽くされている。開いた窓をとおして見えるサント＝カトリーヌ教会の鐘楼の頂には、市民王の三色旗が掲げられている。幼いノエミは本を借りる許可をもらいに来たというより、何か伝言があってそこに入ったという感じで、家族の愛情の思い出を絵に付け加えている。家族の愛情を強調するのが当時は上品とされていたのだ。二枚目の絵では、アレクサンドリーヌ・ジョゼフィーヌ・デュフレンヌが丸襞のついた帽子をかぶり、しゃちこばった様子で肘掛椅子に鎮座している。すぐそばに「置物一式」が載った暖炉があり、この置物は今でも残っている。彼女の脇には、飾り襟をつけた少年が一人立っていて、刺繡道具が手の届くテーブルの上に置かれている。クラヴサンの上にはロマンスの楽譜が見え、消火器は古代モチーフの単色画で飾られている。大きな窓ガラス越しに垣間見える庭園に彩りを添えているのはニンフの像である。そしてサヴォヌリー工房製の大きな絨毯が、そのけばけばしい色彩で他の部分を圧倒している。

飾り襟をつけた子供の名前はアナトール、あるいはギュスターヴ、あるいはその両方である（デュフレンヌ夫妻の若くして亡くなった息子が、一人なのか二人なのかは分からない）。ギュスターヴは法学博士として独身のまま、二十九歳でこの世を去った。デュフレンヌ一家が十年後に参加した慈善団体に関する資料の中に、彼の名が見える。アナトールのほうは実際に存在したとして、どこにもその名が言及されていない。ノエミは兄弟が亡くなったおかげで包括相続人になれたわけだが、祖父の『回想記』はこの兄弟について何も述べていない。それに反して、尊敬すべきアレクサンドリーヌ・ジョゼフィーヌは「最良の女性」として描かれている。私の父は、一人か二人か知らないが早く死んだので自分が知り合うことのなかったこのおじについては、けっして語らなかった。また、どうやら二十世紀になろうという時期まで生きたらしい「最良の女性」についても、やはり何も語らなかった。忘却を学ぶためにオリエントの墳墓まで出かけていく必要はない、ということである。

ものが人間と同じくらい大事なこの二枚の絵の前に読者を立ち止まらせたのは、画趣への愛ゆえではない。実際どんな社会であれ、社会というものはすべてのものの所有の上に成り立っている。自分の肖像を描かせた人たちの多くは常に、自分たちのそばにお気に入りの装飾品を置くよう要求したものだし、古代であればそれを自分たちの墓に入れてほしいと望んだことだろう。アレクサンドリーヌ・ジョゼフィーヌの置時計と絨毯にはある意味で、アルノルフィーニ夫妻の木靴や、鏡や、ベッド〔ファン・アイクの有名な絵への言及〕と同じような価値がある。ただファン・アイクの絵のモデルは、まだものがそれ自体で意味を有していた時代に生きていた。あの木靴と鏡は夫婦の仲睦まじさを象徴し、ほとんど魔法のような鏡はそれに映ったもの、その後いつの日か映るだろうもののせいで曇っている。それに対してここでは、室内画は所有が存在よりも重要な文明を証言するものだ。ノエミは、召使は「それにふさわしい場所」に控えるべきだとされた環境の中で育った。そこでは絨毯を汚すというので犬を飼わず、軒蛇腹がきたなくなるというので鳥のためのパン屑を窓台に置くこともない。クリスマスに教区の貧しい人々のために施しをするにしても、シラミや白癬を恐れていつも戸口でそうした。「庶民の」子供があの美しい庭園で遊んだことはないし、「正しい理論」に反駁するとされた著作があの立派な図書室に並んだこともない。自らキリスト教徒だと思っているこの偽善者たちにとって、自分と同じように他人を愛するということは、司祭が説教壇で述べる分には立派な戒律の一つにすぎない。正義を渇望する者は、最後は徒刑場で死ぬことになる叛徒である。分け与えない富はすべて一種の搾取であり、無駄な所有物はすべて邪魔物であるということを、誰もノエミに言ってやらなかったのだ。彼女は自分がいつか死ぬということをほとんど知らないが、両親がいつか亡くなり、自分がその相続人になるということはよく知っている。たとえ相手がマレー通り二十六番地の鉄柵の前で立ち止まる塵《ごみ》さらいでも、他人との出会いはすべて、友愛の祝祭ではないにしても好意の祝祭ではあるべきだ、ということを彼女は知らない。ものはその不確かな所有者であるわれわれとは無関係に、それ自体として愛されるに値するということを、誰も彼女に伝えなかった。神はせいぜい天上にいるデュフレンヌ裁判長のようなものと考えられたので、彼女は神を愛することを学ぶ機会がなかった。自分自身を愛することさえ誰も彼女に教えなかったのである。確かに彼女のような人は何百万もいるが、多くの人は、何か長所や才能がひとりでに不毛の土地に芽生えてくるものだ。ノエミはそうした幸運にも恵まれなかった。

女性にとってあたかも貞淑が体のある割れ目にしか関係しないかのように、当時「貞淑」という言葉が女性形で用いられる際に持っていた卑しいほど狭い意味でなら、ノエミは貞淑である。ド・C氏は夫として裏切られることはない。彼女は慎み深い女だろうか。その点についてはベッドのシーツだけが答えてくれるだろう。このたくましい妻は激しい官能の持ち主で、ミシェル・シャルルはその官能を満たしてやったかもしれない。あるいは逆に(私としてはむしろこちらの可能性を信じる。というのも満たされた女はけっして気難しくないから)、ある種の欲望の貧しさ、好奇心や想像力の欠如、あるいはアレクサンドリーヌ・ジョゼフィーヌが与えたに違いない忠告のせいで、ノエミは「許されない」快楽は言うまでもなく、夫婦間の正当な快楽にたいしても無関心だったのかもしれない。同時代の女性たちの多くにとってそうであったように、彼女にとっても、肉の交わりは夫婦関係に伴う不快事と思われたのかもしれない。そのうえ、結婚していなければ「女性」は「落ち着いた」とは言われず、自分が「除け者」と感じていたような時代である。しかし率直なところ、彼女は自分の「美しい女体」を誇りに思っている。彼女にとって美しい体は貴重であるが、それは生活に役立つかけがえのないものとしてではなく、ましてや(想像するに)

快楽の道具としてでもなく、自分が所有する調度品ないしは置き物として貴重なのだ。媚態ではなく、自分の「社会的地位」にもとづく義務感からノエミは自らの体にタフタ織やカシミアをまとい、機会があれば流行に合わせて体を露出したりもする。彼女は「申し分ない」肩と腕を見せるのが好きだ。もちろん、チュイルリー宮殿やコンピエーニュ〔ナポレオン三世の離宮があった〕に集う優雅な女性たち以上にというわけではないが、地方のお堅い雰囲気が時に許容するよりはいくらか大胆だった。

ある夜、舞踏会から帰ろうという時、妻と並んでリールの立派な邸宅の階段を下りかけていたミシェル・シャルルは、絹布が破れる厄介な音を聞いた。上流社会の老いた独身者で、リールの洗練美の審判者を任じ、いくらか背むしで底意地の悪いド・N氏（架空のイニシャルである）が大勢の人たちに押されて、すぐ前の階段を歩いていた美しい女性のドレスの裳裾をうっかり踏みつけてしまったのだ。ノエミは振り向き、メドゥーサの神話を思わせるような調子を声に含ませて言い放った。

「ひどい（fichu）頓馬ね！」

「奥様、その肩掛け（fichu）はあなたの口から出るより、肩に被せたほうがお似合いですよ。」

自宅に戻ったミシェル・シャルルは、おそらく当然の批難を浴びたに違いない。体面を重んじる夫であれば傍若無人な男に決闘を挑んだだろう。だが、体に障害のある者と決闘することはできない。夫は聞こえないふりをするという秘かな歓びを味わい、罪ある男に訳知り顔に微笑むことはどうにか差し控えた。

こうした小噺を読者に提供することには、常にためらいが伴う。ド・N氏は自分の当意即妙の答を何かの逸話集から得たのかもしれないし、ミシェル・シャルルが息子を楽しませるために、そこからこの逸話を借りてきたのかもしれない。本当のことであれ作り話であれ、この小噺はレースの肩掛けと同様いかにも時代を反映している。

祖母が所有形容詞を好んで使ったことを、私は他の場所〔『追悼のしおり』の「出産」の章〕で記しておいた。リールの屋敷は「私の屋敷」であり、モン＝ノワールは「私の城館」であり、夫婦の四輪馬車は「私の四輪馬車」だった。召使たちにとってミシェル・シャルルは「旦那さま」だが、それ以外の時はいつも「私の夫」である。彼の名前が突然口にされるのは、何か訓戒じみた言葉が発せられる場合である（「ミシェル・シャルル、あの馬車をひっくり返して！」）。公の場で彼はしばしばノエミに反駁されたり（「その話は夫が述べたのとは少し違います」）、手ひどく扱われたりする（「ミシェル・シャルル、ネクタイの結び方が下手よ」）。彼はひどいと思うがノエミが素晴らしいと思う肘掛椅子があれば、この裁判長の娘は以後それをもっぱら父親だけに使わせる（「ミシェル・シャルル、それに座らないで。あなたのお義父《とう》様の肘掛椅子ですから」）。彼はその真紅あるいは黄金色の椅子に二度と腰かけることはないし、裁判長にしてもそれほど執着があるわけではなく、『マクベス』に登場する武将バンクォーの椅子のように誰も座らないまま残される。春になって田舎に出立する日や、秋になって町に戻る日は数か月前から定められていた。もしミシェル・シャルルや子供たちが鼻風邪をひいたら、暖かいものに包《くる》まれればすむだけのことだ（「私はけっして風邪などひきませんから」）。デュフレンヌ一家は同じ公証人に相談するよう婿を説得し、婿の紙入れの中身にまで口を差し挟む。裁判長はモン＝ノワールに土地を購い、若夫婦の地所を広げてやった。森と牧場と農場からなるおよそ一三〇ヘクタールの土地で、ミシェル・シャルルは自宅にいるという気があまりしない。アマーブルは自分の裁量で、すでに築後二十五年経った田舎の立派な家をさらに大きくしたらしい。いずれにしてもある秘密の報告書で、法務官は僭越にも小さな城館を建てようとしたと非難されている。フランドルの古い長持と王政復古期様式のまともな家具の間にあって、ルイ十五世＝ウージェニー様式の化粧机はどこかそぐわない。かつてのようにミシェル・シャルルは日曜日になると、モン＝ノワールからバイユールの家に住む母親のところに行って昼食を共にしたいと思う。彼は一人で出かけるのだが、出発と帰宅の時はノエミが怒りの色を隠さなかった。

金には困らないのだから、彼としては愛するイタリア再訪とまではいかなくても、せめてニースやバーデンで数週間過ごしたいと思うが、このささやかな願いはノエミの皮肉の対象になる（「私は今いるここで満足よ」）。彼は諦める。その場その場にふさわしく美しいと思える詩を口ずさんだり、月が出ればウェルギリウスの「月の光の下で震え……」という詩句を呟いたり、子供たちがいればヴィクトル・ユゴーの「家族の輪」を想起したりする習慣が、昔からミシェル・シャルルにはあったが、その習慣も捨てる。食事の席では、ノエミが機会を見つけてそうした不都合な引用を遮り、従僕に向かってにべもない不満を述べる（「このワインは十分冷えていませんよ」、「塩入れに塩が入っていませんよ」）。ミシェル・シャルルが冗談に紛らせてこうした厳しい非難を和らげようとすると、自分の非をいっそう責められる（「あの人たちとはけっして慣れ親しんではいけないのです」）。彼がまだ読み終わっていない『ジュルナル・デ・デバ』紙を客間のクッションの上に広げておくと、やがて暖炉の薪の下で皺くちゃになっている（「置きっぱなしの新聞ほど乱雑に見えるものはありませんよ」）。リールの家の使われていない寝室を利用して彼が図書室を大きくしようとすると、絶対にその部屋は布類整理室に転用するという仕儀にいたる。「黄金の子牛」と綽名されていた裕福な愛書家である、いとこのビスヴァルがバイユールで亡くなり、ミシェル・シャルルの名がその遺言状に記載されていた時は、インクナブラ〔一五〇〇年以前の初期木版活字本〕や、祈禱書や、当時の版画や、ロマン主義期の水彩画の有名なコレクションを売却すべきかどうか決断を迫られた。ノエミは売却に賛成だ（「こんな本はもう十分ありますからね」）。競売吏が見積もった価格の大きさからすれば、ミシェル・シャルルに言わせても彼女は間違っていなかったようだ。それでも彼は徴税請負人版のラ・フォンテーヌ著作集だけは惜しい気がした。

　こうした状況下での祖父は、あらかじめ準備しておいた地点に退却する戦略家に似ている。ノエミのほうは、焦土にたたずむ征服者のように勝ち誇っている。口約束や甘言や微笑みにそんなに固執するのは愚劣なことだ、とミシェル・シャルルは考える。すべてを手に入れることなどできはしない。実際のところ、ノエミにも立派な長所がある。彼には公の仕事や、同僚との会話や、本や（彼は新しい本を読むというより、以前読んだ本を再読することが多い）、子供たちに施す教育がある。朝コーヒーとトーストを口にする家族水入らずの中で、皆が同意できるような話題が見つからず、ミシェル・シャルルは口をつぐむ。あるいは天気のことを考え始めるが、それもまたしばしばノエミから言い返される（「雨が降っているな。」「いいえ、あなた。雨は十分前に止みました」）。立派な夫婦であり、かわいい二人の子供にも恵まれたこの男女はいまだに時々同じベッドで喘ぎ声を上げ、じつのところお互いの幸せを望み、一方が他方の死を看取ることになる。二人はこうして上品な静けさの中で、あるいはあまり上品とは言えない言葉の遣り取りを繰り返しながら、一万二千回近くも一緒に朝食をとったのである。

けっして尽きることのない話題が一つあった。火曜日の晩餐会である。「彼女は仕事に熱中している」と、ミシェル・シャルルはかすかに揶揄する調子で書き記している。実際たいせつなのは料理女とのひそかな話し合いや、花屋、魚屋、仕出し屋、パリから取り寄せたドレスに少し手直しを加えるお針子への注文状や、変な皺があるとその場の雰囲気を壊しかねないので、ダマスク織のテーブルクロスにしっかりアイロン掛けするといったことだけではない。肝心なのは招待客のリスト作成であった。ある一定の社会的地位より下の者に、サザエやパイナップルを供することなど論外である。職務上招くべき人物たちがいる。県知事、要塞司令官、リールに滞在中であれば北部鉄道の経営者たち、地方産業の動向を視察にやって来たパリの銀行家、体制に賛同した、あるいはその正統王朝主義がもはや無邪気な気紛れにすぎないような良家の代表数人、いつでも歓迎される司教、そしてもしいれば教皇大使といった面々だ。デュフレンヌ裁判長は時々、たまたまリールに立ち寄った同業者を勝手に招待する。たとえば小柄な帝国検事ピナールさんで、ボードレール氏の『悪の華』を風俗紊乱の廉《かど》で有罪に処し、あと一歩のところで『ボヴァリー夫人』も有罪にしかけた男である。この公衆道徳の擁護者は古代の猥褻な風刺詩を蒐集しており、やはりその筋の愛好家であるデュフレンヌ裁判長は、ピナールと競うように教養と猥雑さのまじった引用を楽しむ。そしてミシェル・シャルルはそつなく自分の役割を果たす。

それ以外の時間に会食者の間で交わされるきわどい冗談は、パリに関するものか、軍隊に関するものだ。女性の招待客は艶っぽい婦人たちではないが、食事も終わり頃になって、ナイフ・フォーク類の前に並べられた五個の脚付きグラスが空になり、頭の中に酔いの虹がかすかに架かる頃は、そうした冗談を耳にすることは慣れている。（「家ではかなり酔って騒がしかったものさ」と、もう八十歳を過ぎた従兄が数年前に私に断言してくれた。その従兄は第二帝政期のこうした宴会の席にあまり連なったことはないが、バイユールで家族が過ごす日曜日、頬に癌のある年老いた客の傷口からシャンペンが滴り落ちていたことを覚えていた）。リールでの火曜日の宴がもたらす活気あふれる雰囲気の中で、誰もが自分は才人だと信じ、皆が当時の楽天主義にどっぷり浸かっている。ミシェル・シャルルとノエミが少なくとも年に一度は足を運ぶパリは、かつてないほど陽気できらびやかだった。金利収入が上昇し、株の配当金はあっという間に膨れあがる。ルベに建てられたばかりの労働者住宅は、二十五パーセントの利益をもたらす。確かに窓や、時には扉も足りない。ミシェル・シャルルはこの住宅の件で口を挟むべきだったし、住宅が不潔で危険だとして糾弾すべきだったとひそかに認めているのだが、結局のところ、紡績労働者たちをどうにかこうにか住まわせなければならないし、出資者たちは十分な利益が上がると確信しなければこうした話に乗らない、と考える。

火曜日の常連であるパリカオ伯爵は、中国戦線での出来事をいくつか語って聞かせる。フランス軍の大砲は、未開人ゆえ槍と弓矢で武装した黄色人の騎兵隊に華々しい勝利をおさめた。あの野蛮人たちは、それが商売の役に立つというのに、文明国のために租界を設けようとしない。アラブ人にしたところで、進歩を受け入れない点では同じようなものだ。アルジェリアでは、ビュジョー〔フランスの軍人、一七八四―一八四九〕指揮下の兵士たちがいくらかやりすぎたらしい。抵抗する村を夕方に攻撃しはじめると、翌朝にはしばしば灰の山しか残っていなかった。現地の愚か者どもが丸太小屋といっしょに焼け死んでしまうからだ。ご婦人がたの気分を害する心配のない喫煙室で、この英雄は銃剣で突き刺された子供がいたことを否定しない。しかたないでしょう、戦争なんだから。

あきらかにこの宴の席に連なっていた秘密報告書の作成者は、ノエミの穏やかで親切な性格に称賛を惜しまない。そのことから、秘密報告書の傾向を決定的に推し測れるというものだ。「彼女はきわめて慎み深いが、世間ではよく目立つ。ただし、大きな影響力を持っているわけではなく、影響力を振るおうともしない。」愛においても野心においても、ノエミは偏狭だったのかもしれない。また彼女の無関心は、自分の現状に満足してそれ以上のものを望まない、地方の称賛すべきたくましい自尊心の結果なのかもしれない。いずれにしても、彼女が県庁のサロンで目立たなかったことに私は感謝している。

北フランスの人間や物事に否定的な考えを抱いていたらしい報告者が、まるで意に反したように述べているところによれば、ミシェル・シャルルは「この地方の最良の家系に属し」、「完璧な身だしなみ」を見せ、「その態度物腰にはある種の洗練が具わっている」。しかし「彼はフランドル生まれの痕跡を留めている」。「精神はそれほど鋭いほうではない。一見お人好しっぽいが、いくらか機知はある。弁舌の滑らかさはすばらしい。」「政治的知性はない」と、人間どもの芝居を分析した報告者は言い添える。善きにつけ悪しきにつけ、この言葉にどんな意味を与えようと、彼はこの点で間違っていない。しかし、「彼は仕事がよく分かっているし、活動ぶりは申し分ない。地位と縁戚関係からいって、有益な人物たりうる」。他方で彼は、県参事会副会長の地位におそらく「十分ふさわしいだけの教養を具えている」。そしてこのどっちつかずの報告書のおかげで、ミシェル・シャルルはやがてその地位に就くことになるだろう。政府筋のスパイが言うことは正しい。ミシェル・シャルルは十分教養があるという程度、つまり教養が足りないということだ。もちろん、政治の領域でも他の領域でも、「時代の流れに従う」ことは重要ではない。流行《はや》りの意見の罠に陥らないことこそたいせつなのだ。しかしダーウィンや、テーヌ、ルナンの時代にあって、スタニスラス校の先生に読ませられたからといってコンディヤックを再読し、ラテン語を錆びつかせないためにタキトゥスを時々読み返し、アダムからルイ十四世まで六つの時期に分けて世界史を娘に教えるようなこの文人肌の男は、言葉の強い意味において「教養人」ではない。ただし、パリから派遣された報告者は、ミシェル・シャルルが『娼婦エリザ』〔一八七七年に刊行された、エドモン・ド・ゴンクールの小説〕やオッフェンバック〔第二帝政期に人気を博した音楽家、一八一九—一八八〇〕の最新の歌を知らないということで、彼を判断したのではないだろうか。

品行に関しては、公の称賛がうやうやしく彼に向けられている。ミシェル・シャルルは一家の良き父親であり、妻と子供たちに尽くしている。どんな場合でも必要ないくらかの留保をしたうえで、右のとおり相違なし。だが残念なことに、と拙劣な報告者はあらゆる分離独立主義を正当化するような執拗さで、次の点を何度も指摘する。「彼はフランドル人だ。」「顔は典型的なフランドル人だが、容貌は開放的で外向的である」。「性格はきわめてフランドル人的だ。彼はおそらくきわめて忠実だし、私は彼が真実を歪曲するだろうなどと主張するつもりは毛頭ない。しかし、彼はかならずしも真実をすべて語るわけではない。」この点で、報告者は正鵠を射ている。とはいっても第二帝政期のフランスで、二枚舌は軽蔑された民族集団の特性ではもちろんない。ある種の宗教学校では、十七世紀以来、曲言法と精神的矮小さが栄えつづけ、今でもなおじつに頻繁にゆがんだ誠実という悪徳がはびこっているが、ミシェル・シャルルの二枚舌はむしろ、そうした宗教学校で身についた習慣による。

政府のスパイにとって重要なのは、件《くだん》の人間が所有している金《かね》の量である。母と義父が死去すると、ミシェル・シャルルの財産は年金十万フランに達する。この安定した財産、あるいはそう考えられた財産は犬を繋ぐ綱のようなものである。「彼は自分が所有しているものにとても固執しているから、帝国政府に忠実に仕えるはずだ。」この文脈では、「忠実に」という言葉に苦笑を禁じえない。要するに、ミシェル・シャルルが自由主義者に接近するという過ちに陥ることはけっしてないし、自由主義者の「偽装された社会主義」は地主たちにとって脅威だということである。帝政は左翼にたいして警戒心を抱いている。

当局側は彼の一族の正統王朝主義や、彼自身や義父のオルレアン朝支持を忘れていなかった。義父のほうは、政府の別の報告書の中でかなり叱責されている。「自分の勲章と、リール裁判長という重要な地位に満足し、(彼だけではないが)地位が終身保障であることに安住している」アマーブル・デュフレンヌは、オルレアン朝支持者で、婿の義兄弟であるP代議士の立候補を支援し、帝政にたいして皮肉のこもった意見を表明した。「自分の地位と縁戚関係」にしっかり根付いている婿のほうにしても、それ以上に確かな人間というわけではない。幸いなことに、少なくとも彼はレジオン・ドヌール勲章を渇望している。アズブルック裁判所が最近下した判決にもかかわらず、報告者は相変わらずC・ド・C氏にはクレーヌヴェルクという名前しか認めない。その名前のほうがおそらく、彼のフランドル人的容貌によりよく対応しているのだろう。そしてミシェル・シャルルにたいして、アンシャン・レジーム時代の名前をまとって「この地方のいわゆる貴族」と付き合おうとしていると非難する。吐き捨てるようなこの「いわゆる貴族」という表現は、自称ボナパルトに仕えるこの報告者が、多くのフランス人の胸中に常に宿っているあのジャコバン的心性の持ち主であることを示している。私の祖父が役所仕事にどれほど精勤しようと、ドゥエで郡長代理を、リールで知事代理を務めようと、「ジェランシ〔リール近郊の町ペランシの誤記と思われる〕で起こった皇帝陛下襲撃に際して」何であれ「必要な措置」を取ったにしても、事情は変わらない。当局は彼をきびしく監視する。

帝政は右翼にたいしても警戒心を抱いているのだ。

黒ビロードのデコルテを身につけ、コメディ・フランセーズ座に登場するドニャ・ソル〔ユゴー作『エルナニ』のヒロイン〕のように赤ビロードのバラの造花を髪にさしたノエミは、インド産モスリンの柔らかいスカーフをもてあそんでいる。オランダ風ソース添えのアスパラガスをお代わりした客が報告書の中で、「この家の管理はきちんとしている」と素っ気なく書き記したことは、もちろん知る由もない。（人々はパリのモルニー家で夕食を取ってから、フランス北部の贅沢を愛でに来たわけではない〔モルニー（一八一一―六五）はナポレオン三世の異父弟で、第二帝政期に権勢を誇った〕）。この時、招待客たちにキュラソーと高級ブランデーをふるまっていたミシェル・シャルルは、なかば悪い評価を下され、裕福というだけで尊敬されている自分の名が警察国家の秘密報告書に載っていることは知らない。もし知っていても、慧眼ゆえにあらゆる政治体制はそんなものだと言い放っただろう。ドニャ・ソル風のノエミを描いた小肖像画には、少しぎこちなく、話し相手の向こうを見ているような彼の姿がある。彼は開放的でも、外向的でもなく、ましてやお人好しには見えない。報告者は、フランドル的なもてなしの暖かい見かけを気質の問題と勘違いしたのだ。ミシェル・シャルルには良い点数がついているが（「健康状態は申し分なし、身体障害もなし」）、じつは結婚以来、彼は胃潰瘍に苦しんでいた。彼の息子は父親を火曜日の晩餐会で見たことはない。幼い少年がそのような場に居合わせるはずはないし、家の主はきっと普通に食べられるふりをしていただろう。息子が目にしたのは、家族だけのテーブルで当時のたっぷりした長い食事をとる際に、父親が平静をよそおうために、クリームをたっぷりかけたオートミールのお粥をかき混ぜている姿である。それが時には数か月も続けて、医者から許された唯一の食べ物だったからだ。この情景が息子のもっとも古い思い出の一つである。いずれにしても、ミシェル・シャルルの胃潰瘍は最後には癒えた。彼は六十四歳にして胃癌で亡くなるが、なかなか治らない胃潰瘍の傷跡とこの胃癌のあいだに因果関係があるのかどうかは、専門家でもおそらく断言するのをためらうだろう。

誇張の好きな肖像画家が活躍したこの時代、写真は芸術の名に値するとは見なされていない。しかし、その名を要求する資格はある。長いポーズの間に硝酸銀で処理された感光板に自らの姿を刻むあのブルジョワたちは、そうと知らずに、原始彫像術が持ついかつい正面やホルバインの肖像画に見られる力強さを示している。誕生して間もない偉大な芸術にそなわるこの高貴さに、かすかな魔術という不安な要素が加わる。世界が存在して以来はじめて、人間の技巧に導かれた光が生者の亡霊をとらえた。今ではまさしく亡霊となった人たちが、彼らの幽霊がそうするように、まぼろしのフロックコートと幻影のクリノリンを身につけてわれわれの前に姿を見せるのだ。最初の偉大な肖像写真が初期の心霊術と同時代だということに、おそらく人は気づいたことがない。魔法の成功は一方でこっくりさんの存在を必要とし、他方で感光板の存在を必要とするが、どちらの場合も霊媒の仲立ちが不可欠だ(写真家というのは一種の霊媒だから)。画家や彫刻家ならばまずしたであろう選別が行なわれず、写真にはまさしくすべてが記録されるから、写真の像というのは人生で垣間見たさまざまな顔と同じように読み解くのがむずかしいのだ。われわれはたいていの場合、不透明で閉じた世界と向き合うのである。何かを告白しているようなネガもある。ただその告白が行為を対象にするのか、傾向を対象にするのか、人々がありえたもの、あるいはなしえたかもしれないものを対象にするのか、それとも現実の彼ら、実際に彼らがしたことを対象にしているのか、それは分からない。何らかの反応体の影響に晒されたようにゆっくり形成された特徴が、今になってはじめて、しかもわれわれだけに明らかになるということすらある。こうしてたとえば、コンピエーニュの壮麗な宴の頃からすでに、ナポレオン三世のやつれた顔はまるで破滅を宿しているかのようにスダンを予想させる。あるいはまた崇拝者たちの称賛にもかかわらず、美しいカスティリオーネ夫人〔第二帝政期に浮き名を馳せた女性〕は女王のような衣裳をまといながら、いくらか重くなった踝《くるぶし》と、繻子のサンダルの中で押し潰される両足を人に見せている。このサロンの偶像的女性が、街娼さながら客引きして疲れ果てたかのように。こうした写真がまるでレントゲン写真になったかのように、そこには同時代の人たちが気づかなかったさまざまな欠陥や、不幸や、悪徳が表れているのだ。気づかなかったのは、慣れと、強い敬意や崇拝の念で彼らが盲目になっていたからだろうし、関係者が欠陥や不幸や悪徳の痕跡を少しでも認めれば、高価な印画紙を破り捨てたからだろう。

ノエミはもはや家族のドニャ・ソルではない。彼女は胴部の長いタフタ織のドレスをそつなくまとっており、婦人用バッグの留め金のように冷たく結んだ唇だけが、彼女の意地悪さを示している。手入れのゆきとどいた手は家事をまったくしたことがない女の手、つまり当時としては貴婦人の手である。一八六〇年代のミシェル・シャルルは細面、ほとんどやつれた感じでフロックコートを身につけ、下顎にとがり鬚をたくわえた紳士にすぎない。まっすぐで大柄な体と少しのけぞった頭部が、自己抑制のむずかしい男だという印象を与える。強く黒いまなざし（ある種の澄んだ色のまなざしほど黒いものはない）が、眉毛の線と突き出た頰骨のあいだで冷たい光を放っている。イプセンの作品に登場する発作を起こす直前のソルネスやロスメル、あるいはすでに病に蝕まれ、それと闘うイヴァン・イリッチ〔トルストイ作『イヴァン・イリッチの死』の主人公〕がこんな様子だったのかもしれない。苦しみ、おそらく思考するこの男についていては、その息子が語った断片的な話以外には何も分からない。ミシェル・シャルルが自分自身を徐々に消し去ってしまったのだ。

子供たちも流行りの写真館に連れて行かれた。子供は二人である。リールの夫婦は二人に留めておいたことで感謝される。子供をあまり増やしたくないという配慮よりも、世襲財産をあまり細分化したくないという配慮のほうがおそらく強かった。いずれにしても、ミシェル・シャルルが子沢山は嫌いだったと私に思わせる何かがある。彼は確かに良い父親だった。子供たちにたいするノエミの態度は、謎がなさそうに見えるこの女性の謎の一つである。娘ガブリエルが幼くして亡くなった時、彼女は涙にくれたが、それは娘が生き永らえていれば大いに可愛がっただろうという証拠にはかならずしもならない。思い出せるかぎり、息子ミシェルにたいしてはほとんど憎悪に近い邪険さしか示さなかった。

われわれは母親がやさしいものだという紋切り型に執着しているし、動物の雌が仔を産むと、短い期間とはいえ愛情深く献身的になることに感動するから、ノエミの態度には驚かされる。当時この社会階層において一人息子は王子様扱いされるのが通例なだけに、これは驚くべきことなのだ。二番目の子にたいするノエミの反感を知るにつけ、何かとりかえしのつかない肉体上の葛藤があったのではないか、あるいは当時のミシェル・シャルルが品行方正という公式のお墨付きにもかかわらず、何か過ちを犯したのではないかと推測したくなる。後年になれば、ノエミが反抗的な息子を叱りつける理由は無数に出てくるが、その反抗を引き起こす責任の大半は彼女にある。さしあたって、マレー通り二十六番地の二階に住む二人の子供はもの
であり、ほとんど動産のようなものだ。ノエミが子供の父親に話しかける際にミシェルのことを「あなたの息子」と言うようになるまでは、二人は「私の娘と息子」である。いずれにせよノエミはきっと三階に上がり、写真撮影に向かう二人の子供を小間使がどのように洗い、服を着せ、髪にブラシを入

れるか確かめたことだろう。

こうして二人は写真家にとらわれ、写真が撮られた。「とらわれる」というのはまさにうってつけの言葉だ。彼らは綺麗な衣服にとらわれ、写真館の撮影室の美しい家具と装飾品の中にとらわれ、時代の慣習にとらわれている。しかし樹木のようにしゃちこばり、いつの日か切り倒される運命をすでに刻印されている大人たちに較べれば、彼らにはまだ新鮮で、しなやかで、柔軟なものに具わるあの無尽蔵の力、必要とあらば落ち葉の厚い層を突きぬけ、岩山をも砕く細い茎が持つあの無尽蔵の力がある。当時の子供たちが皆そうであるように、少なくともカメラのレンズを前にした彼らには、すでに小さな大人の風格が具わっている。彼らの時代、子供時代というのはなるべく早く抜け出すほうがいい状態であり、急いで紳士淑女の地位を手に入れるべきだと思われていた。子供たちの模範となる紳士淑女がじつはしばしば貧相な人形にすぎなかったのだとすれば、こうした見方をめぐって注釈すべきことはたくさんありそうだ。せいぜい六、七歳の時に、ガブリエルはすでに幼い淑女である。短いクリノリンとタータン織の胴着を身につけ、立った姿勢の彼女は軽やかな、そして同時に決然たる動作でそばに座る弟の肩に手を置いている。すでに社交的で完璧な自然らしさ、誇り高い小さな顔に見られるどこか確信にあふれた様子は、二十歳のガブリエルはどうなることだろうといくらか心配にさせるくらいだ。もっとも、彼女はその年まで生きないから、そうした心配は無用なのだが。やっと五歳ぐらいの少年はおとなしく椅子に腰掛け、手に本を持ち、小さな大人のような格好をしている。チョッキ、結んだネクタイ、よく磨いた靴——何も欠けていない。ドナテッロが描いた天使のように、頭はまん丸だ。小さくてもがっしりした体は、ふっくらした豊かさのうちに、やがて成長するための要素をすべて含んでいるような若い犬の体を想わせる。顔には誠実さと、ほとんど重厚なまでの真面目さが浮かんでいる。そして明るい目は陽の光を浴びる水のように微笑んでいる。

アルバムのページを急いでめくることにしよう。まもなくミシェル七歳の写真が出てくる。か弱く繊細な少年で、その肩にミサ用の祭服を載せればフーケ〔十五世紀フランスの画家〕やロジェ・ド・ラ・パスチュール〔十五世紀フランドルの画家、別名ファン・デル・ウェイデン〕が描いた天使のように可愛い子供になるだろうが、目の奥にはすでに悲しみが宿っている。七歳になれば、人生がどういうものかは分かっているのだ。その後の写真に写っているのは、おいしい食事で育ち、いくらか太り、いたずらっぽい目付きをした中等学校生、世界と肉体の幻想に苛まれ、かなり混乱した感覚の欲望をもてあます二十歳の憂い顔の美青年、軍服をはじめて身につけ、口ひげもはじめて生やした軍人、指に煙草を挟み、何かまだ成し遂げていないことを夢想する世紀末の社交人、ハンガリー式に頭を剃りあげた騎手、モーニング・コートをまとい、高いカラーをちっとも窮屈に感じていない五十歳の紳士。この紳士はさまざまな命令を下し、チップをあげるような人間であることが感じられるのだが、それは一人の男の姿であると同じ程度に一つの階層の姿でもある。そして最後に、海辺で白いフランネルの服を着て、当時の美しい恋人の後を歩いている同じ紳士の写真。老年期のスナップショットのほうがいっそう私を引きつける。たとえばイギリスの布地で仕立てたものを端正にまとい、もの思いに耽る老人の姿。彼はフェラ岬〔地中海に面した南仏のリゾート地〕のあるホテルの庭に据えられたテーブルに座り、仲良くなった子犬のほうに長身を傾け、正面の椅子に腰掛ける女《ひと》から奇妙に離れている。彼はその女を妻に娶ったばかりで、そうしたのは彼女の忠実さに報いるためであり、またいくらかは、彼女を看護人や同伴者としてそばに置いておくのが都合がいいからでもある。あるいは同じ老人がたった一人で、今度はイタリアの宮殿か修道院の階段に座り、手を両膝のあいだに垂らし、やさしさと憔悴が入り混じった様子を見せている。そして最後に、この老人はラティウムの太古からの景色を背景にアリチア橋の欄干にもたれている。彼はとても疲れているが、私はこの写真を撮った時そのことには気づいていなかった。このローマ近郊への小旅行の記念写真は、とりわけ旅が終わる頃の写真である。灰色じみた毛織物の服を着たミシェルは、日光浴をする年老いた乞食のようだ。

私自身が年を取るにつれて、子供時代と老年は似てくるものであり、同時にわれわれが生きるもっとも深遠な状態だということをいっそう感じるようになった。人生のさまざまな努力、希望、野心の前と後で、人間の本質はその二つの時期に露呈するものだ。子供時代のミシェルのなめらかな顔と、年老いたミシェルの皺が刻まれた顔はよく似ている。青年期と壮年期という中間期の顔については、そのことはかならずしも当てはまらない。子供の目と老人の目は、まだ仮面舞踏会に足を踏み入れていない者、あるいはすでにそこから立ち去った者の静かな無邪気さで世界を見つめているのだ。その中間時代はむなしい喧噪、空虚な騒ぎ、どうしてそれを経験しなければならなかったのかと自問するような無益な混沌のように思われる。

四月のある夕方、子供たちが初めてのイギリス人女性家庭教師が到着するのを待っている。子供たちは写真で見たのとほぼ同じ年齢である。ブローニュ〔英仏海峡に面した町〕からの荷物が遅れ、若い異国女性がマレー通りに着いたのは、子供たちが二階で夕食を取ろうとしている時だった。家庭教師は帽子のあご紐を解いて金髪をあらわにし、質素なドレスを覆っている旅行用ケープを脱ぎ、姉と弟の世話を引き受け、食前のお祈りを唱えさせる。もちろん彼女はカトリックで、おそらくはアイルランド人で、良家の出だということになっている。あるイギリスの修道院長の推挙で雇った女性で、素行がよく、英語は完璧で、礼儀作法も申し分ないという保証つきである。

彼女は生まれて初めてイギリスを離れた。英仏海峡を横断したのは目新しい体験であり、ブローニュからリールまで列車の二等席でやって来たのもそうだった。さらに、豪華で少し陰気なフランスの屋敷に足を踏み入れたのも、目新しい体験だ。奥様《マダム》の前では内気だったし、お盆や湯を二階に持って上がる召使たちの前でも内気だった。召使たちは彼女を「ミス」と呼ぶようにと言われたが、彼ら同士では「イギリス女」と呼んでいる。子供たちの服を脱がせて寝かせる際に（これまでその役を果たしていた小間使は、不平たらたらでこの務めを譲った）、彼女は旅の印象を語って子供たちを楽しませる。海上を飛ぶ鴎や、牧場の雌牛や、路上のフランス犬などを見た。少年のそばには猿のぬいぐるみを、少女のそばには人形を置いて、子供たちがどこでも聞いたことのないような滑稽でやさしい意見を述べる。彼女がフランス語を話すと子供たちは笑うし、彼女も一緒に笑う。英語を話すと（「うちの子供たちにすぐ英語を教えはじめてください」）、何かまったく新しいもの、彼らだけに打ち明けられた素敵な秘密を彼女が子供たちにプレゼントしているような印象をあたえる。（「あなたたちは知らないでしょうけど、私の国では人形はドール、と言うのよ」）。後年ミシェルは、イギリス人女性のこうした軽い気まぐれを好むようになる。家庭教師は二人に良い夢を見なさいと言う。それまで、良い夢を見なさいなどと誰にも言われたことがなかった。

翌朝早く、毎日道を通っていく連隊のファンファーレの音で、子供たちはいつものように目覚める。ペチコートとキャミソール姿の小柄なイギリス人女性は、聞いたことのない音楽と赤いズボンの兵隊たちに興味をひかれ、肩掛けをまとって窓辺に駆け寄る。下を歩いていた兵士たちは、小柄なブロンド女性がガラス窓から身を乗り出しているのに気づく。なかには投げキッスする陽気な男たちもいる。彼女は恥ずかしげに身を引いて、窓を閉めた。

ところが窓の閉まる音に続いて、扉が乱暴に開く音がして激怒したノエミが入ってくる。彼女は下で、トーストにバターを塗っていた食堂からすべてを目にし、すべてを見抜いたのだった。

「ろくでもない娘だわ！　ふしだらな女！　兵隊相手の娼婦！」

ゆっくり二階に上がってきたミシェル・シャルルは、すすり泣く美しい娘のために取りなす。着いたばかりの女性だから、フランス兵が通るのを見ようと窓辺に近づいたのは当然のことじゃないか。あの男たちが投げキッスしたのだって当然のことさ、と彼は用心深い微笑を浮かべながら言い添える。この思慮を欠いた一言が女主人の怒りを掻きたてる。

「出てお行き！　荷物をまとめなさい！　ひどい女だ、子供たちを堕落させてしまうじゃないの！」

ミシェル・シャルルは溜め息をつきながら、一階に下りる。ミスは涙に暮れながら、トランクから出した物をまとめ、ドレスのボタンを締め、旅行用ケープと帽子を身につける。彼女がまだ朝食も口にしていないことに誰も頓着しない。奥様が背中を向けている間に、彼女は石のように動かない子供たちにすばやく接吻し、トランクを運ぶ冷笑的な従僕と一緒に階段を下りる。階下ではミシェル・シャルルが静かに書斎から出てきて、ナポレオン金貨二枚を彼女に手渡すが、受け取った彼女のほうは礼を言うことさえ思いつかない。そして、彼女は呼ばれていた辻馬車に乗り込む。(「もちろん、あんなふしだらな女のために家の馬車なんか使いませんよ！」)。辻馬車は屋上席のトランクをかすかに揺らしながら去って行った。

家庭教師を推挙したブライトンの修道院長に、ノエミはどうしても怒りの手紙を書こうとした。ミシェル・シャルルはなんとか、その文面を穏やかにさせることができただけだった。(「もちろん、あなたはあの厚かましい女が気に入ったのでしょう」)。美しいミスがいなくなったので子供たちはちょっとの間泣いたが、それから忘れてしまった。しかしより深いところで、ミシェルは彼女のことを憶えていた。小柄なイギリス人女性の姿が後になって、ミシェルを生涯でもっとも激しい愛の一つへと導いたわけではない、と私には断言できないのである。二十年後ロンドンの薄い霧の夜に、彼は意識的に彼女のことを思っただろうか。それは疑わしい。このおぞましい解雇のせいで彼女が陥る危険性の高い娼婦という職業が、最後には彼女を待っていたにしても、その頃はもはや萎れた夜の女にすぎなかっただろう。

モン＝ノワールにいる時のミシェル・シャルルには暇があるので、ほとんどいつも息子ミシェルと一緒である。そしてレーヌの家に連れて行く。レーヌのほうは娘たちを付き添いにして、相変わらずバイユールに君臨している。ヴァレリーもガブリエルも結婚しなかった。近在の城館には、二人にふさわしいような嫁ぎ先が見つからなかったのだろう。彼女たちはこの独身生活に悩んだかもしれないが、それも確かではない(男と交わればあらゆる病が癒えると女性たちが信じ込まされる時代には、まだなっていないから)。おそらく二人は、自分たちの遺産の取り分がそのままミシェル・シャルルのものになると考えて、心が慰められたことだろう。彼女たちの生活は修道院のように静かに流れる。二人は自分たちが理解するような宗教の教えにとても忠実だったから、もし日曜日にチェッカーをして一方が他方に十スー勝っても、神聖な日にお金を遣り取りするのは不謹慎だからといって、負けたほうは翌日にならなければそれを払わないほどだ。二人のお嬢様は良いことをたくさんするし、自分たちの慈善心を発揮する機会には事欠かない。バイユールには貧しい人たちが数多くいて、上流社会の立派な人々が援助の手を差しのべなければその人たちの運命は悲惨なものになる、とある公式記録は教えてくれる。

この二人の敬虔な娘は淡灰色や朽ち葉色の美しいドレスをまとい、ギンプや、ひだ飾りや、厚手のレースや、繻子の切り込みから透けて見える白絹の大きな袖や、ボンボン入りの紙袋が詰まった施し物袋を身につけながら、誇り高く年老いていく。ヴァレリーのほうがより厳しく、母親のように権威的な面があるが、母親のように優しい言葉をかけたり、ビロードの手袋をはめたりはしない。ガブリエルは憂い顔で、穏やかな性格だ。ヴァレリーには満たされないロマンスがあったかもしれない。そしてあの善良なアンリは母親や妹の一人と腕を組みながら、例によってグラン・プラスを散歩し、自分がいない間に誰も、従僕でさえ入れないようにと部屋の鍵をポケットにいれて持ち歩いている。

農場視察の旅は子供にとって大きな楽しみである。結婚契約が結ばれた時から、ミシェル・シャルルが自分の農地とノエミの農地を管理するということが決められていた。土地が細分化されているこの地方では、こうした視察は馬で何時間もかかる。どこかの農家で一夜を過ごすことさえある。子供がまだ幼い頃、父親はこの小旅行のためにおとなしい雌馬に乗り、自分の前に子供をまたがらせた。後年になるとミシェルは馬の尻に乗るか、自分用の小馬を当てがわれる。ミシェル・シャルルがあまり動物や植物に詳しくないことは、すでに分かっている。それでも子供はなんとかシバムギとカラスムギを、ジャージー島産の雌牛とフランドル産の大きな雌牛を区別できるようになる。また、濡れた森の下草や、生垣に棲みついた一孵《かえ》りの鳥や、草地にいる子狐などに慣れ親しむ。ミシェル・シャルルは狩猟をしないから、こうした生きた動物は子供にとってすぐに殺す対象ではない。時に遅くなってから、農民にとっては天気を占うのに役立つ霞んだ夕日や、風まじりの夕日を見ながら帰宅すると、はじめは遠くの住居の明かりと思われた星が空高く上り、子供はその名前を尋ねる。ミシェル・シャルルは植物のことに暗いと同時に天文学にも詳しくないが、金星、火星、その他空によく見えるいくつかの星は識別できる。惑星と恒星の違いを説明できるし、地平線の月が天頂にある月よりなぜ大きく見えるか、そしてなぜオレンジや赤の色調になるのかも説明できる。とりわけ彼がよく知っているのは星にまつわる伝説で、美しい神話を長々と話し聞かせて子供を喜ばせた。

　子供は指とナイフだけを使って、食べ物籠に入っている自分の分を食べるのが好きだ。父親がするように木の根元に小便したり、苔から暖かい湯気が立ちのぼるのを見たりするのも好きだ。農民の食事はおいしかった、あるいはおいしいと思われた。お客様のために、農婦はこってりしたスープといういつもの食事に、もし手元に必要な材料があれば焼いた豚の脂身や、日曜日用のオムレツや、果物入りタルトや、フロマージュブランを付け加えた。子供はよく磨いた木のテーブルの上で寝入ってしまう。父親のほうは土埃を吸いこみながら、この食事は火曜の晩餐会の食事に劣らずおいしいと考えながら、彼をもてなす人たちにとってこの質素な夕食が、じつは贅沢な食事なのだということを忘れている。農家の規模は馬の数で計られる。馬が一頭しかいない農家は、夫婦と子供でようやく暮しが立ち、地主に小作料を払える程度だ。馬を二頭所有している農家はすでにずっと豊かだ。それ以上の馬を持っている農家であれば、余所より牛もたくさん所有しており、良し悪しは別にして家族と同じ程度に扱われ、食事を供される農業労働者を雇っている。三十軒ほどの農家が、ミシェル・シャルルとノエミの自慢する千ヘクタールの地所を耕していた。

農家が農業労働者を利用し、地主が農家を利用し、忍耐強い家畜とそれ以上に忍耐強い土地を皆が利用するというこの制度が楽園ではない、ということを私の祖父はよく感じている。しかし、楽園などいったいどこにあるというのか。土地所有にたいする彼の古臭い執着——それは私を感動させる——は、少なくとも彼が産業化の始まりに肩入れしすぎるのを防いでくれた。彼は工場地帯をかなりつぶさに見ていたから、紡績工場の塵埃にまみれて息苦しい思いをするより、一頭の馬と一緒に戸外で働くほうがいいということを知っていた。農民の身分を受け入れさせるには、そしてそれを幸福にするにはわずかなことで十分なのだと考えることもあるが、もし彼が収穫不良のため借金に苦しむ零細な分益小作人の年貢を減らしたり、作物を失った農家から雌牛を買い取ったりしたら、子供たちの利益を踏みにじっているとノエミに非難されるだろうし、おそらくそれは正しいのだ。ある種の贅沢を諦めれば、地主と農家の距離をいくらか縮められるだろうが、ならばいったいどんな贅沢を諦めればいいのか。余計なのは、ミシェル・シャルルから見ればノエミの下僕であり、ノエミから見れば彼がソレントで過ごすひと冬である。それに、実際はないのに病気や不運をでっちあげて絶えず泣き言をいう人、地主がやさしいとその弱みにつけ込もうとする陰険な人やずる賢い人、家畜を殴りつけたり、ろくに餌をやらなかったりする乱暴者や思慮のない人、毛糸の靴下にいくらか金を貯めこんで、買い付ける種の量を少しも増やそうとしない吝嗇漢、そういう人たちがいることは彼にもよく分かっているのだ。世界を作り直すことはできない。彼はその夜、農夫とその妻が彼に譲ってくれた一番いいベッドで寝る。たたきの床から上ってくる湿気が、リューマチ気味の関節にしみ込む。子供のほうは父親と一緒に夜を過ごすのが嬉しく、ぐっすり眠っている。

翌日、コーヒーを少し混ぜたチコリの飲料が入った椀を囲んで、再び苦情が始まる。ド・C氏はそこではクレーヌヴェルク氏になる。報告書の作成者がそれも可能だろうと考えたように、彼がアンシャン・レジーム期からの領土の所有権を疑われていたからではなく、一家が領地の名称を名前に冠するよりずっと以前から、世代を経て彼らが知り合いだったからである。それにミシェル・シャルルの上品さは皆から好かれている。風が強い時でも彼は農婦の前では帽子をとるし、家畜を褒め、農家の子供たちの名前を覚えている。とりわけ彼はフラマン語を話すのだから、農家の仲間というわけだ。

いつものように快い顔立ちに魅了されて、ミシェル・シャルルは若くはつらつとした牛飼い女と少し言葉を交わす。戸口に腰かけた老農夫は鶏小屋を探検してきたミシェルを膝の上に抱き、十八世紀の感傷的な版画の中で、善良な農民たちが領主の息子にしてあげるように子供を高く持ち上げ、うっとりとつぶやく。

「ミシェル坊ちゃん、あんたは金持ちになりますぞ!」

ミシェル・シャルルは早い時期から、息子の学校休みを利用して一緒に短い海外旅行に出かけた。子供は世界の見方を学ばなくてはならない。ノエミはこの小旅行にきっぱり反対はしないが、ちょっとした費用でも、十サンチームに至るまで家族であらかじめ計算される。ド・C氏と息子は立派なホテルに泊まることになるが、ミシェル・シャルルはどんな些細な支出でもノートに書きつけ、ハイキングに行く際は御者に料金を値切るほどだ。アントウェルペンでのことだが、ルーベンスの祭壇画を覆っているサージの幕を取り除くために、十スー要求した教会の聖具納室係に向かって、父親がぶつぶつ言うのを耳にしたことを子供はよく記憶している。オランダでは生活費が高いので、ミシェル・シャルルはゼーラント州の海岸沿いを船で散策することを土壇場になって諦めるが、子供に地元の衣裳をせがまれて断る勇気はなかった。帰国すると、その衣裳は皆から笑い物にされたのだが。

予期せぬ出来事もあった。ある年の夏、ライン河に旅をした。子供ははじめてドイツの城を見た。旅行客用の蒸気船に乗り、彼はかすかな驚きを感じながら、岩山の上に腰かけた妖精が金髪を櫛けずったというローレライの岩を見つめた。有名な景勝地を過ぎ、ドイツ人の大きな声が奏でたバラードの最後の響きを後に残して、父子は食堂に下りていき、たっぷりした肉料理つきの朝食をとった。河の両岸が静かに目の前を過ぎていく。デザートの時にミシェル・シャルルは息子に絵葉書を一枚差しだす。「母さんにちょっとした便りを書きなさい。」子供は精神を集中し、城やローレライの岩のことを書き、最後に朝食の中身を記す。定められた日付と時刻にリールに戻り、夕方になって辻馬車で帰宅する。玄関で出迎えたノエミは不機嫌そうな表情をしている。彼女はミシェル・シャルルに絵葉書を見せる。

「息子のこんな絵葉書を私に送るなんて、わざと私を侮辱したのね。」

ミシェル・シャルルには何のことか分からない。彼女は夫をガスランプの下に連れていき、怒りの原因となった絵葉書を青白い炎に近づける。子供はそこに、冷たい鶏の手羽肉とおいしいローストビーフを一切れ食べたと書いていた。彼女は断罪するように指を日付のところに当てた。金曜日だったのである〔キリスト教徒にとって本来は肉断ちする日〕。

こうした出来事を知ると、ノエミがとても敬虔な信者だったと思われるかもしれない。実際彼女は善良なカトリックで、日曜日の午前十一時のミサに行き、教会の掟にしたがって復活祭に聖体拝領をし、小斎日には自ら肉断ちをし、周囲の人たちにもそうさせようとする女だった。そしてまたモン＝ノワールの丘にしばしば雷が落ちる嵐の日には、やはり宗教心を示して、数珠を手に物入れに隠れてしまうような女だった。

子供が長い間風邪をひいて、予後も良くなかったので完治させようと、ある初夏、ミシェル・シャルルは子供をオステンデに連れていって海水浴をさせることにした。ノエミのほうは、自分が一週間も召使たちの監督を怠れば家庭生活の枠組は崩壊すると確信しているから、例によって家に残る。ある夜、父子は夕食をとろうとまだあまり客のいないホテルの食堂に入り、防波堤に面して開いた窓のそばに陣取った。沖合からの風でカーテンが膨らむ。夕闇はまだ深くない。給仕長はデザートの時に、ピンク色の笠がついた小さなランプを灯しに来るだろう。子供はその厳かな瞬間を待ち構えている。すると、若く魅力的な女性が一人で隣のテーブルに腰を下ろした。クリノリンは淡いピンク色、小さな帽子はまるで本物のバラでできているようだ。この穏やかな夕刻、遠く海のかなたに見える空に至るまですべてがピンク色だ。ド・C氏はちょっと会釈して立ち上がり、美しい女性に食事をご馳走する。やがて会話が始まるが、食事の楽しみに夢中で、身なりのいい散歩客たちがそぞろ歩く防波堤を見ている子供は、会話にまったく興味を示さない。散歩客たちは笑いさざめき、その多くは子供に分からない言葉を話している。小海老を商う女たちが仕事を終え、頭に籠を載せて帰っていく。新聞売りは大声でニュースを叫んでいる。コーヒーが出てくると、ミシェル・シャルルは席を移り、まだプロンビエール〔果物の砂糖漬け入りバニラアイスクリーム〕を食べている隣の女性の正面に座る。父親がその美しい女性に今晩一緒にお芝居に行きましょうと誘いかけたように、ミシェルには思われた。

「部屋に上がって寝なさい」とミシェル・シャルルは穏やかに言った。「鍵はドアに残し、錠前は閉めないように。そうでないと、お前を起こしてドアを開けてもらわないといけないからね。もう大きいのだから、一人でも怖くないだろう。もし何かあったら、呼び鈴を鳴らすか壁を叩くかして隣の部屋の人たちを呼びなさい」。

若い女性が小声で「可愛いお子さんね」と言ったように聞こえたので、ミシェルは小さな大人としての誇りを傷つけられる。しかし父親が部屋の鍵を彼に預けてくれたので、その誇りは百倍にもなって返ってくる。ミシェルはおとなしく部屋に上がってベッドに入った。

しかし隣の部屋に戻ってきた人々の足音で、ミシェルは最初の眠りから目覚める。少し怖い。赤い絨毯が敷かれ、椰子の木が置かれている廊下はほとんど未知の世界であり、その世界と自分を隔てているのは扉一枚だけなのだ。メイドがパパのベッドの毛布を上げておいた。空のベッドはもの悲しく、いくらか恐ろしげで、青白い長枕と金具にはカーテンの隙間越しに防波堤の街灯の光があたっている。ホテルの舗床から叫び声や人声が上ってくるが、先ほどのように陽気な声ではない。酒を飲みすぎた人もいるようだ。階の柱時計が十二時を打ち、それから何度か一時を打ち、やがて二時を打ったようだ。芝居はなんて長いのだろう！　子供はとうとう眠りこんでしまう。

目が覚めるとすでに夜が明けており、知らないうちに帰ったパパはまだ眠っている。子供は起きて、音を立てずに、あるいはほとんど音を立てずに顔を洗う。本当は、水差しと洗面器がぶつかる音で寝ている父親が目を覚ませばいいと思っているのだ。朝食の時間はもうほとんど過ぎてしまったというのに。

ミシェル・シャルルはようやく目を開けると、すぐにコーヒーとクロワッサンを頼む。海が見えるバルコニーで一緒に朝ごはんを食べよう。父親はいつも以上にやさしい。楽しい日がいつもそうであるように、その日もたちまち過ぎる。子供は一度だけ、ホテルのロビーで前日のピンク色の女性に再会した。父親は彼女の手に接吻する。夜になると、子供はまた一人だけ先にベッドに入る。もう怖くないし、すぐに寝入った。

翌日は帰る日で、最後の海水浴の日でもある。干潮だ。いつもどおり、おとなしい大きな白馬に引かせた大型馬車で波打ち際まで連れて行ってもらう〔当時の海水浴では、屋根付きの馬車や荷車に乗り、馬に引かせて海に入った〕。子供は前日の昼食の時に取っておいた砂糖の塊を白馬にやる。（「手のひらをしっかり開いておくんだよ」）。父と息子は馬車の中で一緒に服を脱ぐ。まず支度のできた子供が最初に馬車から飛び出して、海の強い風に身をさらす。じつは父も息子も泳げないし、ミシェルは終世泳げるようにならない。二人とも血液循環上の欠陥に悩み、そのせいであまり長く海水に浸かっていると痙攣を起こす危険があるのだ。六月末の晴れた朝、水はまだ冷たい。

やがて馬車に戻り、海水でいくらかべとつく体をていねいに拭き、砂を払い落してから服を着る。突然、父親が言う。

「さっき衣服を畳んだ時、旅行用に取っておいたルイ金貨を十二枚ほどポケットから落として、そのまま気づかなかったようだ。見てごらん。格子状の敷板には大きな穴があいている。いや、馬車の下を探しても無駄だよ。潮が満ちてきた。馬はもう膝まで水に浸かっている。パパが事情を話す時は、お前も母さんにそのように説明するんだよ。」

ところが子供は諦めず、脚を剝き出しにして馬車から出て、しばらく海の中を歩き回るが、音を立てる水と海に流される砂のほかに足の指に感じられるものはない。海岸の水のない辺りに行ってみたほうがいい。馬車の小窓をとおして水の中に光る点のようなものが見えたのは、子供の錯覚だろうか。ミシェル・シャルルは黙っている。子供はすぐには父親の嘘に気づかなかったと私は思う。ただ、おそらく信じてもらえない話を大人にしなければならない時にしばしば自分もそうなるように、父親が気詰まりに感じていることは分かる。それで子供は父親が少し気の毒になった。ピンク色の女性に関して言えば、ミシェル・シャルルは子供に家庭で彼女の話をしないようにと口止めする必要さえなかった。そんな話をしてはいけないと、子供は本能的に知っている。

一八六六年九月二十二日、ド・クレイヤンクール氏と子供たちはモン＝ノワールからバイユールに向かう支度をしている。その古い家で一日過ごす予定なのだ。ミシェル・シャルルは馬に乗り、ガブリエルとミシェルは、房飾りのある綺麗な鞍をつけた立派な驢馬に一緒に乗る。ガブリエルが手綱を持ち、尻のほうに乗った弟の口出しに助けられたり、あるいはしばしば邪魔されたりするので、二人の間で時々「諍い」になる。姉は去る五月に十四歳になっていたから、おそらくもう馬乗りは許してもらえなかっただろう。横座りになって膝で均衡をとり、風で布地が吹き上げられたり膨らんだりするのを気にして、スカートをしっかり押さえていたと私は想像する。鉄柵まで続くツツジの小道をこの小さな騎馬行列は陽気に進みだす。やがて城から少し奥まったところ、静かに晴れた日でも絶えず微風が吹く場所で、丘の上にあたるところに設けられた風車の前を通過する。大海原を進む船の帆のような音をたてて、大きな翼が回っている。ぐらぐら揺れる木の階段の前に、馬一頭に牽かせる荷馬車が停まっている。狭い台の上に立った粉挽きが、袋に入った小麦が粉になるのを下で待っている女と笑い興じている。それ以外には、やはり丘の上にこじんまりした居酒屋があるだけで、この居酒屋は村人たちの散歩の目的地になっており、二本の若い菩提樹が影を落としている。でこぼこの道がサン＝ジャン＝カペル村のほうに向かって、急な傾斜で下っていく。

馬と驢馬は一列になって歩く。道が狭いので、ミシェルや姉は時々腕を伸ばして、ハシバミの枝を取りたい誘惑に駆られる。

道をほぼ下り終えた時、ギャロップと騒々しい車輪の轟音が全速で近づいてきた。虻に刺されたのか、それとも鞭を当てすぎたのか、暴れ出した馬を荷馬車の女が制御できなくなったのだ。

ミシェル・シャルルは道の端に身をよける。驚いた驢馬は斜面で飛び跳ね、乗っていた子供たちを振り落とす。ガブリエルは荷馬車の車輪の下敷きになり、肩が押し潰される。ミシェルのほうは片足が脱臼し、石にぶつかったふくらはぎに浅く長い傷ができただけですむ。輓馬は喘ぎながら立ち止まる。座席から下りてきた女は悲しみと恐れのあまり叫ぶ、というよりほとんど喚く。重大な瞬間にいつも冷静なミシェル・シャルルは、馬から下りた。そしてガブリエルを荷馬車の小麦粉の袋の上にそっと横たえ、最寄りの農家まで行くことにする。そこで農家から馬を二頭繋いだ荷車を借り受け、外科医と医者を見つけられるはずのバイユールまでやって来る。すでに瀕死の状態の娘をあまり動かさないために、並足で進んだその一里がどのようなものだったかは容易に想像がつく。肩が砕けていただけでなく、まるで誰かが下手に首を刎ねようとしたかのように、首元には無残な傷がぱっくり口を開けている。あたかも悪夢の混乱と錯乱に陥ったように娘は呻き苦しみ、自分が誰なのか、どこに行こうとしているのかもはや分からない。彼女のそばで藁の上に座った父は、生涯でもっとも酷い十五分間を過ごした。

事故が起こるとすぐ、彼は城に知らせに行くようミシェルに命じたが、息子も怪我をしていることに気づきもしない。ミシェル自身も自分の怪我には気づかない。彼は後年になって、片足が脱臼していたのに一気に長い坂道を駆け上ったことにいつも驚愕したものだ。彼は息を切らしながらツツジの小道を再び通りぬけ、母親が刺繍をしていた露台にたどり着く。

「お母さん、ガブリエルが……」

子供の呼び声を聞いて、彼女はぱっと立ち上がった。はじめの一言で彼女は何が起こったのか悟った。

「可哀そうな子！　どうしてあの娘だったのかしら。」

少年はふらふらして庭に置いてあった椅子の背にしがみつき、気絶する。

レーヌと二人の娘は見事なまでに冷静で、いろいろ配慮してくれた。幼いガブリエルのため、客間に間に合わせのベッドが据えられた。医者と外科医がすぐに駆けつけたが、すでに手の施しようがなかった。あとは少女ができるだけ早く息を引き取ることを願うばかりだった。不幸なことに、彼女はその後数時間も生き長らえた。


モン＝ノワールの薬戸棚にあったかぎりの包帯、解木綿《ほつし》、強壮剤などをすべて適当にまとめると、ノエミは急いで馬車の用意をさせた。バイユールに着いてみると、娘はすでに臨終間際だった。母の絶望は怒りに満ちた非難の言葉となってほとばしり出た。

「私が神様にいったい何をしたというのでしょう？」

偏狭なキリスト教的環境において、こうした問いかけは理解できる。しかし同時に、すべてを自分と関係づけるノエミの自己中心主義もそこには現れている。医者は鎮静剤を処方したので、最後には役立った。


父と母は葬儀までバイユールに留まった。ミシェルは彼の脱臼を治療しにきた外科医の口から、姉の死を知らされた。彼は異様なまでに空虚な城館の三階の部屋に閉じ込められ、召使たちは小声で話す。葬式の手伝いをする老小間使が彼の枕辺に控えている。埋葬の日の朝、皆が墓地に向かったので彼は一人きりになる。帰ってきても母親は彼の部屋まで上がってこない。生き残った息子の姿を見ると辛さが増すのだ。それと逆に、やがて父親が枕元に座り、一緒に休み中の宿題をやり、ギリシア語を習わせ始めてミシェルの気を紛らせようとし、それによって自分もいくらか平静を取り戻す。このやさしい父親はけっして甘い父親ではない。部屋まで盆に載せて持ってきてくれた料理（子牛の胸腺肉だったと思う）にどうしても手をつけなかったので、彼は二日間とおして何も食べさせてもらえず、とうとう空腹のあまり嫌いな料理を最後の一切れまで食べ尽くしたことを、ミシェルはその後ずっと覚えていた。

この悲劇は少なくとも一時的には、夫婦仲を良くしたようである。おそらくノエミの憔悴を心配した医者の忠告にもとづいて、二人の肉体的絆があらためて結ばれたのだろう。事故から十五か月後、ド・クレイヤンクール夫人は三十九歳にして、十二年の間隔を置いて三番目の子を出産する。幸いにも女の子であった。「この子はあなたがたが年老いた時に慰めになりますよ」と、善良でいくらか儀式ばったカズナーヴ医師が父親に赤ん坊を見せながら言う。今度ばかりは、予言が実現する。ミシェル・シャルルはマリーがガブリエルに似ている、とすぐに思った。そしてユゴーのある詩で子供の死を嘆き悲しむ母親がそうであるように、ミシェル・シャルルは幼くして死んだ娘が生まれたばかりの娘として甦ったのだと、あやうく信じそうになる。だがそんなことを口にしたら、もの笑いの種だ。こうした空想の産物がノエミの心をよぎることはない。

マリーは三十三歳で、姉と同じように悲劇の死を迎える。その時ミシェル・シャルルはすでにずっと以前に亡くなっていたし、ノエミは大部分の人がもはや死者を嘆き悲しむこともないような年齢に達していた。しかしガブリエルの悲劇的な死が強い衝撃をもたらしたように、マリーの悲劇的な死もやはり大きな衝撃を与える。デュフレンヌ一家の財産は不正に得た富にもとづくもので、それが子孫に不幸をもたらしたのだと、耳を傾ける者にこっそり囁く老人たちがリールや他の町にはたくさんいる。謎めいた応報の絡まりをどんなに信じたくなろうとも、この応報はなかなか受け入れられるものではない。ただミシェルは、生涯それをいくらか信じていた。

慰めになることもあった。ガブリエルの死が、直接ミシェル・シャルルにレジオンドヌール勲章を授ける理由になったわけではないが、当局が彼にこの勲章を与える決断をするきっかけにはなったようだ。彼自身は何年も前から受勲する権利はあると思っていたのだが。「このような不幸はどんなに大きかろうと、役人にとって有利な資格になるわけではない。ただこれまでの奉仕に鑑みれば、もっとも親密な愛情面でかくも過酷な試練にさらされた父親の苦しみを、当然それに値する報酬で和らげてやることは許されるだろう。」帝政も時には親切だったと見える。他方で夫婦はデュフレンヌ祖父母の援助を受けて、モン＝ノワールの地所の一部を切り取り、村の女学校を建てることにした。ガブリエルの名前が入った黒い大理石板が一九一四年までそこに設置されていた。戦火で焼けた学校は再建されたが、新たな記念板を造ったかどうかは知らない。この学校創立のおかげでミシェル・シャルルは教育功労勲章を授けられたようで、肖像写真ではそれを身につけている。その両側には実直な役人に与えられた勲章と、レオポルド国王から下賜されたベルギー勲章もつけている（国境の反対側にただで領地を手に入れたわけではない）。亡くなったガブリエルのものとして残されたのは、幸福な未来を約束されていたかに思える娘の写真と、黒布で綴じられたベラム紙の分厚いノートだけである。少女はこのノートに、父親が口述するアダム以来の世界の歴史をある時は折衷書体で、またある時はイギリス書体でていねいに筆写した。歴史は紀元前四九六三年の天地創造に始まり、一五一五年マリニャーノの戦いで終わっている。ガブリエルがもっと長生きしていれば、おそらく君主と戦いの一覧表をナポレオン三世の時代まで、さらには第三共和制まで書き続けたことだろう。それから一世紀近く経ち、この黄ばんだベラム紙に魅かれた私は、使われずに残ったページに自分の好きな詩篇をいくつか書き写した。

解雇された小柄な女性家庭教師の件から後のことについて、私には口述の記録がたくさんある。プロヴァンス地方やリグリア地方の田園地帯を長い間散策した時に、その後はホテルの庭やスイスの病院のベンチで、父が何度も語ってくれたことの記録である。父がそうした思い出を慈しんでいたということではない。大部分の思い出は彼にとって無意味だった。ただある出来事、読書、街路や旅先で見かけた顔がそうした思い出を断片的に蘇らせることがあった。それはちょうど、古代の陶器の破片を少しの間もてあそんだ後に、足で再び地中に戻すさまに似ている。父の話を聞いているうちに、私は物事にあまり拘泥しない態度を学んだ。過去の断片は、もう繰り返す必要のない経験の残滓として彼の関心を引くにすぎなかった。「こんなことはすべて」と、軍隊生活を体験した男がしばしば死ぬまで用いる兵隊言葉を使って父は言ったものだ。「こんなことはすべて帰休中に意味があっただけさ」。

父の話を聞いたその日の夜に、当時使っていたノートにメモを書き記したり、特にその後は、古いレコードを回すように熟知しているそれらの話を自分で繰り返したりしながら、私にはミシェルがそのようなかたちで自分の全生涯を寄せ集め的に語っていたのだ、という気がした。抜け落ちている部分が多いということも、今になってみると分かる。いくつかの欠落（この複数形は正しくない。おそらく欠落は一つだろう）があるのは、聖なる畏怖と、亡霊の戸棚を再び開けてしまうのではないかという恐怖心のせいだ。それ以外の場合については、何も不吉なことが問題になっていなかった。無意味な時期のことは、たんに忘却の中に沈んでしまった。あらゆる忘却は秘密を隠蔽していると主張する現代の権威ある心理学者たちに、私が異論を唱えていることは承知している。しかしその分析者たちとて、われわれ皆と同じようなものだ。どんな人生にも多少はある陰鬱な空白に、彼らが向かい合おうとしないだけである。生きるに値しない日々がなんと多かったことか！　関わりを持つ必要のない、ましてや思い出す必要もない事件や、人々や、物事がなんとたくさんあったことか！　自分たちの過去を語る老人の多くは過去を風船のように脹らませ、昔からの情婦のように過去を胸に抱きしめたり、あるいは逆に唾を吐いたりする。やむを得ず彼らは混沌や不在を極端に誇張してしまう。ミシェルはそんなことはしなかった。自分の人生を総括しようともしなかった。「僕はいくつもの人生を生きた。何がそれらの人生を結びつけているかさえ分からない」と彼は死の床で私に言ったものだ。大多数の老人の記憶とは反対に、ミシェルの記憶は禁欲的だった。彼の話は彼が言いたかったことしか伝えていない。だから私は彼の話をいくらか潤色できるのである。

第一の欠落は、高等学校か中学校か知らないが、とにかく学校に関係する。ミシェルは学校にまったく興味が湧かなかった。とりわけ現代では、数多くの作家が学校時代を作品の素材にし、それでほとんど全作品を練り上げたりする。彼らは中学校で愛、快楽、野心、高尚な思想、卑しい策略など、人生のすべてをまとめて見つけたと思っている。時として彼らはそれ以来何も学ばず、彼らの内の本質的なものが二十歳で死んでしまったかのように振る舞う。他方、ミシェルの人生には『フェルミナ・マルケス』〔ヴァレリー・ラルボーの小説、一九二一年〕も、『王子が子供の町』〔モンテルランの戯曲、一九五一年〕もない。ごく大雑把に言って彼が記憶していたのは生徒同士の敵愾心、教室でのえこひいきや計略、愚かしい冗談、下品な戯れ事、彼が得意にしていた乱暴な、あるいは暴力的な遊びである。得意にしていたとはいっても、後年それを自慢したいという気持ちに駆られたことはまったくないのだが。自分が番長として成功を収めたことを思い出しても、格別嬉しくもなかった。記憶に残るほど好きだった、尊敬した、あるいは憎んだ先生の名前は一つも出てこない。傑作の手ほどきをしてくれた、あるいはそれを理解する手助けをしてくれたので感謝している先生など思い浮かばない。仲間も友人の名も記憶にない（例外は一人いるが、それも後で分かるようにそれほど重要性はない）。この砂漠のように殺伐とした世界で、二つの思い出が見本のように立ち現れてくる。まず暴力。ラテン語のクラスを担当していた若いイエズス会士が生徒たちを笑わせようと、彼らのラテン語作文を揶揄するような調子で大声で読み上げる。非宗教系の公立学校を最近放校になってその学校に転校してきたばかりのミシェルは、とりわけ標的になりやすかった。

「皆さん、これが公立学校のラテン語ですよ」

「あんたがた坊主のラテン語もこれで少し変わるだろうさ」

生徒は自分の答案に飛びつき、怒って破いてしまう。モンタランベール〔フランスのカトリック作家、一八一〇―七〇〕の文章をキケロの言葉に翻訳した答案は、ちぎれて蝶のように風にひらひら舞い、書見台の上に落ちる。若い教師は校長を呼びにやって、騒ぎを収めようと考える。校長が罰を下してくれるだろう。ミシェルはポケットナイフを取り出した。僧服を着たラテン語教師は、スカートを持ち上げながら逃げるが、そのスカートが彼の痩せた脚にうち当たっていた。学校の四角い建物は規則正しい間隔をおいて設けられた扉で分けられていた。ラテン語教師がその扉を勢いよく開け、それをまたばたんと閉める音が聞こえ、それから追いかける生徒とその仲間が扉を開けたり閉めたりする音が聞こえてきた。廊下の端に便所の扉が開いていた。哀れな教師はそこに駆け込み、生徒たちに笑われ野次られながら錠前を閉めた。ナイフを取り出した生徒は翌日、放校になった。

　次に欲望。別の学校で、代数学がまったくできないミシェルは、僧服をまとった若い先生の事務室で勉強をみてもらう。二人は並んで座る。机の下で、若い神父は生徒のむき出しの脚にそっと手を置き、少し上のほうに這わせていく。少年の動顛したようすを見て、彼は自分の行為をやめた。しかし懇願と恥辱の入り混じったあの顔、欲望となかば満たされた快楽の表情であるあの没入と苦痛の表情を、ミシェルはけっして忘れないだろう。

　この二つの出来事は、どちらも彼の最初の家出の原因ではなかった。代わり映えのしない日常生活の退屈さと、それにたいする嫌悪感だけで十分だったのである。どうしてかき集めたのか知らないが、ルイ金貨を一、二枚手にした十五歳のミシェルには、将来の計画がある。国境の向こう側にあるというだけが魅力のブリュッセルに行き、さらにアントウェルペンまで足を延ばし、港に繋留している客船か貨物船に見習水夫、食器洗い、あるいは客室係として雇ってもらい、中国、南アフリカあるいはオーストラリアに向かうことである。アラス（彼の学校がこの町にあった）で乗った列車はいくつか「乗り換え」があったうえに、ブリュッセルが終点だ。しかも南駅に着いた彼はその場で、アントウェルペン行きの列車は北駅から出ることを知らされる。町を南から北まで縦断しなければならない。日が暮れ、それとともに降り出した冷たい雨はリールよりも濡れやすいように感じる。ミシェルはあるベルギー人の級友を思い出す。ジョゼフ・ド・Dとかいう名前で、学業を終えるためブリュッセルに戻っていた。彼の計画を漠然と聞かされていたこのジョゼフは、一晩くらいなら親に頼んで家に泊めてやると請け合っていたのだった。もちろん、家出の大目標については何も言わないという条件付きだ。一人のポーターがジョゼフの住む大通りはそれほど遠くない、とミシェルに断言する。実際はそれほど近くもなかった。彼が級友の家に着いてみると、家族は夕食を終えたところだった。ブリュッセルに年寄りの従姉が住んでいるので挨拶に行こうと思うのだが、もう時間が遅いので遠慮したのだ、と彼は出まかせを言った。テーブルの片隅で食事の残りが出され、なかば物置、なかば女中部屋のような中二階の一室にベッドを当てがわれた。ジョゼフはベルギーの家族のもとで思っていた以上に幼い少年となり、当惑したような様子で「おやすみ」と言う。大蒐集家である家の主の置物を盗みに来たのではないかと疑われているかのように、部屋には外側から鍵がかけられ、奇妙な客は中に閉じ込められる。明日になれば否応なしにリール行きの列車に乗せられることは、疑いの余地がない。窓を跨ぎ越すのはむずかしくなかった。ミシェルは泥濘だらけの花壇に降り立った。庭の壁も乗り越えるのは容易だった。

外はいまや漆黒の闇夜である。警官に見咎められないよう、街灯やまだ明かりのついている数少ない居酒屋《ボデガ》は避けて歩く。警官は皆、十五歳のフランス人を逮捕することだけを職務にしているように思われた。古典作家を熟知しているこの少年にとって、自分がさまよう迷路のような通りはミノタウロス〔古代神話で、クレタ島の迷宮に住む怪物〕を想起させる。ミシェルは寒さに震えながら北駅に到着するが、始発列車には乗りそこなう。その後に乗り込んだ三等車のコンパートメントで、なるべく目立たないようにと下手なフラマン語を話そうと努力するが、それも空しい。

アントウェルペンの交通の流れが、ひとりでに彼を港のほうに連れて行く。やがて客船の煙突とマストの先端が目に入ってくる。しかし、誰も見習水夫や客室係を求めていない。あるドイツの貨物船の後部で、太った荒くれ者たちが戯れ、馬跳び遊びをし、派手に殴りあっている。乗船しようとするオフィサーが、「だめだ《ナイン》、だめだ《ナイン》」と言って浮浪少年を追い払う。船の上から身を乗り出した男たちの大きな赤ら顔は、にやにや笑っている。少年は軋むクレーンの間をジグザグに進み、轟音を響かせながら通りすぎる運搬車の車輪を飛びのいて避ける。この汚らしい灰色の風景の中で、巨大な連結器と揺れている細いマストだけが美しい。馬肉の大きな塊が舗道に滑り出て、崩れ落ちる。鞭で殴られるようなしのつく雨の下で、荷車引きが肉の塊を拾い上げる。ミシェルは耐えきれず、フランス語で罵りの声を上げる。「ろくでなし、ぶっ殺してやるぞ！」。だが港のカフェに入ってパンとハムを食べた時は、給仕女が釣り銭をごまかしてもあえて文句を言わなかった。

黄色い霧の中で、街灯がすでに点り始める。たばこ屋の店先で、身なりのいい男が彼の首に腕を回して小声で何か誘いかけるが、少年にはその誘いが猥褻というより狂気の沙汰としか思われない。アントウェルペンの好色漢から逃れ、波止場までの道を小走りに進み、大樽が積み重なった場所の裏で息を切らしながら立ち止まる。恐怖と暴力は至るところにあるものだ。今日はこんなシートの下に隠れて一夜を過ごす羽目になるのだろうか。巧妙な連中なら、時には出港間際の船にうまく乗り込んで、沖に出るまで見つからずにすむということをミシェルは知っている。だが張ったり緩んだりする綱一本で波止場に繋留されている黒く、閉じた船は近づけないように見える。たとえ乗り込んでも空腹に駆られて隠れ場所から出なくてはならない時、沖ではいったい何が起こるのだろうか。彼は再び当てもなく歩き出し、できるかぎり警官と浮浪者を避け、曳き船と平底船が並んでいる狭いドックにたどり着く。小型運搬船の甲板で女が一人、張った紐に掛ったままのタオルを片づけている。ミシェルは彼女に声をかける。金は払うから、船に泊めてもらえないか？　亭主が角灯を手にして出てくる。

この頼みを聞いて、二人はどっと笑う。うちらの船はホテルじゃないよ。それに明日の夜明けにはオステンデに発つんだ。ちょうどよかった。ミシェルは急いで話をでっちあげ、喋り出す。僕はイーペルの出身だ（さすがに国境の向こう側から来たとは言えなかった）。僕と父親は町で一日過ごしたのだが、雑沓の中で迷ってはぐれてしまった。一日中探しまわったが、見つからない。僕にはもうお金がほとんどないから、これから歩いて帰らなければならないが、オステンデからイーペルまでならあまり遠くない。善良な夫婦は彼の話を信じて、夕食まで共にした。亭主と妻が金具の光っている小部屋にしりぞくと、彼は荷物に囲まれながら袋の山の上で眠る。

翌日は、少年時代の最後を彩るもっとも素晴らしい一日だった。三月の曇り空の朝、船首に横たわった彼は川の力強い流れを楽しむ。擦れ違う小船では、手すりに沿って子供たちが駆け回っている。船尾に掲げられた旗は川波のほうにたなびき、微風に煙が細く流れ、煤煙が甲板に落ちてくる。鷗は生活ごみを貪欲に食べる。大きな船が向かってくると、奇蹟のようにぎりぎりで避ける。船上生活の楽しさがすべてそろっていた。河口では漁船団の間を突きぬける。海は荒れていたが、ミシェルは船に慣れない者を襲う嘔吐と勇ましく闘う。夜にならないと停泊できないオステンデで彼は陸に上がり、もてなしてくれた夫婦にゆっくり礼も述べない。その間にやさしい心遣いから二人が、彼を警察に託す決心をしたかもしれないではないか。彼はズボンのポケットに残っていた五フラン硬貨を握りしめる。これだけあれば、まだ数日は冒険を続けられる。

ところが、季節外れのオステンデはミシェルにとって見知らぬ町だ。大きなホテルは封鎖され、人気《ひとけ》のない兵舎のようだ。ビールやブランデーや魚の臭いのする通行人たちが、細い通りを窮屈そうに歩いている。彼は部屋を貸してくれる酒場兼レストランのうちで、一番みすぼらしいものに目をつけた。小さなホールでは自動オルガンが音楽を奏で、船乗りが女たちと、あるいは自分たちだけで腰をゆすって踊っている。女主人は「坊や」(彼女はミシェルをそう呼んだ)を台所の奥の部屋に入れた。この女は小綺麗で、髪は豊かなブロンドで、ピンク色の頬は鮮やかな赤に変わる。彼女が母親と同じ年だと言われたら、ミシェルは驚いたことだろう。彼女はほとんどフランス語を話せないし、彼にはオステンデのフラマン語がよく分からない。女は彼に食事を供し、皿が空になるとおかわりを出してくれた。女は階段の上にある部屋の扉を指さす。彼は眠くてたまらず、そこで横になる。椅子の下にある女ものの短靴と、釘につり下がったペチコートには気づきもしなかった。

床板が軋んで、ミシェルは目覚める。美しい女主人はコルセットを外す。ろうそくの光で、彼女が下着姿で自分に近づいてくるのが見える。長い金髪はふくよかな胸に垂れ下がっている。彼女は微笑み、どんな言語でも人に理解される言葉を口ごもりながら言う。彼女はちょうど若さに魅了され、もっとも感動するような年齢なのだ。彼女は少年を相手にどうすればいいか心得ている。生まれて初めてミシェルは女の体の温みと深さ、そして快楽の共有がもたらす眠りを知る。二人は体を交わらせたように方言を交えながら、最後は互いのことを話すまでになる。翌朝カフェオレを飲みながら、彼女はミシェルに賢明な忠告を与える。

「お父さんが心配しているわよ。電報を打っておきなさい。お金が必要かしら？」

金は要らない。スール＝ブランシュ通りの郵便局で電報を書きながら、冒険の扉はこれで閉まることになると彼は感じる。アフリカやオーストラリアに行くのはずっと先のことだ。他にもこうした機会は巡ってくるだろう。さしあたり彼は充実した数日間を生きたし、自分が本当に生きていると感じることができた。今では女性の衣服の下に何があるか知っているし、通りで出会う娘たちが自分から何を期待し、自分が彼女たちに何をしてあげられるかもよく分かっている。彼は娘たちに対等な立場で大胆な視線を送り返すだろう。それに今日一日は、まだ自分の好きなようにできる。

この季節、大型馬車は海辺を通らない。ミシェルは風が吹きつけない砂地の窪みに身を横たえ、掌から砂が流れ落ちるにまかせ、砂の塊を捏ねてはそれを押しつぶす。ポケットに貝殻をいっぱい入れ、しばらく経ってから裸足で渡る沼の中にそれを捨てる。昼には、酢で味付けしたムール貝を売り台で食べる。結局のところ足を運ぶ理由はまったくなく、格別好きでもないのに、双六の升目にコインが入るように人がたどり着いてしまう奇妙な場所があるものだが、彼にとってオステンデはそうした場所の一つになるだろう。そこで彼は不吉な十月と、いくらか穏やかで、いくらか小説的で、少し皮肉な復活祭の一週間を経験するだろう。焼けるように暑く、悲劇的な八月の一日も経験するだろう。しかし、まだ存在しないものはすでに存在したもの以上に無である。距離感をまったく失ってしまう砂丘を、少年は夕方まで歩き続ける。短艇の船腹の下で風を避けながら、砂地の上で網を繕っている漁師たちの姿が見える。現在の住居に帰ると、おそらく二度目の夜があり、最初の夜よりは自信を持って振る舞えそうだと彼は思う。もし父親が返事をくれなければ？　そうなったら漁船に雇ってもらえるだろうが、それも長くは続かないだろう。自由な時間は貴重で短いのだということをはじめて彼は理解する。

ミシェル・シャルルは大急ぎでやって来た。彼の姿を酒場のホールに認めると、少年はほとんど安堵感を覚える。ミシェル・シャルルは旅行用の立派な外套を着て椅子に腰掛け、ビールを飲むふりをしながら女主人と礼儀正しく話をしている。この賢明な父親はすぐにすべてを悟った。問題の女は善良な人のように見える。こうしたことは、もっと悪い結果になっていたかもしれないのだ。異なる状況下であれば、彼自身がこの感じのいい女将を相手に自分の運を試してみたかもしれないではないか。だが今は、つまらないことを空想している時ではない。綺麗な女主人が今では「小さな旦那さん」と呼んでいるミシェルの宿泊代は彼が支払い、それから息子をシーズンオフでも営業している町のホテルに連れて行って寝かせた。翌日リールに戻る列車の中で、行き当たりばったりの出会いがどんなに危険なものかと、父親は予期されていた説教を垂れた。説教は短かったので、息子はそのことを父親に感謝した。ノエミにオステンデの愛の手ほどきについては何も知らせないということは、父子の暗黙の了解である。しかしミシェルは父親に何もかも話したわけではない。自分がもう家に戻らないつもりだったということは、彼には隠しておいた。

ミシェル・シャルルにとって、第二帝政は最後まで美しい夢だった。「皇帝は全ヨーロッパの審判者だった。農業、工業、商業は大いに栄えていた。金《かね》は大量に流通し、容易に稼げたし、容易に使っていた。貴賤を問わず誰もが幸福そうだった。冬はしきりに舞踏会や祝宴が催され、夏は湯治場と海水浴場が人でごった返した。ある年の冬はリールで、わが家や、友人宅や、軍民問わず高位役職者の屋敷で、五十八日もの間毎晩のように舞踏会や大宴会があったことを私は記憶している。県庁や、マク゠マオン、ラドミロー、サリニャック・ド・フェヌロンといった軍人たちが駐留する総司令部でも、舞踏会が開かれた。さらには兵舎や財務総局でも舞踏会があったし、大企業家、卸売商、裕福な地主などの邸宅で催された祝宴については言うまでもない。なんと時代は変わったことか！」フランスの他の地域と較べて貧富の対立がおそらく大きい県で、県参事会会長を務めるこの男は舞台装置の裏側を見たはずである。それなのに彼は、舞台の照明やシャンデリアの光しか覚えていない。ドガの描いた踊り子たちのように、帝政の年月はチュチュをまとって通り過ぎていく。眩惑と、踊りと、安楽な生活を推し進める政治の中に破滅が宿っていたのではないか、とミシェル・シャルルが自問することはない。それどころか、チュイルリー宮殿で自分が皇帝御自身の手から勲章をいただいたこと、幼いミシェルを連れた夫婦が借りたランドー式馬車に三人で乗っていた時、ブローニュの森大通りを皇后の四輪馬車が通過するのを見たことを生涯忘れないだろう。皇后の馬車のまわりには元気な馬に乗った美男の将校たちが控え、馬車はウージェニー皇后の衣裳のすそ飾りと女官たちであふれていた。ノエミ自身、子供のミシェルが口にした言葉をよく繰り返したものである。リヴォリ通り〔パリの目抜き通りの一つ〕の贅沢なパン屋の前を通った時、その陳列窓に金文字で「皇帝、皇后陛下御用達」と書いてあるのを見て、ミシェルは言ったのである。「えっ！　皇帝と皇后もパンを食べるの？」

帝国の祝宴に多くのページを割く祖父の回想録は、恐るべき年〔普仏戦争とパリ・コミューンが起こった一八七〇―一八七一年を指し、ユゴーの詩集の標題になった〕と不幸な年月の混乱については一言も触れていない。ミシェル・シャルルは、帝政が崩壊した後で辞職したと記すのみである。彼が信頼を寄せていたリールの名士連中はまもなく、職務に復するよう彼を説得した。彼が沈黙に付したのは、一八七一年三月十二日付の『官報』で、彼をノール県知事に任命する国民議会議長の通達と、県庁の元事務局長であるバロンという人物に同じ職権を付与するとした、内務大臣の通達が並置されていたことである。役所内の小競り合いが三週間続いた後、より多くの人たちから権能を認められたセギエという男が二人に取って代わった。祖父は以前の職務に復帰し、彼の言を信じるならば、その職務のおかげで県の事業を統括できたという。彼は影の参謀（少なくともそう思われたもの）の地位をさらに十年務め、自分が今では共和制に仕えているのだということを忘れようと努めた。もっとも、その共和制にしてもわずか一票差で可決されたにすぎない。

一八八〇年のある日、同じ『官報』に自分が退職を願いでることができると書かれているのを読んで、祖父は驚いた。規定の年齢に達するまで数年足りないので、この偽装された罷免のせいで彼は年金と、三十年以上にわたって退職に備えて積み立ててきた金を失うことになる。この不当な措置は物議を醸した。祖父が言うには、共和派の人たちでさえマレー通りに来て遺憾の念を述べたという。ポール・ガンボンは彼に名誉議長職と満額の年金を提案して、罷免された役人の怒りを鎮めようとした。ミシェル・シャルルは誇り高くそれを拒否した。

一八七〇年代の彼の肖像が二枚残されており、上層部から下された命令やその取り消しとほとんど同じくらい相反するものだ。一枚は厳かな様式の肖像画である。「フランドルの貴族」はがっしりした体格になり、一八六〇年代頃にわれわれの関心を引いた陰鬱なようすは見えない。県参事会会長が着る飾り立てた衣服を身につけ、美しい両手に二角帽を持っている。それは廉潔と権威を具え、いざとなれば秩序の敵に銃殺されることも厭わないような、公明正大な役人の肖像にほかならない。もう一枚は、おそらく絵のモデルに長時間のポーズを取らせないために撮った写真であり（姿勢と衣服は肖像画のそれとまったく同じである）、肖像画と同じように公式の人物を示しているが、表情と頬ひげはいくらか緩んでいる。冷笑的で、ほとんど魔術師のような目、持ち主としてはあまりに美しいその目は、ローマ軍団の兵士たちに沼地を通る悪路を教えたケルトの農民や、トマ・ローテンと巧妙さを競ったジャン・クレーヌヴェルクにこそむしろふさわしい。このような男が威厳ある犠牲者にすぎなかったはずはない。彼はしばしば共和派の知事の鼻を明かしたに違いない。

その頃いわゆる「哲学クラス」〔リセの最終学年〕を終えつつあったミシェルにとって、父親が味わっている役所の苦労などはもちろん存在しないも同然である。普仏戦争の敗北にも、シャルルヴィル生まれの同時代人であるランボーほど衝撃は受けなかった。実際、シャルルヴィルのほうが悲劇の舞台にはより近い。しかしミシェルは当時の混乱と騒々しい欺瞞を、嘲笑的な侮蔑を感じながら死ぬまで覚えていた。たとえば、嘘か本当か分からないが精神状態を端的に示す歴史的な言葉の数々。皇后の「これは私の戦争よ」という言葉。フランス軍は「ゲートルの最後のボタン一つに至るまで戦い抜く」と言明していたのに、ビスマルクによって哀れな九柱戯のように打ち倒されてしまう。オペラ合唱隊が歌う「行進しよう！」に似たパリの野次馬連中の「ベルリンへ！」。カフェの女給やボーイが示した愛国心。結局そうなるだろうと分かっていた時に口にされた「フランスの領土は一寸たりとも渡さない、要塞の石は一個たりとも失わない！」という叫び。後になってミシェルは、まさしくドイツ人たちに奪われてしまったのに、「アルザスとロレーヌはお前たちに渡さないぞ！」と喚く集団を滑稽だと思う。

本当の覚醒は一八七一年五月、パリ・コミューン弾圧の時に起こった。彼は犠牲者の数を知っていただろうか。叛徒が銃殺した八十六人の人質と、ヴェルサイユ軍が粛清したおよそ二万人の哀れな男たちを比較しただろうか。（双方とも、やれることをしたのだ。）銃殺された六、七人のコミューン兵士が、足元の番号札と一緒に白木の棺に並べられている姿を撮った、歴史上最初の証拠写真の一枚といってもいいあのおぞましい写真を、彼は見ただろうか。極悪人とされた彼らは少しくる病に罹っており、いくらか結核であり、豚肉製品を食べ、フォブール・サン＝タントワーヌ街区の清んだ空気を呼吸していた男たちだった。いずれにしても、ミシェルは裕福な人々の大恐慌を目にしたし、彼らはプロシア兵たちとも、置時計などを盗まなければ秩序を維持してくれる人間として、最後は同調した。火曜日の晩餐会は残念ながらかつての華やかさを失ったが、その常連の一人が、いわば二階ボックス席に座るようなかたちで現状を見たヴェルサイユから到着する。彼が目にしたのは、保守的な立法者たちの姉妹や妻が歩道の縁に陣取って、捕虜となったコミューン兵士たちが通り過ぎるのを眺め、この哀れな者たちの顔と目を日傘の先端で引っかく様であった。（「結局、あの人たちは自業自得よ」。）ミシェルはこの出来事を生涯忘れなかったが、だからといってそのせいで左翼の人間になったわけではなく、ただ右翼の人間になることだけは免れた。学校の司祭たちは彼の机の中からパリ・コミューンの死者たちへの頌歌《オード》を見つけて、没収する。その頌歌では、ガーンジー島の老詩人ユゴーのような雄大な息吹は感じられないものの、ユゴーばりの常套句で心底からの怒りが表現されている。放校になるかもしれないと脅かされたが、試験が近い時期に、この規律破りだが優秀で、しかも名家の御曹司である生徒を追い出しはしない。ミシェルは見事にバカロレアに合格する。

まずルーヴァン、ついでリール（その逆かもしれない）での大学生活は、いくらか騒々しい駆け足にすぎない。ミシェルは舞踏会で、上品な赤い靴とレースの胸飾りのついたシャツをこれ見よがしに身につける。同窓生の姉妹や教師の娘たちが、彼の生への渇望を分かち合う。その雰囲気は『フォーブラ騎士の恋』〔一七八七―九〇年に発表されたルーヴェ・ド・クヴレーの好色小説〕や、アンリエットに出会う前のカサノヴァの青年時代のそれを思わせる。どこか性急で、安易で、いくらか不器用な感じだ。草の上を走りまわる犬のような陽気さ、とでも言おうか。ミシェル・シャルルはおそらくカトリック系大学を信頼していたので、息子をルーヴァンに入学させたのだが、特にこのルーヴァンではフランドル風の乱痴気騒ぎがひそかに、しかし延々と続けられる。見張りが付いているようなこの若者たちは合鍵を使った戯れに興じ、厩舎の藁の上や洗濯場の布の山に恰好の遊び場所を見つける。寛大な女中たちはジュリエットの乳母さながらに話し、親切だ。こうした放恣が、時には重大な結果を引き起こすこともあった。恋人に不自由しないある美しい娘はこっそり出産し、子供は帽子を収めるボール箱に入れて捨て子施設に運ばれた。しかし、こうしたことはミシェルにあまり強い印象を残さなかったようだ。彼はダンスを踊った娘たちの名前をすぐに忘れてしまった。

その当時、賭博場で有名だったスイスのサクソン＝レ＝バンに、ある級友を誘って一緒に行こうと決断させたことがあるが、その名前もやはりミシェルは覚えていなかった。胴元を負かして賭け金を全部手に入れようと目論んでいた二人の青年は、逆に荷物も置きっぱなしでこっそりホテルから退散する羽目になった。ミシェルは徒歩でローザンヌまで行った。そこで父親が書留便で送ってくれた、ちょうど三等列車の切符の値段に相当する為替を受け取った。ミシェル・シャルルも今度は、息子を救済するため自ら出向いてくることはなかった。これが青年と賭博の魔との最初の出会いだが、おそらくビー玉に興じていた頃から賭け事には熱中していたのだ。

こうした気晴らしのせいで、真面目な勉学のほうは疎かになっていた。学生は父親から確かな記憶力を受け継いでいたから、学士の試験など恐れるに足りない。家族の言い伝えによれば、ミシェルは法学博士ということになっているが、彼がそこまで進むほどの野心や自惚れを持っていたかどうか疑わしい。卒業論文や、もし実際に試みたのであれば、博士論文を執筆するために必要な熱意はいったいどこで見つけたのか、と私はある日彼に尋ねたことがある。お金に困っている教師はどこにでもいるものさ、と彼は答えた。関心も能力もなく、自分の学位を何かに利用しようという意図さえ微塵もないのに、十九世紀に法学博士号を手に入れた金持ちの御曹司たちが数多くいたことを考えると、この種の手段はかなり一般的だったに違いない。こうした無頓着さは、四科目で優秀な成績を収めたことをとても誇りにしていた父親と、ミシェルの隔たりをよく示している。

この若きハムレットは深い嫌悪感にとらわれる。賭け事も、虚栄心の満足も、単なる快楽も、手段の良し悪しに関係なく手に入れた学位も、予期していたものをもたらしてくれなかった。家族制度に関しては、当時の決まり文句を皮肉たっぷりに引用する習慣がすでに身についていた。「家庭よりも居心地の良いところはどこだろうか?」という問いにたいして、「どこでもそうさ」と高らかに答える。家庭とは老デュフレンヌがお伴するノエミであり、ミシェル・シャルルである。是非はともかく、息子は父親のうちに虐げられた妥協的な夫しか見ようとしなかったし、自分は絶対そんな夫にはならないと心に誓っていた。ミシェルはしばしばバイユールに送られ、祖母の日曜日の夕食に連なる。彼は八十歳を過ぎたこの愛想のいい女性や、母親とあまり年が違わないように見える二人のおばが好きだ。ただし、ルイ＝フィリップ時代に過ごした二人の青春時代を語ってもらおうとか、最初の思い出が総裁政府時代にまで遡るレーヌの言葉を記録しようとか思うほど、彼女たちに興味があるわけではない。凡庸な招待客たちのせいで、おいしい料理も台無しになる。彼らの偏狭な頭の中には、あるいは晴れ晴れした顔の背後には、三十年前から新しい思想など一つも浸透したことがないのだ。遺産相続、家系、共和制の犯罪が話題になる程度である。もっともミシェルは、すでに時代遅れのスペイン趣味を示すある種の特徴が評価できないほど愚かではない。オルレアン朝支持者の代議士の未亡人であるPおばは、中国領事として死んだ息子の心臓を、金の装飾がついた水晶の器に入れて保存している。この信心深い女の寝室は遺体安置所なのだ。さらに驚くべきは、黄金時代からそのまま受け継がれたかのような誠実さ、雑草の中の薬草のように低俗な利害の葛藤の中でも生き延びる誠実さである。毎日曜日の食事のテーブルで、ある裕福ならざるいとこが、女主人からかなり遠いところに自分用の席を確保されていた。数年前、大金持ちの親類が遺言を残さずに亡くなり、遺産相続ということになった時、故人の財産は権利として彼とミシェル・シャルルに帰した。銀食器と置物は分割して、それから籤引きしようということに決めてあった。ミシェル・シャルルとノエミは客間で作業に忙しかった。少し体の不自由ないとこは、食堂のストーブのそばに座り、手の届くところにある抽斗から食器類を取り出していた。突然、彼が二人を呼んだ。駆けつけたミシェル・シャルルは、銀のレードルの下にたたんであった一枚の紙片を差し出された。

「遺言書だ……。遺産は全部お前のものだ」
この話を息子に語りながら、ミシェル・シャルルはストーブに暖かい火が燃えていたことを強調した。ミシェルから見れば、何事もなかったかのように遺産は分割されるべきだった。しかし、父親とノエミはそうは考えなかった。

そうこうしている間に、あの善良なアンリが亡くなった。家族は急いで彼の戸棚や、仕掛けのある家具を調べた。猥褻な版画や、いわゆる放縦な本が見つかるだろうと心配したのである。そこにあったのはバダンゲ〔ナポレオン三世の渾名〕にたいする古い自由主義的な攻撃文書と、ピエール・ルルーやプルードン〔どちらも十九世紀の社会主義思想家〕の端本が数冊だった。鍵のかかった抽斗には学校用ノートが一冊残っていて、その各ページに上から下まで「共和国万歳！」と乱暴に書きなぐられていた。ミシェルだけはこの変人をおそらく美化し、彼を生きている死者と見なした。

とりわけリールはいつも悪夢の町である。その煤で黒ずんだ壁、ねばねばした敷石、汚い空、お屋敷町の柵といかつい正門、貧しい通りの黴《かび》臭いにおい、半地下から上ってくる咳の音、しばしばすでに妊娠している十二歳の青白い顔の少女がマッチを売り、こうした貧民窟にやって来るほど若い女の体に飢えた男たちをじろじろ見つめる様、酒場から酔っぱらった亭主を連れ戻す帽子も被らない女たち、糊のきいた胸当てをシャツにつけ、ボタン穴には勲章を飾っているような人々が無視する、あるいは否定するあらゆること――ミシェルはそうしたものが嫌いなのだ。この町には不吉な秘密がある。彼が十三歳の頃、家の建つ界隈にある修道院の扉が開いて一人の修道女が走りだし、運河に身投げした。修道女の頭巾の下で、どのような絶望感がくすぶっていたのだろうか。老若、美醜のほどは分からないが、修道院の些細な悪意の犠牲となり、おそらく発狂し、たぶん妊娠していたあの見知らぬ女はまるでディドロの『修道女』から出てきたようで、ボスポラス海峡で溺れ死んだトルコ皇帝の妃がそうであろうように、彼の心に取り憑いて離れない。

あるクリスマスイブの夜、マレー通り二十六番地の食堂で痛ましさの最後の滴がしたたり落ちる。これもまた裕福ならざるいとこの話だが、今度はデュフレンヌ家側のいとこである。家族が食事のテーブルについている。トリュフ入りの七面鳥がなかば食べつくされて骨だけになり、食膳室に下げられた時、突然いとこのXが現れた。ごく平凡な男で、仕事運が悪く、とりあえずカトリック系の酪農場を経営している。クリスマスに招待するような身内ではないし、いきなり食事を供するような人でもない。デュフレンヌ裁判長に会いたいという。アマーブルは彼をミシェル・シャルルの書斎に通すよう命じ、法廷の審問日のような面持ちで食堂から出ていく。

樫の扉は分厚い。書斎は食堂と隣り合っているが、何も聞こえない。やがて扉が開く。いとこは出口を間違え、酒を飲んだように足がよろめき、誰も見ずに食堂を通り抜ける。アマーブルはテーブルの席に戻り、イギリスから輸入したプラムプディングを食べ始める。従僕が出て行くとすぐに、彼は闖入者と何を話したのか手短に報告する。皆も知っているように、あの愚か者のXにはアルジェリアで中尉をしている息子がいるのだが、このろくでなしの息子が借金をこしらえてしまった。父親はその借金を返済するため、カトリック系の酪農場の金庫に手をつけたのだった。

「あんな連中のために金を出してやるつもりはない」と、彼は最後に言った。

誰もが彼に同意した。そして数日後、おそらく歯痛に苦しんでいたいとこが痛み止めの阿片チンキを飲みすぎたと知った時、誰もさして動揺しなかった。例外はミシェルだけである。

マレー通りは牢獄そのものである。世界もまた牢獄である、とすでにシェイクスピアがミシェルに教えてくれていた。しかし、独房を移るだけでも一つの変化だ。そうした事態になれば、逃げ道はいくつかある。一つは宗教生活だが、家族の俗物的なキリスト教こそまさにミシェルが忌避するものだ。彼がトラピスト修道会のことを考える、それもかなり軽く考えるのは、三十年ほど後のことである。できるかぎり大文字で記される「芸術」はもう一つの解決策だが、彼には自分が将来、偉大な詩人や画家になれるとは思えない。とりあえず目先にあるもっとも容易な道は恋愛である。それは後にやって来るものだが、この時ミシェルを恋愛に向かわせたかもしれない偶然のきっかけは生じなかった。またアントウェルペンへの逃避行のせいで、植民地に向けて出発する貨物船に乗って運試しをしようという気は失せていた。いかなる衝動、いかなる気紛れが彼を軍隊へと押しやったのだろうか。おそらく、たいした理由はない。要塞のまわりをぶらつく兵隊の姿だろうか、それとも、小柄なイギリス人女家庭教師の時のように、軍楽隊を先頭に窓の下を通りすぎた兵士たちの姿だろうか。いずれにしても、その後の彼の人生について私が知っていることから判断して、いったん決断したら再び考え直すことはなかっただろうと確信している。一八七三年一月パリのカフェから、店の罫紙と不鮮明なインクを使って一通の手紙が書かれ、ミシェル・シャルルとノエミは息子が軍に入隊したことを知らされた。

第三部

どれだけ道をあるいたら
　一人前の男としてみとめられるのか？
幾年月、山は存在しつづけるのか
　海に洗いながされてしまうまえに？
そのこたえは、友だちよ、風に舞っている
　こたえは風に舞っている

ボブ・ディラン
『ボブ・ディラン全詩集』
片桐ユズル・中山容訳

宿命《アナンケ》

愕然としたミシェル・シャルルは始発列車でパリに向かった。すでに述べたように、少なくともフランドル地方がフランスに併合されて以降、一家は軍人を出す家系ではない。レーヌの兄はナポレオン軍に仕えて戦死したが、今では忘れられた例外にすぎない。ミシェルが大学校《グランドゼコール》を卒業したのならばまだしもよかったものを！　父親は息子をサン゠シールやソミュール〔どちらも軍事学校がある町〕のほうに向けなかったことを後悔する。たとえ「ろくでなしの共和国」に仕えても、いつの日か将軍になる将校ならどうにか容認できるが、ミシェルが一兵卒になると考えるだけで彼は嫌悪を覚える。パリに到着するとすぐに、彼はマク゠マオン〔元帥、政治家、一八〇八―九八。第三共和制初期に政界で重きをなした〕に会いに行った。リールの火曜日夜の常連だったマク゠マオンは、自分をもてなしてくれた男に良い印象を持っていた。二人ともカトリックであり、宗教的伝統と結びついて政治的信条となったカトリシズムに帰依している。二人とも反動政治家であり、三か月後に共和国大統領となる元帥は、県参事会会長とほとんど同じ程度に反共和主義者である。ミシェル・シャルルは歓迎をうけるが、あまり深刻に考えていないような調子で息子の決断を伝え、ミシェルの教育と資質があれば、家族が当然期待できるような階級に遠からず達するだろうとほのめかす。元帥は古代ローマ的な口調で答える。「彼の素行が良ければ他の人より優遇するし、素行が悪ければ他の人よりも厳しく扱うことにしよう。」

プルタルコスの歴史書に登場する軍人たちのような厳格な調子は好ましいとはいえ、この時はもっと情実あふれる返答が聞ければ嬉しかっただろう。だが、これ以上言っても無駄である。

祖父はヴォジラール通りを悲しげに大股で歩き、家族の忠告に従順だった自分が、勤勉な学生だった頃にその界隈を歩き回ったことを思い出す。世の中は変わったものだ！　しかも政治体制だけじゃない……。しかし、どうなるか分からない。軍隊のおかげであの放蕩息子は賢明になるかもしれない。七年経っても、ミシェルは結局のところまだ二十六歳にしかならない。志願兵は第七機甲連隊に入隊し、ニオール〔フランス西部の町〕に配属された。ミシェル・シャルルはそこまで行って息子に接吻してやりたいが、そうした愛情表現はふさわしくない。この地方人にとって、パリへの旅は普段ならお楽しみの機会なのだが、今回は芝居も、カフェ・リッシュも、大通りで擦れ違う美しい女たちも興味をそそらない。幼いマリーのために人形を買って、リールに戻った。

ミシェルはたちまち軍隊が気にいった。愛国主義が彼にとって強い情熱でないことは、すでに見た。戦争が勃発しても、自分の命を賭けるわくわくするような賭博としか考えないだろう。とりあえずは軍隊の日常生活が、もっとも単純なものを除いてすべての責任から解放してくれる。彼は軍服が好きだ。長靴や、籠手付き手袋や、陽にあたると熱い鏡のように光り輝くヘルメットや胴鎧が気にいっている。そのため七月十四日の閲兵式さなか、酷暑の正午に気絶して馬から滑り落ちたこともある。彼は馬の手入れや調教がうまく、練兵場に向かって早朝速足で馬を乗り回すのがとても楽しい。仲間たちの農民的な繊細さと諧謔、場末の労働者の厚かましい態度、物事をあるがままに受け入れる生活術、行進歌の途方もない淫乱さや猥雑さをミシェルは愛する。彼は、ボート遊びや土手で食べた川ハゼの味を懐かしく思い出すだろう。

軍人のそれ以外の余暇には、あまり興味をそそられなかった。カフェで行なわれる脂じみたトランプゲーム、カップの受け皿を積み重ねる遊び、綺麗な娘たちが通りかかると口にされる紋切り型の猥談、沈黙やあくびが混じる無味乾燥なお喋りといったものに、彼はなかなか慣れることができない。ポケットからテオフィール・ゴーティエやミュッセの本を取り出し、一杯おごってやった仲間たちに詩を読んで聞かせる。仲間たちは庶民に特有のやさしい礼儀正しさを示して彼の朗読に耳を傾けるが、『ローラ』〔ミュッセの詩作品〕のプロローグが彼らには何も訴えないことが分かる。後に彼が好んで足を運ぶことになるパリのギリシア正教会で復活祭の夜に点されるろうそくに似て、賛嘆の念は点火された火薬のようにたちまち伝わるものではない、ということにミシェルは終世悩まされた。火薬は発火しないことがあるし、人々に美しい景色を見せたり、美しい本を読んでやったりすれば、それで彼らが景色や本を評価するわけでもない、ということを彼は身をもって知った。彼はお気に入りの詩人の作品を手に草叢に座り、流れる水を見ながらページをめくる。

　この裕福な家の息子を庇護の下に置いた伍長が、町でいちばん上等な娼家に彼を連れて行ってやろうという。ミシェルは娼婦が嫌いだ。この地方の娼家の客間で見たものは、彼の意見を変えさせるには至らない。陽気で肉付きのいい女、もっと華やかな時代を経験したが今は少し老けてきた綺麗で愛嬌のいい女、まるで人足のように売春婦をしているたくましい中年女、強い酒浸りで何でもしでかしそうな馬鹿女、ペルピニャン出身で褐色の髪のアンダルシア女などである。伍長は娼婦の一人と姿を消したが、ミシェルは自分にふさわしい相手が見つからなかった、と困惑の表情で遣り手女に告白する。

「せめてあんたに似た娼婦がいればね」と彼は親切に言った。

三十歳でブルネットの遣り手女は、彼の言ったことを素直に受け取る。本当にあなたがその気なら、一、二時間あたしが喜んでお相手してあげるわよ。その後は自由にさせてね。ミシェルは断るのは失礼だと思うし、その女が気にいった。こうして楽しい一夜を過ごす。明け方になって、ドン・ホセ〔メリメ作『カルメン』の作中人物で、カルメンの恋人〕とまったく違うこの青年は、軍の点呼に遅れないように急いで服を着て、部屋を出る前にテーブルの上にルイ金貨を二枚置く。大理石の上に金が置かれる音で、眠っていた美女は目覚める。空のシャンペングラスのそばに金貨を見て彼女は起き上がり、嗚咽にむせびながら相手の男を罵倒する。あなたはあたしを金で買う娼婦と思ったのね。あたしがあなたに惚れたのが分からなかったの。他の男と同じろくでなしよ。あなたを特別扱いしたのが間違いだったわ。

ミシェルは女を侮辱してしまったことで動顚しながら、部屋を出る。通りでは足元の敷石にルイ金貨が落ちてきた。彼は拾わなかったが、ずっと後になってからもまだ、この女を意図せずに辱めたことを思い出すのだった。女は彼が気にいり、彼がより長い間そばで暮らした他の女性たちより以上に、おそらく（ありえないことではない）彼を愛したのだ。彼はその娼家に二度と足を向けなかった。

ミシェル・シャルルがマク＝マオンを表敬訪問したことは、彼が思ったほど無駄ではなかったようだ。伍長となり、続いて軍曹となった青年はまもなくニオールからヴェルサイユに異動になった。楽しい人生が始まる。ミシェル・シャルルは息子に十分な生活費を送ってやる。仲間たちの多くは、ドゥ＝セーヴル県にいた時と異なる種類の連中である。リールのマレー通りの常連だったあのサリニャック・ド・フェヌロンの息子が、ミシェルの軍隊仲間になる。それから一世代後、ベルナール・ド・サリニャック・ド・フェヌロンという男は、プルーストの作中人物サン＝ルーのモデルになったようだ。ミシェルの若い友人には、『失われた時を求めて』に登場するこの人物の父親の相貌を認めるべきではないだろうか。サン＝ルーに言わせれば、この父親は素晴らしい男で、ただ『ワルキューレ』の時代ではなく『美しきエレーヌ』〔オッフェンバック作の喜歌劇、一八六六年の作品〕の時代に生まれたのが不幸であり、好感の持てる遊び人で、何らかの理由で人種と階級の壁を越えて、ニースでニッシム・ベルナール氏と親交を結んだ。いずれにせよ、ミシェルと上品な友人は若者たちの貴公子だと感じる。二人とも立派な馬や、美味い夜食や、流行の芝居や、かならずしも娼婦ではないらしい流行の女たちに興味を抱く。二人とも賭博好きで、しかもミシェルは破産するほどの賭博狂である。サン＝ルーがマルセルにしてあげるように、華々しい下士官は新入りをパリ上流社会の友人たちに紹介する。夜は時間を節約するため、二人はブローニュの森の一部を斜めに突っ切って兵営に戻る。準備よろしく二輪馬車の座席の下にはあらかじめ派手なケピ帽を隠しておき、将校たちのためにしか開かない柵を通過するため、直前に取り出して被るのだった。

ある友人がミシェルを、ヴェルサイユに住む親類の家に連れて行った。若い妻は少し色褪せたような優雅さを持ち、中年の夫は写真に目がない。夫は流しと水切り器を備えた暗室で日がな一日過ごす。妻のほうはミシェルにいろいろ親切にしてくれるが、このなかば情婦のような女にはどこか厳しく張り詰めたものがあり、それが青年を不安にする。昼食に招待されたある日のこと、ド・X氏は庭にいて、片足に包帯を巻いていた。捻挫で、単なるけがだという。帽子屋がお試し用の帽子を持って参りました、と召使が奥様に伝える。彼女はしばらく二人の男のそばから離れる。ド・X氏が微笑みながら言った。

「私の暗室は地下倉にある。階段は危ない。いつも壊れやすいものを手にいっぱい抱えて階段を下りるのだが、幸いなことに慎重に段を踏むんだ。ところが昨日はつまずいてしまった。まったくの偶然で左手は空いていたのだが、もしそうでなかったら私は手すりに摑まって身を支えることも、倒れた際の衝撃を弱めることもできなかっただろう。そんなわけでこの捻挫だけですんだのさ。ところがどうにかこうにか起き上がってみると、誰かが階段の踝の高さに鉄線を張っておいたのに気づいた。妻があなたをとても気にいっているなどと思ってはいけませんよ。彼女には情人《おとこ》がいて、あなたはその隠れ蓑なんですから。」

女主人が再び姿を現し、杖をついた夫に手を貸して食堂に向かう。食事は作法どおり行なわれた。ミシェルはその後、訪問の回数を減らした。

ミシェル・シャルルは息子が賭博ですった少額の金を何度か支払ってやった。一八七四年八月、ミシェルは大負けする。いわゆる名誉の借金を返す日が迫っていたので、ミシェルはマレー通りに電報を送った。その電報が母親の手に渡る危険はあったが、いずれにしても、借金の額が大きすぎてこの新たな過失をノエミに隠しとおせるものではなかった。その日の夕方、青年は短い返事を受け取る。「支払不可能。」

他に頼る当てはない。サリニャック・ド・フェヌロンも彼と同じく金に困っている。その夜、二十一歳の誕生日を迎えてからわずか一週間後の一八七四年八月十七日、ミシェルは軍服を脱いで入念に平服に着替え、還俗まぢかの僧が修道服に接吻するように自分の胴鎧とヘルメットに接吻し、ヴェルサイユ駅でパリ行きの列車に乗る。かつてあやうく父親の命を奪いそうになった列車だ。平和が戻って以降、パスポートはもはや問題ではない。サン＝ラザール駅でディエップ行きの客車に乗り込み、ディエップから船でイギリスに向かった。

ミシェルはきわめて移り気な気質なので、サザンプトンの波止場で目にした背の高い警察官《ポリスマン》の姿、列車の窓から見える緑地、そしてまもなく巨大なロンドンとの最初の遭遇が不安な気持ちを吹き払ってくれた。もっとも、それも長くは続かない。さしあたっての心配は金である。イギリスで「商売していた」リールの外交販売人たちが話すのを耳にしていたチャーリング・クロスの、ごく粗末なホテルに彼は部屋をとった。煤煙と黒く湿った濃霧にはリールにいた頃から慣れていたが、ロンドンの煤けた乱雑さはリールとはまったく比較にならなかった。

生まれてはじめて、彼はまったく孤独である。どんなに不幸で反抗的な人間よりも、孤独だ。そうした人間でも、家族や学校や軍隊でまったく孤独ということはない。名前と顔は知られているし、他の人たちから助けを期待できないにしても、少なくとも非難や、害のあるなしに拘わらず嘲りや、友情のしるしや、あるいは逆に友情が裏返された結果としての反感の表れを期待できるのだから。リールでは、見知らぬ人でも多かれ少なかれ知り合いだったし、少なくとも自分が知っている集団のどこかに分類できた。バイユールにいたっては、知らない人がいなかった。ルーヴァンでは学生の身分によって、ニオールとパリでは軍服によって規定されていた。思春期に家出した際は、確かに短いながらも孤独と窮乏を体験したが、電信線の向こうにはいつも父親がいた。今となってはミシェル・シャルルは存在しないも同様であり、数百万の人間が暮らしている都市だけに、ロンドンでの孤独は募る。彼が暮らしていけるかどうか、それとも子供時代に目にしたなかば伝説的な修道女がリールの運河に身投げしたように、テームズ河を墓場にすることになるのかどうか、誰もそんなことを気にかけてくれないのだ。

連隊を脱走して以来、繊維製品の輸入を専門にするあるイギリスの手堅い商会の名が護符のように彼を支えていた。この商会はフランス北部の数多くの繊維工場と取引きがあり、Pおばさんの身内が経営していた繊維工場もそうした一つだった。それまで繊維産業にまったく関心のなかったミシェルだが、ロンドン塔と英国銀行を除けば、威圧的なW商会は彼がこの巨大都市で知っている唯一の建物だった。そして試してみるべき最初の機会でもあった。

年鑑で住所を調べ、カフェのボーイに道を尋ねた。大学では上手いと思っていた英語も、街路で話されるコックニーにたいしては役立たなかった。森の中を長い間歩き回った時のように、ロンドンでの探索は彼を困憊させた。節約のためホテルでは量の多いイギリス式朝食を食べなかったので、空腹だった。幾度か道に迷った末に、ようやく目的地に着いた。W商会の社長は接客できないという。ミシェルは引き下がらず、控え室に腰を据えて必要ならいつまでも待つ気だった。正午になると、従業員たちが目立たぬ挨拶をするので社長と分かる人物が出てきて、昼食のため近くの食堂に向かった。出る時も戻った時も、社長は若い外国人がその場に張りついている姿に気づいた。しまいには好奇心に駆られて、ミシェルを迎え入れた。

ミシェルが大学で習った英語は、通りよりこの事務所で役立った。青年はそれまで二度会っただけの、いくつもの工場を所有する従兄の名前をひけらかし、フランスとの連絡役を引き受けたいと申し出た。社長は時計の飾りをいじりながら、適当に聞いていた。やがて邪魔者は追い返された。

こうして体よく追い出された裕福な家の息子はしばらく控え室に腰掛け、考えを整理し、すぐにでもフランス料理店に行ってボーイか皿洗いの仕事を探したほうがいいのではないか、と思った。そうしている間に、やさしく聡明なまなざしの男が彼に近づき、いくつか質問した。中央ヨーロッパの強い訛りがある英語を話すその日焼けした小柄な男の親切さには、抵抗できなかった。ミシェルは自分の本名以外はすべて彼に打ち明けた。小柄な男は抱えていた商品見本を床に置いて、発送主任がいた最初の事務室を抜けて、もっと質素な事務室にミシェルを通した。若いフランス人は織物にラベルを貼り、梱包を手助けするために、ごく安い給料で雇われた。ミシェルは救われた気がした。同時に、人間が苦労の末に見出す仕事はたいてい、自分がそれに向いていると考えていた仕事ではなく、自分が役に立てると思っていた仕事でもない、ということを理解して驚きもした。退社の刻限だった。ミシェルが外に出ると、歩道には恩人が立っていた。恩人はお礼などいいですからと言って、ミシェル・ミシェル氏に住まいはどこですかと尋ねた。ミシェルに当てはなかった。

「それなら拙宅に住んだらどうでしょう？　家を買ったばかりで、間借り人を置けば借金を早く返済できると言われてるんですよ。部屋代は安くしておきますから。」

二人はホテルに立ち寄って、フランス人の薄い旅行鞄を受け取る。ミシェルはあらためて礼を述べるが、相手は再びそれには及びませんと返す。ミシェルが見つめるこの少し脂ぎった小柄な男は彼にとって、聖史における若いトビアスにとっての大天使ラファエルのようなものである。家はプットニーにある。道すがらロルフ・ネイジェル（彼はそう名乗った）は自分のことを滔々と語る。父親はブダペストのユダヤ人で、何か暴動が起こった後に亡命し、ソーホーで長い間ハンガリー料理店を経営していた。ロルフは竈よりは織物が好きで、この分野でそれなりの成功を収めたのである。ロンドンでそこそこ商売を軌道に乗せたこの穏やかな無政府主義者にとって、ミシェルが脱走兵だという事実は彼の共感を増すもう一つの資格である。

きずたに覆われた煉瓦造りの質素な家は、シティーに較べれば牧歌的だ。ロルフはミシェル氏を若い妻に紹介する。父は私に彼女の名前を教えてくれなかったので、妻の名はモードということにしておこう。（夫の姓名も私が捏造したものだ。）モードは美人で、くすんだ赤毛の下で顔色が青白かったりピンク色だったりする。ミシェルはやがて着色石版画や美術館の展示品をつうじて、ロセッティやバーン＝ジョーンズの作品に親しむことになるが、この繊細なイギリス女性は、彼らのモデルを思わせるいくらか妖しげな魅力を湛えている。食事の後、安物の家具が並んだ客間に移ると、ロルフはピアノに向かう。音符は読めないのに、流行のオペレッタのアリアやミュージックホールの聞き古された曲をいきいきと演奏し、他人には聞き取れないが歌詞を口ずさむ。ミシェルは社交的に、ハンガリーの歌を一曲所望する。すると、まるで異なる人間の相貌が現れてくる。ロルフはいわば凝縮された情熱をこめて古い曲を歌いだすが、最後は道化芝居で終わる。彼がミシェルに請求した下宿代は、すぐに借金を返済できるほどの額ではない。中央ヨーロッパのユダヤ人街から逃れて来た男は、間借り人にたいして王侯のように寛大な態度を示す。

この先どうなるのか読者はすでに気づいているだろうから、焦《じ》らせずに話を急ごう。三週間も経たないうちに、ロルフが競売で手に入れ、自慢にしていたインド更紗のカーテンがついた大きなベッドのマットレスの上で、ミシェルとモードは一緒に横たわっている。内気そうに見えた若妻は、じつはかなり淫乱な女だった。土曜日ごとにロルフは、ロンドンの反対側にあるユダヤ系老人たちの養老院に住む父親を訪ね、恋人たちに自由で楽しい時間を与える。彼が出かけるやいなや、夫婦の寝室はヴェーヌスベルク〔『タンホイザー』〕

で描かれる愛欲の世界」に変貌してしまう。姿見のついた簞笥や化粧台の鏡には、夕方帰宅するロルフが気づきもしないさまざまな場面が刻まれていたはずである。時々この音楽好きの夫は一人でコンサートに足を運び、モードも間借り人もお伴をしない。日曜日になると、三人はプットニーの公用地《コモン》を散策したり、リッチモンド公園まで足を延ばしたりする。モードはそこで、飼い慣らされた雌鹿を手で撫でるのが好きなのだ。ロルフはミシェルに、自分がロンドンの詩情と見なすものを教えてやる。きらめくウィンドーで鮮やかに照らしだされる歓楽街や、ちょっとした贅沢品を扱う商店街、淡い街灯の下で客を待ちかまえる娼婦、自分が間違いなく興行主や座席売りを知っている小劇場、あまり高くない美味いレストラン、マダム・タッソーの蠟人形館、そして監獄の外観などだ。ロルフは時には妻と間借り人にミュージカル・コメディーを見せてやる。割引席でショーを見物した後は、ささやかなパーティーを開く。男たちは勘定を割り勘にする。

ロルフが自分に示してくれる信頼がミシェルにはいくらか感動的で、少しばかり滑稽に思えるが、ミシェルが自分自身に向ける非難は慣習的なものにすぎない。ベッドの快楽を放棄することは論外だった。名誉を傷つけられた夫が剣によって名誉回復を要求していれば、まだよかったものを！　しかしロルフが何かに気づいたとしても、彼は間借り人に決闘を挑んだり、決闘場で一戦交えたりするような男ではない。食卓でも、散歩でも、そしていつもの夜のピアノのそばでも、モードは常にくつろぎ、二人の男にこのうえなく親切な態度を見せていた。

しかし数か月経つと、ミシェルはこうした三角関係の生活が耐えられなくなる。『タイムズ』紙の求人欄で、ある男子中等学校に乗馬とフランス語会話の教師の職を見つけ出す。ミシェル夫妻には一軒のコテージが供されるという。彼はモードに駆け落ちの決意をさせる。

ある土曜日、ミシェル・ミシェル氏は商品の包みとラベルに永遠の別れを告げる。ずっと後になってから知ったことだが、モードは現金を工面するためにロルフからもらった慎ましやかな宝石類と、客間にあった粗末な置物の一部を安く売り払っていた。だがその日の夜、誰もいない家に帰ってくる哀れな男のことを思うと、ミシェルは同情を禁じ得なかった。モードのほうはもっと冷淡だが、こうした場合に多くの女がするように、不倫の睦まじさを利用して夫を罵倒するということはしない。ロルフはいい人で、いつも彼女にやさしくしてくれた。二人が知り合った時、彼女は婦人帽子店の見習いだった。あの仕事をもう数年続けていたら、胸を患って死んでいただろう。ロルフは愛の営みをする時、それほど不快で要求の多い男ではない。ずっと前からロルフは僕たちのことに気づいていたと思うかい？　さあ、それは分からないわ。

二人はサリー州のコテージで数か月の幸福を味わった。そのコテージの壁には蔦が巻きつき、秋になると赤くなる。ミシェルが世話するサラブレッドは、連隊を脱走して以来彼を苦しめていた馬への欲求を満たしてくれる。彼は馬術を教え、フランス語をすでに知っている生徒とフランス語で会話するのが好きだ。フランス語をあまり知らない生徒の訳の分からない話はあまり聞こうともせず、すぐに英語に戻ってしまう。モードにはきわめてイギリス的な想像力が具わっていて、パン屑を探し求める二十日鼠が通るとそれを御伽話にしたて、欠けたティーポットがあればそれを幻想物語の人物に変えてしまう。屋外のどこかに腰かけ、髪を風になびかせるのが快いと思う女である。いくらか水の精、いくらか火の精である彼女は帽子を被らずに雨に打たれ、それから台所の火で体を乾かす。木の葉の下に姿を現す遅咲きのイヌサフラン、草叢を走る兎、家の裏で二手に分かれ、鳥たちが住む小島をなすなかば凍った小川など、あらゆるものが二人の恋人を魅了する。クリスマスの時期になれば、伐採されたばかりの樅の枝のにおいが焼いた七面鳥の香りと溶けあう。もし幸福が発光するものだとしたら、二人が住む樹下の小さな家は無数の光で輝くことだろう。

　とはいえ、モードは時々イラクサのベッドに落ちたような感覚にとらわれる。他の教師たちのしかるべき妻から見ると、この美しすぎる女は完全な淑女ではない。ミシェルとモードが司祭の祝福を受けて結ばれたのではないという疑惑が、二人の周囲にどことなく漂っている。ミシェルは衣服の趣味が悪い上品ぶった女たちを嘲笑うだけだし、モードも日によっては彼と同じように振る舞う。ところが卒業免状を出す時期になって、学校側は翌年度ミシェル先生を雇わないと告げた。

　残っていたわずかな金をはたいて二人は、安い家賃で家を貸してくれるデヴォンシャー州の農家に夏の間住み着く。食べ物にはがっかりした。ミルク、クリーム、卵、果物は毎朝ロンドン方面に出荷されてしまう。農家の人に言わせれば、そうしたものを食するのは「お金を浪費する」ことなのだ。恋人たちは干し草刈りやりんごの収穫を手伝い、二つの林の間を蛇行する小さな谷間が点在する開けた風景の中を散策する。高く伸びた草からは、人を茫然とさせるような官能性や湿った暖かさが発散している。しかし、二人が朝市に出掛けた近在の小さな町の広場で連隊の軍楽が聞こえてくると、ミシェルは突然辱めを受けたような気持になる。彼の場合、怒りは一種の不安の表れなので、ミシェルはモードに食ってかかる。そして言葉も交わさず、二人は大通りを戻っていく。

　翌日、サリー州で過ごした数か月のことが話題になり、モードが語り出す。中等学校でいちばん図々しい生徒が、校長先生のお茶の席で彼女に関する噂話を耳にしたので、あのふしだらなミシェル夫人を手軽にものにしてやると断言した。そこで乗馬の教師が留守にした隙をねらってコテージにやって来ると、彼女にあからさまに言い寄ったのだという。彼女はその生徒をかなり苦労して、なんとか制止した。嘘をついているだろ、とミシェルは大声で言うが、やがて涙に暮れながら、お互いの愛をあらためて誓い合って二人は和解した。

ところが夜になると、ミシェルの心に再び疑惑の念が湧いてくる。あれほど愛の営みが好きな女が、なぜあの金髪の美少年を拒んだのだろうか。翌日、モードが受け取った郵便為替のことでまた諍いが始まる。モードはそれが自分にやさしい唯一の身内であるおばから届いたものだと言い張ったが、実際はロルフが送ったささやかな援助金だったのである。ミシェルは即座に荷物をまとめ、フランスと連隊に戻った。

彼は降格となった。後になってから無雑作に、階級章剝奪の儀式は歯を抜くようなものと言った彼だが、自分で認めたよりはおそらく辛い体験だった。彼と同時に軍隊に戻ってきた仲間がいて、並んでこの儀式を甘受した。二人だったので事は容易になり、彼らは一緒に茶化してみせた。ミシェルはとにかく兵営に戻ったことで、一種の動物的満足感を味わう。同年代の男たちが周りにいるおかげで、恋人と共に過ごした時間のけだるさとは雰囲気が異なる。ミシェルの情事は、この素朴な人たちから見て彼の評判を落とすどころか、むしろ彼を伝説的な男にしたてた。父親がサン＝ドミニック通りとエリゼ宮の老人〔共和国大統領になったマク＝マオンのこと〕のもとで息子の庇護を頼んでおいたから、放蕩軍曹は失った階級章をたちまち取り戻した。

リールでは家族と和解したに違いない。というのも、この時期のものとおぼしい、おそらくは写真館で撮られた家族の驚くべき集合写真が残されているからである。もっとも、マレー通りの客間にもきっと似たような家具や、同じ鉢植えの椰子があっただろう。ミシェル・シャルルはすっかり老けこんだ。居心地悪そうに椅子の縁に腰掛け、おそらく少し硬直している両脚を前に出し、丸い顔には灰色の頬ひげをたくわえ、この端正で教訓的な写真ではまるで気づまりな様子だ。彼が一人息子と絶縁したのではないかという噂を搔き消すために、いわば注文されたような写真である。ノエミのほうは背筋をぴんと伸ばし、張り骨と襞べりの付いた黒いドレスに身を包み、当時マティルド皇妃がしていたような髪型に整え、肘掛椅子に座っている。しかし彼女はナポレオン三世の従妹よりも、むしろ世界の反対側に住む同時代人、清の摂政西太后を思わせる。二人は同じように近づきがたい堅固さと、偶像のようなぎごちなさを具えているのだ。なかば閉じた瞼で、まるで城壁の銃眼の隙間をとおして見るように、疑り深そうに目の前を見つめている。写真屋はモデルたちにポーズを取らせる際、ノエミに幼いマリーの首に腕を回すよう指示した。マリーは両脚を折り曲げて絨毯の上に座り、子供らしい自然さで黒く長いソックスと黒い短靴を見せ、いかにも聞き分け良さそうな子供の綺麗な顔を父親のほうに向けている。そしてリボンで結った髪が、かわいらしいお下げになっている。ミシェルはミシェル・シャルルが腰掛ける椅子の背もたれに寄りかかっている。ほっそりして青白く、いくらか取り乱した感じのミシェルは、上の空だったことが分かる。どんよりと暗い目は「あらぬ方を」、つまり当面はイギリスの方を見ている。

写真家の目から解放されると、家族の絆はゆるむ。ノエミは息子に、お前のような人間は末は死刑台送りだよと言うが、これは彼が幼い頃からノエミが繰り返していた予言である。憂い顔の青年は口応えしない。休暇で数日しかリールにいないのだから、たいていのことは我慢できるのだ。ミシェル・シャルルのほうは相変わらずやさしく、口数も少ない。彼は周囲の人間の気持ちを逆撫でしないため口に出して言わないが、分別ある男の居場所は軍隊ではないと心のどこかで考えている。平和な時代に軍を脱走するのは犯罪ではなく、むしろたんに無謀な行為だと思われた。いずれにしても、事件はもう終わったことである。

夜になると、ミシェルはロンドンのことばかり考えていた。そして英語が彼にとって愛の言葉になってからというもの、熱心に読んでいたイギリス詩人からの引用をちりばめた手紙を、ほとんど毎日のようにモードに書いた。手紙は二重の封筒に入れ、若妻が買い物する食料品店宛てに送った。モードが勧めたこの慎重な策は、おそらく必要なかっただろう。ロルフが二人の手紙を差し押さえたという証拠は何もない。モードの返事は特に意味のない短い文言だったり、接吻の代わりに×印や○印をつけて、二人の共同生活にいろいろ言及する陽気でやさしい心情の吐露だったりした。

ある日、ミシェルはとうとう我慢できなくなった。モードはロルフと決定的に別れ、定められた日にピカデリーの小ホテルで最愛の男と落ち合うということに決まった。（おそらく一八七八年三月のことである。）若い下士官はていねいに畳んだ軍服を再び抽斗に収め、物入れの上で輝いている胴鎧に最後の一瞥をそそぎ、私服に着替え、こっそり兵営を後にする。こうして軍隊だけでなく、家族やフランスとも決定的に離別し、特赦がないかぎり四十五歳になるまで祖国に戻れないことを彼はよく知っていた。

最初の愛撫を交わした後、モードが彼に良い知らせを伝えた。リヴァプールで商売を営んでいる友人が、ちょっとした遺産を手に入れるためアイルランドに旅立ち、そこに居を構えるつもりだという。友人はモードに店の管理を一年間任せてくれた。ミシェルが何かもっといい職業を見つけるまでの間、まさに願ったり叶ったりの仕事だった。洗面用具、化粧品、香水を専門にしていたその店は、劇場近くのくすんだ小路にあった。顧客はおもに、いささか淫らな女たちと巡業中の役者たちらしかった。在庫品を点検して、二人は大笑いする。ラベルと趣意書は永遠の若さや、適度な丸みをおびた体や、トルコ後宮のオダリスクさながらのさまざまな美しさや、なめらかな唇や、すがすがしい吐息を約束していたからである。化粧用品もふんだんに揃えてあった。香水が大嫌いなミシェルは（「いい香りのする女性というのは、匂わない女性のことだ」）、マカッサル油〔調髪用オイル〕やばら水のかすかな匂いになかなか慣れない。やがて彼は店が住所交換の場でもあることに気づく。遣り手女や堕胎専門の産婆が、香水の行商人とほとんど同じくらい店にやって来る。黒っぽいゼリーの怪しげな香りが青年を不安にする。モードの説明によれば、この危険なゼリーは顧客名簿に載っている人にだけ売るようにと、店の所有者である友人から厳命されていた。

ある時、危機が勃発する。ジンをたらふく飲んだ女役者が店に入ってきて乳房用のポマードを買うと、その場で胴着のホックを外し、ミシェルさん自ら彼女の萎れた胸に塗ってくれと迫ったのである。こうした怪しげな雰囲気の中でも、モードはミシェルほど気づまりではなかったのだが、彼はモードの反対を押し切ってこっそり逃げ出すことに決めた。

この短いリヴァプール滞在の間、若きフランス人は街路や波止場をずいぶん歩き回った。私自身は第二次世界大戦の爆撃後にはじめてその波止場を目にしただけで、一八七八年頃どんな様子だったかほとんど知らない。しかし大きな船会社の傲慢さ、海外貿易への投資、出帆の興奮、帰港の影響などはそこに感じられたはずだ。道を踏み外したことを認めない若き追放者のうちに、かつてアントウェルペンのドック周辺をさまよった青年の相貌がかすかに甦る。マストと煙突、海のせいで錆びつき、水垢のついた船腹、人々の往来が渾然と混じりあう光景に、ミシェルは飽きることがない。あらゆる人種に属し、皮膚の色も多様で、時には頭にターバンを巻き、裸足の人々は（おそらく彼らの一人がモードの店に黒いゼリーを卸しているのだ）、赤やベージュや灰色の肌をした現地人の群れの中をくねくね歩き回っている。ミシェルは、そこから立ち去り、おそらく二度と戻ってこないだろう男たちとしばらく意気投合する。彼らのように振る舞い、あの女を棄てる……。彼はオーストラリア人が彼らのメルボルンを褒め、ヤンキーが彼らのニューヨークを褒めるのを耳にする。メルボルンは遠すぎる……。ニューヨークと言えば、一気に富を築かなければたちまち野垂れ死にする町だと思っている。向こうではすべてがあまりに醜悪だから、金持ちのアメリカ人が熱中するのはヨーロッパだけなのだ。とはいえ、漠然とした小説のような想念と、興味をそそる情報の断片が彼に目配せする。ウォール街の大富豪の跡取り娘たちに乗馬を教え、どの辺にあるのか地図を見てもよく分からない謎めいた「西部」で大牧場を買い、広いつばのついたフェルト帽をかぶって州から州へと渡り歩き、ポーカーで大金を儲けたり失ったりして、あちこちで悪者どもを懲らしめる……。必要とあらば、モードはいつでもマンハッタンで帽子職人や家政婦として働き口を見つけられるだろうし、彼のほうは他の多くの男たち同様、南アメリカで人造肥料を掻き集めるか、メキシコで武器の密輸に手を染めるだろう。特徴的なことに、この冒険好きな男は当面あまり金に困っていないので、大西洋を横断するため船の一等席に乗り、モードは古着屋で必要な夜会服を買った。

旅は陰気だった。モードの美しさと高級娼婦じみた衣裳は何人かの男性乗客の注意をひき、ミシェルはそれで気分を害した。彼女のほうは、おそらくそんなふうになるとは思っていなかった。ポーカーで大儲けするどころか、父親がひそかに送ってくれたわずかな金の一部さえ、ミシェルは数回のゲームで磨《す》ってしまった。当時、あまりに巧妙な賭博師たちは大西洋航路の厄介者だったのである。二人が正式な夫婦でないことが当局の気に障ったため、彼らはアメリカ合衆国といってもエリス・アイランド島しか見られなかった。そして中甲板の三等席でイギリスに戻った。

モードとミシェルはこの不運な出来事にも落胆しなかったが、アメリカへの憧れはなくなった。この失敗は自作自演した笑劇のように思われた。ミシェルは以前勤めた学校より評判は少し落ちるものの、また男子中等学校に教師の口を見つけた。校長は牧師で、寄宿舎の食事がよく、生徒たちに月ごとに高得点を取らせたので学校が成功したと確信していた。子供たちの丸い頬と好成績が家族を喜ばせていた。ミシェルには再び、今度はクレマチスで覆われたコテージが当てがわれたが、以前のものより少し不便で、馬もいくらか元気がなかった。イギリスの田舎生活の歓びが恋人たちの生活をまた変える。無頓着で美しいモードは、牧場《まきば》の縁や下草の生えた森を散策するようになる。二人の生活には、ある百姓が顧みなかったのをミシェルが買いうけた緋色の見事なセッター犬が加わった。レッド（この凡庸な名前は私の捏造であり、本当はどんな名前だったかぜひ知りたいものだ）は馬術教師が騎行する時にお伴し、習慣的にモードとミシェルが共にするようになったベッドの足元で眠る。

ところが、青年の心から消えない不安の念が肉体的な変調となって現れる。不眠に悩み、脈拍が異常に速まる。馬に乗っている時はあれほど冷静な彼が、二階の窓に近づくと眩暈を覚えるのだ。そこで彼は隣の小さな町で医者に診てもらう。その医者は、どんな場合でも患者にたいして率直に接するべきだと考えていた。確かに率直さは良かれと思ってつく嘘よりはいいが、率直をとおす人間が正しい診断を下せない場合は迷惑なものである。医師はミシェルに職業は何かと尋ね、答を聞いて眉をひそめた。

「乗馬は止めなくちゃいけませんよ。両親はどちらにお住まいですか」

ミシェルの両親はフランスにいる。

「すぐに知らせなさい。あなたは心不全を患っていて、いつ致命的になっても不思議はないくらいです。休息といつも養生することだけが、今後数年生き延びるための唯一の方策です。性の快楽は健康に障りますから、少し慎みなさい。」

死刑宣告に等しい診察の費用をしかるべく払ってから、ミシェルは家まで二、三マイルの道程を歩く。モードには医者から下された宣告の言葉を伝えない。生と呼ばれる現象は互いに反応する化学物質の束の間の沸騰に似ている、と彼は早くから考えていた。いずれその沸騰が終わる時はやって来る。だからといって心配するには及ばないし、ましてや父親を不安に陥れる必要はない。医者の診断はしだいに忘れ去られた。しかし私は今でも時々思うのだが、ミシェルの度を越した気前良さ、何かをすぐに諦める性癖、現在を享受しようとする情熱、そして将来にたいする無関心は、五十年近くにわたって多かれ少なかれ潜伏していた、この突然死という想念によって強められたのではないだろうか。


二人は、恋人たちが休暇を認めあうような段階に達していた。モードは週末しばしばおばさんの家で過ごしていたが、このおばさんというのが不明瞭な人物で、口実のようであり、同時に亡霊のようでもあった。彼女が留守にしていたある日、ミシェルは以前から気を引かれていた校長のぽっちゃりした小柄な妻と、言葉以上のものを交わした。モードと同様、牧師の妻も愛の営みが好きだった。若いフランス男と気兼ねなく悦楽に耽るため、彼女は家の屋根裏部屋で彼に二十四時間過ごさせるという手段を思いついた。夫の日曜日は、一連の説教や、慈善活動にたずさわる生徒の母親たちとの話し合いで埋まっていた。それはまた、彼がX卿の家で夕食をとる日でもあった。小間使は月曜朝までお休みだ。村の家々の鎧戸がまだ閉まっていた早朝に、恋する女はミシェルを勝手口から中に招き入れた。屋根裏にしっかり隠れていた彼は、裏切られている夫が階段を下り、不実な妻とやさしく挨拶を交わす声を聞いた。女はそれから、ミシェルに家の中を歩き回るのを禁じた。隣家の女の目がガラス窓越しに男の姿をとらえるのを怖れたからである。十八世紀の放蕩小説のように、激しいながらも用心深い恋人から食べ物をもらい、自分の慎ましい欲求を満たしてもらうという、いくらか屈辱的な快楽を彼は味わう。牧師は夜遅く帰宅し、すぐに寝てしまった。英国国教会信者の淫乱な女は、おそらく眠りたかっただろう囚われ男のもとにすぐ戻ることができた。女は男を明け方、ひそかに解放した。

ところが、この放縦な行動が二人を遠ざけることになった。不安からか、それとも飽きたのか、校長の妻は遠くのほうから馬術教師に挨拶するだけとなり、彼のほうも同じ流儀で挨拶を返した。この厚かましい小柄なブルジョワ女(おそらく早計だろうが、ミシェルが彼女に下した判断はそのようなものだった)は、娼婦ほどにも敬意に値せず、結局のところ、娼婦ほどの肉体的魅力にも恵まれていなかった。

その夜、愛情が再び湧きおこって、彼は駅のプラットホームでモードを待った。彼女は手にいっぱい荷物を抱えて下りてきた。隣の席に座っていた親切な男が、いちばんかさばる箱を扉越しに彼女に手渡した。彼女が見せた微笑がミシェルを苛立たせた。ええ、おばさんは元気よ。二人で一緒にクリスマス用の買い物をしたけど、あまり高くなかったわ。それ以外のことは、それが実際にあったとして、彼女が打ち明けない事柄だ。この時期は諍いの多い時期になった。ミシェルが近所の若い女性や、貴族の名前を持つ女性や、おしゃれな身なりの乗馬婦人に馬術を教えるのが、モードは気にいらない。天気が悪く、低い空が雨を溜めこんでいるような日、ミシェル夫人は長椅子に横たわって感傷的な小説を読み耽る。帰宅したミシェルが長靴を乾かしたり、靴下を履き替えようとしたりしても、喜んでくれるのはレッドだけだ。お茶を飲んでいると、とげとげしい非難の言葉が飛んでくる。私はあなたのために夫を棄てたのよ、気配りがきいて、いい給料をもらい、いつか部長か副社長になるかもしれない夫を。結局、住み心地がいいのはロンドンだけよ。私はコテージの古い竈で料理して手が荒れてきたわ。フランスの男は皆そうだけど、あなたも浮気者よ。それに私のためには指の先さえ切りはしないでしょう〔フランス語で「指の先を切る」とは苦労する、という意味〕。ある日、ミシェルは彼女の言葉を文字通りに受け取る。

「お前はそう思うのかい、いとしいモード。」

ウィーダ〔イギリスの女性作家で、メロドラマ風の小説を書いた。一八三九－一九〇八〕の小説に没頭していた彼女には、ミシェルが寝室に上がり、そこで何かを手に取り、半開きの扉から出ていくのが聞こえなかった。それはある穏やかで曇った日の午後のことだった。ミシェルはあたりに落ちていた紐を拾い上げて、左手を庭にあった椅子の背もたれに結わえつけた。銃声がしたので、モードは恐怖に駆られてすぐに飛んできた。左手の中指がだらりと垂れており、肉の筋でわずかに第一指骨と繋がっていた。まるで水切りのように、金属製の椅子の穴から血がどくどく流れ落ちていく。彼女はどうにかこうにかミシェルの手に包帯を巻いた。腕を吊ったまま、二里ほどの距離を歩いて彼は診察所に向かった。

診察所を出た時、指は切除され、腕は相変わらず吊った状態で、残された手はしかるべくヨードチンキを塗って包帯にくるまれていた。これは事故だと説明されて医者は一応納得したが、ミシェルが真っ青なのを見て、しばらく診察所の長椅子に横になっていなさいと勧めた。しかし彼はじっとしていられない。奇妙な形見だからといって、彼は切断した指をハンカチに包んで持っていきたいと頼んだが、しまいにはふざけて、外に通じる扉を開けてくれた小柄な小間使の首にその指を投げつけた。若い女は卒倒する。ミシェルは自分と同じ方向に行く荷馬車を呼び止め、農夫の隣の席によじ登った。しかし限界だった。彼も眩暈がしていたのである。

こうした行動は、ウィーダの小説で語られているもっとも荒唐無稽なエピソードにふさわしかった。おかげで、二人の愛は一時的に強まった。だが傷口が癒着した手を見ながら、女のために死ぬのは美しいが、指骨を二つ失うのはおそらく愚かしいとミシェルは思ったりする。それから、また愛情が甦ってくる。小さなコテージには、あまりに多くの諍いの思い出が詰まっていた。二人は他の町でやり直すことにした。

今では父親から定期的にお金の援助を受けていたミシェルは、ロンドンに近いところに住もうとモードに提案する。そして当時の住まいから二十マイルほどのところに、小さな借家を見つける。郊外の駅のすぐ近くに位置し、その気になれば一時間でロンドンに出られる。中等学校を離れるのは喜びだったし、身の周りに貯めこんだものを荷車で運び出すのも楽しみだった。学年度が終わるまで三週間しか残っていないので、ミシェルはレッドだけを連れて、食べ過ぎの生徒たちの乗馬訓練を監督するため学校に戻る。最後になって、レッドを隣に住む親切な農夫に譲る決心をするが、この決心は彼に辛い思いをさせることになった。譲ることにしたのは、休閑地や森を駆け回ることに慣れていたあの立派な犬が、郊外の家で庭の壁に閉じ込められるさまを彼が想像したくなかったからである。ところが新居に戻ってから二日後、扉を引っ掻く犬の吠え声が聞こえてくる。緋色の大きな犬が主人の胸に飛びつき、それから横たわる。水を満たした小鉢を与えても飲めないほど憔悴し、床板を弱々しげに尻尾で叩いている。どのようにしたのか知らないが、レッドは農夫の家を逃げ出して、およそ二十マイルの道のりを走ってきたのだった。ミシェルは生涯けっしてレッドと離れないと心に誓う。

新たな人生は予想に違わず快適だった。二人はしばしばロンドンに出向く。モードは店をめぐり歩き、ミシェルは本を買い、芝居に行き、アーヴィングとエレン・テリー〔どちらも当時の有名な舞台俳優〕に夢中になる。近くの調馬場で午前中に働く口を見つけた。何かして慎ましい家計の助けにしようと、モードは昔やっていた帽子職人の仕事を自宅で再開する。レッドとの長い散歩から帰宅したミシェルは客間に一瞥をくれ、モードがお客と帽子の形のことで話し合っている姿を目にする。夜、モード自慢の美しい手がリボンや編んだ麦藁帽子の上を滑るさまを眺めるのは快い。だが本と、ピアノやオペレッタを口ずさむ声がないことを除けば、二人の生活はロルフとモードがかつてプットニーで送っていた生活とほとんど同じだった。

そうしている間に、ミシェルは一家の印章で封印された封筒に入った父親の手紙を受け取った。いつものように短いが、心のこもった手紙だった。ミシェル・シャルルの体調はすぐれない。ずっと以前から彼はロンドン見物したいと思っていたし、まだその気持ちと体力があるうちにロンドンを訪れる決心をしたのだった。一週間滞在するつもりだから、その間ずっと息子に付き添ってほしい。英語ができないから、ミシェルにはドーヴァーの船着場まで迎えに来てくれという。

客船が着岸するとすぐに、一人の老人が一等席のデッキから下り立ち、タラップのほうに進む姿がミシェルの目に入った。背が高く、少し太りぎみで、片手に衣裳トランクを、もう片方の手にはていねいに丸めて革紐で締めた膝掛けを持っており、その両端から傘が突き出ていた。まるで何事もなかったかのように、列車の中で会話が始まった。ああ、カレーからドーヴァーまでの船旅は快適だったよ。ミシェル・シャルルの健康状態はあまり良くなかった。三十年近く治まっていたのに、また胃潰瘍の痛みが出てきたのだ。リールの湿潤な気候のせいで、リューマチも毎冬ごとに悪化していた。乗務員が持ってきた熱いお茶を、旅人は喜んで受け取る。カンタベリー駅では大聖堂を見ようと、扉から顔を出す。その昔クレイヤンクール家には、トマス・ベケット〔中世の聖職者でカンタベリー大司教〕という名をつけられた者が何人かいた、と無邪気な癖をつい出してしまう男の口調で、彼は息子に語る。この殉教した高位聖職者が中世には全ヨーロッパで名声を博していたからであり、そしてまたかつて、イギリスとフランドル地方の名家は強い絆で結ばれていたからでもあった。しばらくすると、モン＝ノワールの麓一帯がそうであるように、道端を彩るホップ畑の緑の葉飾りにミシェル・シャルルはうっとりする。

ロンドンでは、派手な豪華さがなく、使用人たちが個人宅のようにきちんと作法をしつけられている、厳かな雰囲気の立派なホテルに落ち着く。息子には隣の部屋を予約しておいた。以前から味わってみたかった英国料理が含まれる、上等な夕食を部屋に届けさせる。きちんと閉じた赤いカーテンがロンドンの喧噪を弱めてくれる快適な部屋の、暖炉の傍らで夕食が供された。その夜はずっと、父親と息子が相互に愛情を示すことに費やされるだろう。これは文学がめったに主題化しない感情だが、万一それが存在する場合にはもっとも強く、もっとも充実した感情の一つである。

ミシェル・シャルルはそれとなく、ミシェルにいろいろなことを語らせる。青年には久しい以前から話し相手が欠けていた。英語は完璧に操れるが、理解してくれる聞き手を前に母国語でしか表現できない思いや感情というものがある。その夜、彼自身の秘められていた部分が表面に浮上してきた。あまり重大視していないように思われないため冗談めいた口調で、大西洋横断の旅のことも話したが、切断した指の件では、細部をいろいろ捏造する暇があったので事故だと言いくるめた。とはいえ、この七年間のさまざまな出来事を語っていると、それが彼自身にも夢のように儚いものに思えてくる。自分の気持ちを説明しようとするとたちまち、自分のことが分からなくなってしまう。モードについてもあまり話すことはないのだが、それはずいぶん長く同居しているにもかかわらず、おそらく若い女が彼にとっていまだに謎めいているからであり、彼女にたいして抱く感情が言葉では適切に表現できないからであり、そしてまたおそらくは、彼女のことを語りながら、本当はもう彼女を愛していないことを自覚しているからだろう。彼は父親にモードの写真を見せ、通例そうだが、この写真では彼女があまりよく写っていないと言い添える。美しい女の姿を見てしかつめらしい表情になったミシェル・シャルルは、その写真をしばらく眺めた後、何も言わず息子に返す。

食後に葉巻をくゆらせながら、父親は声の通りをよくするため咳払いした。

「私の体調がよくないことはお前にも分かるだろう……。遅くならないうちに、私はお前がしかるべく身を固めて、わが家からあまり遠くない場所に住んでほしいのだ……。お前の結婚問題をとくと考えてみたよ。もちろん、お前の軍人としての立場が話を複雑にしているし、それで二の足を踏む家庭もあるだろう。私が目をつけている女性はアルトワ地方〔フランス北部〕の、じつはあまり裕福じゃない立派な旧家の出身だ。両親との交渉は順調に進んでいる。本人にも一度会った。ブルネットの美人だよ。美人のうえに、艶めかしい。年は二十三だ。怖いもの知らずで馬にも乗るから、少なくともその点ではお前と話が合うだろう。」そして自分の趣味である系図のことに触れて、言い添える。「それに、向こうの一家とわが一家は十八世紀にすでに縁戚関係を結んでいる。」

そんな細部はどうでもいいと言いたいのを我慢して、ミシェルは、特赦がないかぎり自分はまだ十五年以上フランスに戻れないと伝える。

「もちろん」と、うなずきながら父親は言う。「もちろん分かってるさ。だが、状況の困難さを誇張してはいけない。モン＝ノワールはベルギー国境から近い。税関吏も他の人たちも、皆私たちのことを知っている。数時間くらいフランスに滞在することには、目をつぶってくれるだろうよ。ド・L家もほとんど同じような状況だ。アルトワ地方にある彼らの領地はトゥルネから遠くない。お前たちにはベルギー領に住居を見つけてあげよう。」

父親には申し分ないと思われるこうした計画が、ミシェルの心に、すべてが常にまるく収まる裕福で折り目正しい階層にたいする嫌悪感を呼び醒ました。不幸を感じようとしないこの世界こそまさしく、彼が軍隊に入って、それからイギリスに渡って逃れようとしたものなのだ。しかし儀式ばったボーイが持ってきたグロッグ酒のグラスを青年が差し出した時、ミシェル・シャルルの手がかすかに震える。老紳士はまず懐のポケットから四つに畳んだ薄葉紙を取り出し、唇に近づけて、喉の奥まで消化剤の粉末を呑みこむ。
「この件は、お前だってすぐには決断できないだろう」と、温かい飲み物をスプーンで掻き混ぜながら彼は言った。「しかし、お前の冒険の盛りはすでに過ぎたように私には思える。お前には行き詰まってほしくないのだ……。お前だってもう三十歳だし……。それにこの目で初孫を見ようと思えば、私はあまりゆっくりしていられない。」

　結婚しても行き詰まるものさ、とミシェルは言い返したくなる。しかし、モードとの生活もやはり展望がないのだと、何かが彼の耳元でささやく。ミシェル・シャルルはしつこく言わず、話題を変える。息子は父親が荷物を片付けるのを手伝ってから、隣の部屋に下がる。

　翌日は、ロンドンの観光地を見物したり、楽しいことをしたりして一日を過ごした。ミシェル・シャルルが最初にしたのは、有名な仕立屋で服を誂えることだった。ミシェルは彼をボンド街に連れて行く。父親はこの機に、息子にも新しい衣服を買ってあげた。ミシェル・シャルルの昔からの夢は、イギリス製の高級な精密時計を手に入れることだった。長い間逡巡した後、彼はいちばん高価なものを選ぶ。二重になった超薄型の収納ケースが開くと文字盤があり、その真ん中で小さな針が秒を刻んでいる。時は過ぎて戻らずというラテン語の銘句が、ホラティウスの老いた読者には気に入った。最初のものよりさらに薄い二番目の金色の丸いケースはばねで動き、時を刻む仕掛けの複雑なからくりを露わにしていた。老人はそれをじっと見た。おそらくこの機械装置があと何年、何か月、何日自分のために動き続けるのだろうか、と自問していたのだろう。晩年になってからのこうした買い物はおそらく一種の挑戦であり、贖罪である。

　ミシェル・シャルルが昼御飯を食べたがった典型的にイギリス風の食堂で、息子はにやりとしながらテーブルの上に五ポンド紙幣を置いた。先ほどミシェルを金持ちの外国人を店に連れてきたガイドだと思った宝石商が、こっそり彼に渡した手数料である。ミシェル・シャルルは気前のいい態度で、この儲けを息子に突き返す。旅人の新しい衣服を入れるための高級な旅行鞄も買わなければならなかった。再び買い物につきあい、手数料をもらう。ミシェル・シャルルがピカデリーのある店のショーウィンドーで、ノエミ夫人のために黒玉を刺繍した肩掛けを選んだ時、ロルフのおかげでミシェルがロンドン商人のやり方を熟知していたことが役立った。ウィンドーに飾られている品物のほうが、薄暗い店の中でお客が見せられるまったく同じだという品物よりもしばしば質が良い、ということをミシェルはよく知っている。そこで彼は言い張る。コルセットでしっかり締め上げられたノエミの胸にかけられるのは、ショーウィンドーに飾られている肩掛けだ。

一週間の残りはロンドン見物に当てられる。ミシェルは、ロンドン塔に上るのは疲れるのではないかと父親を気遣うが、アン・ブーリン〔ヘンリー八世の妃、一五〇七―三六〕やトマス・モアに関心のあるこの旅人の体力は、螺旋階段も前庭も乗りきった。二人は一緒にハンプトンコートの花壇を嘆賞し、テームズ河畔の軽食堂で薄い輪切りになった胡瓜《きゅうり》添えのバター付きパンを味わう。ウェストミンスター寺院で、ミシェル・シャルルは一つ一つの横臥像の前で立ち止まって思慮に耽る。息子は父親がプランタジネット朝やテューダー朝の人物なら、誰についてもよく知っていることに驚く。大英博物館で、老人はパルテノン神殿の残骸をうやうやしく観察するが、とりわけギリシア・ローマ時代の古代美術品の前ではゆっくり時間をかける。イタリアやルーヴル美術館で若い頃熱中して見たものを思い起こしていたのだろう。絵画の分野では、何人かの十八世紀の肖像画家を除けば、彼が興味をそそられたのはオランダとフランドルの流派だけだ。それでミシェルは、かつて父親と手をつないでアムステルダムの美術館を見物し、父親が「夜警」について解説してくれたことをあらためて思い出す。二人は取りたてて音楽好きではないが、ミシェル・シャルルは一晩コヴェントガーデンに行きたがる。イタリアの歌手が『ノルマ』〔ベルリーニ作曲のオペラ〕を上演していた。

出発の日は雨になった。ミシェル・シャルルは新たに買った立派な旅行鞄のことが少し心配になる。二人の男は波止場で抱擁を交わす。リールに戻ったらすぐ例の計画に関して手紙を書こう、と父親は言う。それまでは何も決断せず、よく思慮してほしい。当面、おそらくお前には金が必要だろう？

実際ミシェルは金が必要だったが、遠慮して何も言わない。ミシェル・シャルルは少し口ごもる。

「若い女というのは……。親の希望どおりに物事がうまく収まればいいのだが……。たぶん手切れ金を……。」

「いや、そんなものは必要ないですよ」とミシェルはいくらか素っ気なく答える。

その場にいない女のことで息子を傷つけてしまった、とミシェル・シャルルは感じる。ミシェルのほうは荷物の持ち運びを手伝いながら、気持ちの隔たりを押し隠す。旅人の姿は雑踏の中に消え、それから再び現れる。一等席の食堂の窓ガラスを軽く叩きながら、小さく別れの合図をしている。父親は老いて、しかも病気だ。青年はこれまでその二つの状態についてほとんど考えたことがなかった。

モードのもとに帰る郊外列車の中で、立派な旧家の美しいブルネット女のことを深く思うまでもなく、ミシェルは自分がすでに決断していることに気づく。だが、どうやってモードに切り出せばいいだろう。彼女は一緒に笑ったり、泣いたり、愛の営みを交わすにはいい女だが、ものの道理を説明して分かるような相手ではない。小さな家に近づいてみると、明かりが灯っていない。レッドだけが廊下の暗がりで待っていた。モードの衣裳簞笥は開いていて、空だ。彼女は長枕の上にピンで留めた置手紙を残していった。あなたのお父様がこんなに長く滞在したのは何のためか、私にはよく分かっています。だから私はロルフのもとに戻ります、ロルフもそれを望んでいるから。一緒に暮らした間幸せだったけれど、何事にも終わりってあるものよね。もしあなたがすぐに帰らなかったら、家政婦が犬の面倒をみますから。そしてモードはいつもの習慣から、署名の下にキス代わりの○印をいくつも書き添えていた。

翌日はずっと、いろいろな支払いに追われた。二か月先までの家賃、肉屋、八百屋、魚屋、食料品屋の支払い、そして家政婦の給金。モードは家計簿をつけたことがないので、金額を確かめる術がなかった。ロンドンの花屋からプットニーにバラを二ダース届けさせたので余計に金がなくなったミシェルは、町に部屋を借りて、父親からの連絡を待った。節約のため、貧しい界隈のユダヤ人が営む店で新聞紙にくるんだ魚のフライを買って食べたり、部屋を照らすガス灯のかすかな炎で卵を焼いたりした。レッドの餌のほうが自分の食料より高くついた。

父親の手紙は三週間後に届いた。リールに帰ってからミシェル・シャルルは病気になり、それより早く手紙を書けなかったのだ。ロンドン滞在は自分の人生でほんとうに楽しい時間だったと彼は書いていたが、おそらくその疲れが出たのだろう。放蕩息子が戻って来られるよう、準備はすべて整っていた。ミシェルはオステンデ行きの客船に乗り、そこからイーペルまで来ること。そこで誰か信頼のおける者が、国境を越える手助けをしてくれる手筈になっていた。ミシェル・シャルルは旅費だといって、かなり高額の金を送ってきた。

最後の夜、ミシェルはプットニーの家の周りを歩いてみたいという気持ちを抑えられなかった。窓のカーテンはきっちり閉まっていた。部屋着のまま手紙を投函するため外に出てきたロルフが若いフランス人に気づき、親しげに近寄った。ミシェルは、明日イギリスを離れると告げた。自分の感情を抑えられないロルフは、おいしい牡蠣が食べられるリッチモンドのレストランに行って、三人で夜食にしようと提案した。ミシェルは断るべきだと感じながらも、承諾した。ロルフが二階に上がって着替える間、彼は客間でしばらく待たされたが、それは耐えがたい時間だった。やがて、まるでパーティーにでも出かけるような衣裳をまとったモードが姿を現した。夜食の席で、彼女はほとんど喋らなかったし、ミシェルもあまり多弁ではなかったが、ロルフだけは陽気にはしゃいだ。自分は一八八四年元旦、つまり三か月ほど経つと副社長に昇進するのだと言い、会社の噂話をいろいろ話しては涙が出るほど笑いこけ、ミシェルとモードのアメリカでの失敗談にまでおかしそうに言及した。ミシェルは怒りをこらえた。モードはそんなことを彼に話すべきじゃなかったのだ。ロルフはそれ以上くどくど言わなかった。彼の大きな目に宿る善良そうなまなざしが妻や、ミシェルや、隣のテーブルに陣取った夜食の客や、白い前掛けをつけたボーイや、救世軍のために募金活動をするピンク色の頬の若い女性にかわるがわる、親しげに向けられていた。テーブルで、モードは帽子に垂らしていたベールを持ち上げた。想像するに(というのも、ミシェルはモードの最後の姿について私に何も教えてくれなかったから)、彼女はイギリス女性がいつも好む緑色のドレスをまとい、まるでごく小さなホラ貝でもつまむように、口元で牡蠣の殻を二本の指でつまんでいたことだろう。

ミシェルは漠然と、一杯食わされたような気がしてくる。ロルフが二つの操り人形の糸を引いていたのだ。彼にはもしかしたら愛人がいて、一時的に若い妻を厄介払いできたのを喜んでいたのではないだろうか。彼はモードをほとんど父親のように愛していて(彼女より十五歳も年上だ)、彼女が結局最後には、プットニーの家と副社長の夫のもとに戻ってくるような女だと知ったうえで、女性に一度だけ情熱と小説趣味をたっぷり味わわせてやるという危険な実験を、うまくやり遂げたのではないだろうか? 青年はデヴォンシャー州で受け取った郵便為替と、モードがロンドンのおばを頻繁に訪ねていたことを思い出す。リヴァプールの香水店を営むことを示唆したのも、アイルランドに発った友人ではなく、おそらくロルフ自身だったのだろう。ミシェルの想像はさらに先へ、かすかに想像できるだけだが、硫気孔のように臭くて危険な滅びの深淵のほうへと下りていく。もしロルフがなかば性的不能者で、外国の青年を相手とした後腐れのない娯楽をモードに提供してやるのがいいと、出会った最初の頃から考えたのだとしたら？　もし彼に、根本的な悪徳や、迫害されてきた民族に固有の自虐趣味があるのだとしたら？　実際には何も説明してくれないこうしたさまざまな解釈の中で、ミシェルはもっとも稀有で、同時にもっとも単純な解釈には思い至らない。つまりロルフが途方もなく、度し難いほど善良な人間だという解釈である。

勘定をめぐって礼節をわきまえた遣り取りを交わした後、二人の紳士は割り勘にした。ミシェルの帰国とロルフの昇進を祝って乾杯が行なわれた。三人はガス灯の下で別れた。

ミシェル・ミシェル氏はミシェル・ド・Cに戻り（とはいえ、その気になると彼はしばしば再びたんにミシェル・ミシェルになる）、父親の言いつけに従った。一八八三年の秋、ミシェルはモン＝ノワールを二、三度ひそかに訪れた。ミシェルはイーペルから十五キロほどの道程を歩き、税関吏たちのほうは挨拶したり、無視したりした。こうした行動はかなり危険だった。正体が露見して逮捕されれば、脱走兵は牢獄要塞に二年間閉じ込められるからだ。ミシェル・シャルルはもっと慎重なので、時々馬車に馬をつけさせ、イーペルやコルトレイクまで息子に会いに行く。一度だけだが、青年は大胆にも退屈な生地であるリールまでやって来る。禁じられた場所だということで、むしろ魅惑をおびていたのである。大晦日の頃、ミシェル・シャルルはノエミを引き連れてトゥルネの「ノーブル・ローズ」ホテルでミシェルと再会する。そこにはフランスから出て来たロイス・ド・L男爵、その妻マリー・アテナイス、そしてやがてミシェルが娶ることになる彼らの娘も止宿していた。この公式の出会いが婚約を確定する。活動的な義母であるマリー・アテナイスは、祖先がフランス革命中にトゥルネに亡命したのでこの町で生まれた女性であり、まもなくそこで、若夫婦に邸宅を貸してくれる友人あるいは親戚を見つけ出す。ミシェルが正式にフランスに帰国できる許可を得るまでのことである。ミシェル・シャルルはその邸宅に、かつてノエミが屋根裏部屋に放り込んだ立派な古家具をたくさん入れた。一八八四年四月、ミシェルとベルト・ド・Lはトゥルネで結婚した。

彼自身はまったく口出しできなかったこの結婚式よりも、はるかに彼の記憶に残る悲劇がそれ以前に起こっていた。三月のある夕方、彼は結婚前の最後の訪問として、いつものように慎重にモン＝ノワールへ向かう。その年、おそらく息子により近づくためであろう、ミシェル・シャルルは早くから田舎に落ち着いていた。いつものように、ミシェルは徒歩である。遅い雪が葉の落ちた樹木の下や、灰色の野原にうっすらと広がっている。いつもの習慣でレッドは主人に付き従う。道端で跳ねまわったり、茂みの下を這ったり、そうかと思うと急に見えなくなり、また猛烈な速度で戻ってきては主人がいることを確認する。この国境地帯では、多くの密売人が犬の首に禁輸品の小さな包みを取りつけていた。よく仕込まれた犬たちが自ら国境の両側を往復していたのである。その日の夕方一人の税関吏が、薄く積もった青白い雪の上でどうやら飼い主のいない犬を見つけ、発砲した。銃声と、その後に呻き声が聞こえたので、ミシェルは次の曲がり角まで走った。致命傷を負ったレッドには、わずかに彼の手を舐める力しか残っていなかった。若き主人は地面に倒れこみ、涙を流した。それから遺骸を抱き上げ、モン＝ノワールまで運び、そこで木の下に手厚く葬った。足が速くて軽快な犬は、石のように重かった。レッドは数年過ごしたイギリスからミシェルが持ち帰った、もっとも貴重なものであり、彼にとってはモードを想起させる記念の動物以上のものだった。それはミシェルが契約を結んだ仲間であり、とりわけレッドが困憊するまで主人を探し、ついに見つけたあの日以来そうだったのである。それはまたわれわれが皆犯した罪の犠牲者、われわれを信頼していたのに、われわれが守り、救ってあげられなかった罪のない生き物でもあった。ミシェルが迷信深い男だったならば、この深い悲しみはある前兆のように思われたことだろう。

私の祖父の願いはきちんと叶えられた。結婚から一年後、夫婦のあいだに一人息子が生まれ、ミシェル・フェルナン・マリー・ジョゼフと名付けられた。省略してミシェル・ジョゼフと呼ぶことにしよう。十八歳年上のこの異母兄についてしばしば述べるつもりはないが、彼をまったく無視すると私の物語の一部を削り落してしまうことになる。今のところ小間使の腕の中で泣き叫んでいるだけの幼児がどういう性格か見きわめるのは、時期尚早のように思われる。しかし、一文だけはどうしても引用しておきたいし、それもミシェル・ジョゼフ自身からの借用である。私が他の場所で言及し、彼がおよそ六十年後に執筆した短い回想録の冒頭で、彼の誕生が語られている。その文章と比肩しうるようなものは、おそらくどんな自伝にも見られないだろう。「私はトゥルネのある邸宅で生を享けた。文書館に保管されている資料によれば、その家具だけで二万六千フランの出費を要したという。」

先に語ったように、息子が無分別なことをしても、ミシェル・シャルルと息子の場合は愛情が消えなかった。次の世代になると、事情はまったく異なる。教育もかなり影響していた。両親は温泉町から温泉町へ、競馬から競馬へと子供を連れ回すことがほとんどできなかった。子供は、ある時はフェ（偽装した名称である）にある一家の領地で、祖母マリー・アテナイスの愛情あふれるものの無秩序な世話に委ねられ、またある時はモン＝ノワールで成長した。モン＝ノワールで、陰気な子供はもう一人の祖母である気難しいノエミとそれなりに気が合った。冬になると、ミシェル・ジョゼフは無愛想な老士官と、その妻で、磁器に絵を描いて自分の作品を古いリールの製品と思わせている小柄な女性の支配下に置かれる。そこから生じた不快事が、この夫婦の若い下宿人におそらく強い不安を与えた。後年、ミシェルの敬虔な妹であるマリー・ド・Pは、少年の邪険な性格をもてあまして、兄に子供を引き取らせている。やがて子供は宗教系の学校から非宗教的な学校へ、ヴォジラール通りのイエズス会士からドゥエの高等中学へ、さらにそこからリヴィエラにある裕福な家庭の息子たちを受け入れる寄宿舎へと、矢継ぎ早に転校することになるだろう。もっとも学校は変わっても、多かれ少なかれまずい食事と、多かれ少なかれ汚い校舎以外にとりたてて違いはなかったのだが。相変わらず浪費好きなミシェルは、めったにないとはいえ息子のことを考えると、鉛の兵隊の玩具から最初のオートバイや最初のスポーツカーまで、とにかくプレゼントをたくさん買ってやる。息子が青年期になると、お供ということで誰か友だちと一緒の長い旅行の費用も出してやる。他のところで述べたことだが、ミシェルは息子や二番目の妻、あるいは愛人の一人と一緒に時間を過ごすため、時には息子を休暇中に呼び寄せたり、中学校から勝手に連れ出したりする。こうした出来事はしばしば悪い結果に終わる。

そのため二人の男の間には反目が生じ、それは生涯続くことになる。一九〇六年、成人に達した息子は祖国としてベルギーを選ぶが、それはトゥルネで誕生した彼には当然できることだった。ミシェルは苛立ったが、自分が脱走兵だったせいでミシェル・ジョゼフはフランス国外で生まれ、こうした選択が可能になったのだということには思い至らなかった。同じ状況になれば他の男たちもそうであるように、青年はフランスの三年間の兵役を逃れることしか考えていなかったし、それがあまり愛国者ではないこの父親を不快にするはずはなかっただろう。しかし、理屈は情熱家が得意とするところではない。祖国を変えることによって、同時に息子がモンテーニュや、ラシーヌや、ラ・トゥールのパステル画や、『諸世紀の伝説』〔ヴィクトル・ユゴーの詩集〕を捨てたのだ、とミシェルは漠然と感じたのであり、それも完全に間違いではない。予想できた反発から、息子はあらゆる点で父親と正反対の振る舞いをした。三人の妻と多くの愛人を持ったミシェルには、子供は全部で二人しかいない。ミシェル・ジョゼフは子沢山の父親になる。父親は読書家だが、息子のほうは臆面もなく自らの無知蒙昧を認める。宗教生活のある種の側面にたいしてきわめて強い関心を抱いていたにも拘わらず、ミシェルはいかなる信仰とも無縁に生き、死んでいく。他方ミシェル・ジョゼフは十一時のミサを欠かさない。自分の祖先に無関心な貴族たるミシェルは、父方の曾祖母の名前すら知らない。ミシェル・ジョゼフは系図に熱中する。父親は息子にたいして無頓着で、甘かったが、息子のほうは自分の子供たちには厳しい態度を示す。その短い回想録の中で、ミシェル・ジョゼフは何かにつけて逆らったこの父親について、できるかぎり触れない。「愛しいお母さん」と呼ばれるベルトでさえ、死んだ時に一度だけ登場するにすぎないし、ミシェルはまさしく、彼が母親の死に涙しなかったといって責めた。

しかし、二人をもっとも隔てるのは金銭にたいする態度である。ミシェルが金を好んだのは、もっぱら浪費するためである。ミシェル・ジョゼフが金に執着するのは、社会的尊敬、有利な人間関係、社交上の成功など、彼にとってたいせつなものはすべて銀行口座がなくなれば崩壊する、ということを知っているからだ。私は子供の頃、二人の男が憎悪に満ちた非難の言葉を銃弾のように交わすのを耳にした。「あんたは何世代も前から一家のものだった領地、クレイヤンクール、ドラヌートル、モン゠ノワールを売り払った……。」「祖先の領地の話をしよう……。お前はもう、領地がある国の市民ですらない……」国境が流動的なこの地方では他の場所よりも愚かしいこうした口論が、最後には殴りあいになったのを私は少なくとも一度はこの目で見ている。息子の父親にたいする憎しみ（おそらくそれは、多くの満たされない愛情ゆえに募ったのだろう）が、息子の信じたがっていたことをミシェルがすべて否定したことに由来するのか、それともただたんに、支配する君主が財産を浪費したことを推定相続人が許さなかっただけなのか、距離を置いた立場にある私には判断できない。財産の帰属を一種の信任と見なす者にとって、その二つの態度は結局同じものでしかない。

この異母兄の肖像を、浪費者の跡を継いだ復興者として聖人伝のように描けるだろう、ということはよく分かっている。一九一一年、結婚してベルギーに落ち着いたミシェル・ジョゼフは、富を得たいという情熱や、家名や肩書にこだわる俗物主義《スノビスム》が他のところ以上に蔓延している、あの金儲け主義一辺倒で社交的なブリュッセルに住みついた。だが、ここで注意しよう。黄金時代のアムステルダムが問題なのであれば、われわれは金儲け活動の趣味を抒情的に扱わないまでも、敬意をこめて扱うことができる。十八世紀ドイツの古臭い宮廷が舞台ならば、紋章をめぐる感傷や小さな貴族集団にもそれなりの魅力は具わっていよう。何かを四十年間も執拗に欲したら、ほとんど常にその欲しているものを手に入れられる。私の異母兄は、自分が暮らしたいと切望していた、彼にとってなかば目新しいこの環境にうまく入り込むことができた。そして子供たちには、立派で安定した結婚をさせた。お互いほぼ二十五年間も音信不通が続いた後、私は一九五七年に彼から便りを受け取った。リールの祖父がフランスでは時代遅れだとして反故にしていたナイトの称号を、自分と子孫のために獲得した、あるいは認めさせたというのである。私は思わずにやりとしそうになったが、今では分かる。いまだに宮廷と、その活動がきわめて表面的とはいえ、活動的で生き生きした貴族を有する小国家の市民にとって、自分をナイトと認めてくれる証明書を手に入れて喜ぶのは、フランス人がレジオンドヌール勲章をもらってシャンパンで祝杯をあげるのと同様、けっして馬鹿げたことではないのだ。

ここでは背景的な人物だが、私の人生においてそれなりの役割を果たしたこの人間を、一気に描写しておこう。子供の頃、彼が突然やって来ると私は怖かったものだ。この堂々とした青年には、少し踊る感じの滑るような歩き方で、静かに部屋に入ってくるという奇妙な才能があった。その歩き方は、後年私がプロのフラメンコダンサーに見出したもので、母方の曾祖母からジプシーの血を受け継いだという話が単なる家族の伝説ではない、と思わせるほどだ。好んで不良のふりをしていたこの少年は、しかし早い時期から、まるで救命ブイに摑まるように社会のしきたりにしがみついた。彼にとっては存在するだけですでに欠点である異母妹が、彼が幼い女の子について抱いていた通念以上に夢想家で、真面目で、もの静かなことに彼は苛立った。大きな口でよく笑う子供だった私が彼の前では笑わなかっただけに、なおさらそうだった。私は海辺で起こったある午後のことを今でもよく覚えている。砂丘の上にいた私は、波が盛り上がり、割れ、絶えず生じる一本の長い線となって砂浜に押し寄せるさまをじっと見つめていた。今ここに私が書き記した一文はもちろん現在の私が書いたものだが、七歳の少女の漠然とした知覚はその場で表現されたものではないにしても、老いた女性の知覚と同じか、あるいはもっと強烈だっただろう。異母兄が静かな足取りで近づき、私は沈んだ声で説教されるのを聞いた。「いったいお前は何をしてるんだ？ 子供というのは遊ぶもので、夢想に耽ったりするものじゃない。お前のお人形はどこだ？ 女の子はけっしてお人形を手放さないものだ。」私は子供時代に特有の侮蔑にみちた無関心さを示し、すでに紋切り型の言葉と感じたことを口にするこの青年を愚か者の範疇に分類した。実際には、皆と同じように彼にも奇妙なところや謎めいたところがあったのだが。

自分にたいするちょっとした親切、たとえば風邪で寝ていた日に誰かが持ってきた一輪の花が、この神経質な男を涙の出るほど感動させた。この種の感じやすさはしばしば、自分のほうからはお礼に何も与えず、人から何かもらうことに驚く卑しい人間の特性だということを理解するのに、私は長い時間を要した。他方で私は彼が、たいせつだと思われる人たちに信じがたいほど冷酷な態度で接するのを目にした。彼は「邪悪な死者」を信じており、そうした死者が身内にいると想像して恐れていた。想像力に恵まれないことを自ら望んでいた男がこうしたことを考えるのは意外だが、おそらく祖母マリー・アテナイスから受け継いだ性質だろう。この女性はどうやら、時々亡霊に遭遇していたらしい。良き父親の生徒が多くそうであるように、私の異母兄はまったくの嘘とも言えない曖昧な表現をもてあそんだ。ドゥ＝ディオン＝ブトン製の車がモン＝デ＝カの丘に登れたはずがない、とはなから確信していたノエミの質問に、彼は車でそこに着いたと答える。実際は干し草を積んだ荷車で、丘の麓で車が故障した後、彼を乗せてくれたのである。その後になると彼は、金がもたらす利息を得るため請求書の支払いはなるべく遅くすると自慢してみせる。その遅れが出入りの商人を困らせるかもしれない、という考えが脳裏を掠めることはなかった。他方で彼は、ある親類が赤貧のままに残した私生児の権利を粋人として、ほとんど騎士のような態度で守った。その親類の遺産を当て込んでいたのだが、もちろん彼に遺産は残されなかった。こう述べるのは残念だが、その時ミシェルは彼を嘲笑った。モンテーニュが言ったように、われわれは皆さまざまな断片から出来上がっているのである。

十二歳から二十五歳までの間、私はこの異母兄に会うことがなかった。一九二九年一月ローザンヌで、臨終間際の父親のもとに呼び寄せようと彼に手紙を書いた。私は間違っていた。ミシェルはそんなことをするな、と私に命じていたからである。ただその二年二、三か月前、すでに病を得ていた父はイギリスの中産階級にしか見られないような、感傷的で儀礼的なイギリス人女性と結婚し、この女性が彼を献身的に看病していた。もっともなことだが、彼女は義理の息子に知らせるのが当然だと考えた。ミシェル・ジョゼフの返事によれば、ブリュッセル郊外に家を建てるのに忙しく、ローザンヌまで旅する金が手元にないということだった。しかもこの厳しい冬、吹雪の朝に、スイスに旅すると思っただけで妻は神経の発作を起こしたという。だが実際は、家族の良き伝統の擁護者である異母兄は、長く続いた病気の治療費や、貧しく死んでいく男の葬儀費用の一部を負担しなければならないのではないか、と恐れていたのである。彼は父親のせいで自分の利益が損なわれたと思っていた。

私はそこで止めておくべきだった。ところが義母はディケンズを俗っぽいと見なし、ゴールズワージーの小説に描かれた良家を敬愛するようなイギリス女だったから、近親者どうしは和解できると信じていた。当時の豊かならざるイギリス人の多くがそうであったように、彼女もかつてヨーロッパ大陸、とりわけベルギーの家庭に下宿して何年も過ごした経験があった。ロンドンで小さな工場を相続したところだったので、彼女はいくらか気紛れなこともできた。子爵夫人の称号をまとってベルギーに戻る自分の姿を想像していたのである。すでに述べたように、最後は出入り商人たちから伯爵と呼ばれるに任せた父も、その点はもっと厳密だった私も、古い子爵領の所有者がかならずしも子爵ではないのだと彼女に納得させることができなかった。この事実の重要性はミシェルにも分かっていなかったと思う。他方で、エノー地方の領地からなる私の母の遺産は、ミシェルが素性の定かでない管理人たちに任せておいたが、こちらも手入れが必要だった。クリスティーン・ド・Cがブリュッセルに失望してスイスに戻り、そこで夫の人生最後の二年間をともに過ごすまで、私はベルギーに断続的に滞在した。私は異母兄が新しく建てた家で、しばしば夕食の席に連なったものだ。その家は上から下まで、バイユールとリールの家族の家具や肖像画で飾られていた。モン＝ノワールを売却した後、ミシェルはそうしたものが必要なくなったので、息子が引き取るに任せたのである。父の死後の遺産分配について言えば、ミシェル・ジョゼフは長子相続権という単純な理論をまだ信じていた。公正を期すならば、彼はミシェルが人の考えるほど零落して死ぬことはないだろう、怪しい手段で娘のほうを優遇したのだろうといつも思っていた。私のほうは、長持や鬘をかぶった肖像画などに興味はなかった。

現代社会はそうでないかもしれないが、現代に近いいくつかの時代の社会が意識的に若者たちを性的無知の状態に置いた、ということはよく言われてきた。それに対して、われわれが皆財政と法律に関してひどく無知だということは、あまり強調されていない。われわれの自立と、時には生活さえ左右するこの学問については、もっとも聡明で教養ある人間でさえしばしば文盲にすぎない。この分野で私は自分一人では問題を解決できないと感じる程度には、いくらか知識があった。生活の本拠がパリにあり、処女作がパリで出版されたばかりだった私は、当時愚鈍さの都と思われたあのブリュッセルに向かう時は、いつもいやいやながらパリを離れたものだ。現地に居を構え、不動産事業にたずさわっている異母兄なら私よりうまく土地を売れるだろうし、その利益を投資に回すこともできるだろうと、私は考えるようになった。このような場合、身内に相談するのは常に間違いであり、とりわけ彼とわれわれの間のように軋轢が存在した場合はそうだということを、どんな賢者もまだ私に教えてくれていなかった。われわれのことに関するかぎり、どれほど誠実な人でも無意識にかすかな敵意や無頓着さを見てとるだろう。私はそうしたものが関与したとは思わない。たんに無関心がなせる業だった。私の代理人とある買主の交渉に立ち会ったことがある。値切るのが巧みな農民は、都市住民で農地のことを知らない代理人よりあらゆる面で上手《うわて》だった。私は自分に交渉などできないと分かっていた。母も私も、領地の畑や木々の下を歩くことさえしなかったのに、多少ともその地代を手にしていた土地を売却して利益を得るのがなんとなく疚しい、という感情も考慮する必要があるかもしれない。次々に農地を売って手にした利益の半分は、異母兄が経営する不動産事業に投資し、もう半分は、あるホテルの所有者が建物を増築したり、改修したりするのに設定した抵当権として投資した(ミシェル・ジョゼフは危険を分散するという考えがほとんどなかった)。その所有者はロンボー夫妻という名で、三十五年後、『黒の過程』のあるブルジョワ夫婦を命名する際にこの名前が私の脳裏に甦った。何が役立つか分からないものである。

アメリカの経済恐慌の風が、すでにヨーロッパのか弱い社会を揺るがしていた。不動産銀行が倒産し、事業が有限責任ではなかったので(当時私はこの言葉が何を意味するのかさえ知らなかった)、私は投資した以上のものを失った。ホテルもまた、少なくとも比喩的には崩壊した。抵当権は二次抵当権にすぎず、回収不能ということだった。それで二年前にすべきだったことを私は行なった。別の機会にミシェルを難局から救ってくれたことのある、フランス人の老法律家に助けを求めたのである。ベルギー人同業者の協力を得た彼は、負債を抱えたホテル所有者に貸した金のほぼ半分を回収してくれた。そのお金を慎重に少しずつ使って、この先十年ないし十二年間は贅沢な自由を享受しようと私は決めた。その後のことはどうにかなるだろう。当時は気づいていなかったが、母方の二人のおじが一九〇〇年頃にした不確かな計算を、時代は変わったものの私もまたしていたのだ。私はこの決断を喜んでいるし、おかげでいくらか安心して一九三九年九月まで生活できた。ベルギーで投資し、異母兄が管理する資金からの収入で暮らしていたら、私は自分がまったく親近感を抱けない家族に多かれ少なかれ束縛されたままだったろうし、自分が生れ、母の国でもあったベルギー、しかし少なくとも現状では自分にとってまったく異質なベルギーに結びつけられたままだっただろう。ほとんど全面的なこの大暴落のおかげで、私は自分自身を取り戻した。

鷹揚というより経験の浅さから、私はこの損失をかなり容易に受け入れたのだが、それを知らせてきたやり方には腹が立った。ミシェル・ジョゼフはいつでも、絵葉書を傲慢に利用するのが好きだった。グラン・プラスの光景が印刷された絵葉書の裏に、私の母からの遺産の残りがなくなったと彼は率直に告げていたのである。彼の言うところを信じるならば、私はもはや辻でリンゴを売るしかなかった（確かに、それよりもっと馬鹿げた職業もある）。私が読まなかった新聞の紙面を賑わしていた、ウォール街の混乱の風聞から生まれたこの冗談の面白みを私は感じなかった。あれほど容易に失われた財産を管理してやろうと申し出た男にしては、その文面がいかにも不適切に思われたからだ。絵葉書には返事を出さなかったし、その後ミシェル・ジョゼフには二度と会うこともなかった。われわれ二人の間で交流はまったく途絶えた。先に言及した二十五年後に私のもとに届いた貴族の紋章に関わる知らせが、唯一の例外である。

この小さな不幸の少し前に私は彼と会ったことがあり、もちろんそれが最後の出会いになるとは知る由もなかった。ブリュッセルに住む義母を訪ねた際、彼の家に行って何かの書類に署名したのである。ミシェル・ジョゼフは旅行鞄を抱えた私を車でミディ駅まで送り届けてくれた。私はパリに戻り、そこからウィーンに発つことになっていた。雷雨が滝のように降りしきる、暑くてじめじめした夏の夜のことだった。ブリュッセルの通りは相変わらず解体工事現場のようで、何かを壊し、それからまた作ったり変えたりしていた。泥の中で進路変更したり、通行止めにぶつかったりしたせいでわれわれは遅れた。駅に着いた時、私が乗ることになっていた列車はすでに出てしまっていた。次の列車が発つのは一時間後である。並んで座り、車から降りるのに豪雨が止むのを待ち、雨が激しく上から流れ落ちる金属とガラスの箱に閉じ込められていたわれわれは、まるで見知らぬ二人の人間が居酒屋でするように話をした。彼は私が自由であることを羨ましがったが、その自由を誇張していた。人生ではすぐに新たなしがらみが生まれ、それが断ち切られたと思っていたしがらみに取って代わるものだ。何をしようと、どこに行こうと、われわれの周りにはわれわれ自身の手によって壁が築かれ、その壁は初めこそ避難所だが、やがて牢獄に変わる。だが当時の私にとっても、こうした真理は明瞭でなかった。父親に反抗したこの男は、自分がたちまち選択肢を使い果たしてしまったと感じていた。「しかたないよ。われわれは自分で周囲に人々を集めたのだ。その人たちを皆絞め殺すわけにはいかない。」そんなやり方で清算するのはトルコ皇帝ムラトだけにふさわしい、という点でわれわれは同意した。その時初めて、この男が私とそれほど違わない自由への本能を持っていること、彼の系図趣味が私の歴史への関心に呼応していることを感じた。われわれが似ていたのは眉弓の形と目の色だけではなかったのである。

現在、つまり一八八六年に戻って、もう一度ミシェル・シャルルを訪ねてみよう。祖父はモン＝ノワールで、彼にとって最後の秋となる一八八五年の秋を過ごした。長い散歩をした時代はもはや昔のこと。彼は装丁した美しいノートに、四十年前イタリアから出した手紙を書き写して楽しんだ。おそらく手紙のあちこちを訂正し、文章を推敲した後で原文を破り捨てたのである。彼はまた子供たちのために短い回想録を執筆したが、そこには抑制された率直さが色濃く滲んでいる。その回想録では、世界を楽天的にではないにしろ理想的に見ようと決意した、善意あふれる男によってすべてが記述されている。ミシェル・シャルルはノエミの知性や、社交的な優雅さまで讃える。二十年近く前に死んだ幼いガブリエルの代わりになった娘のマリーは、彼が期待したとおり、老いた身にとって天使そのものである。マリーはその冬リールの社交界にデビューすることになっており、そのデビューがきわめて大きな成功を収めることを彼は疑わない。この年に撮られたマリーの写真を見ると、うっとりした父親が間違っていないことが分かる。繻子のドレスをまとい、真面目なようすで、明るい目に陽気な光をたたえた美しい娘は魅惑の姿そのものだ。兄のミシェルについては、「頭に血が上りやすいが、心根はやさしい男だ」と彼は述べている。二度も軍隊を脱走し、その後七年イギリスで暮らしたこと、脱走兵の父親が感じたであろう悲しみについては一言も触れられていない。ベルトとの結婚のことは記されている。「ミシェルは彼女を熱愛しているし、彼女のほうも同じだ。二人には最近、丸々とした男の子が生まれた。」ミシェル・シャルルはおそらく、あれほど待ち望んだ赤ん坊の顔をしばしば見る喜びに恵まれなかった。病人にとってトゥルネの町はあまりに遠かったし、ミシェルがフランスに来ることは相変わらずタブー視されていたのである。若夫婦が蜜月を味わい、それが永遠に続くと彼は本気で考えただろうか？　そうかもしれない。この聡明な男にはどこか無邪気なところがあるからだ。彼がすでに医者の宣告を受けたかどうかは分からない。慣れ親しんでいた古い病気である腫瘍がいまや胃癌に変わり、当時は手術できなかったから、余命はいくばくもなかった。もっとも、体がわれわれ自身に告げ、何かがわれわれの内に記録する静かな評決というものがある。私が想像するに、当時はきわめて美しい樹林を有していたモン＝ノワール（戦後に荒廃し、現代では不動産開発業者によって荒らされてしまった）を離れるに際して、ミシェル・シャルルは、これら緑の偉大な被造物に自らの不滅性の一部を託した人間として、樹木たちを眺めたことだろう。確かに、こうした考えがはっきりと祖父の脳裏に宿っていたかどうか疑問だし、ましてやそれを表明できたかどうかはもっと疑問だ。しかし世紀を経て、さらに数千年を経ても、自分の土地と樹木を愛する人たちの精神には、そうした考えがたとえ言葉で表現されなくても漂っているのである。

　リールでミシェル・シャルルは再び、厚手のレースで窓を覆った部屋に戻り、二度とそこから出ることがなかった。リールの煤煙は立派な邸宅にも容赦なく降り注いだから、レースは毎週洗濯しなければならない。召使たちがどんなにしても無駄だった。空から落ちてくる煤が金箔を塗った額縁にへばりつき、ガラスを曇らせ、暖炉の黒大理石をべとつかせる。近くにある工場や炭鉱から生じる汚い副産物だった。母方の祖父について行なったように、私はミシェル・シャルルが何を考えていたのか問うこともできるだろう。心の中で彼は、ローマの田園地帯に捨ててきた古代の大理石像の滑らかな断片を撫でていたのだろうか、それとも異国の殿方が容易に近づける、美しい田舎娘の褐色の乳房を撫でていたのだろうか。ピンク色の乳首はふるえてぴんと立ち、揺れ動く肉体と動かない大理石像は鮮やかな対照をなす。あるいはまた彼は、五月の運命的な一夜の仲間たちと、ヴェルサイユへの小旅行に同伴してくれたお針子《グリゼット》たちのことを思っていたのだろうか。いやおそらく、彼にとって死の住処である胃の疼痛以外のことは、何も考えていなかったのかもしれない。しかも、疲弊した彼の体はリューマチにも冒されていた。

ミシェル・シャルルは夫婦の大寝室に一人で横たわっている。ノエミのほうは寝室を別にして、隣の部屋で寝起きするようになった。それというのも、いくらかは病人を静かにしておくためであり、またいくらかは、衰えていく身体を間近に見るのは快いことではないからである。美しい寝室は厩舎のにおいがする。ミシェル・シャルルの御者に言わせると、馬の小便がリューマチには最高の治療薬だということだった。そこで彼は、このアンモニア成分を含んだ液体で満たした大きな桶をベッドの下に置かせ、時々ほとんどひそかに、硬直して痛む右腕をそこに浸ける。

この期間中、ノエミにはやるべきことがたくさんあった。薬剤師や薬草販売者のところに絶えず人を遣って薬をもらったり、病人の容体が急変すると医者を呼びにやったり、別の医者に診察を頼んだり、昔からの友人である公証人の家に行ったり、あるいはひそかに自宅一階の客間に来てもらって、すべて整理されていることを確認したり、自分の喪服と召使たちの喪服を誂えるために、これもまたひそかに縫い子に来てもらったりしなければならなかった。だが彼女の最大の仕事は、看護人として働く修道女たちを監視することである。修道女たちが病人の枕元で数珠をつまぐり、祈禱書に読み耽って、すでに多忙をきわめる小間使に病人の世話まで任せてしまうのは、避けなければならないことだ。（白頭巾を被ったこの百姓女たちには、召使に奉仕してもらおうとする嘆かわしい性癖がある。）またある時はそれと逆に、修道院と台所の共謀がノエミを不安にする。お盆を取りに行く、あるいは返しに行くという口実で修道女が台所にこっそり忍び込み、普段はこれ見よがしに眼鏡や編み物や祈禱書を入れておく大きな籠に、お菓子をたっぷり詰め込むことがあるのだ。ノエミはそうしたやり口を一再ならず目撃したと述べている。重たい頭巾を被り、胸に金属製の十字架をかけているからといって、使用人にたいするノエミの不信感がいささかも減じるわけではないし、この時、修道女たちはまさに使用人にほかならない。そのため彼女は、毎週のようにコーヒーの濃い煎出液で髪を染めていたのに、あるいは彼女の言い方に倣うならば髪をゆすいでいたのに、それさえ忘れるほどだ。

生まれながらの看護人であるマリーが病人の部屋に、十八歳の娘らしい陽気さとたくましさをいくらか振りまいてくれる。長枕を整えたり、病人にミルクを一口飲むよう説得したりするのが彼女は誰よりも巧みである。死期が近づいた頃、ミシェルは危険を冒してリールまで来た。当局も目をつぶるというのが暗黙の了解になっている。あれほど立派な父親の死の床で、脱走兵を逮捕することはない。しかしミシェルは慎重に構えて、父親の寝室に閉じこもる。最期の日、ミシェル・シャルルは、ミシェル・ドナシアンから受け継いだ堅い石に彫られた印章つき指輪と、老いたアウグストゥス帝を象った古代の見事なカメオを麻痺した指からやっとの思いで引き抜き、それを息子に渡す。頭を少し動かして、小箱に入れてあるイギリスで買ったあの貴重な精密時計も示す。時は戻らず。

死の翌日、早朝から家の扉を鳴らす音がミシェルの耳に届く。二階の窓の手すりにもたれ、カーテンの襞になかば身を隠して彼は下を見る。たぶん葬儀屋の事務員が遺体の寸法を測りに来たのだろう。いや、そうではない。同じ通りに住んでいるリールの上流社会の御婦人が、朝早くからお悔やみの挨拶に来たのだ。ノエミは玄関ホールを横切って、彼女を出迎える。

「まあ気の毒なノエミ、髪が真白じゃないの！」

「悲しくてねアドリーヌ、悲しくて」

バイユールでの葬儀の前に、ミシェルはリールを離れた。おそらく異母兄がまったく捏造したことだと思うが、彼から聞いた言い伝えによれば、ミシェル・シャルルは遺言でリールの救済院に貧しい病人用のベッドを一つ寄贈した。しかも、もしいつか必要になったら、息子をそこに入れて最後まで面倒をみるという条件付きだった。このような言葉で記されると、この遺贈は十九世紀というよりむしろ十七世紀の雰囲気を漂わせる。いずれにしても、ミシェルはこのベッドを使う必要がなかった。スイスの病院で、贅沢に死んでいく運命だったから。放蕩息子に残された財産が、公証人に守られたノエミの指揮する親族会議の後見下に置かれたのは事実である。ミシェルはまだ長い間祖国に戻れないし、したがって自分の財産を管理できないというのが、この決定を正当化する弁明だった。困難な事態は思っていたほど長く続かなかった。一八八九年、予期していなかった特赦のおかげでミシェルは公式にフランスに帰国する。しかしリールにも、ノエミが君臨するモン＝ノワールにも興味はない。他方トゥルネは、今は亡き男を喜ばせるためにのみ住みついた場所であり、城館や立派な邸宅に住む人々との交際の楽しさは一年で味わい尽くした。ノエミがとげとげしい手紙を添えて三か月ごとに息子に送る収入のおかげで、若夫婦はあちこち旅するという情熱を心おきなく満たすことができた。父親の死とベルトの死を隔てる十三年間、ミシェルはいずれにしても冒険に向かう。

ミシェル・シャルルが言っていたように、ベルトの家系はたいへん古く、伝説的な古代に起源を持っていた。ロイス・ド・L男爵は貴族の証明書を自慢し、必要な時には、つまりしばしばということだが、それで慰められてもいた。自分は女系をつうじてシャルルマーニュの子孫、ということは偉大なベルト〔シャルルマーニュの娘〕の子孫であると彼が言うのを聞くと、人々はにやりとしたものだ。そうした微笑は時に、歴史上の有名人にたいする度を過ぎた敬意から生じる。そのような人物の子孫の子孫が、今われわれに話しかけている男のように凡庸な人間になりうる、ということはなかなか想像できない。初代の偉大なシャルルの曾孫女ジュディット・ド・フランスは、あるフランドル伯と結婚し、サン＝トメールに埋葬された女性だが、その地方の封建時代の名も知れぬ家系に自らの血を注ぎこんだ。その中には、男爵の家系のように身分を証明する古文書を保存していた家系もあれば、時とともにおそらく無名の農民になってしまった家系もある。ウェセックス王アルフレッドの娘エゼルルード〔エゼルフラッドの誤りか？　九一八年没〕についても同様だった。彼女もまたあるフランドル伯と結婚したが、こちらのフランドル伯はノルマン人によるイギリス侵入時代の人で、ロイス男爵はその二十七代目の子孫だった。この事実はとりわけ、フランドルとイギリスの関係がどれほど古いかを示している。

想像力に恵まれた人にとって、そして男爵にはそれが欠けていなかったのだが、このように自分をとおして歴史の軸が貫いていると感じることは快い。難局にある時でも、ジュディットとエゼルルードのおかげで男爵は支えられた。ミシェルは家庭でいらいらすることが頻繁にあって、そうした時には、義父が祖先の血を引くというよりむしろ祖先から転落したのだと非難したが、それはきわめて不当な非難だった。男爵は転落したわけではない。それどころか、彼のもっとも大きな美徳はいわば終身的身分保障である。カロリング朝の昔よりは新しい時代に、彼の曾祖父はオランダに亡命して死んだ。彼の大おばは四歳の時、旧貴族たちの反共和制の陰謀に加担したという罪で、家族とともにドゥエで投獄された。彼の正統王朝主義は、先祖代々から受け継がれてきたものだった。あまり贅沢しないこの男にとって、立派な馬をそなえた厩舎が贅沢だった。いつでも出陣の準備ができている彼の見事な馬は、アンリ五世が王国を再び征服すると決断すれば、彼が支配するフランスでは最初の宿駅でお仕えする栄誉を待っていた。ところが十九世紀のフランス史はじつに複雑なので、男爵の白旗〔フランス王家の象徴〕にたいする情熱は、ナポレオン三世の体制への忠誠と長い間結びついていたのである。彼は帝国海軍の見習い士官であり、第四十八行軍の大尉であり、さらには国土防衛歩兵大隊長だった。グラヴロット〔北フランスの町で、一八七〇年の普仏戦争の激戦地〕の戦いの際ビスカイ銃の弾の破片で腿に負傷をおった彼は、おごそかに足を引きずっていた。「ろくでなしの共和国」が成立すると、彼の正統王朝主義はいっそう矯激になる。フェでは、毎年恒例の汚物の汲み取りが七月十四日に行なわれていた。使用人や農夫たちがこの糞尿処理の仕事よりも、村の広場で三色の小さなランプを飾った居酒屋の楽しみを好むならば、彼はそうした者たちを白い眼で見たことだろう。

いくらか堅苦しいこの小柄な男に較べると、背丈では一プス〔約二・七センチ〕も劣らないマリー・アテナイスは輝くばかりの美人だった。北フランスの家系のスペイン人気質がどれほど多様な伝承をまとっているかは、先述したとおりである。いずれにしても、鷹のように美しい横顔を持ったこの背が高くほっそりした女性の体内に、貴族の青い血が流れているのは明らかだった。彼女の曾祖父の祖父は十七世紀、シャミィーがポルトガル尼僧を誘惑し、棄てた頃のイベリア半島で戦をした〔『ポルトガル文』への言及〕。マリアンナ・アルコフォラードの恋人より忠実な男爵夫人の曾祖父は逆に、マリア・ジョゼファ・レバック・イ・バルカという女性を正妻としてセビリアから連れ帰った。男爵夫人の崇拝者の中には、もっと南のグラナダとサクロモンテの洞窟方面に目を向け、自分たちの偶像の祖先はジプシーだと考える者もいた。確かに、彼女の気質にはそうした推測を正当化するようなところがあった。それより一世紀前、ドゥエのブルジョワであるもう一人の祖先はたんにレスパニョール〔スペイン人という意味〕という名であり、それゆえ彼はカール五世かフェリーペ二世の解雇された兵士、あるいは場合によっては、亜麻と羊毛の取引が盛んだった時代の古いフランドルに居を構えた、外国商人の子孫だと見なされるようになった。

灰の中でくすぶっているこうしたスペイン気質が、いわゆる美しさというより、一種の動物的華麗さをマリー・アテナイスに付与していた。土地には太古の昔からある種の影響力が具わっているらしい、とミシェルはよく言ったものだ。彼から見れば、モン＝ノワールは家庭の不和と憎悪を生みだす場所だった。それとは逆に、フェではヴィーナスが君臨していた。厳格な男爵自身、この恋の女神に帰依していた。七人も子供をつくったにもかかわらず、自分にとってあまり大切ではないように思われたこの夫にたいして、マリー・アテナイスはひどく嫉妬深かった。ある年の夏、若くして未亡人となったアラスの従妹を喪の悲しみから癒してあげようと、家に招待した。ほどなくして、男爵夫人が招待客の部屋に不意に入っていくと、夫がこの金髪女の腕に抱かれていた。愛し合っていた二人にあらためて目を向けようともせず、マリー・アテナイスは洋服箪笥のほうに向かうとばたんと音を立ててそれを開け、腕いっぱいに抱えるほどのドレスや、靴と帽子の山をつかみ、尻軽な従妹の開いた旅行用トランクにそれらを投げ込んだ。男爵がこっそり姿を消す一方で、美人の従妹は自分の持ち物を守ろうと飛びかかった。その後に起こった喧嘩のさなかに、招かれた女の身の回り品がいくつか窓から外に放り出された。マリー・アテナイスは下僕を呼びつけてトランクを紐で縛らせ、馬車に馬をつけさせ、従妹の腕をつかんで馬車の踏み台まで連れて行った。従妹にはせいぜい、芝生に落ちた櫛と、銀の柄がついた鏡を拾いあげる時間しか残されなかった。

　マリー・アテナイスが、汚れた手で食事の給仕をした召使に平手打ちを食わせたことを、ミシェルは覚えていた。もっとも、その直後に呼び戻して、使用人仲間と一緒に飲んでよいということで高級ブランデーの残りをあげたのだが。子供たちはこの怒りっぽい女性を愛していたが、幻想は抱いていなかった。田舎の隣人を招いたある晴れた日の夜、長男ボードワンは壁の洋服掛けにあった客の外套と帽子を手に取り、それを身にまとった。それからマリー・アテナイスが、いつものように葉巻を吸いに出たテラスに静かに歩み寄り、彼女をやさしく抱きしめた。自分はボードワンだと正体を明かした時はじめて、平手打ちが飛んできた。

　男爵夫人の長女と次女は、母親と同じく輝くばかりに美しかったが、それほどはっきりスペイン風に染まっていなかった。マドレーヌとクロディーヌという名の三女、四女はより田舎じみた容貌をしていた。名前のせいで呪いがかけられたかのように、クロディーヌは跛行《クロディケ》していた。そしていわば規格外で生まれた末娘は、まだよだれ掛けが取れない年齢だった。

　男爵は息子たちを、自分の思いどおりに育てあげることができなかった。ボードワンは善良だが粗野な青年で、父親の政治的情熱はまったく持ち合せていなかった。もちろん、ユダヤ人と、プロテスタントと、共和主義者と、外国人にたいする避けがたい偏見は別で、それに関しては家族全員が同じ意見だった。言葉のあらゆる意味で勇敢なこの男は、おそらくブヴィーヌ〔リール近郊の村で中世の戦場〕や、もっと新しい時代では第四十八行軍でなら華々しい活躍を見せただろう。しかし田舎貴族の生活に慣れた彼は、狩りをしたり、酒場でビールジョッキを傾けたり、農家の娘と褥を共にするという暮らしにしだいに埋没していった。とはいえ、そのどれにも傍から見て不愉快なほどのめり込んだわけではない。ボードワンの露骨な言葉遣いは有名だった。さまざまな逸話で規定されるような男だったから、彼を描こうとすれば、いわば逸話集だけで一章書けるくらいだ。

一家でしばしば語られた逸話を一つだけ記しておこう。ド・X伯爵は右翼の代議士で、貴族に叙せられたのは最近で、おそらくローマ教皇支持者、とはいえ身分は申し分なく、さまざまな鉱山と繊維会社の取締役員を務めるような人であり、フェから程遠からぬところに、地元の新聞に言わせればその地方の至宝とされる領地を所有していた。男爵一家は裕福でないとはいえ、その家系の古さがいわば伯爵にも恩恵をもたらすだろうから、できるものなら伯爵としては喜んで娘を男爵家に嫁がせたことだろう。そこで彼はある日、ボードワンを招待した。豪華な屋敷にそなえられていたさまざまな贅沢の一つが神父さんで、その神父が真新しいゴシック様式の礼拝堂でミサをあげ、一家の息子に学問の基礎を教えることになっていた。神父は明敏な男だったので、将来の婿の考え、計画、意見などを彼にひそかに探らせるのがいいだろうということになった。ある晩、古いコニャックの瓶を前にしてボードワンと神父は二人きりになり、神父は客にしきりに酒を勧めた。何杯か飲んだ後、神父は良い頃合いだと思って、伯爵の娘の教育や、精神的長所や、さらにはいくらか控え目に肉体の魅力を称賛しはじめた。

「ああ、神父さん、僕にとってはね」と、グラスを再び飲み干しながらボードワンは言った。「彼女に金さえあればいいんですよ……」

ミシェルは義兄の下品さのうちに田舎貴族の衒いを見てとる。いくらかは内気さから、またいくらかは自尊心から彼は罵詈雑言を吐き、ののしり、喚き散らして、自分はこういう人間でどうしようもないと周囲に示そうとしたのだ。人生にたいして自分が持っている以上のものを求めず、その日その日を安楽に暮らすこの人間に、ミシェルはいわば皮肉な哲学者を見ていたのだが、それは正しい。ボードワンの身内に、こうした磊落《らいらく》さを示す見事な例があった。前世代の霞の中にまぎれた奇矯なおじのイデスバルドは、ある村女と内縁関係で二十年間も平和に暮らしていた。やがて、村女を正式の妻にしてやるよう説得される。ある朝、教会の鐘が結婚式を告げた。姿を現したイデスバルドは、まるで公園の泥だらけの小径を散歩する時のような服と靴を身につけ、古い燕尾服のボタン穴に花を一輪挿し、リールで新調したドレスをまとう愛しい女性に腕を取らせていた。新郎は左の手首に三本の綱を巻きつけており、そこにお気に入りの犬を三匹繋いでいた。教会の入り口で、アゾールとフランボーとデュシェスを誰に預けようかと野次馬連中を見回して物色し、知り合いの少年を見つけると彼に綱を渡し、結婚式がすむとまた返してもらった。

帝国海軍の見習い士官だった頃の楽しい日々を記憶していた男爵は、いくらかは安易な環境から抜け出させるために、次男を軍艦ボルダ号に送り込んだ。しかし青年は視力がかなり弱かったので、軍人として務めることができず、親は商船業のほうに鞍替えさせた。ところがフェに宿るヴィーナスの精霊は、本社があるボルドーまで青年に付きまとったのである。はじめて商船を指揮することになり、フェルナンはブラジルに向けて乗船しようという時になって、巧みに変装した若い女を船室係として乗り込ませた。このシェイクスピア的喜劇のような事件のせいで彼は地位を失う羽目になり、その後しばらくの間、低い地位に甘んじなければならなかった。やがて信頼を回復すると、第一次世界大戦中は部隊の輸送を指揮した。エーゲ海の島々と暗礁を縫うように進んだ彼は、「まるで死神のおっぱいを撫でている」ような気がした。

死神はやさしい娘だった。フェルナンがマラリアの後遺症を治療しに来たパリで、一九一六年私はしばしばこの陰気でずんぐり太った、冷たいというよりむしろ閉鎖的な様子の男に会い、彼が抑揚のない声でゲリボル〔トルコの港町で第一次世界大戦の激戦地〕で繰り広げられたおぞましい出来事を語るのを聞いた。休戦条約の後フェルナンは引退し、ずっと以前から彼の休暇を楽しくしていた恋人と一緒に、フランス南西部の小さな町に隠棲した。

ミシェルがこっそりフェに赴いていた数年間、ミシェルはそこが気にいっていた。そこでは誰も建物の正面を磨き直そうと考えないし、庭いじりの好きな男爵だけが丹精こめて、ただし趣味の悪さまる出しで粗末な花壇の手入れをしている。封建時代の外観をほとんど留めないその家は、人々が絶えず敵を追い返そうとする点で砦に似ている。ベランダには望遠鏡が取り付けられ、煩わしい男や女の乗る馬車が大通りの向こうに見えると、皆が勝手な方向に散らばって隠れるので、闖入してきた男や女は名刺を残して立ち去るしかなかった。歓迎されない訪問者が扉の背後で口にされる不愉快な言葉や、戸棚の奥から発する笑い声を聞かなければ、まだ幸せなほうである。朝はいつかアンリ五世に仕えるはずの馬たちを調教し、夜は家族で無邪気なゲームに興じる。隠したものを見つけ出すということにかけては、男爵夫人に敵う者はいない。夫人は確かな足取りで、彼女に言わせれば「誰か」に導かれるように隠したもののほうに向かう。彼女はカード占いをやるし、危険な組み合わせを避けるためには巧みにいんちきもする。

ロンドンに住んでいた頃、ミシェルは好んで催眠術のショーを何度も見物した。有名なピットマンが大きなミュージックホールの舞台に登場したある夜、慣例にしたがって、この催眠術師が善意の観客に呼びかけた。ミシェルは強い視線が自分に注がれるのを見て、ほとんど自動的に前舞台の階段を上った。その後に起こったことは、ほとんど決闘だった。若いミシェルはあの不可解な力に今にも捉えられそうに感じたし、屈してもいいと思ったが、意に反して抵抗し、じっと見つめるピットマンを見つめ返した。あの夜はじめて自分は目が魔力を持つことをよく理解した、とミシェルは断言したものだ。目は光を反射し、ものの姿を反映するだけでなく、そこにしか現れない魂の秘められた力を証明してくれるのだ。ピットマンは十分間ねばり強く続けたが、それから軽いしぐさで見知らぬ男を撥ねつけた。

「催眠術にかかりにくい人だ。次の人どうぞ……」

その時以来ミシェルは、程度は低いが自分にも魔術の才能が具わっていることに気づいた。夜のくつろぎの間、その場にけっして姿を見せない男爵を除いて、ミシェルは皆に催眠術をかける。マリー・アテナイスは自分がかかったことを信じようとしなかった。そのことを証明するため、ミシェルはあらためて彼女を眠らせ、十六個のボタンが付いた短靴と、スコットランド糸製のストッキングを脱がせた。あまり貞淑ぶったところのない男爵夫人だが、目が覚めて裸足に気づくと恥ずかしくなり、大声を上げながら逃げだしてしまった。

サクロモンテから受け継いだ魔力のおかげで、マリー・アテナイスは亡霊の姿を見ることもできたらしい。夜、庭園をさまよっている時、二つの亡霊に出会うことが何度もあった。彼女が思うにそれは過去の亡霊だったのだが、あるいは未来の亡霊かもしれず、そのほうが現在の私にはより信憑性に富むような気がする。いずれにしても、幽霊なら人を怖がらせるところでも、腕を組んで小径を散歩する亡霊となると、本当とはいえ男爵の系図自慢がそうであったように微笑を禁じえない。大部分の人たちの想像力はそこまでたくましくないものだ。

しかし男爵夫人がその透視力をもっとも鮮やかに証明したのは、一八八九年、ミシェルとベルトがモンテ＝カルロに小さな別荘を借りていた時のことである。夫人は長女と婿に合流しようと、数週間の予定でそこにやって来た。その頃、次女ガブリエルが深い心配の種になっていた。この若妻は夫と離婚係争中だったのである。金持ちだが吝嗇家のリール人である夫は有名な温室の持ち主で、女より花を愛する男だった。姉と同じように美人でスポーツ好き、そしてまた姉と同じく洗練と「豪勢な」暮らしの才に恵まれていたガブリエルは、彼女の身だしなみに使うべき金を石炭購入に費やす夫など必要ない。この消息はフェの雰囲気を暗くしたが、男爵はそのことにはけっして触れない。マリー・アテナイスは愛の気紛れには寛大な態度を示すものの、やはり敬虔なキリスト教徒であり、当時としては真新しい反抗形態である離婚には眉を顰める。ガブリエルが夫を裏切っているか否かということは、それほど重要ではない。しかし、M氏（頭文字は変えてある）と妻が離婚し、別の名前を名乗るようになるということは、後に聖フランチェスコ派の信徒の衣服をまとって死ぬことになるこの母親の気に障る。マリー・アテナイスは不安と絶望の入り混じった気持ちで、ガブリエルのことを思っていた。

夜中の一時頃、夫婦はモンテ＝カルロの別荘の二階にある寝室でまどろんでいた。マリー・アテナイスのほうは、三階の真上の部屋に住んでいた。階段の軋む音がして、ベルトとミシェルは目覚める。彼がろうそくを点す間もなく、淡い光が扉の下から延びてくる。戸が開くと、長く白いナイトガウンをはおり、小さな焔が揺れる蜀台を手にした男爵夫人が姿を現わす。ミシェルはマクベス夫人のようだと考える。夢遊病者はベッドの足下に座り、うつろな声で叫ぶ。

「ガブリエルが重病だわ。帰って看病してあげなくては。」

「夢ですよ、男爵夫人。三階に戻ってお休みください。」

答えが耳に入ったように思えなかったが、彼女はゆっくり立ち上がって敷居のほうに向かう。姿見のついた洋服箪笥と暖炉の上の鏡が、彼女の細長い姿とろうそくの光を反射している。彼女は後ろ手に寝室の扉をていねいに閉める。再び、階段の軋む音が聞こえる。それから上の階で、何か重くて軋るものを引きずる音と、盥に水を入れる音、それからすぐにその水を一気に汚水桶に空ける音が聞こえた。続いて静寂。ベルトとミシェルはまた眠ることにする。明け方、彼は三階に上がってみる。すべてが平静なように見える。マリー・アテナイスの寝室の扉は大きく開け放たれていた。部屋の真ん中に、なかば荷物の詰まった彼女の旅行用トランクが置かれ、その周りにさまざまな物が散らばっている。汚水桶は石鹼の混じった水でいっぱいだ。なんとか整えられ、掛け布団で覆われたベッドの上で、マリー・アテナイスは両手に傘を持ちながら、服を着たまま眠っている。朝食のテーブルで受け取った電報で、彼らはガブリエルがチフスに罹ったことを知った。

若妻が死んでしまったのであれば、この逸話はより強く印象に残るだろう。しかし、彼女は死ななかった。離婚がすでに成立していたのか、それともそれを先取りしたのか分からないが、病が癒えて自由になると、金髪のガブリエルはベルトと義兄のもとにやって来た。十年後、二人の姉妹はわずか四日違いでこの世を去る。

モードのそばで過ごした七年間と同じように、この新たな姿のミシェルが生きた十三年（トゥルネでの結婚から数えれば十五年）についても、私が知っているのは彼が語ってくれたことだけである。それはいくつかの点で非常に詳しいが、大きな空白部分を迂回しており、あれこれの出来事や波乱については理由も日付もけっして明らかにされない。したがって、こうして物語られる人生には傾斜がなく、原因にまで遡ることができないのである。ある意味で、この印象は正しい。この年月は当てどなく散乱しているように思われる。まるで水がある時はきらめきながら素早く流れ、またある時は澱んで、あちこちに水溜りや沼地をつくり、いずれにしても最後は大地に吸収されていくように。

イギリスへの逃亡は困難な愛の束縛や、家族からの離反や、あるいはたんに、一度味わうと強烈なものになってしまうイギリス生活の魅力によって説明することもできよう。その後の時期には、ミシェルは逆に空回りする。まず、父親を喜ばせるために結婚したものの、彼はどこにも腰を落ち着けない。「家庭を築く」という表現は確固たる社会構造、あるいはそうだと自ら考える社会構造が存在することを前提にしているが、この表現が彼にとって何かを意味するというかぎりで、家庭を築くということは論外である。何か職業を持つとか、役立つ地位に就くということも問題にならない。ミシェルにとって壮年期の終わりと老年期に、知的活動が大きな位置を占めることになるが、今のところそれもまた論外である。トゥールーズ＝ロートレックのそれを想起させるような照明の下で、三人の人物は流行のワルツの調べに合わせて、スケートリンクの上を十年間滑っていたようなものだ。オステンデからスヘウェニンゲンまで、バートホンブルクからヴィースバーデンとモンテ＝カルロの浮彫り装飾まで、彼らは舞踏会、花合戦〔おもに南仏のカーニヴァルなどで、山車行列の参加者たちが花を投げ合う催し〕、温泉町の劇場で催されるパリの劇団の上演、祝宴、馬術の障害物競技などがあれば一つとして足を運ばなかったことはない。熟練した騎手であるベルトとガブリエルは、馬術競技でしばしば入賞したくらいである。そして三人はとりわけ、シャンデリアに照らされ、ルーレットのクルピエがいるおかげで華やかになる夜会となればかならず出かけた。そうした夜会では、自分の隣でイギリス皇太子がお気に入りの升目に賭けたり、フェーリクス・クルル〔トーマス・マン作『詐欺師フェーリクス・クルルの告白』の主人公〕のような人間がバカラゲームの胴元になったりするのを目にして楽しむことができた。

まだ遠い先のこととはいえ、おそらくすでに暗いあの日まで、ウクライナの冬の凍りつくような美しさが長いナイフのようにミシェルの体を貫き通すあの日まで、こうした放浪の旅の背景となった風景は彼の記憶にまったく残っていない。二人の姉妹にとって外国生活は、現地の人たちの滑稽な格好や、女性たちの服装や、食事およびその他の奇妙な慣習をめぐって、さまざまな冗談を口にする機会でしかなかったように見える。そうした事柄について、小劇場やカフェコンセールで耳にした紋切り型が繰り返される。（「ドイツにはあんなものがないわ」。）彼らはまず「ペリ号」、それから「バンシー号」という二つの小さなヨットを購入したが、毎年それで行なう巡航は沖で繰り広げられる水と空気の祝祭である。他方で、渡り鳥たちの一時的な住処であるオランダ、ドイツ、デンマークの島々の野性美や、フリースラント地方の小さな港の古びた魅力にはまったく気づかなかったようだ。ある年、いつも一緒の三人にボードワンが加わり、皆で日曜日にレーワルデン〔オランダの町〕に上陸した。ベルトとガブリエルは早速パリ仕立ての衣裳で着飾ったり、旅行鞄から取り出したひどく膨らんだ衣服をまとった格好で、あるいは逆に水夫の妻のようなだらしない格好をして、現地の人たちを顰蹙させては悦に入る。その日、老水夫たちの養老院のために募金が行なわれていた。彼らはこの慈善活動に協力してほしいと頼まれる。ボードワンは義弟に向かって、礼拝の時に溲瓶《しびん》を持って教会堂の入り口の両脇に自分といっしょに立ってほしいと説得する、あるいはそうしてみろとけしかける。そのような道化芝居が善良なオランダ人を面白がらせ、彼らの財布の紐が緩むだろうと確信していたからである。そして実際、二人が持っていた容器いっぱいに銅貨やフロリン金貨が集まった。またある時は、ボードワンは食べ物のことで挑発する。男たちはどちらも三十個の卵で作ったオムレツを食べてみせると豪語し、実際にそれを実行してみせたので、ヨットの船長、水夫、少年水夫、田舎者の一団、そして二人の女性から拍手喝采を浴びた。

　暇な時に博打をする人間と、根っからの博打好きたちが賭博台の周囲に季節ごとに集まるカジノの高級娼婦的な世界では、階層ができあがる。混乱の中でも、上流社会の人々は同じ世界の別の人々に気づき、挨拶する。しかしこの人工的な光の下では、正真正銘の貴族でもダンスの小道具ほどの価値しかない。黄金は金ぴかものに、ダイヤモンドは人造宝石に変わる。ベルトとガブリエルは、本物か偽物か分からないが、他の女性たちが身につけるブリリアントカットのダイヤモンドの装飾品を熟知している。それがバートホンブルクで煌めくのをすでに目にしていたし、モンテ＝カルロでは時として別の女性の胸で輝くのを見ることになるだろう。このように諸階層が混じりあう中でも、パリのホテルやカジノの私室の常連客たちは貴族階級をなしている。女たちは衣裳を競いあうが、国王や大統領たちの囲い者になっていた高級娼婦という際立った女性たちを前にすると、本妻たちは降服するしかない。ある晩、美しきオテロとエミリエンヌ・ダランソン〔どちらもベルエポック時代に盛名をはせた高級娼婦〕が競争することになった。それまでの経歴で、二人のうちどちらが相手よりも多くの宝石を集めたかを証明しようというのである。ゆったりしたオテロはおごそかに賭博台の間を歩きまわる。すべての指に指輪を嵌め、手首から肩まではブレスレットを重ね、ばら色の胸の上では首飾りが触れあい、デコルテの下に着た短いボディスは互いにピンで留められたブローチに覆われているので、布地が見えないほどだ。お尻にまでダイヤモンドを付けるわけにはいかないので、ローブモンタントとレースの小さな前掛けをまとった小間使が付き添い、奥方が身につけられないブリリアントカットのダイヤモンドをつけている。

こうした生活に風味を添えていたのは、偶然の気紛れや郵便の遅れであり、公証人の封印がある手紙の到着以前に、週末や四半期の終わりを迎える時の強い不安感である。賭博台での「差損益」は時として、上り下りの多い道を散歩しているような印象をもたらす。ベルトとガブリエルは自分たちの夜会服を洋服の女行商人に売って、その後ポケットとハンドバックが再びお金で膨らむと、新しい夜会服を注文したり、売り払ったものを買い戻したりした。困窮したある日、いつも一緒の三人はヴィースバーデンで大きな勝負に出る決心をする。フランスに帰国する前、二人の女性はドレスの裾飾りの裏に、ヘロインの入った小さな袋をたくさん縫い付ける。ヘロインは国境の向こう側では高く売れるのだ。その夜、ミシェルは心臓が高鳴った。

ヘロインをどこで売り捌くかということになると、この件を企んだ張本人でもあるリールの年取った三姉妹に相談した（この三姉妹はドゥエかアルマンティエールの出身かもしれない）。

多くの策略の糸を引き、必要とあればその糸を断ち切る卑俗な運命の女神《パルカ》とも言うべきこのビューズ姉妹は、三人の老嬢で、そのうち少なくとも一人は大昔に結婚したことがあった。はじめは彼女たちもごくまっとうな暮らしをしていた。もとは小間使で、その後北フランスの海岸で商売を始め、安物の玩具や、ガラス瓶に入ったフリゲート艦の模型や、水泳帽や、絵葉書などを売っていた。今ではオステンデとモンテ＝カルロに小さな高級品店を持ち、ヴィースバーデンに同じような種類の三番目の店を開くため投資した。店の上の階では、部屋を貸している。私の勘ぐりだが、彼女たちは手すきの折には、同じ頃バーナード・ショーのウォレン夫人〔ショー作『ウォレン夫人の職業』（一九〇二）の主人公で、娼家を営む〕を儲けさせた実入りのよい商売にいくらか手を染め、このイギリスの競争相手のように、商売の利害について分別を働かせたのだろう。三姉妹は店から店へと毎年めぐり歩くのだが、その際、ホテルの部屋代を節約するために夜行の三等車で旅をするし、もし万一ホテルに泊まる場合でも、ベッドは一つだけの部屋を取り、マットレスに横に寝て、脚と足は並べて置いた三つの椅子に載せた。ひどく醜い彼女たちは粗食に甘んじ、酒は飲まず、それなりに正直で、まったく躊躇することがない。偽善的なところもなかった。「お分かりでしょう。暮らしていくには口や股間のために働かなくてはね。それしかないですよ」と、三人の老女のうちもっとも饒舌な女がよくミシェルに言ったものだ。ミシェルは彼女たちの周囲に、農民的でフランス的な手厳しい聡明さによって変質しているものの、リヴァプールにあったあの怪しげな店の雰囲気をいくらか感じる。場合に応じて、彼女たちは彼に金も貸してくれたが、十倍にして返済しなければならなかった。

　三人の老女がもちいる巧妙なやり方の中には、ほとんど無邪気で、まるで芸術への愛によって仕組まれたようなものもある。というのは、そうしたやり方はたいして得にならないから。しかし、ビューズ姉妹にとって小さな利益というものはないのだ。たとえば彼女たちは、一つ一つていねいに薄葉紙に包んだ高級下着をいっぱい詰めたボール箱を、最上のホテルの最良の部屋を借りた人の名前宛てで置いていく。彼女たちの店で何も買っていない御婦人は、これは間違いだとホテルの管理人に言う。知らせを受けた老女の一人はその婦人の部屋に上がってお詫びし（管理人はぐるになっている）、その機会を利用して商品の宣伝をする。推定される女性客がボール箱の中身を全部、あるいはその一部を買わずにすますことは稀である。ビューズ姉妹がたちまち気づいたことだが、貧窮した見習いのお針子の立ち居振る舞いを見事に真似できる若くて美しいガブリエルは、御婦人がたや、時には御婦人がたの買い物を決める殿方を相手に、自分たち以上にうまく商売ができた。ガブリエルはうなじにほつれ毛をなびかせ、ビューズ姉妹に酷使されたうえ、恋人にも棄てられた下着売りになりすまして、その間延びした口調と疲れきった様子をよそおう。そこには何も欠けていない。ボディスには針が刺してあるし、白粉は下手に塗っている。買い手の女たちを説得するため、彼女はごく薄手の部屋着や細かな襞のついた婦人用ブラウスを喜んでまとうし、そのためにビューズ姉妹はガブリエルに手数料を渡す。その夜、ミシェルとベルトが知り合いになったばかりのX夫人といっしょに、ガブリエルがレストランで夕食をとったりすると、彼女はあまりに外見が違っているので、X夫人は同じ階に泊まっているこの優雅な隣人は誰かに似ているようだけれど、と自問するだけである。なにしろガブリエルはしっかり化粧し、きちんと髪をカールし、コルセットで胴を締め、デコルテを身にまとい、指にも首にも耳にも、リールの園芸愛好家からもらった残りのダイヤモンドをつけた姿で現れるのだから。

女とともに、女のために生きることを好んだこの男ミシェルは、男にたいして友情を感じることはほとんどない。後年、なかば告白相手として、なかば師父として繋がりを持つことになる何人かの聖職者を除けば、彼の人生に入りこんでくる男はすべて迷惑者か敵のように思われる。ヴェルサイユでのサリニャック・ド・フェヌロンは友人というより仲間だったし、ロルフはいつだって邪魔者にすぎなかった。奇妙なことに、男の存在をきっぱり拒絶するこの態度を翻したおもな、そして最後の例外はまたもやハンガリー人だった。ただし、ロンドンに亡命したユダヤ系の小レストラン経営者の息子と、いつも一緒の三人組に合流した豪勢なマジャール人のあいだに共通要素はない。

ド・ガレー男爵（仮名である）は若い頃、ブダペストの上流社会で脚光を浴びた。ウィーンの宮廷でも目立った彼は、軽騎兵連隊の軍服をまとい、サーベルによる決闘を何度か経験したという噂だった。この型通りの名声はずっと前に消え失せ、それに代わって賭博者という恐ろしい伝説が生まれた。かつて祖先がトルコ近衛兵の一団を攻撃した時と同じく、彼は激しく賭け事をした。ヨーロッパ中の賭博場とカジノで、人々は彼の姿を目にしたことを思い出したものだ。ポケットは金貨で重くなり、皺くちゃの札《さつ》であふれていた。そして馬車を呼んでくれたボーイに札を一枚投げ与えるのだが、それはけっして見せびらかすためではなく、気前が良いからでもなく、彼がいつも汚く見えるあの紙幣よりルイ金貨を好んだからにすぎない。カルパチアにある小さな農場一つか二つ分に相当する額の金を、彼が博打で一気に無くしたさまを見られたこともあった。彼の欠点といえばこれだけだったが、しかしそれは、ほかにも欠点があったとすれば、それらをすべて呑み込んでしまったに違いないような欠点だった。ハンガリー人や貴族のように酒の飲み方を知っていたこの男は、けっして酔うことがなかったし、完璧な伊達男として社交界の女性にも娼婦にも、儀式じみた侮蔑の念をこめて同じように接した。ミシェルは大貴族で底意地の悪い彼の無遠慮さに感心したし、他方で品位も欠いていないので、彼と張り合おうとは思わなかった。バーデンでのことだが、近在の城主夫人で慈善事業に関わっていたあるドイツ女性が、男爵といくらか知り合いで、その前日彼が胴元を負かして賭け金をさらっていたことを聞きつける。学校や救済院のため彼に寄付を頼むにはちょうどいい時だ、と彼女は考える。そこでグランド・ホテルに行って彼に会いたいと伝えると、マジャール人の下僕は彼女を主人の小さな応接間に招じ入れる。ご主人様はまだ眠っています、コーヒーを飲んでいます、入浴しています。少しお待ちいただけますでしょうか……。仕切りの向こう側から、怒りを含んだ声がハンガリー語で喚きたてる。素っ裸で、体から水をしたたらせたガレーが姿を現し、お辞儀してドイツ人の奥方の手にキスをする。「優雅な奥様、私に何をお望みでしょうか。」女性はすぐに逃げ帰った。

人から嫌われるのが好きなこの二人の男は、たちまち親しくなる。ガレーの生活はたった一つの情熱だけに捧げられ、それ以外のことからはまったく引き離されて虚空をさまよっているようなものであり、それがミシェルを魅了せずにおかない。他方マジャール人のほうはこのフランス人のうちに、自らの暴力性と、おそらくは自らの孤独の何がしかを見てとった。彼らは暗黙裡に協定を結ぶ。賭博場では、一方が負けた時、他方が助ける。乗馬は二人に共通したもう一つの習慣だ。ガレーは調教場の馬には目もくれないが、いつも一緒の例の三人は馬とともに旅をする。ある日ドイツの駅でのこと、輸送係が、ミシェル自身が乗る列車に繋いだ貨車で馬もともに移動することを拒否した。怒りっぽいフランス人は輸送係の襟元をつかみ、勘定台越しに引きずり出して、床板に投げつけた。ガレーはミシェルや二人の女のうちどちらかと一緒に、森の中のコースや海沿いを馬で走る。姉妹はガレーの乗馬姿が立派だと思うが、ベルトが馬術競技で立派な成績を収めたと知っても、彼のほうは冷淡な軽蔑しか示さない。

「奥さん、オーストリア皇后は馬に乗る時の振る舞いがよくないのです。彼女は美人だというのは分かります。乗馬がうまいというのも確かです。イギリスでは、障害物競争の際に彼女と同じくらい勇敢な騎手を見つけるのが困難なくらいだ。しかし、彼女を真似てはいけません。女性というのは、自分の首の骨を折りたくなったからといって、男や馬の命まで危険にさらす権利はないのですよ。」

ミシェルがハンガリー人に賛成するだけに、ベルトはよけい苛立つが、他の男に言われたなら納得しないことでも、この横柄な声の男が言えば受け入れられる。

十月のある晴れた日、ミシェルは自分がこの三か月というもの文字通り一文なしだと友人に打ち明ける。しかも、これから三か月分の金を高利貸しに借りている。それは心配に及ばない。ガレーはウクライナに母方の家族から受け継いだ土地を所有しており、偶然だがまだ売却していなかった。母屋の横に種馬飼育場がついており、昔競馬騎手だったイギリス人が管理していたが、ハンガリー人はもう彼を信頼していない。ミシェルの財政状況が改善するまで、三人で数か月そこに住めばよい。冬の終わり、まだ何か遺産がもらえそうな親戚たちを例年どおり訪ね歩く際に、ガレー自身も彼らに合流することになるだろう。（彼はすでに二人のおばの財産を食い潰した、と自慢していた。）この刺激的な計画はミシェルと姉妹を喜ばせる。雨の多いドイツとすでに寒いポーランドの鉄道に沿って、三人は延々と旅をする。ウクライナでは列車が駅に停まると、かすかに開いた扉から、白い突風が薪ストーブで暖められた客車の中に吹きこんでくる。ミシェルにはトルストイの小説から出てきたとしか思われないような農民《ムジク》たちが、線路を覆った雪の除去に手を貸す。

キエフで彼らはすっかり魅了される。どこかの大公に仕えていた元執事が経営し、当時ロシアにたくさん作られていたフランス風の贅沢な小ホテルの一つで、彼らは数日過ごしたのである。二人の女性はあちこちで、現地人にたいしてパリの小新聞が載せたような冗談を繰り返すが、生活様式はすでに変化していて、カフェコンセールで耳にした紋切り型とはもはや合致しない。この垣間見たロシアの地はミシェルにとって、ここではランプのように燃えているが、西洋ではすでに数世紀前に消滅した古代的なキリスト教世界を啓示してくれるものだった。それはまた、アジアの周縁を覗き見たことでもある。彼はまるで大波にさらわれる泳ぎ手のように、教会の讃美歌の強烈な波に身をゆだねる。忘れていた身ぶりと生活様式を取り戻したような感じを抱きながら、ミシェルは巡礼者たちを見つめる。巡礼者たちは聖画像《イコン》の前で床石に接吻し、何か口ずさみながら十字を切り、金箔の背景に描かれた顔や、聖堂の地下礼拝堂に展示された聖人たちのミイラ化した痩せた手に、涙を流しながら唇を押しあてる。信者は聖人たちの前を通りすぎていくのだが、それは後にその子供たちがレーニンのミイラの前を通りすぎるようなものだ。あの巨大な黄金色のドーム、まるで祈りの熱によって膨張し、繋留気球のように膨らみ、乳房のように張ったあのドームをミシェルは見飽きることがない。荷車の列が凍てついた川を渡っていく。河岸で開かれる市では、競り売り商人が硬くなった魚を腕で持ち上げたり、ミルク売りが白い塊を斧で割ったりする姿が目にはいる。ユダヤ女たちの豊満な美しさ、毛皮の帽子をかぶった御者が運転する橇に乗ったヨーロッパ風の身なりをした女たちの華やかさを、彼はけっして忘れないだろう。この長い年月にして初めて、そしてただ一度、ミシェルは流行の海岸と賭博場以外のものをこの世で目にし、記憶に留めたような気がした。

キエフから数ベルスタ〔一ベルスタは一〇六七メートル〕の距離にあるガレーの領地にも、魅惑と驚きがある。手入れのゆきとどいた馬を除けば、そこではすべてが汚らしく、三人のフランス人はロシア的無為の根深さを発見する。彼らが住んだのは、一種の細長いイズバ〔ロシア農村の校倉式木造家屋〕の二階にあった主人のかなり豪華な部屋で（刀剣類、長椅子、トルコ絨毯）、管理人が別棟に住んでいる。この悪党は礼儀正しく、控え目だ。キエフからやって来る獣医と元競馬騎手が結託して子馬をかすめ取り、近在の飼育業者にこっそり売り捌いているのだ、とミシェルは確信する。イギリス人は燕麦を売ってくれる農民たちを騙し、不在の主人を詐取している。しかし地元に暮らす者同士には暗黙の了解があり、従僕たちに本当のことを言わせることもできないので（どのみちミシェルには彼らの言葉が理解できない）、ミシェルは調査を行なえない。たとえ行なったところで、結局何も判明しないだろう。長い間シャンティイで暮らしたことのある競馬騎手は、楽しい男だった。その規模に較べれば北フランスのもっとも大きな農地でさえ無に等しいような広大な草原で、日中の短い時間は馬の調教に当てられる。夜になると、ろうそくから発する光がすきま風に揺らめく何もない広い部屋で、門番の息子がギターをつまびく。元競馬騎手はミシェルとエカルテ〔トランプゲームの一種〕を始め、巧妙さを示す。人々はおいしく、こってりした食事を口にし、管理人の妻が時々イギリス風料理を加えるので、ミシェルが相変わらずイギリスに抱いている郷愁の念を静めてくれる。夜中に便所へ行こうとすると、床に横たわり、廊下でいびきを立てる召使たちにつまずく。三人のフランス人は蒸し風呂を試してみるが、熱い湯気、薄気味悪い暗さ、細い樺の棒で自分を鞭打つ男女の赤い体、そして強く熱した石の上でしゅーと音をたてる冷水などにうんざりして、そこから飛び出す。偶然足を踏み入れたいくつかのイズバの貧しさには、ぞっとした。虱のたかった農民はかろうじて人間と呼べる程度だ。（ロンドンの陋屋《ろうおく》とリールの地下倉をもっとよく覚えていれば、ミシェルの判断はもっと穏やかなものになっていただろう。）孤立と生活の単調さが二人の女性には辛く、時々キエフの店を見て回ることでようやく気が晴れた。

　ガレーが到着すると、すべてが変わる。町の娯楽場ならどこへ行っても、マジャール人はわがもの顔だ。夜は何度も、ジプシー音楽をたっぷり聞かせてくれる。五十年あまり後にナチの死体焼却炉に投げ込まれることなど知る由もない予言者の民族は、裕福な地主たちのために歌い、踊る。そして地主たちもまた、自分の子供がパリのタクシー運転手や炭鉱夫として死んでいくことになるとは、予想だにしていない。田舎の隣人とは、ルーレットの代わりにポーカーをした。

　ウクライナ滞在は、ガレーと客人のブダペスト滞在の直前だと当初私は思った。ところがミシェルの年譜は曖昧だ。二つの挿話の間に数か月にわたる西ヨーロッパでの生活がなかった、という保証はない。いずれにしても、ハンガリー訪問は短期間だった。マジャール人と招待客は、広大な平原にぽつんと建つ城館で数日仮住まいする。男爵は城館を売り払うためにやって来たのだった。

　彼はそこで、一人の土地取引業者と会うことになっていた。定められた日に、擦り切れた衣服をまとい、きわめて礼儀正しい様子をした痩せたユダヤ人が駅から一台の馬車に乗り、やって来た。敬意の背後に一種の静かな無頓着さが垣間見えなければ、卑屈といっていいような男だった。カウニッツ（私はこの名を、同じようなタイプの男が登場するシュテファン・ツヴァイクの、あまりに忘れられたある小説から取った）は男爵の案内で、城館、付属の建物、そして庭園を見て回る。まるで入念に仕組んだ二重奏のように、男爵の大貴族然とした素っ気ない礼儀と、商人のいくらか穏やかな礼儀は好対照をなしていた。ガレーは騙されるのではないかと予期していた。おそらく実際に騙されたのだろうが、似たような状況で売り主が買い手にそうされる以上に騙されたというわけではなかった。ガレーはむしろ、他の売り主ほどひどく騙されはしなかった。

こうした場合、売り主は別々に財産を処分したほうがいい、手放す住居を飾っている銀食器や、絵や、古い家具は少し時間が経ってから売却したほうがいい、とユダヤ人は言い添える。しかし男爵は彼の忠告に耳を貸さない。一気にすべてを、しかも現金で売り払いたいのだ。カウニッツが提示した金額はこれらの要求を反映したものになる。けっして端金ではないが、低い額だ。商人自らそのことを真っ先に認める。取引がまとまると、ガレーは客を鉄柵のところまで送っていく。破産しかけている男を前にして、あるいはおそらく、置物や肖像画を失うことで自らの伝統を犠牲にしようとしているこの貴族を前にして、古来からの伝統の継承者であるユダヤ人は、やはり躊躇のようなものを感じたのだろう。

「ド・ガレーさん、この家に何はともあれあなたにとって大切な家族の肖像画や、置時計や、何かそうした物があるのでしたら……。決めた買値を割り引くつもりはまったくありませんが、もし宜しければ……」

「もういいですよ、カウニッツさん」と、花壇の上に屈みこみ、上着のボタン穴にカーネーションを一輪挿しながらガレーは言った。

ミシェルはこのしぐさをこの上なく優雅だと思ったし、商人の慎ましい申し出にもそれなりの価値はある。

私が今書いているのが小説ならば、東ヨーロッパでの滞在の後に、ハンガリー人とフランス人たちの間柄がいくらか冷却したという成り行きを喜んで空想するだろう。女嫌いと思われた男爵がどちらかの女性に、あるいは二人の女性にあまりに好かれた、あるいは少なくとも、あまりに気に入られようとしすぎたのかもしれない。逆に、彼の傲慢さが女性たちを侮辱したかもしれないし、同じように激しい気性の二人の男が理由もなく対立したかもしれない。三人のフランス人の誇りが傷つけられた、というのがより可能性が高いだろう。西ヨーロッパの歓楽場では、ガレーと彼らは同等だった。しかしここ東ヨーロッパでは、何をしようと彼らは、たとえ破産間際とはいえ貴族の恩恵を受けているのだ。

いずれにしても、彼らは男爵を伴わずにフランスに戻る。ガレーのほうはますますその傾向が強まっていたが、ダルマチア海岸の小さなカジノで賭博の悪徳に耽ったらしい。その数か月前、ミシェルとアバツィア〔アドリア海に面した港町で、王侯貴族のリゾート地。当時はオーストリア・ハンガリー帝国の一部だが、現在はクロアチア領オパティヤ〕にいた時、彼はミシェルを浜辺の人気のない場所に連れて行き、海を見下ろす岩山をうっとり眺めた。「ここでの流れは沖に向かう。男がピストルで自殺して海に落ちれば、遺体はけっして見つからない。」実際マジャール人の最期はそのようなものだった、とミシェルはいつも信じようとした。おそらく、それが自分にとっても死の可能性の一つだったからだろう。

ところがウィーンで、三人の旅人はまたもや金に困った。ミシェルはシャンペンやジプシーのことでガレーにもう借りを作りたくなかったので、なおさらそうだった。ミシェルの言を信じるならば、この貧窮のせいで、彼らはあるサーカス団に随って西ヨーロッパに帰る決断をしたのだった。彼らは高等馬術の出し物を見せ、馬の手入れを手伝う。私が推測するにむしろ、木材の鋸くずや、赤ビロードのボックス席や、楽団の甲高い演奏にあわせて尾を振る栗毛の馬の魅力、さらに汗と動物のにおいがそこに大きく関与したのではないだろうか。ルノワール、ドガ、そしてマネもまた、彼らと同じくそうしたものを愛したのだから。

これですべてだろうか。これまで述べたことの虚しさは、誰よりも私がよく知っている。私とあの人たちの距離や、この文章を書いている今この瞬間に私が達した年齢のせいで、私はあまりに忘却しているのかもしれない。陽気さ、大胆さ、物理的、肉体的な快楽、自由な空想、単なる生きる歓びといった、あの雑音や金ぴかと混じり合った要素を。いずれにしても、およそ二十年後に私が知ることになるミシェルは、この狂乱の年月のミシェルからほとんどまったく窺い知ることができない。しかし前者のミシェルは確かに後者のミシェルから生まれたのだ。

真実を完全に知るのを妨げている最大の原因は礼節のようであり、しかもこの礼節は、かならずしも人が考えているようなところで機能するわけではない。プルーストの小説に登場するスワンは、軽い調子でなければ、あるいはかすかに喜劇的な調子でなければ、しかも自分の話では有利な役割をなるべく演じないようにするのでなければ、自分のことを語るなど不謹慎だと思ったことだろう。同様に、ミシェルは時々自分の人生のほとんどピカレスク風な細部を話したり、世界の光景を愛したこの男が好んで語る奇妙な、あるいは興味深い状況に自分が身を置いたことに触れたりしたが、自分を詳しく描いたり、説明したりするという考えは脳裏に浮かばなかった。彼が体験し、思考し、甘受し、愛したものは、心の奥に留まったのである。あの十三年間はほとんど端役のいない舞台、そしてわれわれが楽屋を知らない舞台にほかならない。想像するに、女たちがウィリー〔フランスの大衆作家（一八五九―一九三一）で、後のコレットの夫〕の作品を読んでいる間、ミシェルはレス枢機卿やサン＝シモン〔どちらも回想録の作者〕を読み、あるいはベルトとその妹をガレーに託してオランピア座の夜の公演に行かせ、自分は彼女たちの関心を引かない『ヘッダ・ガブラー』〔イプセンの戯曲〕に出演するリュニェ＝ポー〔俳優で舞台監督、一八六九―一九四〇〕を観に行ったのだろう。彼の口から実際に聞いたわけではない。またそれ以上に、ミシェルは自分とベルトやガブリエルとの関係を明確にしようとしなかったし、ガレーにたいする愛着の理由を吟味しようともしなかった。長い間結びついた人たちというのは、カドリーユの踊り子たちのように、最後はほとんど常にお互いにありとあらゆる立場を取るようになるものだ。われわれは皆他人と同じ物質で出来ているのだから、人が思う以上に凡庸な比喩をもちいるならば、人間は時間の中で動きまわり、極の周囲の星が夜の間にそうするように位置を逆転させる。あるいは黄道帯の星座のように、人間はわれわれが想像しているのとは異なるしかたで孤立したり群れたりしながら、われわれとの関係でしか存在しない黄道に沿って進んでいくように見える。ただし天文学者や占星術者は、天体の少なくとも表面的な運動の軌跡はあらかじめ予想できる。他方、人々のあいだで生涯をつうじて起こったはずの変化の見取り図を作成することは、たとえ事後であっても不可能である。

悪い仲間とつき合う趣味、あるいは少なくとも自分より卑しいところで悦に入る習慣が、あきらかにミシェルにはある。是非はともかく、おそらくそういうところでは他所に較べて偽善が少ないと想像していたからだろう。そしてまた、放蕩に特有の茶番や気取りもあるが、ミシェルはそうした茶番や気取りに気づくほど深く放蕩にのめり込んだわけではなかった。性格からして、彼は何かにのめり込むような男ではない。いかなる胡散臭いことも自分には影響しないし、自分が直接的な支配圏に置いた人たちにも関係しないと確信する人間は、ある種の無邪気さを具えているということも考慮しなければならない。誤りに気づいても、ミシェルはいくらか素朴に驚くことだろう。彼から聞いたことだが、ある女性とかなり長い間一緒に暮したことがあり、その女性は軽薄な社会の無分別な行動とは無縁だと思っていた。「もちろん、僕らは賭博場に行ったものさ。そこではいつも別々になって、お互いに不運を引き起こさないようにしていた。夜が更けると、彼女は儲けたルイ金貨でいっぱいのハンドバッグを手にして、僕のところに戻って来た。彼女はいつも勝っていた。後になって知ったのだが、彼女はカジノを出て、見知らぬ男とすぐ近くのホテルに入り、男が金を払っていたのさ。」いつもの癖で不用意に一般化しながら、ミシェルは言い添えた。「女は皆嘘つきだし、女の真意を読みとることはできない。」

ミシェルがベルトとガブリエルのことを話すのは、私が先に触れた逸話に彼女たちが登場する時だけであり、しかも二人の天性の優雅さ（彼は美という言葉をめったに使わなかった）、しなやかな歩き方、騎手としての手柄に言及するのみで、それ以上のことは何も話さなかった。私の母に関しては、私がいる時には彼女の相貌を想起したい気持ちがより強かったと思われるのだが、やはり彼の言葉は少なかった。亡くなった者のことを懐かしげに思い起こすのは、彼の習慣ではなかった。私の子供時代に彼が愛し、そして失うことになる一人の女性についてだけは、ミシェルも忘れがたい姿を記憶に留め、それが生の理想として私の心にも刻まれたが、それはまだ先のことである。

主題に精彩を添えようとする小説家の無意識の配慮から、この一九〇〇年以前のミシェルの行動をつうじて、何かしら不安の要素あるいは影の部分を際立たせようとするのは間違いだろう。この快楽の人間には、一見したところ影の部分などないように思われる。しかし、その方向でいくつかの兆候も現れる。数年後にスラヴの地を訪れたリルケの動揺に似て、ロシアを垣間見た時のミシェルの熱狂はある種の不満を思わせるし、彼自身も自分の日常生活が繰り広げられた平凡な場所から離れてはじめて、その不満に気づいたのだった。より明白な指標は、彼の航海欲を満足させていたヨットの名前である。最初のヨットの名前「ペリ号」の着想源はせいぜい、マスネやレオ・ドゥリーブといった当時の音楽家のわざとらしい東洋趣味か、あるいは若きユゴーが書いた頌歌《オード》の一篇だろう〔「ペリ」はペルシア神話の妖精。ユゴーの『オードとバラード集』(一八二六)には「妖精とペリ」と題された詩篇が収められている〕。後に私の母のために購入したヨットの名前「ワルキューレ号」も、この時代のワーグナー熱を反映しているにすぎない。それに対して、ベルトやガブリエルとともに北海を巡った時に使った二番目のヨットの名前「バンシー号」は、さまざまな空想を許す。アイルランドの家で誰かが死にそうになるとその敷居で涙を流す、亡霊のような老女に似たこの妖精のことを、ミシェルはきっとイギリスにいた頃聞いていたに違いない。ヨットという常に波に脅かされるか弱いものに、こうした不吉な予言者の名前をつけたというのは奇妙としか言いようがない。

こうした些細なしるしの中でももっとも明らかなものは、例によって写真である。当時の写真としては、私の手元に二枚しか残っていない。ベルエポック期の上品ぶった態度には、何かしら刺激的で、粗野なものが具わっており、それはコレットの初期小説に登場する女性たちや、プルーストの不自然な若い女性たちや、ゲルマント公爵夫人の気取った小説趣味や、そのいとこオリアーヌの嘲笑的な冷淡さなどに残念ながら露呈しているが、写真はそうしたものにたいする解毒剤となる。あれほど進んでいたミシェルと二人の女のことだから、多かれ少なかれ時代の空気を浴びたに違いないが、写真はその痕跡を留めていない。ガブリエルの肖像写真はないので、彼女の魅力と陽気さは消えてしまった。ベルトの写真は三十歳頃のものである。滑らかな樹皮のように体にぴったり合うローブモンタントに身を包んだ、この背筋をぴんと伸ばし、ほっそりした女は、一八九〇年の美女よりもむしろ教会の入口扉に刻まれた女王を想起させる。しっかりした美しい手は、馬の手綱をしっかり押さえた手である。当時の流行にあわせて細かくカールさせた髪が顔を取り囲み、暗色の目はまっすぐ前方を見ている、あるいはおそらく何も見ずに物思いに耽っている。ばらの花のように柔らかな口元は微笑を浮かべていない。裏に「ミシェル三十七歳」と記された写真にも、驚かされる。とても若く見えるこの男には、壮年に達した時の彼の肖像写真から感じられるあの逞しさと快活さの印象がない。多くの青年にあっては、不思議なことに活力を準備するかのように弱さが先行するものだが、ミシェルはまだその弱さの段階にある。それはまた、後に流行の場所を足繁く訪れることになる遊び人の姿でもない。目は夢見がちな目だし、印章つき指輪を嵌め、たばこを挟んだ指の長い手も夢を見ているようだ。説明しがたい憂愁と不確かさが、その顔と体から立ち上っている。それはまさしく、まだラシェルやダメルクール氏のことを気にかけている頃のサン＝ルー〔プルースト作『失われた時を求めて』の登場人物〕の肖像そのものだ。

この時期のミシェルが書きつけたもので、彼自身について何か教えてくれるようなものは目にした覚えがない、と私は思っていた。だが、それは間違いだった。彼は左腕の肘の内側に「ἈΝΆΓΚΗ 宿命」という六文字を入れ墨させたことがあり、それはおそらくベルトとの結婚前に遡るはずだ。

入れ墨そのものと同じくらいに、この語を選んだことに驚かされる。少なくとも私が彼を知った時期には、宿命という古代の概念は、この言葉で指し示される漠然とした大衆的概念と同じく、父にいかなる反響も引き起こさなかった。彼自身の生涯はむしろ、賭博者の女神である「運」と、それが含意する不確かで、偶然的なものに支配されていたように思われるのだ。しかもこの陰気でくすんだ言葉は、過ぎ去る瞬間を楽しむ術をよく心得ていた男の気質にはそぐわない。私の目にしたすべてが、ミシェルはいわば先天的な幸福に恵まれていたことを証明している。洪水の被害を受けた国でも、水による一時的な荒廃の下に大地が感じられるように、あきらかに不安と苦悩に彼が打ちひしがれた時でさえ、そうだった。地下の窪みは絶望に満たされていたのだろうか。老年期のミシェルの深い達観と穏やかな幻滅はそう思わせるところがあるし、場合によってはそれによって説明できるのかもしれない。

しかし、もしそうだとしたら、いつ、いかなる理由で彼は自分に不可避的なものが重くのしかかるのを感じたのだろうか。宿命、'ΑΝΆΓΚΗ。リールあるいはルーヴァンの学生だった頃、『ノートル＝ダム・ド・パリ』を読んで自分は悲劇の運命を辿ることになると想像したミシェルが、クロード・フロロにとって大切なこの六文字を入れ墨したのだ、という推測が可能かもしれない。同時期にジョージ・デュ・モーリア〔イギリスの作家、風刺画家、一八三四―九六〕は、ユゴーがその悪徳司祭に言わせたこの陰鬱なギリシア語に取り憑かれた、ピーター・イベットソンというほとんど自伝的な人物を描いている。とはいえ、入れ墨はとりわけ前科者と船乗りに特有の慣習で、一八七三年頃の学生たちの間にそれほど広まっていなかっただろうということに加えて、このあまりに単純な解釈は何も明らかにしてくれない。ミシェルはユゴーの偉大な詩作品が好きだったし、とりわけ壮年期には大好きになるのだが（他方、青年期にはミュッセに熱中した）、逆に彼の小説は不当なまでに蔑んでいたからである。しかも、もし単なる学生の気紛れだけの問題だったのであれば、彼は笑いながら容易に告白していただろう。彼はそんなことはまったくしなかったし、私のほうも、どことなく脅すようなこの六文字に彼がどんな意味を込めていたのか、尋ねもしなかった。われわれの率直さにも、それなりの節度があったのだ。あきらかにこの言葉は彼にとって、おそらく消滅したものの今でも記憶に残る情動の領域に属しており、そこに足を踏み入れようとするのは無謀でもあり、不謹慎でもあっただろう。

「宿命」という標語を入れ墨したのは、ヴェルサイユの第七機甲連隊に二度目の配属をされた時だ、と想像するほうがより自然だ。自らの意志で連隊に戻り、軍隊に復帰するため降格さえ受け入れたものの、やがてモードを諦めきれないことに気づき、再びすべてを棄てて彼女の元に帰っていった頃のことだ。とはいえ、ヴェルサイユの兵営の近くに入れ墨の専門家がいたのか、この入れ墨という装飾は陸軍が軽蔑して海軍に任せていたものではないのか、そうしたことについて私は詳らかにしない。

またそれより後になって、リヴァプールの船乗りが集まる酒場にいるミシェルの姿や、さらに後のことだが、アムステルダムの波止場にある居酒屋の奥に陣取る彼の姿を思い浮かべることもできる。ベルトとガブリエルを連れて「バンシー号」で北海を巡っていた頃で、あのギリシア文字を入れ墨師に見せるためていねいに紙切れに書き記し、左腕を差し出したのだろう。宿命……。素朴な男なら花や、鳥や、三色旗や、一時的に愛した女の名や、女のそそるような裸体を入れ墨しただろうに、ミシェルは徒刑囚の番号に似た六文字を選んだのだった。この六文字が自らの人生に下したいかなる判断を示唆するのか分かれば、われわれはミシェルをよりよく知ることができるだろう。しかし私は小説を書いているわけではない。宿命。

旅回りのサーカス団の挿話が、この十三年間を締め括るちょうどいいフィナーレになる。それはもちろんベルトと暮らした最後の時期に起こったことだが、中部ヨーロッパからの騒々しい帰還が、あの三人にとって破滅的な年となる一八九九年のことなのか、それより二、三年前なのか、それを示してくれる確かな日付はない。人生が笛や太鼓の音を鳴らして悲劇を予告することなどほとんどないのだ。

いずれにしても、この男の運命において宿命的な町オステンデがミシェルの滞在場所となる。一八八九年の特赦の後もリールとモン＝ノワールは周到に避けて、フェに本籍を移していた。ガブリエルは離婚以来、そこではおそらく以前より冷遇されていて、離婚を是認したベルトとミシェルもまた以前ほど歓迎されていないように感じた。しかし、これは推測にすぎない。フェの魅力が時とともに薄れたのだと考えるほうが、より分かりやすいだろう。一八九四年以降、今や国土防衛軍のことに精通しているミシェルは、自分が再び外国に居住していると軍当局に知らせる。オステンデに居を構え、ロシア通りにアパルトマンを借りたのである。そこで長く暮らすことはない。ただ少なくとも、定住先とされたこの住居には、賭博と海という二つの魅力が具わっていた。

この人たちが一八九九年夏をすべてそこで過ごしたのかどうかは、分からない。ミシェルは賭博でかなり儲け、まだ所有していたのであれば「バンシー号」で、あるいはどこかのトロール船で海上に遠出し、その際しばしばヘンリー・アーサー・ジョーンズにも参加してもらったのだが、それが前年の夏だったかどうかも分からない。ジョーンズは当時流行していたイギリスの凡庸な劇作家で、彼がそばにいるとミシェルはロンドンの思い出に酔えた。彼はまた時々オステンデからリールに赴いたが、それというのもリールでは、出資者たちがミシェルの母親が死去した際に返済すればいいと言って、進んで金を貸してくれたからである（「豪勢な生活」はそうした取引を必要とした）。この二年のどちらかの年に、ベルトは眩暈に襲われて、砂丘の中にぽつんと建っていた別荘の敷居に座らせてほしいと頼み、そこで所有主のV男爵夫人と親交を結んだ。夫人は愛想のいい老婦人で、音楽と読書を好み、三人のフランス人をしばしば誘って領地の中をランドー型馬車で楽しく散策した。外国のエリートが上流階級の人々や、財界の人々や、レオポルド二世の取り巻きの美女たちと混じりあうこの「社交シーズン」には、堤防上で繰り広げられる上流社会の社交儀式がとりわけ華々しい。ベルトとガブリエルも流行の時間帯になると。肩掛けとスカートを海風になびかせ、挙げた腕で大きな麦藁帽子を押さえながら、薄く白い衣裳でそこに加わる。二人の姉妹は同じ衣裳を身につけるのが好きで、違いはベルトの色と、イヤリング、指輪あるいはブローチの石だけだ。一方はルビーで、他方はエメラルドというように。ロシア通りのアパルトマンで、ベルトは一八九九年十月二十二日に亡くなり、ガブリエルはその四日後に亡くなる。それぞれ三十八歳と三十三歳だった。

後述するあまり重要でない二、三のことがらを除いて、ミシェルはこの痛ましい週について私に何も語ってくれなかった。私の異母兄が書き残した『回想録』があり、彼の死後その息子たちが家族と数人の友人のために半年ごとに数回出した『カイエ』に発表された。その『回想録』の一行に、ベルトとガブリエルは「軽い外科手術」の結果亡くなったと書かれている。時を隔ててみれば軽率な手術と思われるものをミシェルが知っていたかどうか、ましてやそれを是認したかどうか、それとも彼が取り返しのつかない事態に突然直面したのかどうか、それを教えてくれるものは何もない。「社交シーズン」はとうに過ぎていた。彼らがそれほど遅くまでオステンデに居残ったのは、おそらくひとえにミシェルが秋の強風を好んだからであろう。荒れた海に吹きつける強風という雰囲気の中に、姉妹の死を位置づけてみなければならない。もちろん、この流行の別荘地で「皆を知っていた」彼らに、本当の意味での友人はいなかった。ただ一人、シーズンオフになっても砂丘の真ん中にある別荘に遅くまで残るのが好きだったV男爵夫人だけが、おそらくかなり注意深く二人の最期に立ち会った。彼女があの動顛した男をできるかぎり手助けした、と私としては思いたい。この男爵夫人こそ、それから程なくして彼をフェルナンド・ド・C・ド・M、つまり私の母となる女性に紹介して、彼に人生をやり直させようとしたのだから。

ベルトとガブリエルがそれぞれ離れて最期を迎えていた二つの部屋の間を、ミシェルが行き来する姿を私は想像してみる。姉妹は長い共同生活を送った末に、お互いを看病するという些細な励ましすら奪われていた。この破滅の張本人たるイルシュ医師とかいう男の妻が、どうやら看護人の務めを果たしていたが、おそらくそれは医者の過ちあるいは怠慢の痕跡を隠蔽しようとするためであり、またおそらく二人の瀕死の病人の枕元で看病すれば、何か利益が得られるという打算があったからだろう。実際、高価なものがいくつかなくなったようだ。化粧台の上に置きっぱなしになっていた指輪やイヤリングなどであろう。

それから何年も経ってからイルシュ医師夫妻を非難して、ミシェルがある日息子に、「お前の母親は、あのような状態にある女性が当然受けるべき治療を受けなかった」と言うのを聞いたことがある。しかし、ミシェルが他の医者を呼ばなかったらしいというのも事実だ。後になってミシェルは、息子があの苦悩の日々に波止場でゲーム機をいじり、射撃の店や露天市の滑り台で遊んでいたといって難詰した。十四歳の少年の不安がどのように表われるのか、ミシェルにはまったく分かっていなかったのである。たぶん彼にも自分自身の苦悩がたくさんあって、息子の苦悩にまで思いが至らなかったのだろう。

使用人たちと言えば、この悲劇の間彼らの姿は見えない。おそらく銀食器や奥様たちの絹のドレスを奪って、遁走してしまった。完全な無秩序と、ある種の静寂が二人の姉妹の死を取り囲んでいたようである。ミシェルが年単位で借りていた家具付きアパルトマンはおそらく、夏になると裕福な外国人が住みつく建物の一つにあった。十月の日々ともなれば、建物にはほとんど人影がなかったはずだが、管理人や所有主は、最後の客たちが不安に駆られる危険があるというので、きっと病気や死の噂を恐れていた。シーズンオフになっても、温泉町や海水浴町では人がひそかに死んでいく。

死期が間近に迫ったガブリエルが、姉のほうが先立ったことを知らずにいたと期待したい。ミシェルのほうは、今や一人の死に関わるだけでよかった。最後の数時間になって、若い女は宗教の救いを求めた。ミシェルが司祭を探すために赴いた教区の司祭と助任司祭は、来てくれなかった。ガブリエルが離婚した女性であることを知っていたからである。現代よりも聖職者たちが非妥協的だったこの時代、おそらくそれだけでこの厳しい対処を正当化するには十分だった。ミシェルは二人の司祭が無慈悲に拒否したことを、けっして許そうとしなかった。

これもミシェルから聞いたことだが（彼が教えてくれた三つ目の、そして最後の細部である）、葬儀が執り行なわれるフェにガブリエルの遺体を運ぶため自らやって来たド・L男爵は、とりわけこの予期せぬ出費のことを心配していたようだ。絶えず金に困っていたこの男にしてみれば、それも驚くことではない。ベルトはバイユールの墓地に埋葬された。偶然だが、サン＝シュルピス広場の製造者の手になる二人の追悼のしおりが、私の手元に残されている。カルロ・ドルチ〔イタリアの画家、一六一六―八六〕の「悲しみの聖母」に飾られたベルトのそれは、平凡である。リールのカトリック系文房具屋が、この年のあらゆる寡夫たちに亡き妻を記念するために売っていたしおりである。そこでは故人となった女性が、最後の病気に際して忍耐強い態度を示したことが称賛され、天国でも家族を愛し続けるだろうと書かれている。ガブリエルの追悼のしおりのほうが、おそらくより優れている。ギュイド・レーニ〔イタリアの画家、一五七五―一六四二〕の「キリスト像」の裏側には、「神が彼女に長い苦しみを味わわせ、彼女を浄化した後に神にふさわしいとお思いになった」と記されている。ここに含まれる断罪の意図と、神が何をなし、何をなさないかにたいする傲慢な確信を露呈するこの聖書の引用は、ミシェルが選んだものではないだろう。彼ならこの引用文があの死者の霊魂にたいして冷淡で、神の正義に関してあまりに断定的だと考えただろうから。たとえそれが偽りでも、二人の女性は教会の秘蹟をたずさえて息を引き取ったと記すのが当時の慣例だが、二枚のしおりのどちらにもそのような記述はない。ミシェルがそうしたにせよ、男爵がそうしたにせよ、この真実は名誉ある真実である。

この機会に読者を私のさまざまな臆測で煩わせることなど、これまで以上に慎むとしよう。ミシェルの人生の第二の終焉、あるいは第三の終焉（鉄のカーテンが下り、新たな生が始まろうとしている）はあまりに不条理と謎に近いので、注釈することさえ不当である。ミシェルと二人の女性双方との関係が実際にどのようなものだったのか、夫婦がお互いにどの程度貞淑だったのか、死にかけている二人の女を前にして、生き残った男を襲ったおそらくは多様で矛盾した感覚の波がどのようなものだったのか、それを知る必要があるだろう（しかし、われわれはそれを知らない）。二人の姉妹はお互いに強い愛情を感じていたと推定できるし、そうでなければあの長い共同生活は説明できないだろう。しかしその愛情は、時おり競争意識や嫉妬が生じるのを妨げはしなかっただろう。また、姉妹が最後に味わった不安と苦痛も部分的に垣間見ることができるが、二人の人間にたいする敬意は、これ以上空想をたくましくするのを許さない。まるでわれわれは、二人の女性騎手がわれわれの知らない障害物につまずいて、穴の中に消えていったのを見ているようなものだ（どちらの場合も騎手が魂で、馬が身体である）。この物語で述べられている幼年時代以降のすべての出来事について、私にとってはミシェルが主要な、そしてたいてい唯一の情報提供者だ。彼が何も語らなかったところでは、私は彼の沈黙を記録するしかない。

しかしこの文章を書きながら、私は突然ある考えに捉えられた。ベルトが思いがけなく亡くなったことにより、その一年後にミシェルとフェルナンドの結婚が可能になったのであり、それから四年足らず後に私が誕生できたのだ。それが実際にどんなものだったにせよ、この悲劇が私の存在を可能にしたのである。こうしてベルトと私の間に一種の繋がりができあがる。

他の場所〔『追悼のしおり』〕で述べたことだが、ベルトの死はミシェルを動揺させたが、悲嘆はさせなかった。私が知っているわずかの事実を詳しく調べ直してみると、彼は少なくとも衝撃を受けたと推測する。いずれにせよ、ミシェルは本当に居を構えるつもりでモン＝ノワールに戻ったようだし、これは彼の場合、敗北を認めるようなものだった。とにかく彼は、公園の下にある小さな村サン＝ジャン＝カペルに本籍を移す。私が生まれた頃も、またそれよりはるか後、モン＝ノワールを売却する一九一二年まで彼はそこに住む。ノエミの死後まもなくして、彼はけっして好きになれなかったあの場所を手放すことになる。（こうした平凡な情報の断片をお許しいただきたい。この混乱した数年間にあって日付を定め、背景を正確に伝えるため私に役立つほとんど唯一の情報なのである）。冬が来ると、母親と一緒にリールの古い屋敷に移った。

その寒くて陰気な数か月、読書や思考（あるいは思考を拒否する態度）、どうにかこうにかこの途方に暮れた男の気を紛らせてくれた徒歩や馬での散策といったことについて、私はもっと詳しく知りたい。ミシェルはリール美術館にある「見知らぬ女」の蠟製の胸像が好きだったから、おそらく時々そこに足を運んだことだろう。当時この胸像は若いローマ女性の墓石肖像と考えられていたが、現在ではルネサンス期の傑作だろうという意見が優勢である。それがおそらくこの冬ミシェルが目にした、女性的魅惑の唯一の具現である。奇妙なことに、ノエミ夫人はやがて自分が仲介者となって、残忍さで有名だったある国民公会議員の血筋をひく裕福な後継ぎ娘と寡夫を再婚させようとした。要するに、一世代の時間的距離を置いて、彼女は自分自身とミシェル・シャルルの結婚をより目立つかたちで再現しようとしたらしい。息子のほうは、はっきり断った。それから何年も経った時、パリのホテル・リュテシアの食堂で、窓枠のそばに座り、給仕長に注意深く見守られながら昼食をとっている金持ちの未亡人タイプの婦人を、彼が私に目で指し示した。彼は母親を落胆させたのは正解だったと喜んだ。人生は彼に、フェルナンドというもっと素敵な女を提供したのだから。

三月、ミシェルはV男爵夫人から、オステンデで復活祭を過ごしませんかという招待を受けた。老婦人は彼に若い女性の友人を引き合わせようとしたのである。良家に生まれたベルギー人で二十七歳、その教養と物の考え方はミシェルの気に入るだろう、という。悲しみの五か月を経た後だったので、彼は気をそそられ、招待に応じた。彼がそうしたことに私は驚きを禁じえない。この町と防波堤は彼にとって悪夢の場所だったはずだから。ところが、彼は強迫観念や亡霊に悩まされる男ではなかった。彼がロシア通りの歩道を歩き回って、ある建物の窓の下にたたずみ、おそらく何も説明しないままに世を去った二人の儚い影を想起したかどうか、私には確信がない。その数日間は男爵夫人の別荘やまだ人気のない浜辺で、好ましい感受性の妙齢の女性と一緒に過ごされた。ミシェルとフェルナンドはそろってドイツに婚約旅行するという約束を交わした後に、別れた。結婚したのは一九〇〇年十一月八日である。

一八九九年十月の辛い日々のこと、出来事のみならず心の動揺もすべて知った人たちの中に、私の母も含まれる。男爵夫人がすでに教えていたのでなければ、おそらくミシェルはほとんどすぐに、そのことをすべてフェルナンドに話した。他の場所〔『追悼のしおり』〕で私は、フェルナンドが一九〇〇年十月二十一日に婚約者宛てに書いた手紙を載せておいた。それはベルトの一周忌のミサの前日にあたり、ミシェルはミサに列席するためモン゠ノワールに赴いたのである。たぶんその数行を、ここであらためて引用する必要がある。フェルナンドには欠点があったし、私はそれを隠さなかったが、彼女に具わるもっとも感動的な部分がここに表われているからだ。困難な一年を過ごしたミシェルの姿を跡づけようとした時、フェルナンド自身もよく知っている試練を経た男に向けられた彼女のやさしい心遣いは、よりよく読み取れる。消えかかっている文字が、酸に浸されて甦るようなものである。

親愛なミシェル、

明日あなたが私からの一言を受け取るようにしたいの。今日というこの日は、あなたにとってとても悲しく、ひとりぼっちなんですから。

ねえ、礼儀なんて、なんてばからしいものなんでしょう……。どうしても私があなたとご一緒するわけにはいかなかった。でも愛し合っているときには、おたがいに抱き締めて、おたがいに助け合うこと以上に簡単なことがなにかあるかしら……。私の大切なミシェル、十月末のこの日々のあとは、あなたの過去のすべてを忘れて頂戴。あの善良なフィエさんが時間の観念について言ったことは、あなたもご存じでしょう——「私たちにとって過去がほんとうの過去になるのは、それが忘れられたときだ。*」

それに、将来の約束と私のことを信じてほしい。私は信じてます、この灰色の冴えない十月は、私たちの楽しかったドイツの旅と、これからの生活という二つの晴れ間のあいだを曇らせる一片の雲でしかないと。（……）向こうのほう、もっと明るい旅の空の下なら、私たちにとってあんなにも快かった気分、なにひとつ気にかかるもののない陽気さ、対立や衝撃がいっさいなく、愛情と親密さに包まれたあの気分を、そっくりそのまま見出せるでしょう。

あと三週間しかないと思うと、とても幸せ……。そしてこの二日間、私があなたに言いたかったのは、悲しまないで、ではなくて、あまり悲しみすぎないで、ということです。火曜日、あなたがいらっしゃる日の夕方、お待ちしています……。

＊ はじめ『追悼のしおり』の中でミシェル宛てのフェルナンドの手紙を引用した際、誤読が生じて私は「あの善良なフイエ Feuillée さん」と書き記した。そして時間の問題に関心を抱いたこのフイエは旧友だろうか、それとも田舎の隣人だろうかと考えたが、結局誰なのか判明しなかった。その後、ある見知らぬ人が手紙で、それはおそらく哲学教授アルフレッド・フイエ Fouillée のことだろうと指摘してくださった。現在ではすっかり忘れられているが、その頃は有名な哲学者で、当時の教養ある人々にとっては、いわば後世の人々にとってのアランやジャン・グルニエに等しいような人物だった。フェルナンドが真面目な本を読んでいたことがよく分かる。

一人のか弱い人間が、まだ傷の癒えていないもう一人の人間に送ったこの慰めと約束の言葉には、何かしら感動的なものがある。フェルナンドは自分にできるかぎりで、約束を守った。婚約旅行の時期を計算に入れるならば、彼女が手紙の中で述べている将来は三年と少し続いた。それはヨーロッパを歩き回った三年間のゆったりしたワルツのような旅で、今度は美術館と、王立庭園と、森や山の小径を巡る旅だった。対話と、読書と、愛と、幸福の三年間。この性急な男と、傷つきやすい女の間にときどき誤解や諍いは生じたものの、それでも幸福の三年間だった。なぜなら、ミシェルは若き妻の追悼のしおりの裏に、彼女が死んだといって涙するのではなく、彼女が生きたことを喜ぶべきだと記させたのだから。さらに、これはいささか疑わしい賛辞だが、彼女は「最善を尽くそうと努力した」と彼は付け加えた。ベルトの一周忌のミサの前日フェルナンドが書いた手紙は、実際彼女がそのように努力したことを示している。過去は廃絶されたわけではないが（過去が廃絶されることはけっしてない）、少なくとも一時的に消された。多くを経験し、激しく生きた四十六歳の男にとって、別の若い女と一緒にほとんど幸福と呼べる三年間を過ごせたのは、しかも変化した光の下、シューマンの音楽に満たされているような親密さの中で三年間を過ごせたのは、けっして些細なことではない。

私は二度、しかも数日隔てただけで、亡霊が再び姿を現すのを目にした。二十三歳の時である。私はミシェルとともに南フランスにいた。例によって、彼はモンテ＝カルロの賭博場に引きつけられ、毎日ではないにしろ、かなり頻繁に足を運んでいた。その日、私は建物の入口まで彼を迎えに行った。年齢からすれば私もそこに入れたのだが、若い頃特有の潔癖さが私にはあった。青白い男たちや化粧した女たちが、かつての金貨に取って代わったセルロイドの札《ふだ》で余分な金や、時には生活費さえも賭けているこの魔窟に足を踏み入れるのは、不謹慎に思えたのである。（彼がほぼ完全に破産したことだけでなく、この取り替えもミシェルの賭博熱をおおいに冷ましたのだと思う。ルイ金貨は「運命」の象徴であると同時にその現実的な姿であり、賭博の勝利と敗北に、人生そのものがはらむ勝利と敗北の激しさをもたらす。金貨は第一次世界大戦の坩堝《るつぼ》の中で熔けてしまい、それはまた王侯貴族をも没落させた。）そのうえ、私はいつものように犬を連れており、何であれ聖なる場所に犬は入れない。六か月後にミシェルが結婚することになる貞淑なイギリス女性がその時どこにいたのか、私にはよく分からない。頭痛のせいで部屋にいたのだろう。

私が立っていた石段から、突然、ミシェルの姿が一種の透明な檻の中に見えた。それは「偶然」の神殿の控えの間になっていた場所で、外側は外部に面したガラスの扉で閉められ、内側も別の同じような扉で閉められており、その扉越しに神殿の中央玄関が見え、さらにそれが賭博場に面していた。明らかにミシェルは外に出ようとしていたが、その時、逆にこれから中に入ろうとする一人の女性と擦れ違い、それが誰だか気づいた。誰であれ、二度目を向けようとはしないような平凡な女だった。質も趣味もありきたりの服をまとい、いくらか腰の曲がった太った老女、金利収入や年金のごく一部を貯めておいて、時々モンテ＝カルロに「うまいやり方」を試しにやって来るもったいぶった女の一人、というところだ。ミシェルは彼女に話しかけていた、というより叫んでいた。扉を遮り、まるで殴りつけるような言葉の噴射が顰蹙《ひんしゅく》を買うだろうことには無頓着だった。舞台のように、シャンデリアの光が二人を照らしだしていた。動顚した女のほうはあきらかに逃げ出すことしか考えておらず、実際そうした。新たにやって来た人たちと一緒に、内部に面したガラス扉の間に吸い込まれていったのである。

おそらくこれしきのことでは驚きもしないドアマンたちは、外側に面した回転扉をまわした。ミシェルは外に出た。どちらも老齢に達した男女の諍いになんとなく気づいた数人が、一瞬彼に目を向けただけだった。実際のところ、喧嘩は一方的なものだった。婦人のほうは何も言わなかったのだから。ミシェルの表情を見て、私はぞっとした。彼の足元はふらついていた。

（少なくとも馬があまり痩せてなくて、不当なまでに太陽や蠅に晒されていなければ）この当時まだ別荘地に魅力を添えていた辻馬車の一台が、石段の下で客待ちしていた。私たちはそれに乗り込んだ。彼にたいしてアンティゴネの役割を演じたことはないから、彼が乗り込むのを手伝った、とは言わない。

「どうしたの？」

「イルシュ夫人だ。ベルトとガブリエルを治療した医者の未亡人さ。これ以上は何も聞くな。」

それから十日ほど経って、まるで悪夢のように、いくつかの違いを除いてほぼ同じ場面が繰り返された。私たちはニースにいて、玉石混交の多くの古物商が軒を連ねる通りをぶらついていた。ミシェルは家にいる人間、定住する人間ではないから、骨董品を買うことはなかった。(「ここに住み着くわけじゃない。明日には出発するんだ。」)ただ彼は雑多なものを見て歩いて、その長所、欠点、値段をあれこれあげつらい、どういう偶然でそれらのものがそこに並んでいるのか考えるのが好きだった。私のほうは、もし私たちが買い手だとしたら何を買おうかというゲームに興じるのが楽しかったし、それ以上に、買わないものをすべて目で消していくというもっと快いゲームに興じるのも楽しかった。ランシア〔イギリスの画家、一八〇二—七三〕の版画、ブーグローの写真、ベンヴェヌート・チェリーニ作の大理石像を置き物の寸法に縮めて、ほぼ複製した象牙のガニュメデス像、螺鈿《らでん》と黒檀の枡目をもったチェス盤、縁の欠けたムスティエ製陶器などが、その後に起こった事件のせいで、私の記憶に焼き絵のように刻み込まれた。

店の商品の一部が歩道の上にまであふれ出ていた。帽子をかぶっていない女が一人、店先の敷居で安楽椅子に腰掛けている。私たちが近づくのを見ると、立ち上がって中に入った。数日前にそうだったように、二十七年の間に女は変わったはずなのに、ミシェルは彼女が誰だかすぐに分かった。彼は女の後について店に入り、扉は半開きのままだったので、それが少しでも動くと呼び鈴がほとんどけたたましい音をたてた。狭い部屋は積み上げられた椅子と、ルイ十三世様式や、偽ロココ様式や、偽田舎風の食器棚の上に据えられ、それぞれ異なる時刻を示している置時計でごったがえしていた。女は奥の壁まで後ずさりし、食器がたくさん載ったテーブルと、ランプの置かれた小型円卓の間で身動きが取れなくなっていた。この競売場のような雰囲気の中で、ミシェルはまるで壊れやすい骨董品と女を同時に脅すかのように拳を振りあげ、大きな身振りをしていた。女は蒼白で、顔がむくみ、おそらく商品のザクセン焼きや飾り燭台より脆かった。「殺人者の女房！　泥棒！　人殺し！」という叫び声が聞こえた。そして、崩れかけた家の地下室から、有害な空気の泡が突然噴き出したかのような一言。「けがらわしいユダヤ女め！」

ミシェルが私と同様、ある者にとっては励ましとなり、他の者にとってはおぞましく不愉快な書物である『旧約聖書』を好まないこと、他方で、無理解にさらされ、迫害される流浪のユダヤ民族にたいしては本能的に共感を覚えていることを、私はよく知っていた。貧富に関係なく、銀行家だろうが仕立屋だろうが、しばしば才能に恵まれ、ほとんど常に人間的な温かみをもったこの民族の人たちに、ミシェルは好感を抱いていた。ところが、まるで激怒した通行人が泥の中からナイフを拾いあげるように、怒りに我を忘れたこの男は、自分が若い頃に嫌悪していたドリュモン〔フランスの政治家で反ユダヤ主義者、一八四四―一九一七〕や反ドレフュス派の人間が吐いた罵倒の言葉を、自ら口にしていたのである。

怒りはその場でおさまった。私は彼の腕をとった。大きな体には、もはやまったく力がないようだった。幸い、私たちが滞在していたホテルはすぐ近くだった。ミシェルはエレベータに乗り、部屋に辿り着くやいなや、一つだけある肘掛椅子にぐったり倒れ込んだ。ネクタイをむしり取り、シャツの上のほうのボタンを外した。大粒の汗が真っ青な顔からはだけた胸に流れ落ちていた。私は怖くなった。その前年、一緒にバイア〔イタリアの町〕のカマルドリ会修道院を訪れた時、そしてその後まもなくジュネーヴの通りで、ミシェルは心臓に原因があると思われる眩暈に襲われていたからである。私からの知らせを受けると、隣の部屋にいたクリスティーン・Hがやって来て、かいがいしく振る舞い、紅茶を注文した。魔法の飲み物はいつものようにミシェルを元気づけ、鎮めてくれた。やがて彼は落ち着きを取り戻し、手元のテーブルに置かれていた『タン』紙を広げた。事件のことは二度と話題にならなかった。

一九〇三年七月、駅のポーターや検札係がすぐにド・C氏と気づいた黒づくめの紳士がリールで汽車から降り、バイユール行きのローカル列車に乗り換える。そこではノエミ夫人の馬車と御者のアシールが彼を待っている。今回、ド・C氏は柩を持ち帰らない。フェルナンドはベルギーの家族のもとに留まった。しかしトランク、旅行鞄、傘立て、肩掛け、本の詰まった密閉された木箱をバイユール駅のプラットホームに集めるのに、ひどく時間がかかる。ド・C氏は綱に繋がれた一匹のバセット犬を連れている。婚約旅行中にフェルナンドがドイツで買ったトリーアという名の犬で、彼女の形見である。その後には、彼が心遣いをしているやはり黒服の女性が二人歩いている。小さな駅の職員たちの目は、すぐにそれが使用人だと見抜いた。一人はバルブ、あるいは私が後年呼ぶようになった名前ではバルバラ、二十歳のみずみずしい娘で、「オールド・イングランド」〔ブリュッセルのデパート〕で購入したイギリス製の子守《ナース》の真新しい衣裳をまとっている。もう一人は看護人のアゼリー夫人で、バルバラの助けを得てフェルナンドを看病した女性である。つい最近子守に昇格した若い小間使に育児の基本を教えるため、モン＝ノワールで夏の数か月を過ごしてくれることになっていた。アゼリー夫人は、白いカバーのかかった枕に横たわる小さな女の子を抱えている。より安全なようにと、乳飲み子は繻子の大きなリボンで繋がれている。

ド・C氏は馬車の前座席に座り、二人の女と乳飲み子には後部座席をあてがった。両脚のあいだにトリーアを座らせたが、犬は何も見えないのが不満らしく、絶えず狭い場所から出てきて、曲がった足と長い鼻を扉に押しつけ、農家の犬やおとなしい雌牛に向かって鳴き声をたてる。

田園風にホップが花飾りのように両側に続く道を、やがて馬車は離れる。それはかつてミシェル・シャルルにしばしばイタリアの葡萄の枝を想起させたに違いないし、おそらく今はミシェルにそれを思わせている。この田舎道は、かつてファン・デル・ムーレン〔フランドル生まれのフランスの画家、一六三二－九〇〕が描いた北部地方の広い空と変わらず、丸い雲を浮かべた空の下で延びている。しかし十一年後には、バイユールからカッセルまで、一九一四年の砲弾で腹をえぐられて死んだ馬が、あるいは瀕死の馬が道の両側にぎっしりと並ぶことになる。待ち望んでいたイギリスの援軍を通過させるため、馬を溝の中に投げ込んだのである。ミシェルたちはすでに丘を登りかけているが、その上には、領地の名前の由来となった樅の木が黒い影を落としている。十二年後、樅の木は戦争の神々に犠牲として捧げられて煙になり、丘の上にあった風車と城館も煙と化した。だがこれはまだ起こっていないことで、先の話だ。ミシェルたちは、花の盛りの過ぎたツツジの小道を進み、石段の下の砂利道で止まる。いつものように嫌みなノエミ夫人が階段の上で待っている。この帰還はおそらく彼女に、四年前のいっそう暗い帰還を思い起こさせたことだろう。しかも、この人たちは喪服を着ている。未亡人にふさわしく自らも黒服をまとい、黒玉の装身具を身につけているが、ノエミ夫人は死を想起させるものが大嫌いなのだ。二人の女と子供はすぐ、小塔にある大きな部屋に落ち着く。これが私の記憶にある最初の住居である。ド・C氏は三階に上って、前年の夏フェルナンドと過ごした続き部屋に再び住むことになった。

ミシェルは八月十日で五十歳になる。彼はまだ二十五年生きるだろう。この先彼にはまだ、やさしくされるに値するある女性、彼がそのために美しい詩を書き、保存しておいた唯一の女性への生涯最大の愛が待っている。さらには、気まぐれで病的なある女にたいする、おそらく官能的な関係をともなわない奇妙な愛情も経験するだろう。その女は、ド・C氏が残りの財産を使い果たす手助けをすることになる。あるいはまた、感じがよく、多かれ少なかれ軽い女たちとも関係をもち、それが老境に至るまで彼を楽しませる。そして最後に三番目の妻がいて、最晩年のミシェルをささえる有能で、いくらか地味な伴侶となる。古くからの悪徳がすべてそうであるように、賭博熱は少し落ち着き、慎重になり、平凡で規則的なものに変わった。自動車はまず芸術や科学だったが、やがて新たな情熱の対象となり、一時的に彼と息子を接近させるだろう。しかしやがてミシェルは自動車への興味も一気に失う。タバコや女たちを次々と、しかも常に一気に棄てるように。

しかし、寄る年波につれて幸福もまたもたらされる。なぜかよく分からぬまま義務として交際していた人々から遠く離れ、もっぱら太陽の国で人生を過ごすという、昔からの夢をミシェルはついに実現するのだ。いくらか旅もする。そして彼を自分の計画と幻想の中に引きずりこむ若い女性と一緒に、プロヴァンス地方を長きにわたって散策する。その若い女性というのは彼の娘、つまり私である。大詩人たちの作品を大声で読んだり、再読したりして多くの夜を過ごすが、それは死者の声を呼び起こす心霊術の見事な催しを思わせる。貧しさは豊かさの様相をまとうことをやめず、双方の利点を享受する。最後はローザンヌですべてを受け入れ、ゆるやかで、ほとんど静謐な死を迎えるだろう。

子供のほうは、まだ生後およそ六週間にしかならない。新生児の大部分がそうであるように、その子はとても老いており、これから若返る人間のような印象を与える。実際、彼女はとても老いている。祖先から受け継いだ血と遺伝子によって、古くからある美しい隠喩でわれわれが魂と名付ける分析されざる要素によって、その子は数世紀を生きてきたのだから。だが、彼女はそのことは何も知らないし、そのほうがいい。二十日鼠の背中のように、その子の頭は黒い毛でおおわれている。閉じた拳の指を広げてみれば、植物の細い巻きひげに似ている。彼女の目はさまざまな物を映しだしているが、まだ誰もそれが何なのか、何という名前なのか彼女に教えていない。今のところ彼女は一個の存在にすぎず、一つの統一体として分かちがたく結びついている本質と実体にすぎない。統一体はその形のまま、およそ七十五年、おそらくはそれ以上存続することになるだろう。

彼女が生きる時代は、歴史上最悪の時代になるだろう。彼女は少なくとも二度のいわゆる世界大戦と、あちこちで再燃するその他の争いの傷跡を目にする。国家間の戦争や内戦、階級闘争や民族戦争、そして何もけっして終わらないことを証明するかのような時代錯誤によって、世界の一、二点で勃発する宗教戦争などを目にする。それぞれの戦争はかなりの火花をはらんでいて、それがすべてを燃やし尽くす大火を引き起こす。趣のある中世だけに限られると思われていた拷問が、再び現実となる。人類の増殖のせいで、人間の価値が下がる。多かれ少なかれ隠蔽された利益に奉仕する大量伝達手段がこの世界に、幻のような映像や音響とともに、民衆の阿片を注ぎこむ。その阿片は、かつていかなる宗教もそれを蔓延させると非難されたことがないほど陰湿なものだ。偽りの豊さが、広がりつつある資源の浸食を蔽い隠し、ますます有害になる食物と、ますます集団的になる娯楽を提供する。それが自らを自由だと信じる社会のパンと見世物にほかならない。距離を無化する速度が、さまざまな土地の差異をも消し去り、いたるところで人工的で同じような音と光の観光ショーや、現在では象やクジラと同程度に脅かされている同じような歴史建造物へと、快楽の巡礼者たちを導いていく。彼らが向かうのは、風化しているのでガラスで覆う計画があるパルテノン神殿や、浸食されているストラスブールの大聖堂や、もはやそれほど青くもない空の下に聳えるジラルダ〔セビリアにある古いモスクの塔〕や、化学残留物のせいで腐っていくヴェネツィアなどである。世界の初めからなんとか生き延びてきた数百種類の動物が、金儲けと暴力が原因で数年のうちに絶滅する。人間は自らの肺である巨大な緑の森を裸にしてしまう。地球上の生命を可能にしたほとんど比類のない奇蹟である水、空気、そしてわれわれを保護してくれるオゾン層が汚染され、浪費される。ある時期、シヴァ神が世界の上で踊り、ものの形を消滅させると言われている。今や世界の上で踊っているのは愚かさと、暴力と、人間の強欲さにほかならない。

　私は過去を偶像視しているのではない。現在北フランスになっている地域に根付いた、いくつかの人知れぬ家族を訪問することで、われわれがどこでも目にしただろうこと、つまり誤解された権力と利害がほとんど常にこの世に君臨してきた、ということが示されたのだ。人間はいつでもいくらかの善と、多くの悪をなしてきた。最近手に入れた力学的、化学的な行動手段と、それがもたらす効果のほとんど幾何学のように規則正しい進行は、この悪を取り返しのつかないものにしてしまった。他方、人類が地球上で他の生物と同じような種の一つにすぎなかった間は無視しえた誤りや罪が、狂気にとらわれた人間が自分を全能だと思うようになってから、致命的なものとなった。十七世紀のクレーヌヴェルクは、オレンジ公と戦うルイ十三世の弟ガストン・ドルレアンの射石砲の煙が、カッセルの周囲に立ちのぼるのを目にすれば、不安に駆られたに違いない。ミシェルとフェルナンドの娘が吸う空気は、アウシュヴィッツとドレスデンと広島の煙を彼女のもとまで運んでくるだろう。ミシェル・ダニエル・ド・クレイヤンクールは亡命者として、ドイツに避難所を見出した。しかし、もはや安全な避難所などない。ミシェル・シャルルはリールの地下倉の貧困にたいして無関心だった。生まれて間もない女の子には、ある日世界の情勢が重くのしかかることだろう。

モン゠ノワールに到着したばかりの子供は、社会的に恵まれているし、その後も恵まれ続ける。少なくとも私がこの一節を書いている時まで、彼女は寒さや飢えを経験したことがない。少なくとも現在まで、彼女は拷問にあったことがない。せいぜい七、八年間を除いて、彼女は言葉の平凡かつ日常的な意味で「生活費を稼ぐ」必要もないだろう。同時代の何百万人もの人たちのように、強制収容所の労役を課されたことはないし、自分が自由だと思っている他の何百万人の人たちのように、無駄なものや危険なもの、実用性のない商品や武器を大量生産する機械に奉仕させられたこともない。今日でもなお数多くの女性がそうであるように、彼女が女性という条件のせいで阻害されることはほとんどない。おそらく、そのせいで阻害されなければならないなどと彼女は考えたこともないからだ。さまざまな触れ合い、模範、恩寵(ありえないことではない)、あるいは彼女の背後で長く続いている一連の状況のおかげで、幼かった伯母のガブリエルが、一八六六年に分厚いノートに書き留めたものよりも完全な世界像を、少しずつ蓄えることができるだろう。彼女は転び、擦りむいた膝で立ち上がる。かなり努力して自分自身の目をいかに使うかを学び、潜水夫のように目を大きく見開いたままにする術を学ぶ。祖先が俗世と呼び、現代人は時代と呼ぶもの、つまり彼らにとって重要な唯一の時代、動かない大洋と大洋を横切る潮流がその下に潜んでいるざわめく表面から、彼女はなんとか抜け出ようとする。そして、その潮流に身をゆだねようとする。彼女の私生活――この言葉に意味があるとして――は、そうしたものすべてをつうじて、申し分なく展開するだろう。その生活を彩るさまざまな出来事はとりわけ、ある種の経験が彼女に影響を及ぼした通路として私の興味をひく。それゆえ、ただそれゆえ、もし私に時間の余裕があって、その気になれば、私はおそらくいつかそれらの出来事を書き記すだろう。

われわれと説明しがたいまでに密接な関わりをもつ誰かについて客観的に、しかも誤らずに語ることができるとしても、彼女について語るのはまだ早すぎる。今は菩提樹の影が落ちるテラスに座っているアゼリー夫人の膝の上で、彼女を眠らせておこう。彼女の新しい目が鳥の飛ぶ姿や、揺れ動く木洩れ日を追うのにまかせよう。それ以外のことは、おそらく人が思うほど重要ではない。

覚書

フランス革命以前のC・ド・C〔クレーヌヴェルク・ド・クレイヤンクール〕家の歴史に関するページは、一家に保存されている古い文書から引き出した資料と、ほとんどの場合非売品である数冊の系図学の著作に依拠している。そうした著作の一つとして、私の異母兄ミシェルの手になる『クレーヌヴェルク・ド・クレイヤンクール家の系譜』（一九四四年）をあげておくべきだろう。その後にこの著作を補ってくれるのは、彼の息子ジョルジュ・ド・クレイヤンクール少佐が残したさまざまな業績と研究であり、私は彼の根気強い親切にたいして感謝の念を表明したい。もう一つの著作、ポール・ビスヴァルの『ビスヴァル家』（一九七〇年）には、単なる系図的調査をはるかに超える価値をもつ章がいくつか含まれており、その章はアンシャン・レジーム下における北フランスの小都市の歴史を知るうえで、貴重な貢献をなしている。

祖父ミシェル・シャルルの青年時代以降のことに関して、私の情報の多くは、祖父が息子ミシェルに語ったことに由来する。ただし、とりわけ彼が書き残したいくつかの文章を活用して、私は祖父の姿を再構成しようとした。ここでもまたジョルジュ・ド・クレイヤンクールに礼を述べる必要がある。ミシェル・シャルルの旅行アルバムのコピーを私に提供してくれたし、彼の一家に関するメモや、彼の人生のいくつかの挿話を語るメモを見せてくれたからである（一八四二年のヴェルサイユの鉄道事故、リールでの一八四八年の革命、一八六六年に娘ガブリエルの死をもたらした事故）。ミシェル・シャルルと義父アマーブル・デュフレンヌに関する重要な文書のいくつかを閲覧できたのは、北フランス古文書館長ルネ・ロビネ氏のおかげである。

一八四二年の鉄道事故をめぐる数多くの公文書については、ジャンヌ・カラヨン夫人とヴェルサイユ古文書部局に特に感謝したい。おかげで、祖父のメモを補うことができた。

二度目の結婚以前の父の生涯について私が知っていることは、ほとんどすべて彼自身の回想にもとづく。その回想は、彼の晩年に私と対話する中で一つ一つ語られたものである。偶然保存されていた数少ない手紙、軍隊手帳の黄ばんだページ、古い写真の裏に記されていたメモなどが、父がしばしばはっきりさせなかった年代を確定するのに役立った。そして最後に、一家の完全な肖像写真集を入手できたのもジョルジュ・ド・クレイヤンクールの尽力のおかげである。写真は今では分散して、異母兄の子孫たちが所有しており、本書でしばしば言及し、記述しておいた。地名と人名については変更を加えたものもあるが、ごくわずかである。

訳者解題

本書はマルグリット・ユルスナールの回想録三部作〈世界の迷路〉の第二巻、*Archives du Nord*, Gallimard, 1977の全訳である。第一巻『追悼のしおり』と同じく、底本としたのはMarguerite Yourcenar, *Essais et mémoires*, Gallimard, "Pléiade", 1991だが、必要に応じて初版本やフォリオ版を参照した。とりわけ第二巻に関しては、プレイヤッド版には誤植が散見され、フォリオ版に依拠して訂正した箇所がいくつかある。

〈世界の迷路〉全体が回想録としてどのような特徴を有しているか、絶筆となったこの三部作が、ユルスナール文学においていかなる位置を占めているかについては第一巻『追悼のしおり』の「解説」で述べたので、そちらを参照していただければ幸いである。ここでは本書『北の古文書』の価値と文学的射程について論じることにしたい。

作家の〈私〉のあり方

『追悼のしおり』で作家ユルスナールは、産褥熱で命を落とした母フェルナンドの生涯と、南ベルギーに根づいた彼女の祖先の事績を語った。本巻『北の古文書』では、北フランス、リール近郊に居を構えた父方の一族の系譜が辿られる。両者はこうしてそれぞれ、母方の年代記と父方の年代記を構成し、みごとに対をなす。父ミシェルはすでに第一巻に登場するが、それはあくまでフェルナンドの夫としてであった。本巻ではそれ以前のミシェル、つまり子供時代から青年期を経て、フェルナンドに出会うまでのミシェルの生涯が語られる。フェルナンドの死後、つまりマルグリットの父となってからのミシェルの人生は、第三巻『何が? 永遠が』で叙述されることになる。

おもに父から聞いた話と、家族に伝わるさまざまな資料と、各地の古文書館に保管されている文書に依拠して作中人物の言動が構築されている点は、『追悼のしおり』と『北の古文書』に共通である。たとえば本書第二部で語られているパリ－ヴェルサイユ線の鉄道事故の叙述は、作家が当事者ミシェル・シャルルの晩年の回想記を閲読し、ヴェルサイユ古文書館の資料を調査することによって可能となったものである。作家自身のことではなく、親や祖父母に関して多くのページを割くという点も、二巻に共通している。回想録作者としてみずからを定位しながら、自己について語ることは先延ばしにされる。回想録作者にしばしばありがちな倨傲や自己中心主義と無縁だったユルスナールは、まるで自己を表象することに恥じらいを覚えるかのように、慎ましく自己を語ろうとする。個人の生の軌跡はより広く深い、家族や社会や歴史の流れとの関連でしか把握されえない、という謙虚な確信がその試みを支えている。

本書の冒頭ページで、作家は次のように述べている。「そしてもし時間と余力に恵まれれば一九一四年まで、いや一九三九年まで、さらにはペンがこの手から落ちる時まで回想を続けるつもりだ」。この企図は本書では実現されていない。この一文は、本書が刊行された当時はまだ具体的な像を結んでいなかった第三巻を想定して書かれたものだろう。実際、マルグリットが物心ついて、人生を学んでいく過程は『何が？ 永遠が』で語られることになるのだから。

本書では今しがた引用した導入文のすぐ後に、先史時代のフランドルの地理を記述するページが続き、最後の十数ページでようやくミシェルとフェルナンドが出会って結婚し、マルグリットが生まれる。その部分は、『追悼のしおり』第一章「出産」を引き取った異なるヴァージョンと言ってよい。そして書物は、一九〇三年七月、生後六週間の娘が父方の別荘モン＝ノワールに到着する場面で閉じられるのだが、それは「出産」の最後で語られていたのと同じ場面である。彼女の人生はまだ始まったばかりだ。つまり語られた出来事を時系列的に配列すれば、二巻、数百ページを要して〈世界の迷路〉はようやく、作家の誕生という自伝的言説の出発点に立ったことになる。自伝や回想録というジャンルとして、これはいかにも破格の意匠としか言いようがない。

生まれて六週間の乳児は、まだ何者でもない。無数に誕生した、そしてその後も無数に誕生することになる生命の一つにすぎない。しかし、父母だけでなく遠い祖先の生命と実体が自分に注ぎ込まれたと考えるユルスナールにとって、その乳児は同時に、一族の過去をすべて凝縮した存在である。作家は次のように書き記す。「新生児の大部分がそうであるように、その子はとても老いており、これから若返る人間のような印象を与える。実際、彼女はとても老いている。祖先から受け継いだ血と遺伝子によって、古くからある美しい隠喩でわれわれが魂と名付ける分析されざる要素によって、その子は数世紀を生きてきたのだから」(三一七–三一八頁)。無数の生命の一つにすぎないこの幼児は、しかし絶対的な存在である。この子が生まれなければ未来の作家ユルスナールはなく、〈世界の迷路〉という書物が綴られることもなかったのだから。一人の人間が無限に小さな存在であり、同時に、かけがえのない唯一の存在であるという二重性の意識が、〈世界の迷路〉全体を貫く通奏低音として響いている。

続いて作家は、本書末尾でみずからが生きた二十世紀と、みずからの生涯をわずか数ページで素描する。それは度重なる戦争や紛争で未曾有の犠牲を出し、産業社会が都市においても自然においても深刻な環境破壊を引き起こし、大量消費主義が発展してその弊害が明らかになった時代である。そのような状況の中で、自分が相対的に恵まれた人生を送ってきたことを作家は自覚している。ユルスナールがいかにして自己を形成し、何を愛し、どのようにして作家になっていくのか——それは第三巻『何が? 永遠が』で語られることになるだろう(ただし部分的に)。

作家の生涯がまだ詳しく語られないにしても、それは作家の主体が不在だということではない。作家の〈私〉、成長し作家になってからの〈私〉は、本書をつうじてあちらこちらに顔を出す。

ただし、それは語りの対象としての〈私〉ではなく、語りの主体としての〈私〉である。作家が外部から観察する〈私〉ではなく、記憶を掘り起こし、回想録の執筆に関与する内部から捉えられた〈私〉である。そこで問題になるのは、父方の家系の年代記を構築するために過去を回想し、しかじかの場所に出かけ、父から受け継いださまざまな物や私的文書を読み、それに触れる〈私〉である。祖父母や父の生涯を語りつつ、その叙述に辿り着いた作家自身の体験が間歇的に挿入されているのはそのためだ。その意匠はかつて、森鷗外が幕末の儒者の伝記を綴りながら、儒者の足跡を辿るみずからの奔走の様子を並行して書き入れた『澀江《しぶえ》抽斎《ちゅうさい》』などの史伝を思わせる。こうしてユルスナールは、祖父ミシェル・シャルルが書き残した回想記を読んだ際の感慨を披瀝し、父ミシェルがいくつかの思い出を語った時の表情としぐさを想起し、彼女が会うこともなかったミシェルの最初の妻ベルトへの複雑な感情をさりげなく述べる。

ユルスナールの回想録は、歴史的な時間の順序を律儀になぞるのではなく、直線的で同質な語りの構造を有してもいない。特定の人物の相貌と人生に光をあてて浮かび上がらせ、それとの類似性や差異をつうじてみずからの主体の断片を構成していく。ミシェル・シャルルの犬好きな性格や、ミシェルの奔放さと独立不羈の精神を自分が受け継いだと作家が主張する時、それは自画像の要素となる。祖父や父の人生を語りつつ、そこにユルスナール自身の個性と精神が部分的に嵌めこまれていくのだ。祖先が生きた時代と、みずからが生きた時代を自由に往還しながら、『北の古文書』は作家の異なるライフステージにおいて把握された主体の、多様な表情を提示してくれる。それは他者の相貌と近接したところで捉えられたがゆえに、より明瞭な輪郭を際立たせる作家自身の相貌なのである。

フランドルという辺境

ところで、私たちはユルスナールを「フランス人作家」として扱っているが、その規定は彼女にあまりそぐわない。母親の出自からしてベルギー国籍を主張できたはずだし、二重国籍だったかもしれない。実際、国土の南半分がフランス語圏であるベルギーの文学史では、ユルスナールが「ベルギー作家」として記述されている。暮らした年数から言えば、フランスよりも北米のほうが長い。しかも代表作を含め、彼女の作品にはフランスを舞台とするページはけっして多くはない。彼女の文学はフランスの風土や土着性から独立したところで構築されていた。

もちろん作家は母語であるフランス語で作品を書いたし、そのかぎりで「フランス語作家」であることは確かだし、作品はグラッセやガリマールなどパリの出版社から刊行された。しかし彼女が「フランスの作家」であることに固執していたようには思えない。彼女は生活においても、教養においても、そしてみずからの文学創造においても、特定の国や文化に偏ることを避け、常にコスモポリタンであり続けようとした。知的には放浪と運動を旨とし、絶えず越境することに、みずからのアイデンティティの基盤を置こうとした。越境性は、ユルスナール文学の根本的なスタンスにほかならない。

第一巻が母フェルナンドと、母方の祖先の年代記であったように、本巻は父ミシェルと、父方の祖先の物語である。『追悼のしおり』は冒頭の章「出産」で、父母の新婚生活、マルグリットの誕生、産褥熱による母の死を語った後に、歴史の時間軸を中世末期に移動させる。〈作家の誕生〉という自伝的著作の始まりの物語から、時間の流れは一気に数世紀も遡行する。こうしてベルギー南部エノー地方の名家だった母方の祖父カルチエ・ド・マルシエンヌ一族、そして母方の祖母の家系であるトロワ家、ピルメ家に連なる人々の生涯と肖像が、十四世紀を起点にして描かれた。

『北の古文書』はそれと対をなすように、十六世紀フランドル地方に姿を現わしたクレーヌヴェルク一族とビスヴァル一族の話から、父方の起源が語り起こされる。ユルスナールの本名は、マルグリット・クレーヌヴェルク・ド・クレイヤンクールである。作家の誕生という始まりはすでに前巻で叙述されたのだから、繰り返す必要はない。ユルスナールは文献や史料で遡れるかぎりにおいて、父方の系譜を再現しようとしたわけで、その点では母方の系譜を再構成した『追悼のしおり』とみごとに対応している。

ところで『北の古文書』の冒頭には、「歴史の闇」と題された短い章が置かれていて、読者をいくらか当惑させるかもしれない。そこではユルスナール自身はおろか、彼女の祖先にまつわる細部にもまったく触れられていない。描かれているのは、フランドルと呼ばれる一地方の、先史時代から古代末期までの半ば考古学的、半ば歴史的な出来事である。そこでは時代の変化と並んで、いやそれ以上に土地の地理的特徴や風土的特性と、そこに定住した民族の性質が強調される。

作家は太古の昔の地形、土壌、植物相を記述し、やがて人間が住み着いて原始的な生活を始めた石器時代を喚起する。さらにガリア時代、フランドルの住民は古代ローマ軍の侵入に際してある者は妥協し、またある者は抵抗して破れ去り、その後はケルト文明の中で独自の宗教文化を築いていく。南のフランス、北のオランダ、東のドイツ、そしてドーヴァー海峡を挟んでイギリスと、常に大国に取り囲まれ、その脅威に晒され、二十世紀に至るまで軍事的侵入を受けてきたのが、フランドル地方である。カエサルによるガリア侵略に触れて、第一次世界大戦が生じさせた焦土に言及するのは、ユルスナールにとって自然なことだった。この小さな地域、ヨーロッパにおける地政学的な意味での辺境地帯は、ヨーロッパの長い激動の歴史を証言しているのだ。

しかし辺境であるということは、かならずしも停滞や偏頗を意味しない。それどころか、辺境性は文化や、社会や、言語の面で越境することを容易にしてくれる。越境――それはユルスナールの人生においても、彼女の文学においても鍵概念にほかならない。フランス人の父とベルギー人の母のもとブリュッセルに生まれ、幼年時代を父の故郷で過ごすため頻繁に国境を往還し、成長してからは旅に明け暮れ、第二次世界大戦後は北米海岸に居を構えた。彼女の生活は地理的な国境に阻害されることはなく、彼女の教養は言語や文化の境界をやすやすと乗り越える。

彼女の人生から文学作品に目を転ずるならば、『ハドリアヌス帝の回想』の主人公は半生を戦に明け暮れ、そのため多様な民族と、領土と、文化を内包した広大なローマ帝国を絶えず放浪せざるをえなかった。『黒の過程』のゼノンやアンリ゠マクシミリアンは学問修行のため、あるいは思想的、宗教的迫害を逃れるため、ヨーロッパ諸国の国境をしばしば秘密裏に越える。越境することはユルスナールとその作中人物にとって、生きていくために、そして存在の密度を保証するために不可欠な次元であるかのようだ。

フランドルという地理空間は、そのような越境をうながす辺境性の典型である。現在では国境線によってフランスとベルギーに分けられているが、それは近代の政治的決定がもたらした分割であり、それ以前は北フランスからベルギーの海岸地帯とその内陸部は、等しくフランドル地方として文化的、社会的な統一性を保っていた。そもそもベルギーが現在のような国家として独立したのは一八三〇年、ヨーロッパに国民国家主義の思想が流布した時代のことであり、それ以前はオランダ領であり、しばしばフランスの侵入を受けた。

子供時代の思い出と結びついているこの土地を、ユルスナールはまだ幼い頃に離れ、その後は一時期パリに住み、ヨーロッパ諸国を放浪し、戦後はアメリカの東海岸に住み着いたから、フランドルが彼女にとって永遠の故郷というわけではない。マチュー・ガレーとの対談集『目を見開いて』の中で述べているように、十六世紀のヨーロッパを舞台とする小説『黒の過程』で、主人公ゼノンと共に作家がフランドルに戻ったことから、『追悼のしおり』と『北の古文書』は生まれたのである。フィクションが作家の視線を、離れていた遠い故郷へと向けさせたのだ。

「歴史の闇」に続く章「家系の繋がり」が中世の時代を飛び越え、まさしく十六世紀から物語を始動させているのは、その意味でけっして偶然ではない。『黒の過程』という歴史小説で、宗教戦争の不寛容な時代のフランドルをフィクションとして鮮やかに再現したユルスナールは、〈世界の迷路〉ではさまざまな文書と記録に依拠しながら、年代記のかたちを借りて、フランドルの地方史を再構成しようとした。「歴史の闇」で十六―十七世紀の血なまぐさい異端審問と魔女裁判について述べるページには、『黒の過程』に読まれる類似した挿話の反響を容易に聞き取ることができるだろう。

歴史小説の作家であり、回想録の作者であるユルスナールにとって、時間は人間存在と文化の本質的な次元である。しかし他方で、〈世界の迷路〉においては空間もまた、数世代にわたる人間たちのドラマが展開するうえで重要なファクターになっている。

幸福を求めて

本書の主役はミシェル・シャルルとミシェルである。一八八六年に死去した祖父に、ユルスナールはもちろん会ったことはないが、彼の回想記と、父ミシェルが彼女に語り聞かせたことをつうじて、ユルスナールはこの見知らぬ祖父に強い共感を抱いていたことが分かる。さまざまな点で対照的な父と子だが、彼らの人生には大きな共通点があった。それは、二人とも絶えず幸福と生きる歓びを求めていたということである。少なくともユルスナールによって再構築された彼らの人生は、スタンダールの小説の主人公たちがそうだったように、自由と幸福を求める軌跡として叙述されている。

地方の名家に生まれ、何不自由ない息子としてパリで学生生活を送るミシェル・シャルルは、青春を謳歌した。法律の勉強をきちんとこなすかたわら、同時代の文学書を繙き、友人に恵まれ、若い女性との恋を楽しんだ。あまり好まなかったとはいえ、時にはしかるべき服装に身を包んで、オペラ座の舞踏会に出かけることもあった。要するに彼は、十九世紀の学生が享受しうるあらゆる特権を手にしていた。教養と経験を積んだ後、彼は故郷に戻って定められた行政官の地位に就くことが約束されていた。

長いイタリア旅行のエピソードも、幸福の雰囲気に浸されている。グランドツアーという文化的伝統に連なるこの旅は、良家の青年にとって修養と自己発見の機会を提供する。それが至福に満ちた旅であったことは、それから四十年も経ってからミシェル・シャルルが、当時の手紙と押し花アルバムにもとづいて旅の記録を綴ったことによく示されている。十か月におよぶ「魅惑のイタリア」滞在は、彼にとって生涯忘れられない出来事だったのである。

そしてまるで遺伝のようにイタリア好きを継承したユルスナール自身は、その記録を読み解きながら、みずからのイタリア体験を重ね合わせずにいられない。ミシェル・シャルルがナポリのブルボン家の横暴に激怒したエピソードを知って、ユルスナールは一九二二年ヴェネツィアとヴェローナで自分が政治問題に目覚めた体験を想起する。祖父が十九世紀半ばのイタリアから持ち帰った小さな彫刻は、作家の古代芸術趣味を刺激する。そして『ハドリアヌス帝の回想』の著者であるユルスナールは、祖父がハドリアヌスの別荘の遺跡について触れた母親宛の手紙に興味をそそられずにいない。息子が親に書いた手紙だから意図的な沈黙やいくらかの偽善はあり、教養ある青年ゆえの紋切り型も散見されるが、そうした文面を読み解きながら、ユルスナールはみずからのイタリアの思い出を活性化させ、みずからの夢想を織り上げていく。ミシェル・シャルルが旅した一八四〇年代のイタリアと、ユルスナールが知っていた二十世紀のイタリアは同じではないが、等しい情熱が一世紀という時を隔てて対話を可能にしたのである。

人生に明暗は付きものだし、幸福の探求には試練がともなう。困難のない旅は青年を成長させないだろう。こうして若きミシェル・シャルルは、二度大きな試練に直面する。

まず、一八四二年のヴェルサイユ近郊の鉄道事故である。いとこ、友人、そして恋人を失い、九死に一生を得た彼は、惨劇の現場で死にゆく者たちの姿を目にし、運命の不条理と過酷さを痛感させられたに違いない。乗り合わせた車両で自分だけが生き残ったのは、まったくの偶然にすぎない。その心的外傷《トラウマ》は長く残った。彼の胸中には「あの仕切り板と、灼熱の金属と、人肉の塊の様子が、おそらく彼自身知らないうちに燃え続け、燻っていたのかもしれない」（九七頁）と、作家は書き記す。

次に、イタリア旅行中シチリアのエトナ山に登攀した際、必要な装備をまったく身につけずに出発したミシェル・シャルルは、雪と寒さと疲労のせいで動けなくなる。死の危険に晒された瞬間である。みずからも雪の中に埋もれて、生命の中枢が麻痺する感覚を経験したことのあるユルスナールは、その恐怖をよく知っていた。同行した山羊飼いたちが、山の中腹にあった石造りの小屋に彼を運び入れ、長方形の穴を掘ってそこに横たえ、上から温かい灰をかぶせることで彼を助ける。それは古代ローマで死者の遺骸を入れた「ウストリヌム」に似ていること、熱い灰は古代神話において通過儀礼に使われていたことをユルスナールは言い添える。

一八四二年のヴェルサイユでも、一八四五年のシチリアでも、青年はあやうく死に攫われそうになった。どちらも閉鎖的な空間にいったん閉じ込められ（車両と小屋）、闇に包まれ、火による洗礼を受け、そして地上の生の空間に戻る。いったん死にかけた彼を救ったのは一方では偶然であり、他方では仲間たちの善意である。短い時間のうちに、仮死状態から劇的な蘇生が体験された。ユルスナールは書き記す。「ヴェルサイユの出来事は出産の儀式に似ていた。青年は頭から先に生の中に放り出された。エトナ山の出来事は死と再生の儀式である」(一二八頁)。どちらも、青年が新たな生命を獲得した瞬間と言ってよい。「神聖なこの二つの事件」(同頁)は、幸福を求める青年にとってまさしく通過儀礼になったのであり、それが奏功したかのように、彼はやがて有能な行政官、賢明な家長になっていく。ミシェル・シャルルの生涯の物語は、青年の苦難を経ての精神的成長を語るという、いかにも十九世紀的な教養小説の構図をまとっているのである。

息子ミシェルの生涯は父のそれ以上に、幸福と、快楽を追求することに費やされた。ここでは残された手記ではなく、作家が父から直接聞いた話が情報源になっている。そのため、しばしばミシェルの科白がそのまま引用され、いわば肉声が響いてくる。ユルスナールは作中人物の「声」や「口調」にきわめて敏感だった作家であり、それは歴史小説において紀元二世紀のローマや、十六世紀の西ヨーロッパを表象した時も同じであった。彼女は「歴史小説における口調と言葉」と題された批評文まで著わしているくらいである(「ユルスナール・セレクション」第五巻『空間の旅・時間の旅』所収)。

ミシェルは女を愛し、女に愛された。オステンデで初めて知った女の官能的な柔肌、イギリス人の美しい人妻モードとの数年にわたる愛と悦楽の日々、最初の妻ベルトと共にヨーロッパ中を放浪した自由で無頓着な時間、二番目の妻となるフェルナンドとの出会いと愛。ミシェルの人生は多様な女性たちとの遭遇に彩られ、予期せぬ悲劇にも見舞われるが、その遍歴はフェルナンドの死後も変わらない(第三巻『何が? 永遠が』では、ジャンヌという女性との運命的な愛が大きな主題となる)。それらはミシェルの生涯において、とりわけ幸福なエピソードを構成している。

家族、マレー通り、学校、煩瑣な人間関係などあらゆる束縛を嫌った彼は、徹底して秩序と社会規範に逆らった。教師に暴力をふるって何度も退学させられ、家出し、勤勉な大学生活を送ることもなく、賭博に入れあげて借金をつくった。みずからの欲望のままに生きる、傲慢不遜な放蕩息子である。そのような青年が何を思ったのか陸軍に入隊し、借金と女への愛ゆえに二度も脱走する。青年時代も、そして結婚してからも定住生活を嫌い、常に浮動する彼は、世間の常識や社会の通念など歯牙にもかけない。しかし、二度と家に戻らない覚悟で出奔し、ブリュッセル、アントウェルペン、オステンデを彷徨した末に父親に連れ戻される十五歳の少年の体験も、軍隊で仲間たちと共有した経験も、紆余曲折を経て、唐突に終焉を迎えるモードとの愛も、ベルトやフェルナンドの死も、ミシェルにとっては人生の通過儀礼だった。自分の父のように死の危険に晒されたことはないが、彼もまた試練と無縁でない生涯を送ったのである。幸福を求めてさまよう永遠の旅人――それがミシェル・ド・クレイヤンクールにほかならない。

そうした奔放な父の人生に、作家ユルスナールは限りない共感と理解のまなざしを注ぐ。ユルスナールとミシェルの間には、一種の精神的な共犯関係が結ばれており、それが結果的にミシェルを、自由と幸福を求めてすべてを犠牲にして憚らない、英雄的な人物に仕立て上げているようにさえ見えるのだ。

父と息子の物語

『北の古文書』は印象的な父たちの肖像を描き、彼らの平凡ではない青年時代を語る。そして父には息子がいる。シャルル・オーギュスタン（作家の曾祖父）とミシェル・シャルル（祖父）、ミシェル・シャルルとミシェル（父）。シャルル・オーギュスタン（一七九二―一八五〇）はフランス革命下に生まれ、一七九三年、当時数多くのフランス貴族がそうしたように両親とともにドイツに亡命する。過酷な境遇と慣れない風土の中で幼い子供たちは次々と命を失い、やがて亡命からフランスに帰還した時に生き残っていた一族の子供は、シャルル・オーギュスタンのみだった。旧い大貴族の家系を守る唯一の正当な後継者となった彼は、やはり由緒正しい旧家の娘レーヌと結婚し、二人のあいだにミシェル・シャルル（一八二二―八六）が生まれる。ミシェル・シャルルが鉄道事故に遭い、心的後遺症を抱えて故郷バイユールに戻った時は、ほとんど言葉を発することなく静かに抱きしめる。翌年イタリア旅行に際しては、あらかじめイタリア語を習得し、イタリアの歴史と文化を学ぶことを条件とし、旅先からは両親に宛てて規則正しく便りをするよう命じる。他方で、旅のあいだ女性たちと付き合い、贈り物をすることもあるだろうからと、そのためのお金をひそかに渡す。妻や姉妹の目を逃れて交わされる、男同士の密約である。

厳格だがやさしい父親である。地方の名家を継ぎ、その財産を管理し、地元の社会でしかるべき地位を占め、社交界に出入りすることになる男は、それなりの経験と処世術を会得しなければならない。シャルル・オーギュスタンは父親として、そのためのあらゆる機会を息子に提供したように見える。そして、息子のほうは彼の期待に応えた。一八四八年、第二共和制が成立して中央からリールに役人が派遣された際、クレイヤンクール家が忠誠を誓ってきた王党主義ゆえに、ミシェル・シャルルは共和制への支持を保留して参事官の職を解かれる。帰宅した彼を、徹底した正統王朝主義者である父親がそれでこそわが息子と歓迎する挿話は、父子の精神的繫がりをよく示している。

ミシェル・シャルルはやがて結婚し、父親となる。息子ミシェル（一八五三—一九二九）との関係は、シャルル・オーギュスタンと彼の関係とは大きく異なるし、そもそもミシェルはミシェル・シャルルがそうであったような賢明で分別ある息子ではない。気性が激しく、傍若無人で、旧家の息詰まるような雰囲気に反抗し、常に自由と解放を求めて気ままに振る舞った。それにもかかわらず、いやだからこそなおさら、ミシェル・シャルルは不肖の息子を愛し、寛大に接したのだろう。家出したミシェルをオステンデまで迎えに行き、賭博で金をすった時は妻に内緒で返済し、親に無断で軍隊に入隊すると、ひそかにマク゠マオンに会って息子をよろしくと頼み、軍隊から脱走すれば当局に寛大な措置を求めた。放蕩息子と、それを保護する慈父と言えるだろうか。

そうした父を、息子ミシェルのほうも愛したように思われる。そもそも二人をめぐる物語は、ユルスナールが生前父親から聞いた話の口述筆記にもとづくものである。遠い記憶が多少の潤色をもたらした可能性はあるにしても、感情の真実を保証する一見なにげない細部の豊かさは、息子が父親に愛着をもっていた証しだろう。そうでなければ、あれほど多くの豊かで印象的な出来事をミシェルが想起できたはずがないし、ましてやそれを老いてから娘に語るはずがない。もちろん、やさしくて寛容な父親がかならずしも良い父親ではないし、寛容さは時に無関心の裏返しにすぎないが、ここでは寛容とひそかな敬意が父子の絆を強める。

たとえば幼いミシェルを小馬に乗せて、ミシェル・シャルルが広大な所領を視察する場面、子供の健康のためにと二人が海水浴や旅に出る挿話、オステンデでミシェル・シャルルが行きずりの女との逢瀬に使った金の用途をごまかすために、父と幼い息子が暗黙のうちに結託するという逸話。そこで子供は貧しい農民と、自分が帰属する地主層の階級差を目の当たりにし、束の間のアヴァンチュールを享受した父親の欺瞞に気づく。あるいはまた、ミシェル・シャルルが胃の病をおして英仏海峡を越え、イギリスで恋人モードと暮らすミシェルに会って帰国を促すというシーンは、死期を覚悟した父が息子と楽しむ最後の休暇であり、ほとんど言葉を交わさない二人の身ぶりが静かな感動を誘う。

ロンドンでの二人の再会を語るに際して、父と息子の愛情は「文学がめったに主題化しない感情だが、万一それが存在する場合にはもっとも強く、もっとも充実した感情の一つである」(二四三頁)と、ユルスナールは書き記している。実際、『北の古文書』で語られるシャルル・オーギュスタンとミシェル・シャルル、ミシェル・シャルルとミシェルの物語は、父と息子の愛情を描いた忘れがたいページであろう。そして作者ユルスナールは、性別の違いこそあれ、そして彼女自身はけっして父に反抗したわけではないが、そこに父とみずからの関係を投影させていたのかもしれない。

一般的には西洋文学において、父と息子は強い緊張関係を生き、ときには修復しがたいまでに敵対する。その緊張と葛藤は、息子が一人の人間として、男として成長していく過程に不可欠な次元になる。そうした点を考慮するならば、『北の古文書』が描く父と子は、確かに例外的なまでに幸福な肖像であろう。

模範から程遠い息子だったミシェルは、みずからが息子をもった時、良好な関係を築くことができなかった。放蕩息子は理解ある父親にはなれない、ということだろうか。彼はやさしい父でも、寛大な父でもなかった。父親であるよりも、美しい女の夫であり、一人の人間として人生を享受しようとした。かくして、最初の妻ベルトとのあいだに生まれた息子ミシェル・ジョゼフとは終生反りが合わなかったし、ミシェル・ジョゼフは露骨に父親を嫌っていた。作家はそうした父子の反目を少しも隠していない。家庭、宗教、金銭、職業など、あらゆる点でミシェル・ジョゼフは父と正反対の方針を貫き、それによって父を否定しようとした。

二番目の妻フェルナンドとの間にできた娘マルグリットとは、事情がまったく異なる。しかし、それは第三巻『何が？ 永遠が』で語られることになるだろう。

女たちの場所

父と息子の物語が、さまざまな紆余曲折を経ながらも絆を確認する物語として提示されているのに対し、妻や母親の肖像は読者に好印象をあたえるものではない。鮮明な輪郭を示しはするが、作家の側からの強い感情移入は見られないのだ。本書には、妻であり母親だった三人の女性が登場する。シャルル・オーギュスタンの妻レーヌ、ミシェル・シャルルの妻ノエミ、そしてミシェルの妻ベルトである。当時の上流社会においては家柄や、財産や、職業を考慮しつつ、両家の釣り合いを保つという至上命令にしたがって結婚が取り決められていた。愛が男女の結びつきを決定づけたわけではない。

建前としては家父長的な制度が支配していたとはいえ、妻の存在感には無視しがたい重みがある。息子ミシェル・シャルルが「聡明でやさしい」母と手記に記したレーヌは、そのやさしさの陰に強い意志を秘めていた。病気がちの夫を看病しつつ、家政の管理や子供たちの結婚相手選びでは絶大な権力を発揮したのである。「彼女は病んだ王の傍らで、摂政としての役割を見事に演じていた。彼女が表向きすべてをシャルル・オーギュスタンに委ねることになっていたが、実際は彼女が支配していた」（二〇二頁）。

リール裁判所長の娘だったノエミは、夫が晩年に書き残した回想記では、美しく、聡明で、洗練された完璧な女主人ということになっている。子供や子孫に読まれることを予期して粉飾を加えたり、手加減したりした部分があるとはいえ、ノエミが美しく、それなりに賢明だったことは疑いの余地がない。しかし他方で、彼女は夫の芸術趣味にはまった理解を示さず、息子の逸脱に呆れ果てて冷たく突き放し、召使たちにたいしては専制君主のように振舞い、火曜日の晩餐会では女王のように座を取りしきった。ミシェルは母を愛することができず、ユルスナールもまた実際に知った最晩年のノエミに、いささかも親近感を覚えることがなかった。

ミシェルの最初の妻ベルトは、第一巻『追悼のしおり』にもわずかに登場していた。フランス北部アルトワ地方の旧家に生まれた娘で、親も兄妹たちもまさに自由奔放で、世間の常識や道徳を無視して憚らない。ミシェルが娘マルグリットに語った回想によれば、ベルトは夫とともにヨーロッパ各地の都市やリゾート地を駆けめぐり、乗馬と賭け事に熱中し、浪費生活に明け暮れた。そのため、息子ミシェル・ジョゼフは祖母の屋敷や寄宿舎に預けられた。『追悼のしおり』では、フェルナンドの娘時代の感情生活が語られ、ミシェルとフェルナンドの夫婦の絆が描かれていた。他方本書においては、妻としての、また母としてのベルトの相貌はほとんどまったく描かれていない。そしてまるで何か悪にたいする処罰のように、「軽い外科手術」の後遺症で唐突に絶命する。いったいどのような手術だったのか、ミシェルはそれについては沈黙を守り、ベルトの死は怪しい謎として残される。

十九世紀の年代記

『北の古文書』では、ベルギーと国境を接する北フランスを主な舞台にして、十九世紀フランスの年代記が鮮やかに素描されている。この世紀、フランスは政治的、社会的に目まぐるしい変化を経験した。本書に登場する人物たちの運命と言動にも関係することなので、以下簡単に主な年代と出来事をまとめておこう。

一七八九年　パリの民衆がバスティーユを襲撃、フランス革命の勃発。
一七九二年　王政が廃止されて、共和制が樹立（第一共和制）。貴族階級の世襲財産が没収され、貴族の多くが国外に亡命する。
一八〇四年　ナポレオン、皇帝に即位（第一帝政）。
一八一五年　王政復古（〜一八三〇年）、ルイ十八世、続いてシャルル十世が即位。
一八三〇年　七月革命。ブルボン王朝が倒れて、オルレアン朝ルイ＝フィリップが即位。

一八四八年　二月革命、第二共和制が成立。
一八五一年　ルイ・ナポレオン（ナポレオンの甥）がクーデタを敢行、第二共和制崩壊。
一八五二年　第二帝政が成立（〜一八七〇年）。
一八七〇年　普仏戦争勃発。フランスはプロシアに敗れ、第二帝政が崩壊。第三共和制が成立。翌一八七一年、パリ・コミューンとその圧殺。

ユルスナールの父方の家系は旧くからの貴族、そして配偶者もまた同じ地方の貴族の血を引く女性たちが多い（例外はノエミで、裕福な法務官つまりブルジョワ階級の娘）。そうした貴族たちは政治的にはたいてい正統王朝主義者《レジティミスト》、つまり十六世紀末アンリ四世が創始したブルボン朝の支持者である。他方、近代フランスにはオルレアン家と呼ばれる分家があり、これは十七世紀のルイ十四世の弟フィリップ・ドルレアン公を始祖とする。十九世紀で言えば、一八三〇—四八年の七月王政期の国王ルイ＝フィリップがこの王朝の継承者である。オルレアン朝は政策的にも、イデオロギー的にもよりリベラルだった。さらに十九世紀初頭と半ばには、ナポレオンとその甥による二度の帝政が敷かれ、世紀末の三十年間が共和制の時期になる。一八八〇年代、第三共和制が安定を迎えた頃、ミシェルの妻ベルトの父親ロイス・ド・ラ・グランジュ男爵はいまだに正統王朝主義を奉じ、王位継承権のあるシャンボール伯がアンリ五世として王位に就くことを切望しているのだが、その時代錯誤ぶりと哀れな滑稽さは、以上のような歴史の推移を念頭におくことでより際立つ。

　革命時代に生まれ、亡命先で辛酸をなめたシャルル・オーギュスタンと妻レーヌは、もちろん正統王朝主義者であり、一八三〇年に復古王政が崩壊してからは鬱々とした日々を送ったことだろう。息子ミシェル・シャルルが一八四〇年代、つまり七月王政期にリールの行政官として奉職するのを認めたのは、それが一族の伝統的な職責だったからであり、ブルジョワ王政を受け入れたからではない。ミシェル・シャルルはオルレアン朝を手放しで是認するわけではないが、正統王朝主義が時代と社会の変化に対処できないことを看取し、七月王政の権力と妥協する。産業革命と、民主化と、世俗化の十九世紀にあって、硬直した王政を支持することの限界を彼はよく知っていたに違いない。

しかしその彼にしても、一八四八年に二月革命が勃発して、中央政府から派遣された共和派の特使がリールの参事官たちに新体制への忠誠を求めると、「自分の政治的見解は保留」(一四七頁)すると敢然と言い放つ。そのせいで罷免され、バイユールに戻ると父から歓迎されるのは、正統王朝主義者から見れば共和制に仕えることなど論外だからである。ユルスナールは、そして彼女が依拠した回想記の作者であるミシェル・シャルルは、革命の経緯に不意打ちされ、王政から共和制への移行をなんとか生き延びようとして、姑息な保身策に走る上流階級や役人たちの姿を戯画的に描く。フロベールの傑作『感情教育』(一八六九)が、首都パリにおける二月革命とその余波を辛辣に描いたように、『北の古文書』は地方における二月革命と、それがもたらした偽善を語り、『感情教育』と対をなすかのようである。

もっとも、やがてミシェル・シャルルは復職し、その後の第二帝政期をつうじて行政官としての有能さを示す。彼にとって「第二帝政は最後まで美しい夢だった」(二〇四頁)と作家が書き記しているのは、ミシェル・シャルルが時代の推移を鋭敏に嗅ぎ取り、社会の進歩に寄与したと意識していたからだろう。確かに農業、工業、商業は栄え、都市部の富は増大し、「帝国の饗宴」に象徴されるように、この時代は享楽と繁栄を謳歌した。とはいえ、たとえばヴィクトル・ユゴーが同時期に『懲罰詩集』(一八五三)で抉り出したようなリールの貧民窟の悲惨さは、上流階級の人間であり続けた彼の視界には入っていなかった。あるいは入っていたにしても、直視しようとはしなかった。

第二帝政の瓦解とともに、ミシェル・シャルルは職を辞する。二十年仕えた体制が崩壊し、新たに共和制が成立したのだから、帝政下で利益を享受した行政官として身を引くのがふさわしいと考えたのであろう。潔い身の処し方である。新体制はすぐにこの有能な男を呼び戻して元の地位に据え、それによって彼は「影の参謀」として県の事業を統括できた。しかし一八八〇年、いかなる理由か詳らかにされていないが、規定の年齢以前の五十八歳にして突然職を解かれた彼は、その不当としか言えない扱いを耐え忍び、周囲から提案された賠償措置を決然と拒否した。

それはたんに、作家の祖父の生涯だったというにとどまらない。祖父は高潔で、有能で、教養ある人物だが、作家は彼の人生の物語を聖人伝に仕立て上げようとしたのではない。ユルスナールにとって、一個人の生涯はそれが一つの家族、地方、そして時代の生に向かって開かれていないかぎり、意味がないのだ。すぐれた官吏だったミシェル・シャルルは、その家柄と職務ゆえに、否応なく時代の激動に巻き込まれ、譲りがたい信条となしうる妥協を適度に按配しながら、北フランスの中心都市リールで官僚生活を送った。その生涯をつうじて、読者は十九世紀という時代の大きな波動を観察できるのである。『墓の彼方の回想』(一八四八―五〇)の作者シャトーブリアンがそうであったように、回想録作者としてのユルスナールは、家族の年代記と歴史の流れを有機的に結びつける技法に長けていた。

文化と習俗の次元

『北の古文書』が十九世紀フランスをよく表象しているのは、体制の変化やイデオロギーという政治的な側面においてだけではない。この家族の年代記は、作中人物たちの生活と風俗の面においても鮮やかに十九世紀の風土を映し出している。ユルスナールはすでに『追悼のしおり』で次のように記していた。「ある家門の歴史が、私たちに古いヨーロッパの一小国の歴史を開く窓になるのでなければ、それを語ったところでほとんど何の興味もないはずである」(七二頁)。換言すれば、ユルスナールの回想録は集団的な表象や心性と密接に繫がっているということである。そのかぎりでは、十九世紀から二十世紀初頭にかけての文学を特徴づけるさまざまな主題や、空間や、人物類型と広く、そして深く共鳴している。その例をいくつかあげておこう。

第二部は、二十歳のミシェル・シャルルがオペラ座の仮装舞踏会に出かける準備をしている場面から始まる。時は一八四二年、場所はパリの学生街である。彼のような地方の名士の息子ならば、当時はパリで学生生活を送るのが通例で、その際たいてい法学部に登録していた。その後は弁護士や公証人、あるいは役人になることが期待されたからである。十九世紀の作家で言えば、フランス中部トゥールのブルジョワ家庭に生まれたバルザック（一七九九―一八五〇）や、ノルマンディー地方の古都ルーアンの医者の次男として生まれたフロベール（一八二一―八〇）も、やはり若い頃パリ大学法学部に籍を置いていた。法律の勉強に関心が持てず、やがて親の意志に反して文学の道に入った彼らと違い、若きミシェル・シャルルはラマルティーヌやユゴーの詩集を、そして他ならぬバルザックの小説を愛読するものの、文学を志すことはなかった。

当時オペラ座の仮装舞踏会はその華やかさで有名であり、金に困らない学生であれば誰でも誘惑に駆られたことだろう。勤勉で、両親の期待どおりやがて法学士になってバイユールに帰郷するミシェル・シャルルであっても、この舞踏会には身だしなみを整えて出かけていく。とはいえ、そこで出会うはずの高級娼婦や浮かれ女たちとのアヴァンチュールに格別の関心はないし、そこに漂う危険な香りに惑わされることもない。自分が将来担うべき役割をすでに心得ている彼は、聡明で冷静な青年なのである。

恋人はいた。ユルスナールは仮にブランシェットという名を与える。彼女の職業はお針子《グリゼット》。パリの学生とお針子と言えば、ロマン主義時代の若者風俗を語るには欠かせないカップルである。なぜそういうことになるのか。

当時の大学は男たちの世界であって、女子学生は存在しない。また貴族やブルジョワ階級の娘たちにおいては何よりも純潔が重んじられ、家族や親戚の男性と出歩く自由さえ制限されていた。学生からすればそのような階級の娘は遠くから眺める対象であり、個人の邸宅で催される舞踏会や夜会といった儀礼的な場でしか接触できない。そうした中で愛と官能の悦びを求める学生、そしてさらには文学や芸術を志すボヘミアンにとって、理想的な恋の相手になったのがグリゼットなのだ。学生とグリゼットの恋はしばしば束の間の恋であり、悲しい結末を迎える。男も女も、特定の相手にひたむきな愛を捧げるわけではなく、階級的な違いから結婚に至ることもない。お互いに、青春時代のかりそめの恋と割り切っていることが多い。ミシェル・シャルルの可憐な恋人ブランシェットが、まもなくパリを離れてムーランに住む会計係の男と結婚することになっているのも、したがっていささかも奇異ではない。若い恋人同士である二人は、将来の生活を共にすることがないということを初めから承知しているのである。

十九世紀前半のパリで、学生とグリゼットの恋物語が作家やジャーナリストによってしばしば語られ、ガヴァルニやドーミエが諷刺をこめて彼らの姿を描いたのは、未熟であるがゆえに打算のない愛を生き、共通の未来を考えられないがゆえに現在を濃密に享楽しようとした男女の、詩情と悲哀に満ちたロマンスだからである。その文学的な形象はミュッセ作『ミミ・パンソン』(一八四五)のヒロイン、ユゴー作『レ・ミゼラブル』(一八六二)に登場するファンティーヌ、そしてプッチーニのオペラ『ラ・ボエーム』の原作であるミュルジェールの『ボヘミアンの生活情景』(一八五一)などで鮮やかに描写されている。

また、七月王政期におけるパリの学生の習俗を叙述したという点で、『北の古文書』は『感情教育』と類似している。ユルスナールが『感情教育』の主人公フレデリック・モローの名前に言及しているのは(八八頁)、けっして偶然ではない。一八二二年生まれのミシェル・シャルルはまさしくフレデリックと同年齢であり、一八二一年に生まれ、パリで学生生活を送った作者フロベールと、カルチエ・ラタンですれ違っていたかもしれないという空想は、十分許されることになる。

一八四二年五月八日に起こった鉄道事故のエピソードは、短いが強烈な印象を読者に残す。産業革命の象徴である鉄道は、フランスで一八三〇年代に敷設が始まった。ミシェル・シャルルが友人や恋人と一緒に乗ったパリとヴェルサイユを結ぶ線は、一八三九年に開通している。彼らは日曜日に、ヴェルサイユの大噴水スペクタクルを見物するために、鉄道を利用したのである。鉄道の開通によって、週末になればパリの住民が郊外の町やセーヌ河畔に足を運んで、ピクニックや散策を楽しむという生活様式が生まれていた。一八四二年はパリ―ヴェルサイユ線が開通してから三年後、列車に乗ることがまだ目新しい体験だった時代であり、だからこそミシェル・シャルルの一行は新たな交通手段に一抹の不安を覚えながら、同時に子供のようにはしゃぐ。

事故の原因は、車両の連結棒の欠陥にあった。しかも当時の車両は木製であり、動力源は石炭を罐で焚く蒸気機関車だから、火災が発生してしまった。大破した列車から血だらけになって脱出したミシェル・シャルルの眼前に現れたのは、巨大な火刑台のように燃え上がる車両であり、その中で必死に救助を求める怪我人たちである。片腕を失った若い女性や、脚を砕かれた男は、何が起こったのかよく理解できないまま死んでいく。翌日、収容された病院でミシェル・シャルルは、乗っていた車両の四十八人の乗客のうちで自分が唯一の生存者であることを知らされたのだった。これが、最初の大惨事としてフランス鉄道史に記録されている、ムードンの事故の顚末である。みずから惨事の当事者だったミシェル・シャルルの証言にもとづく叙述は、生々しい臨場感をもって読者に迫ってくる。

この事故の心的外傷《トラウマ》を癒すためもあって、両親は息子にイタリアへの旅立ちを許す。「若きミシェル・シャルル」と題された章の後半は、このイタリア旅行の物語で占められている。

裕福な若いヨーロッパ人が、イタリアを長い期間にわたって旅し（ミシェル・シャルルの滞在は十か月続いた）、古代の遺跡やルネサンス期の芸術品を見て知識と情操を豊かにする。「グランドツアー」と呼ばれるこの文化的な旅は、とりわけ十八世紀の現象として論じられることが多いが、十九世紀半ばに至っても一定の社会階層において残存していた。ミシェル・シャルルはフィレンツェ、ローマ、ナポリ、そしてシチリアを巡り、絵画よりも彫刻を好み、押し花のアルバムを作った。今日では一般の観光客がめったに足を運ばない南部パエストゥムでは、古代の廃墟の様相にほとんど畏怖の念を覚えた。ロマン主義によって培われた彼の感性は、もちろん現代人のそれとは異なるし、そもそも当時のイタリアは現代のような極度に観光化された国ではない。旅人にとって、時代とともにイタリア旅行の目的や行程は変化してきた（この点については岡田温司『グランドツアー』、岩波新書、および河村英和『イタリア旅行』、中公新書、を参照していただきたい）。ミシェル・シャルルの旅の物語は、十九世紀の知識人がイタリアで何を見て、何を感じたかをよく示しているのである。

彼は、都市の景観や美術品を嘆賞しただけではなかった。ローマのある貴族の邸宅が趣味の悪い装飾におおわれていることに気づき、巡礼地ロレートでは聖職者たちの敬虔さを欠く行為に眉を顰める。流暢なイタリア語を駆使する彼は、旅先で地元の青年たちと話すうちに社会の矛盾や、政治の腐敗に目覚める。リソルジメント前のイタリアでは自由主義の風が吹き、人々の政治熱が沸騰しつつあった。恵まれた階級の若者として社会の問題を深く考えることもなく、七月王政の成果に期待していた彼は、異国の地でほとんど初めて政治の現実に直面したのだった。それは彼の保守的な父シャルル・オーギュスタンが、まったく予期していなかった旅の結果の一つである。その意味で、彼がみずから記しているように「この旅は、ほとんど目に見えるほどはっきりと私の精神を鍛えてくれた」(一二二頁)。旅は青年にとって、常に修練と通過儀礼の場にほかならない。

ミシェル・シャルルは手記を綴り、旅先から両親に百通あまりの手紙を書き、押し花のアルバムを作成し、それらにもとづいて晩年に回想記を書いた。イタリア旅行を日記や手紙のかたちで記録し、後年それを編集して旅行記として出版するというのは、十八世紀以来しばしば行なわれてきた。ゲーテの『イタリア紀行』(一八一六—一七)、スタンダールの『ローマ、ナポリ、フィレンツェ』(一八二六)、そしてゴーティエやデュマのイタリア旅行記など、例は枚挙に暇がないほどだ。

われらがミシェル・シャルルに、彼らと文学的に競合しようという意図があったとは思えないし、そもそも回想記は子孫のために書き残されたもので、出版を意図していなかった。しかし長い旅をし、手記と手紙に依拠してイタリア旅行記を執筆するという身ぶりは、いかにも十九世紀的な知識人のそれではある。いや、イタリアだけではない。蒸気機関が可能にした鉄道と蒸気船が交通革命をもたらしたこの時代、人々は好んで見知らぬ土地へと旅だった。その旅はドイツ、スペイン、イタリアなど近隣諸国だけでなく、やがて植民地主義的な拡張政策にともなって北アフリカや中近東、さらにはアジアにまで及ぶ。「東方紀行」という文学ジャンルがこうして誕生していく。

繁栄から凋落へ

北フランスに根づいた上流階級の年代記である『北の古文書』は、その階級の栄光と没落を描いた書物である。

バイユールの旧い屋敷は、ボードレール的に言えば秩序と美、豊かさと静寂を象徴する。悦楽の舞台だったかどうかは定かではないが。七月王政期にはシャルル・オーギュスタンとレーヌが君臨し、第二帝政期から第三共和制初期にかけてはミシェル・シャルルとノエミが主《あるじ》だった。そこではすべてが主人の意志のもとに統率され、とりわけ女主人の趣味と意向が家政の細部を取り仕切っていた。人々は、今日が昨日とさして違わず、明日が今日と似ているような生活を数世代にわたって繰り返し、家と土地と家産を守り、子孫に継承することを不文律にしていた。家族のしがらみを煩わしいと感じ、惰性を嫌い、母ノエミと反目したミシェルが、バイユールを愛せなかったのは当然なのだ。

この地方都市は、いかにもバルザック的な「地方生活情景」の舞台にふさわしい。ユルスナールもそれを意識していて、だからこそバイユールの屋敷をあえて詳細に描写することは避け、バルザックの『絶対の探究』(一八三四)へと読者を差し向ける。この小説はフランドル地方の町ドゥエを中心に展開し、化学の実験に明け暮れる主人公クラースの住む暗く、どこかまがまがしい邸宅が、外観、壁飾り、家具調度品の類にいたるまで微細に描かれているのだ。ユルスナールが幼い頃目にしたバイユールの屋敷が、一九一四年に消滅したことはいかにも意味深い。ヨーロッパ的な秩序と、平和と、富(それは植民地の搾取によってもたらされたものでもある)は、第一次世界大戦によって崩壊したからである。そしてそれは、クレイヤンクール家の没落を決定づける出来事でもあった。

実際、長い時間の流れに据えてみれば、『北の古文書』はクレイヤンクール一族のゆるやかな凋落を語っている。亡命先から帰国したシャルル・オーギュスタンは家運を盛り返し、ミシェル・シャルルは歴史の激動に揉まれて逆境を体験するが、みずからの勤勉と才能によって家運を維持するのに成功した。しかし第三共和制下の一八八〇年、不当な罷免によって参事官の職を解かれて、晩年は不遇をかこった。いずれにしても、彼ら二代は家族の威信と財産を守りとおした。

不肖の息子ミシェルは、一族の繁栄に貢献しようとしたことは一度もない。地方の旧家の息苦しい雰囲気に馴染めなかった彼は、子供の頃から家庭でも学校でも反抗を繰り返した。教師への暴力や暴言、家出、賭博……。そしていきなりの軍入隊。大地主であり（千ヘクタールの領地を所有する）、行政官や法務官を輩出してきた家系に、軍人はいかにもそぐわない。父がマク＝マオンのような陸軍の大物にひそかに庇護を依頼したにもかかわらず、ミシェルは賭博でこしらえた借金と、女への愛のために二度軍隊を脱走し、二十年間は祖国に戻れないという罰を科されてしまう。名門の家柄を汚名にまみれさせてしまったことになる。

ベルトと結婚し、息子が生まれても、ミシェルの生活態度は改まることがなかった。一八八六年に父が死去して以降は、彼の無軌道な生き方を掣肘する者は誰もいなかった。ベルトもまた奔放な女であり、そこに離婚した彼女の妹ガブリエルが加わって、三人の浪費人生が繰り広げられる。ちなみにフランスでは一八八四年にようやく離婚法が成立しており、ガブリエルはその新制度を利用した女の一人ということになる。とはいえ上流階級において離婚は恥ずべき行為であり、したがって彼女の生き方は白眼視された。彼らはフランドルのリゾート地に別荘を借り、ベルギーからデンマークにかけての海岸地帯に立ち並ぶ歓楽場やカジノに入り浸った。ヨーロッパ中を旅し、賭博に明け暮れ、ヨットなどの贅沢品を買い漁り、金を工面するため麻薬の密売にまで手を染めたようだ。祖先が蓄えた富を、彼らはひたすら浪費していった。そういう彼らの周囲には、ユルスナールが言及しているバーナード・ショーやトーマス・マンの作品に登場するような、善意の仮面をかぶった胡乱《うろん》な男女が群がり、時にはいかがわしい術策へと彼らを誘い込む。

ここでは、十九世紀末の爛熟した時代を背景にして、未来を思いわずらうことのない上流階級の人々のいかにも無頓着で、ひたすら日々の刺激と享楽を追い求めるさまが描かれている。そうした階級は、第一次世界大戦の激動によって決定的に没落していくことになるのだが、ミシェルはもちろんそれを知る由もない。

彼らが知り合った傲慢この上ないハンガリー人のガレー男爵は、彼らの仲間であり、同時に分身である。かつてはブダペストやウィーンの宮廷に出入りした大貴族であるガレーもまた旅と、浪費と、賭博に身をゆだね、祖先や身内から受け継いだ土地と財産を次々に失っていく。ミシェルたちが招かれた広大なウクライナの領地も、やがてユダヤ人の手に渡るはずだ。産業革命が進展し、資本主義が勃興して経済構造を根本から変えた十九世紀という時代に、土地と農業生産に依拠しているだけでは富を維持していくことはできないだろう。良かれ悪しかれ旧体制を引きずる貴族階級は、金融ブルジョワジーや商業ブルジョワジーによって淘汰される運命にあった。

ミシェルも、ベルトも、ガレーも、そうした運命を半ば予期していただろうし、そうした一種の諦観の中で、刹那的な享楽と贅沢に耽ったのであろう。ベルトが死に、一九〇一年に結婚したフェルナンドが亡くなった後も、ミシェルの生活様式は基本的に変わらない。一九一二年にはモン゠ノワールの屋敷を売却し、一九一四年にはバイユールの屋敷が戦火で焼け落ちた（これらの出来事は第三巻『何が？ 永遠が』で語られる）。第一巻『追悼のしおり』がベルギーの旧家の昔日の繁栄と、十九世紀における凋落を語ったように、『北の古文書』は北フランスの貴族の避けがたい没落を際立たせる。

パリの貴族階級の文化的失墜を描き尽くしたプルーストの『失われた時を求めて』がそうであったように、あるいはまた、豪商の一家が四世代にわたってしだいに没落していくさまを物語るトーマス・マンの『ブッデンブローク家の人々』（一九〇一）がそうであったように、〈世界の迷路〉は十九世紀末からベルエポックを歴史的な背景として、一つの社会集団が経済的、文化的に凋落していくさまを、静かな筆致で描いてみせる。ルキノ・ヴィスコンティの映画作品のように、それは滅びゆくものへの哀歌であり、消え去る宿命にあるものへの鎮魂歌にほかならない。

ユルスナールの文学は、けっして安易な文学ではない。文字どおり古今東西の文化に通暁していた彼女の作品は、読者の側にもある程度の知識と教養を求める。したがって細部の意味まで汲み取るためには、注意深い読書が必要とされる。固有名詞を中心に、読者の便を図るため割注をかなり施したのはそのためである。それでも、訳者の浅学非才ゆえに思わぬ誤読が残っているかもしれない。

ユルスナールの文章は美しく、古典的で端正な趣を呈しており、饒舌や冗漫さからはおよそ程遠い。言葉を極限まで切り詰め、無駄な形容を省き、事物や感情の本質に肉薄しようとする。読者の側には、行間や段落の変わり目でみずから言葉を補う努力が求められるような文章である。訳文としての分かりやすさを考慮するならば、そうした言葉を補足するというのも一案だが、それではユルスナール独特の簡潔で犀利な文体の魅力が殺がれてしまうだろう。なるべく原文の息遣いを再現しようとしたが、訳者の能力ではどこまでそれに成功しているか少し心もとない。

ユルスナールの作品は深い思索と、鋭敏な感性に磨かれたもので、常に人間と、歴史と、世界の本質を読み解こうとする。けっして甘い慰撫や、口当たりのいい教訓を与えてくれるような作品ではない。しかしそこに読まれる鋭い省察と批判精神は、読者を静かな感動と、さまざまな問いかけへいざなってくれるに違いない。少なくとも訳者としてはそのように願っている。

白水社の「ユルスナール・セレクション」第五巻に協力していた頃、当時白水社にいらした山本康さんと雑談がてら、「ユルスナールの回想録は出さないのですか?」と厚かましくも水を向けたことがあった。ユルスナールの歴史小説の見事さに圧倒され、〈世界の迷路〉三部作に強く心を動かされた私は、小説やエッセーをまとめて翻訳刊行するならば、彼女のライフワークとなった回想録も邦訳に値すると考えていたからである。その時の縁で、今回第二巻『北の古文書』を翻訳する機会をあたえられたのは、誠に嬉しいかぎりである。そしてまた十九世紀を研究する者から見れば、ユルスナールの祖父母や父の生涯はそれだけで文化史的にきわめて興味深いものであり、私としては訳しながら楽しく、刺激的な時間を味わうことができた。

編集部の鈴木美登里さんには、家系図や地図の作成をはじめ、いろいろお世話になった。深く感謝したい。

二〇一一年九月下旬、彼岸花が美しい東京にて

小倉孝誠

著者　マルグリット・ユルスナール　Marguerite Yourcenar
1903年ベルギーのブリュッセルで、フランス貴族の末裔である父とベルギー名門出身の母との間に生まれる。本名マルグリット・ド・クレイヤンクール。生後まもなく母を失い、博識な父の指導のもと、もっぱら個人教授によって深い古典の素養を身につける。1939年、第二次世界大戦を機にアメリカに渡る。51年にフランスで発表した『ハドリアヌス帝の回想』で、内外の批評家の絶賛をうけ国際的な名声を得た。68年、『黒の過程』でフェミナ賞受賞。80年、女性初のアカデミー・フランセーズ会員となる。晩年の集大成である、母・父・私をめぐる自伝的三部作〈世界の迷路〉──『追悼のしおり』(1974)、本書『北の古文書』(1977)、『何が？ 永遠が』(1988) ──は、著者のライフワークとなった。主な著書は他に『東方綺譚』(1938)、『三島あるいは空虚のビジョン』(1981) など。87年、アメリカ・メイン州のマウント・デザート島にて死去。

訳者　小倉孝誠（おぐら・こうせい）
1956年生まれ。フランス文学者、翻訳家。
東京大学大学院博士課程中退、パリ・ソルボンヌ大学文学博士。現在、慶應義塾大学文学部教授。専門は近代フランスの文学と文化史。
著書に『歴史と表象』『近代フランスの誘惑』『身体の文化史』『〈女らしさ〉の文化史』『パリとセーヌ川』『犯罪者の自伝を読む』『愛の情景』など。訳書にアラン・コルバン『風景と人間』、フローベール『紋切型辞典』、バルザック『あら皮』、ゾラ『書簡集』（共訳、近刊）など。

装丁　仁木順平

北の古文書
世界の迷路 II

二〇一一年一一月一日 印刷
二〇一一年一一月二〇日 発行

著 者 マルグリット・ユルスナール
訳 者 © 小 倉 孝 誠
発行者 及 川 直 志
印刷所 株式会社 三 陽 社
発行所 株式会社 白 水 社

東京都千代田区神田小川町三の二四
電話 営業部〇三（三二九一）七八一一
編集部〇三（三二九一）七八二一
振替 〇〇一九〇-五-三三二二八
郵便番号 一〇一-〇〇五二
http://www.hakusuisha.co.jp
乱丁・落丁本は、送料小社負担にてお取り替えいたします。

誠製本株式会社

ISBN978-4-560-08178-5

Printed in Japan

■マルグリット・ユルスナール著

Marguerite Yourcenar

世界の迷路【全三巻】

二〇世紀が誇る孤高の作家の、母・父・私をめぐる自伝的三部作

Ⅰ 追悼のしおり（岩崎 力訳）

Ⅱ 北の古文書（小倉孝誠訳）

Ⅲ 何が？ 永遠が（堀江敏幸訳）

＊二〇一一年刊行予定

ハドリアヌス帝の回想

（多田智満子訳）旅とギリシア、芸術と美少年を偏愛したローマ五賢帝の一人ハドリアヌス。命の終焉でその稀有な生涯が内側から生きて語られる、「ひとつの夢による肖像」。著者円熟期の最高傑作。巻末エッセイ＝堀江敏幸

黒の過程

（岩崎 力訳）一六世紀フランドル、ルネサンスの陰で宗教改革と弾圧の嵐が吹き荒れる時代。あらゆる知を追究した錬金術師ゼノンと彼をめぐる人々が織りなす、精緻きわまりない一大歴史物語。巻末エッセイ＝堀江敏幸

■須賀敦子著

ユルスナールの靴

ユルスナールというフランスを代表する女性作家の生涯と類いまれな才能をもった日本人作家である著者自身の生の軌跡とが、一冊の本の中で幾重にも交錯し、みごとに織りなされた作品。解説＝川上弘美〈白水Uブックス〉